北京记者

亦农◎著

中国华侨出版社

图书在版编目（CIP）数据

北京记者/亦农著．一北京：中国华侨出版社，2010.4
ISBN 978-7-5113-0327-1

Ⅰ．北…　Ⅱ．亦…　Ⅲ．①长篇小说-中国-当代　Ⅳ．①I247.5

中国版本图书馆 CIP 数据核字(2010)第 049752 号

●北京记者

作　　者／亦　农

责任编辑／李晓娟

责任校对／王京燕

经　　销／新华书店

开　　本／710×1000 毫米　1/16　印张／19.5 字数／299 千字

印　　刷／北京市德美印刷厂

版　　次／2010 年 4 月第 1 版　2010 年 4 月第 1 次印刷

书　　号／ISBN 978-7-5113-0327-1

定　　价／30.00 元

中国华侨出版社　北京市安定路 20 号院 3 号楼　邮编：100029
法律顾问：陈鹰律师事务所
编辑部：(010)64443056　64443979
发行部：(010)64443051　传真：(010)64439708
网　　址：www. oveaschin. com
e-mail：oveaschin@sina. com

目录
CONTENTS

目录
CONTENTS

第一章　诱　惑

　　晚饭是在沈副书记家吃的。薛亦龙与沈副书记碰杯的时候，沈副书记很不经意地说："这两天你辛苦了，咱们简单吃一点儿，饭后去洗个澡吧。"

　　"洗澡"这个词儿，现在的含义很复杂，从某些人口里说出来时，它往往并不是表面意义上的"洗澡"。身为记者的薛亦龙当然清楚它丰富的内涵，但沈副书记所说的洗澡究竟是什么意思，薛亦龙也不好直白地问。只是心中暗暗咯噔一下，表面却装作很淡然地说："也好，一切都听您的安排。"

　　吃过晚饭，沈副书记拨了个电话，不到一刻钟，外面有车喇叭响。"车来了，走吧。"沈副书记平静地穿上外衣，和爱人打了个招呼就出去了。他的爱人属于很老实本份的乡下女人，除了支持之外，不会也没有能力干涉丈夫的任何行动。

　　在薛亦龙的印象中，沈副书记一直都很冷静，属于那种极少情绪外露的人，不喜不忧，即便是遇上很开心的事儿，他也只是微微一笑，你甚至看不到他的白牙。沈副书记小平头，大眼睛，看上去更像一个做了多年基层工作的村支书。他是西萍乡的副书记，因为负责乡里几个村的笼户养牛工程，正在与一家香港合资企业打官司。

　　薛亦龙就是他请来的记者。沈副书记铁定心要为养牛户讨个说法，不

能让农户投入的血汗钱打水漂。五六万元，对当今的城市人也是笔不小的数目，而对大部分农村人来说，或许就是他们一家子大半生的积蓄，这笔损失足以让他们倾家荡产。通过三天采访，薛亦龙亲眼目睹，因为香港那家合资企业毁约，养牛户有人无钱还债而逃往异地，有人因为不堪重债的压力变疯变痴，还有人为此上吊自杀……

人货两用车的司机三十多岁，留着小胡子，头发有些乱蓬蓬的，一双眼睛贼亮。"那里是红灯区，到晚上每个洗浴中心都有小姐，有的还很漂亮。"小胡子司机压抑不住地兴奋，似乎想在薛亦龙面前表现什么，但又不能把话说得太透。他看上去就像说话没把门儿的那种人。

沈副书怎么会找这种人带客人去那种地方?!

"是吗?!"薛亦龙佯做糊涂地含糊问道，看了看坐在副驾驶座上的沈副书记。

沈副书记没有说话，两眼深邃地注视着前方，让人猜不透他心里此时到底在想什么。

人货两用车在乡镇公路上开得很快，风呼呼地从车窗灌进来，让薛亦龙感到很爽快。大约行驶有二三十分钟，前面就是一座县城。车在县城的马路上左拐右拐，最后来到一条宽阔的街道。又向前慢慢滑行了三两分钟，最后停在一个门脸还算宽大气派的洗浴中心前面。

沈副书记下了车，早有两个小姐迎上来。沈副书记不理她们，径直披着衣服往里进，薛亦龙跟在后面进了这家洗浴中心。

穿过大堂，沈副书记推开一扇门进去。薛亦龙不知道究竟要在哪里洗澡，也跟了进去。同时进来的还有一个三十多岁的女人。

这是一间足有二三十平方米的小厅，有沙发、茶几，茶色的茶几上空空荡荡。茶几对面靠墙放着一台34寸彩电，正播着一部似乎是刚刚开始的外国片子。薛亦龙看到一个丰满而妖娆的外国女人一边跳舞一边脱衣服，心不由得怦怦急跳起来，他故作平静地问："你们这里怎么放这种片子?"

没有人理会薛亦龙，似乎没听到薛亦龙的话，或者是听到了，而不愿意回答。

三十多岁的女人伸手示意薛亦龙："先生，你在这边洗澡。"一边说一边重新将门拉开，薛亦龙跟了出来。他想，沈副书记会在这个小厅旁门的那间浴室里洗澡，有什么事不方便两人共用一个浴室呢?! 难道——

回到大堂，那女人推开左侧一个小便门说："先生，您请进!"

薛亦龙推门进去，发现这又是一个独立的小厅，小厅连着一个独立的浴室。为了防备有人突然闯入，他把小厅的门从里面插上。这只是一个六七平方米的小房间，一张床，一张桌子，桌子上放一台电视机，桌子下有一台DVD。薛亦龙想起刚才在小厅看过的黄色片段，暗想不知这DVD里有没有黄盘? 他又环顾四周，看天花板上、墙角与天花板交接处有没有偷拍的摄像头，看上去还算干净。薛亦龙走过去打开电视机，却出现一片雪花，连基本的电视信号都没有。又去摁DVD开关，竟没有插电源。薛亦龙感到有些扫兴，转身推开旁边半掩着的门，里面是狭长的浴室，即可坐浴，又可淋浴。

薛亦龙长长舒一口气，对自己说："我只是来洗澡的，不是来做别的事的!"如此默念了几遍，怦怦的心跳安定了许多，刚准备脱衣服，忽听有人轻轻敲门，薛亦龙过去打开门，一个女孩推门走进来。

薛亦龙有些愕然，后退两步，问："你，要做什么?"

女孩看上去大约十六七岁，穿着很普通，脸上还有一丝稚嫩。她似乎不敢看薛亦龙，垂着眼睑说："先生，我来帮您洗澡!"

"帮我洗澡?"薛亦龙并没有特别意外，这不正是他心中一直在猜想可能发生的情况吗? 现在真的成了事实，他却一时不知如何应对。

"先生，我和您一起洗吧!"这一次女孩说得更明确，声音也略微提高了一些。

薛亦龙说："对不起，我只想洗个澡。"

女孩并没有要走的意思，而是进了里面的浴室。薛亦龙注意到女孩的身形还不错，大约一米六几的个子，略显瘦弱，似乎还没有完全发育成熟。她还没有成年，是谁让她来做这种事儿?! 是自愿还是被迫? 是因为家里穷得过不下去了吗? 她的父母知道了会怎么想? 薛亦龙心里快速而零乱地闪过种种疑问。

面对这样一个稚嫩的女孩，薛亦龙不能说不动心，但紧接着他的担心也来了，如果自己和这个女孩共浴，一定会发生某些事情，这当

不就是嫖娼？自己这样做，对得起——徐昕蕾吗？即便自己不和徐昕蕾结婚，那能对得起将来那个成为自己妻子的女人吗?! 薛亦龙吞咽一口唾液，表面上看上去很坚决地说："对不起，我只想洗个澡，你请出去吧！"

女孩站在那里有些犹豫，似乎不知道该不该退出去。

薛亦龙看着这个生涩的女孩，又想：她不知是哪个偏远农家的子女，跑到城市来谋生，却干这种陪人洗澡的营生，岂不是一朵鲜花被糟蹋了！自己不能做这个摧花的毒手！便道："对不起，你请出去吧，我只是来洗澡的。"一边说一边轻轻推了推她裸露着的胳膊。女孩只穿着一件短袖 T恤，下身是一条短裙。薛亦龙的手碰到她的胳膊，感到那微黄的肌肤冰凉而紧绷。

"你是不是不喜欢我啊？他们说我的身材很好的！"女孩说着突然拉下自己的上衣，她的整个胸部全部暴露出来。薛亦龙不能不看那对还算饱满的乳房，肌肤微黄，乳头呈现出未成熟的枣棕色，只有小小的两粒。仿佛受阳光的刺激，薛亦龙扭过脸去，手上却用了力："你出去吧，再不出去我就不客气了！"

女孩无奈地穿起上衣，慢慢地后退，最后拉开门转身出去。当虚掩的门还没关上时，薛亦龙听到女孩如释重负般对某个人——或许就是那个三十多岁的女人，她可能就是这家洗浴中心的老板，说："他不要我陪。"

一个不冷不热的男人声音说："你没有脱吧？没有哪个男人见了脱光衣服的女人会不动心！"

薛亦龙轻轻无声地关上门，插死。回到浴室，他觉得那个男人的话说的或许是对的，如果这个乡下女孩当着自己的面脱去所有的衣服，他能拒绝这个看上去还生涩的没有发育成熟的少女吗？她是不是真的像她表面装的那样，是一个还没发育成熟的少女？有些女人已经年纪很大，但看上去还像少女。日本的一些少儿不宜的影片里，常常有女人穿着学生服装来装嫩。

薛亦龙脱去衣服，走进里面的浴室开始洗澡。一连在乡下奔波两三天，身体累乏，也不干净，有水能洗个澡简直是一种奢侈享受。薛亦龙让

洁净的温水冲在自己头上、脸上、胸上，感到头脑清醒了一些。他觉得自己这次选择没有错，也不必后悔。

食色，性也，天下没有不粘腥的猫。但作为一个男人，应该知道什么是他不能做的！否则，人和动物还有什么区别！

过了大约二十分钟，突然听到毫不客气的砰砰的敲门声。薛亦龙心中一颤，如果是洗浴中心的人员，不会这么霸道和无礼。那么，会是谁呢？

薛亦龙用毛巾挡着下体，过去开门。他刚把插销拔去，门就被有力地推开。进来一个身高马大的男人，穿着一身威严的制服。因为心中无鬼，身份又是记者，薛亦龙显得底气很足："请问，你有什么事儿？"

身高马大的制服男人并不回答，而是径直往里面的浴室闯。五六平方米的一间浴房，除了浴缸和放香皂、洗发水的浴架外，如果还有别的东西，比如一个女人，肯定会一目了然！

事实让制服男人失望了！他目光巡视了一圈，没有发现任何异常。制服男人这才很有礼貌地看了看薛亦龙说："对不起先生，打扰您了，您请接着洗吧。"一边说一边后退着出去，并顺手关了房门。

薛亦龙惊出一身冷汗，并为自己刚才的英明选择而暗自庆幸。他重新把门插上，站在淋浴下继续洗澡。

大约过去三四分钟，门外忽然传来嘈杂之声。似乎发生了冲突，甚至有激烈的吵架和动手迹象。薛亦龙又是一愣，外面发生了什么事？听声音，好像是在抓沈副书记。薛亦龙脑子急速转动，自己要不要出去加以阻止？但他能阻止公安人员执行公务吗？自己贸然出去，会不会因被认定为和沈副书记是一伙而一同被抓走？如果他们都被抓进去，谁会来营救他们？沈副书记表面看上去并不坏，但"坏人"两个字是写在人的脸上的吗？……在短暂的思考几十秒后，薛亦龙决定继续洗澡，一切都等这个风头过了之后再说。

又过了十几分钟，薛亦龙洗完澡，穿齐整衣服，开门出来。大堂里空荡荡的，那个三十几岁的女人和柜台后面的两个男人都不见了，只有一个从没见过的老女人站在那里。薛亦龙过去问："刚才来洗澡的那个男人呢？"

老女人答："被公安局抓走了。"

"为什么？"薛亦龙脑海里闪过沈副书记嫖娼的一幕。

"不知道！"

薛亦龙走出洗浴中心，已是晚上九点多钟，小城的街面上空空的不见一个人影。那个开车拉他们来的小胡子司机哪里去了？薛亦龙站在街边发愣，沈副书记被抓了，司机和车都不见了，自己这时候去哪里？是找什么人帮忙？还是独自先找个宾馆住下来等明天再说？正在犹豫不决，一辆车从远处驶来，停靠在他面前。

小胡子司机从车上跳下来。

薛亦龙不高兴地问："你刚才去哪里了？"

小胡子司机说："他们抓沈副书记，我吓得开车逃跑了。"

"沈副书记，他究竟做什么了？"

小胡子司机说："沈副书记可能喝了一点儿酒，打了一个警察。"

薛亦龙认为问题并不在这里，径直问："沈副书有没有找女人？"

小胡子摇摇头说："没有，警察只说他们看到他坐在屋里看黄色录像。"

薛亦龙说："那黄色录像是这家洗浴中心自己播放的，我们进去时就有。沈副书记肯定没找女人？"

小胡子点头："没有。"

"那怎么被抓走了？"

小胡子司机眼珠转了转说："是不是中了他们的陷阱。你从北京来调查，说不定那家企业早就知道了。他们一直在暗地里跟着，看你们进了洗浴中心，他们就报了警。"

这情节跟演电影似的，但也不能不信。薛亦龙脑袋有些发懵，又不清楚这里面究竟还有没有别的什么事儿。"你说，现在我们该怎么办？"

小胡子司机直挠头："我们去找乔主任，看他有什么办法！"

乔主任是沈副书记的下属，这两天也一直陪着薛亦龙在乡下调查农民养牛的事儿。他是本地人，对这一带很熟，也应该清楚会不会有什么内幕。薛亦龙点头："快走吧！"

小胡子司机开了二十多分钟车，停在一个村旁小路上，他下了车去喊

人。过了十几分钟，三十多岁的乔主任来了，白色的上衣没有完全扎进裤腰带里，显然是被从床上刚喊起来的。他和薛亦龙打了个招呼，三个人上车。

小胡子司机已简单和乔主任说明了情况。乔主任又问："沈副书记肯定没有做那事儿？"

小胡子点点头："肯定没有，我保证。薛记者，你得救沈副书记。要不然他被抓进去不知道什么时候才能出来，至少也得半个月！"

乔主任叹口气："如果这事儿让乡里某些人知道，沈副书记就完蛋了。"

薛亦龙心中稍微有了些底儿，问："他们会把沈副书记抓到哪里？"

小胡子说："县公安局，我知道在什么位置。"

薛亦龙说："走，我们去看一看。"

小胡子开着车，不到二十分钟，来到一个大门前。薛亦龙抬头看，院里面是一座十几层高的办公大楼，正中央挂着威严的公安局标志。但气派的大门前却灯光灰暗，不见一个人影儿。

小胡子指了指旁边的门卫室说："那里面好像有人。"

薛亦龙上前去敲铁门，大声问："里面有人吗？请开门。"

小胡子也大声问："有人吗？快开门。"

门卫室里没有回音。

薛亦龙停了片刻，提高声音说："里面有人吗？我是记者，要见你们领导。"

话音刚落，门卫室的小门开了，一个四十多岁的男人出来："你是哪里的记者？这么晚了有什么事？"

薛亦龙说："我是北京来的记者，刚才你们公安局的人在洗浴中心抓了一个人。他是我来采访的线人，我正在做一项调查。我要见你们的领导。"

那个门卫迟疑了一下说："领导早就下班了，你明天来吧。"

薛亦龙问："你们今晚领队去查洗浴中心的是哪个领导？姓什么？"

门卫说："是黄队长，你明天才能找到他，他已经回家了。"

薛亦龙说："那他们把抓的人关哪里去了？"

门卫说："县看守所。晚上抓的人都送那里。"

小胡子司机说："我知道看守所的位置，我带你去。"

三个人又赶到看守所，依然是铁门紧锁。他们敲了半天门，才有人出来。薛亦龙说："我是记者，我想问刚才是不是送来一个人？"

门卫说："刚才送进来七八个人呢，不知道你说的是哪一位？都关在一个屋子里了，明天才能审。"

薛亦龙问："你们领导在吗？我是北京来的记者，我要见你们领导。"

门卫说："领导都不在了，你想让放人，就直接找公安局，找我们这里没用，我们得听局里的。"

这时候已经十一点多了。

乔主任说："薛记者，咱们先找个地方休息，明天再想办法吧。"

也只能如此了。小胡子司机把他们拉到汽车站旁边一个小旅馆里，乔主任让小胡子司机先回家了。他在旅店登记，五元一夜。进去是一个小屋，好像过道似的。摆着两张床。服务员说："这两张床上的人刚走，你们睡这里吧。"

薛亦龙被折腾了整个晚上，这时候又困又累。但躺在床上却不能入睡，如果这个小县城的领导人不吃什么记者不记者的这一套，那自己也是白费功夫！如果公安的人和对方企业的人真的不清白，合伙来设套儿陷害沈副书记和自己，那恐怕还有更麻烦的事情！又想，如果当时在洗浴中心一时没有把握住自己，同那个十六七岁女孩发生点儿什么事儿，那么此时自己恐怕也被关在小黑屋了。如果这条消息再传播出去——北京来的记者嫖娼！那岂不是要在新闻界成了爆炸新闻，自己想不出名都难！薛亦龙暗暗庆幸自己关键时候能把握得住。谢天谢地，谢谢自己。

人生应当时时处处谨慎小心，黄、赌、毒千万不能碰。否则，一失足必将是千古恨，后悔死都来不及！

薛亦龙想到这里翻了个身，他心里清楚，自己只是一个到北京打工的，是所谓庞大的北漂一族，如今虽然做记者这一行，并没有国家新闻出版总署颁发的正规的记者证。如果明天公安局的领导不认可自己这个单位

内部颁发的记者证怎么办？如果他们认为自己是冒充记者，又怎么办？但反过来又想，虽然自己的记者证是单位发的内部记者证，但自己并没有拿它来做违法的事儿，即便这边公安局去查，出了事也应该由单位负责。北京许多新闻单位都在招聘记者，他们和自己一样没有正规记者证……无论如何，明天肯定还有一番唇枪舌箭的交涉，自己得养精蓄锐，好有精力去沉着应付。就是天塌下来，也得等天亮再说了。想到这里，薛亦龙感到眼皮发沉，不久就睡着了。

一觉醒来，天已放亮。薛亦龙起床，才发现门脸房的后面还有一个小院。院里有露天的水龙头，他就着水龙头洗了一把脸，脑子立刻清醒许多。

乔主任也起床了，看看表说："咱们先吃早点。"

两个人就在这家旅店门口就着咸菜丝，吃了几个肉包子，喝了两碗热汤。小胡子司机没有来，乔主任拦了个出租车，两人来到公安局大门外。

薛亦龙掏出记者证对门卫说："我是昨天晚上来过的记者，我要见你们局长，你们公安局昨天把我的一个朋友抓进去了，他是冤枉的。"

门卫竟然放他们进去了，并告诉他们公安局长已经来了。

薛亦龙和乔主任直奔公安局长的办公室。办公楼里非常安静，很少看到人，大概还不到上班的时间。薛亦龙忽然又有些心虚起来，如果扒去自己记者的外衣，他只不过也是一个普通老百姓罢了，能这样去见一位大权在握的公安局长吗？但事已至此，他不得不给自己打气：我是记者，我没有犯法，我有什么可怕的？

敲门，里面传出"请进！"的声音。

薛亦龙先进，乔主任像一个小跟班似的随后跟进去。

薛亦龙挺胸收腹，神色自若，先过去主动与公安局长握手，自我介绍说："我是从北京来的记者，在西萍乡调查一个集体养牛的案子。已经调查了三天，昨晚陪同的朋友觉得太辛苦，请我来咱们县城洗澡。我只是洗澡，你们公安局的同志也进去看了。如果我犯了法，那么现在我和你就不可能这么平等地面对面地交流，我就成了你手下的犯人。我的朋友据说也没有做什么，公安局同志进去时，碰到他在看黄片。这一点我可以证明，

我们走进那家洗浴中心的小厅时，他们就在播放黄片，我还问你们为什么要播这个？然后我和朋友分开房间洗澡。朋友可能洗得快，洗完澡出来坐在小厅里，那黄片依然在播。你们公安局的同志就进去了，指责他在看黄片。如果说看黄片，那么我也看了。但这不是我们要看的，是浴室中心的营业者自己在播放。我们总不能命令人家停止播放，所以我认为我的朋友是无辜的，请局长明察。昨晚去抓人的是黄队长，我的朋友有没有在浴室里嫖娼他应该最清楚，请你把黄队长叫来问一下就会明白。我下来调查是秘密进行的，不愿打扰惊动咱们政府部门，所以还请见谅，没有事先和咱们政府相关部门联系。"

公安局长从头至尾认真听完之后，抓起电话问："黄队长来了没有？"

那面回答说："已经来了。"

公安局长说："薛记者，这件事情我知道了，黄队长已经在他的办公室，你去找他就可以。"

薛亦龙和乔主任从公安局长办公室出来，下了三层楼，朝黄队长办公室走。

一路上薛亦龙心中惴惴不安，不知道见到黄队长会发生什么情况。常言道，阎王好见，小鬼难缠。如果黄队长不吃自己是记者这一壶，他还真不知道下一步棋该怎么走？难道就这样扔下沈副书记，灰溜溜地回北京？无论如何，先要自信地去面对他吧。

轻轻敲开虚掩的门。

"是薛记者吧？请进，请坐！"没想到黄队长显得很热情。

薛亦龙的心里又有了一些底儿。在黄队长对面坐下，薛亦龙又把刚才和公安局长说过的话讲了一遍："黄队长，昨天晚上是你亲自跑的现场，我的朋友做没做犯法的事情，你心里最清楚。如果只是因为看黄片就抓他，那么我承认我也看了。但这并不能怪我们，因为经营者他们自己在播放。"

黄队长赔笑说："薛记者，有些情况你们不了解。昨晚是咱们全省公安系统的一次统一行动，没想到这么巧就碰到你和你的朋友。其实你的朋友如果当时好好与我们解释说话，也没什么事的。但你的朋友可能是喝了些酒，而且好像是军人出身，会些功夫，竟然在现场对我们执法的人挥拳

相加，所以我们才抓了他。今天，还得看看他的态度。如果他仍旧态度恶劣，我们还会处罚他。如果态度好的话，你放心，我们今天上午就可以放了他。我这会儿就派车去接他，但是按照程序，你还得就这些情况写一个说明，留下电话等。"

薛亦龙放下心来说："多谢黄队长，写说明没有问题，我会如实填写。"

薛亦龙写了一份情况说明。黄队长看了看说："可以了！"

黄队长叫了一辆警车，亲自带着薛亦龙和乔主任去接沈副书记。

还是在昨天晚上来过的看守所，他们在门口停下，过了片刻，沈副书记从里面走出来，手里还拿着一个矿泉水瓶子，神色并没有什么异样。沈副书记远远地看到黄队长，露出一丝尴尬的笑说："对不起啊，我昨晚上喝了点儿酒，不该和警察同志动手。"

黄队长淡淡地说："没关系，咱们回去再说。"

几个人上了车。

"怎么样？昨天晚上？"薛亦龙和沈副书记握了握手。

沈副书记说："没事儿，我和里面的几个弟兄处得还不错，他们还给我水喝。"

回到公安局黄队长的办公室，沈副书记又和黄队长说了些客气话，黄队长也很客气："如果昨晚你这样好好和我们说，我们的队员也不会抓你。"

沈副书记也写了个情况说明，交给黄队长时说："希望黄队长能为我保密，如果这事儿传到我们乡里，我就很难做人了。"

黄队长说："没关系，我会给您保密。"两人还握了握手。

从公安局出来，沈副书记又握了握薛亦龙的手："薛记者，谢谢你！要不是你，我还不知道要被关多久。"

雨过天晴，云开雾散，薛亦龙此时轻松了许多："没关系，咱们没有犯法，他们原本就不应该抓。"

"等为养牛户讨回了公道，打赢这场官司，我们去北京谢你！"沈副书记动情地说。

　　"你别客气，如果我的文章能为养牛户打赢官司起到一点儿作用，那也是我应该做的！"薛亦龙说。

　　采访已经基本结束，薛亦龙告辞返京。沈副书记安排乔主任一路把薛亦龙送到火车站。坐到火车上，等列车启动了，薛亦龙才长长地舒了一口气。

第二章　托　付

薛亦龙在火车上安安稳稳睡了个踏实觉。

几天来在乡下的采访奔波，尤其是那次意外的经历，使薛亦龙有种人生如梦之感。人生最关键处也许只有几步，一念之差，结果可能就是地狱与天堂之别了。这次意外遭遇，对他来说是一堂生动的课，将成为他重要的一次人生经验。

一觉醒来，火车已过了保定。薛亦龙简单洗漱，又坐在床上看了一会儿《小说选刊》，火车就进北京了。虽然薛亦龙已经在北京生活数年，但他并没有把北京当作自己家的感觉。他一直以为，北京对于无数北漂者来讲，是"别人的城市，自己的天空"，他只是在这里讨一份生活罢了。

火车速度减慢，薛亦龙透窗向外望，他并不清楚路过的地方叫什么名字，但那些标志性的高楼、立交桥，甚至那些高档的社区，薛亦龙都有印象。车厢里响起播音员对首都北京的介绍，这对那些或许是第一次到北京旅行的人来说是新鲜的，但对于经常出出进进北京的薛亦龙来说，早已充耳不闻了。

刚到西客站，徐昕蕾的电话就打过来："薛亦龙，你在哪里？"

薛亦龙："双脚还没踏上北京的土地，但已经嗅到北京的空气了。"

徐昕蕾扑哧笑了："你又出差了？我这几天一直想找你。"

薛亦龙道："被美女惦记，是一件很幸福的事儿。"

徐昕蕾："想得倒美。无事不登门，人家找你是有事儿。"

薛亦龙问："什么事儿？只要不是抢银行、盗保险柜，我都能答应。"

徐昕蕾说："薛亦龙，你什么时候也学会贫了。我这会儿正在参加一个研讨会，不想和你拌嘴，只简单说一句，一位姓钱的老板要出本书，想请媒体朋友帮忙炒一炒，你考虑一下啊。"

薛亦龙嘿嘿笑了："老板出书，还想炒作？那咱就狠狠宰他一回。"

徐昕蕾呸了一声："没时间和你细说，你考虑考虑，咱们有机会见面谈，再见。"

薛亦龙意犹未尽，还想和徐昕蕾说几句，那边已经挂了。

薛亦龙轻轻叹口气，刚要把手机装进口袋，它又响了。薛亦龙看到是洛阳的区位号码，心中就是一颤，犹豫了一下还是接听了："喂，您好，哪位？"

那边静了片刻："我是谢文瑛！"

薛亦龙其实已经猜到了，柔声问："文瑛，你找我，有什么事？"

谢文瑛说："亦龙，我弟谢宾去北京了。我本不想给你打电话的，可是想一想在北京我也没别的人可托付。他是背着我和爸爸妈妈一个人去的。我知道他有一个同学在北京打工，可是他一个人去那里，我爸爸妈妈还是很不放心，一再催我想想办法，所以我才偷偷给你打电话。"

"你弟谢宾？他什么时候到？"

"应该在今天上午。"

"我现在就在西客站，他有手机吗？"

"有，我把他的手机号码发到你的手机上。亦龙，我弟刚大学毕业，我担心他在北京闯出祸来。怎么办啊？我昨晚一夜都没有睡好觉。"谢文瑛显得很焦灼，而她也很少在他的面前掩饰过自己的情绪。

薛亦龙说："你也别太焦急，谢宾二十多岁成人了，让他出来闯一闯开开眼界也好，省得他窝在你爸妈身边，不知道天高地厚。"

谢文瑛说："我也这样想过。可是他这个人总是丢三落四冒冒失失，又爱用个小聪明，我实在放心不下，如果遇到坏人就麻烦了。你是记者，门路广一些，你得替我照看他一下，行吗？"

薛亦龙无法拒绝谢文瑛，尽管当初她背叛了他，但他知道那是因为她

那温顺甚至懦弱的性格。女孩性格温顺是一把双刃剑，温顺乖巧固然讨人喜欢，但也有懦弱不自立的一面。在恋爱方面，如果一味听从父母，就可能失去自己的真爱。

薛亦龙说："文瑛，你放心，我会尽力。"

薛亦龙很快收到了谢文瑛的短信，他立即拨打了谢宾的手机。只响了一声，对方就接了。

薛亦龙说："你是谢宾吗?"

"是。你是谁?"

"我是你姐的大学同学薛亦龙，你在北京西客站吗?"

"是亦龙大哥。你好，我已不在西客站。我现在和我的高中同学在一起，正在去他那里的路上。"

"那好吧，这是我的手机号码，有时间咱们再联系。如果有什么事需要我帮忙，你尽管说。"

"好，谢谢薛哥。"谢宾听说过姐姐和薛亦龙的事，所以对薛亦龙并不陌生。

薛亦龙又和谢文瑛通了个电话，告诉谢文瑛已联系了谢宾。谢文瑛在电话那端似乎稍稍放心。"亦龙，你在北京怎么样?"谢文瑛关心地问。

"我，我还好。"薛亦龙说。

"好吧，你要保重身体，注意饮食和穿衣服。早晨别总是不吃饭，会伤胃的。"

"我知道了，谢谢你。"薛亦龙心中升起一缕温情，谢文瑛是那种温柔似水的女子，这样的女人，男人是很难忘记的，尽管她已不属于他。

挂断电话，薛亦龙拦了辆出租车，径直去单位。

北京这些年变化很大，宽阔的道路两旁高楼林立，街道公园赏心悦目。薛亦龙无心看风景，他微微闭上眼，脑海里却闪现出谢文瑛的身影。他们是大学同学，新生入学第一天，他们在教学楼的楼道里排队，他第一眼就看到了谢文瑛，一位从第一排数站在第四个的女生，娇柔、清秀、婉约、温顺。

那一刻，薛亦龙第一次感受到什么叫一见钟情。

两个人之间似乎没有经过什么波折，就很自然地走到了一起。对于薛

亦龙的超越同学情谊的呵护,谢文瑛温婉地接受了。她喜欢看《读者》,每一期刚出版,薛亦龙总会在第一时间去洛阳市内报摊给她买。最初是薛亦龙一个人,后来便是他们两个人一起去。薛亦龙还特意从老家的镇上买了一对温润的玉镯送给她,谢文瑛开始推托说自己不能接受这样贵重的礼物,但经不住薛亦龙的坚持,她就红着脸接受了。

薛亦龙亲自给她戴在手腕上。温润碧透的玉镯,与谢文瑛细嫩的胳膊、白皙的肌肤很相配。四年的大学生活,在两个人的甜蜜爱情中很快过去。薛亦龙原以为他们可以从此携手白头到老,但结果却并未如愿。她和自己最终分手,嫁给了一个公务员——只是为了满足她父母的心愿……

所谓人生,就是一个不断拥有、不断舍弃,再不断拥有和舍弃的过程。每个人来的时候两手空空,走的时候同样也两手空空。所以说:学会放弃,也是人生必修的功课之一。

薛亦龙还沉浸在往事中,手机再度响起,是他的一位中学同学宋时雨。宋时雨在高中时和薛亦龙坐过同桌,毕业后没有考上大学,而是直接进了一家企业。薛亦龙春节回家总要找他聊天。宋时雨对北京充满了向往,但一直没有机会到北京来。

宋时雨说:"亦龙,我过几天可能有个机会去北京,咱们在北京见面。"

薛亦龙说:"你来吧,到时候我陪你好好逛逛北京,故宫,长城,天坛,咱都去瞧一瞧!"

宋时雨很高兴:"好,先谢谢你。不到长城非好汉,我也当一回好汉。"

……

放下电话,出租车也停了。薛亦龙拎着行李包刚进办公楼,遇到笑眯眯的周正春。周正春一脸春风:"哎哟,大记者出差回来了。吃饭没有?走吧,一起出去吃饭。"

薛亦龙说:"谢谢,我不去了。"

"走吧,我还有点儿事和你商量。"

薛亦龙被周正春拉着往外走,碰上在记者部实习的宋歌也要出去,她的后面紧跟着周明俊。宋歌看到薛亦龙,立即现出开心的微笑:"薛老师,

你出差回来了？"

薛亦龙说："宋歌，别叫我薛老师，你就叫我的名字。"

周正春正色道："这可是社长安排你带宋歌的，她叫你老师也理所应当。"

薛亦龙摆手："宋歌，以后不许叫我薛老师。叫我薛亦龙，或者亦龙。记住没有？"

宋歌脸一红，点点头："好的，薛老师。"说着意识到自己又错了，急忙捂住嘴。

周正春哈哈大笑，笑过了说："走吧宋歌，一块儿吃个饭，为你的薛老师接风。"

宋歌看着薛亦龙，似乎在等他的表态。

"走吧，周老师请客，咱们作陪。"薛亦龙说。

周明俊凑过来："宋歌，你们这是要去哪里？"

周正春在周明俊肩上拍了拍："走吧兄弟，一起去，哥不是传说，是请你吃饭的那个人。"

四个人在杂志社附近一家经常去的大排档坐下来。周正春点了几个家常菜，又要了一盘毛豆，二十串羊肉串儿，四瓶冰镇啤酒。

周正春问："这次去江西有收获吗？"

薛亦龙不想谈江西西萍采访的事儿，说："还行，该采访的都采访到了。吃饭不说正事儿，咱们喝酒。"

宋歌说她不会喝酒，周正春说："做记者不会喝酒不行，你得锻炼锻炼。咱们杂志社有几个女同事，比男人还能喝。那次我们去官厅水库度假，两个女记者把三个搞发行的大老爷们儿都给喝翻了。亦龙，你还记得不？"

周明俊也说："是啊，女记者都能喝酒的，宋歌你少喝点儿也行，喝不完的我替你喝了。"

"想喝你自己喝，别拉上我。"宋歌瞪了周明俊一眼，周明俊吓得一缩脖儿，闭住了嘴。

薛亦龙道："宋歌不喝就算了，给她来一杯露露杏仁果汁去去火。"

周正春有些酸酸地说："我们薛大记者，不愧护花使者的雅号。小宋

你刚来实习，时间长了就知道，他在我们社女编辑、女记者中可是口碑最好的，就是因为他特会照顾女人，尤其是漂亮的女孩儿。"

薛亦龙拍了周正春一掌说："胡说八道，别往我身上泼脏水。"

周正春正色道："这怎么能叫脏水，咱们单位所有女同胞，包括咱们很有可能提升当副主编的部门主任贺映红都打心眼儿里喜欢你，难道我说错了吗？"

薛亦龙道："别瞎扯蛋。咱换个话题，你说找我有事儿，什么事儿？"

周正春举起杯，与薛亦龙碰了一下，一口气干完，左右瞧了瞧，压低声音说："我这阵子在四处看房，我决定贷款买房了。"

"噢，现在房价这么高，你买房不怕亏了？"

"亏什么？现在房价一个劲儿往上涨，再不买亏得更多，以后说不定想买还真买不起了。"

薛亦龙挠挠头："我看网上不是有专家在说房价要降吗？按国际收入房价比，至少得降百分至三十到五十，还有人说要降百分之七十。"

周正春说："你可别相信那些专家的话。屁股决定脑袋，他为了讨好'空军'，当然要为'空军'们说话。你没有听听'多军'兄弟怎么说，房价至少还要翻一倍到两倍。现在五六千，再过两年，每平方米得涨到一两万。"

薛亦龙摇头："那不是疯了。光涨价，有人买得起吗？"

周正春："你买不起，能买得起的人多得是。北京是首都，全国乃至世界上有钱的人都想来这里投资购房，能不涨？咱俩一个'空军'一个'多军'，你看'空'，我看'多'，不信咱们打个赌，走着瞧。我现在决定就是借钱贷款，也得把房买了。我看中南三环的一套90平方米的房子，现价每平方米六千。咱不是记者吗？好好利用咱的记者身份，托人找一找关系，看能不能给多便宜一点儿，至少得给个内部价。"

对于人生而言，越早投资，未来的收益可能会越大。因为大概而讲，我们一直处在通胀中，钱越来越不值钱。过去一角钱能买到的东西，现在需要花一元甚至十元。

吃过饭，周正春要去商场买东西，拉宋歌一起去。宋歌说身体不舒服，想回单位，他只得拉了周明俊一起去。

宋歌和薛亦龙一起往回走。宋歌说："周明俊真讨厌，像跟屁虫似的总跟在人家后面。"

薛亦龙嘿嘿笑了："难道你没有发现，他对你有意思?"

宋歌眼珠翻了翻："哼，他? 给我提鞋还不配呢!"

薛亦龙说："怎么能这么说? 周明俊知道了，会伤心死的。"

宋歌："死了也好，省得天天烦我。还有那个周正春，也不像好人。"

薛亦龙问："为什么?"

宋歌说："你瞧他那双眼睛，三角眼，看人总是笑眯眯的。我妈说了，三角眼心狠手毒，笑面虎也没有好人。你也得小心着他，不一定什么时候背后给你使坏哩!"

薛亦龙呵呵笑了："你妈还会看相。那你给我看一看，我这相算是哪种人?"

宋歌一双水汪汪的眼睛望了望薛亦龙，脸颊忽地红了，低下头说："你算是那种亦正亦邪的人，虽然有时候嘴上不饶人，但本质上不坏。"

薛亦龙心中却不由得暗惊，这话徐昕蕾也说过，说自己亦正亦邪，有时候像特好的好人，有时候又有点儿像坏人。

薛亦龙说："我很小的时候，有一次去我姨家。正好姨家住的小区来了一个算命先生，别人都说他算得很准。姨就拉着我妈抱着我去找人家算，我妈说了我的生辰八字，那算命先生掐指算了半天，说我将来如果是个好人，那就一定是个非常好的人。如果是个坏人，那就一定是个非常坏的人。这话是我妈妈后来告诉我的。所以我长这么大，就一直努力往好人这边靠拢。想不到我努力这么多年，还是一半好人一半坏人。唉，做人真难啊!"

宋歌天真地望着薛亦龙咯咯笑起来。"真的吗? 你真的还被算命先生算过?"

薛亦龙看宋歌笑起来两眼弯弯，睫毛长长，露出一排细碎的银牙，心中便生出些许爱意，逗她道："小宋，你希望我是好人还是坏人?"

宋歌止住笑，歪着脑袋想了想说："我希望你一半是好人，一半是坏人。但不是那种十恶不赦的坏人，是像有点儿坏坏的那种男生的样子。男人太正统太一本正经了，反倒没有意思。人一天到晚哪里会有那么多一本

正经的事儿要说?"

薛亦龙瞪了她一眼:"你这种思想有问题,以后还是离那些坏小子们远一点儿,小心遇到色狼,后悔来不及。"

宋歌像一个犯了错的小女生,不再说话。薛亦龙看见了,心里不由一动,他还不曾注意过,宋歌长得其实也很漂亮。

转过街角,是一僻静的角落,宋歌从口袋里掏出一块巧克力递给薛亦龙。薛亦龙摆手说:"这是女孩的爱好,我不吃。"

宋歌硬塞到他手里,说:"给你的还不接着,你以为人家是什么人都随便给的吗?!"

不得不承认,现实中的人,无论在单位或家中,时常处于一种麻木机械状态。按点上班,吃喝拉撒睡,仿佛人只是一个无关紧要的零件,从属于某个庞大的机器,没有自己的个性、思想和抉择。我们在盲目的被动中,被别人推搡向前。犹如在数十万人的集市,不得不挤压碰撞随众而行,自己也不知朝向何方。

回到编辑部,薛亦龙正要收拾自己的办公桌,记者部主任贺映红就走了进来。贺映红并不比薛亦龙大几岁,却已经坐上部门主任的宝座,据说与她的背景有关系。

贺映红看到薛亦龙,眼睛一亮:"亦龙,刚回来?"

"是的,我一下火车就赶来单位了。"

"你来一下我的办公室!"贺映红扭身先走了。

薛亦龙随着贺映红来到记者部主任办公室。记者部主任是单独的一间办公室。贺映红指了指饮水机:"渴了自己倒吧。"

薛亦龙倒了杯水,一口气喝完,在长条沙发上坐下,把去江西西萍采访的事儿简单说了,当然他并没有提及去洗浴中心洗澡所发生的事情。

贺映红点点头:"你先休息一下,然后抓紧时间把稿子写出来,我们这期杂志当重点报道推出来。现在我们的确少有份量的大稿,你的这篇一定能产生比较大的影响,我相信你的文笔。"

然后,贺映红过去把门轻轻掩了,声音也低了几度:"亦龙,有个消息我透露给你,主编要退休了,副主编位置一直空着,我下一步可能会提到副主编的位置,过渡一下就是主编了。这记者部主任的岗位空下来,我

想推荐你。你的写作水平都是有目共睹的，所以你最近得注意一点儿自己的言行，不要吊儿郎当没正形。"

薛亦龙摇摇头："我，不适合当领导，还是让周正春来当吧。"

贺映红说："他？和你比还差一点儿。"

薛亦龙重回到记者部，周明俊笑嘻嘻地凑过来问："亦龙，贺主任找你有什么好事？"

薛亦龙也不喜欢周明俊，这家伙年纪轻轻就喜欢打探别人隐私，而且一天到晚像跟屁虫一样跟在宋歌后面。像他这样没脸没皮地穷追女孩，十之八九会追不到，反而会让女孩讨厌。薛亦龙没好气地说："没什么事！有事儿也不告诉你。"

周明俊碰了一鼻子灰，转身过去找宋歌："宋歌，我刚才在网上听到一首歌，贼好听！要不要我给你拷一份儿？"

宋歌："谢谢，本姑娘这会儿正在写稿呢。贺主任都盯我两天了，我再不给她交稿，她会打我的板子的。你先忙你的去吧！"

周明俊并不觉得尴尬，嘻嘻笑了笑："宋歌，今晚人艺剧院有场演出，濮存昕饰演主角杜甫。有朋友给我搞了两张票，你想不想去看看？"

宋歌推开他："再谢谢，本姑娘不喜欢濮存昕，也不爱杜甫，啥时候有周杰伦或者王力宏的票，您老人家再来找我，行不？"

"好，好！我争取安排周杰伦、王力宏早日来京演出！"周明俊自嘲着，退回到自己的座位上。

薛亦龙听他们一问一答，嘿嘿笑着摇摇头，打开电脑，准备写去江西的采访稿。这时候他的手机又响了。

第三章 租 房

电话是房东高玉宝打来的。高玉宝说房子需要马上收回，因为他的亲戚要来京看病。薛亦龙的租房在正义路的一个小院里，房租每月四五百元，在那一带算是比较便宜的。薛亦龙说："你是不是嫌价钱低？我可以给你加点儿钱。你就别让我再搬来搬去了，好麻烦！"

高玉宝说："薛记者，这次真不是钱的问题，我的亲戚真的要来了。慢性病，得到北京医院看上一年半载，他们又住不起医院，只能临时住我家，所以，对不起，不得不让你走了。"

放下电话，薛亦龙骂了一句："王八蛋。"他猜想房东可能遇到掏高价租房的人，所以才找个借口把他赶走。此前房东高玉宝曾打过几次电话，不是说房管局的人催他，就是说他们可能要搬回来住，但每一次说一说也就过去了。这一次，薛亦龙不想再和他纠缠，决定尽快搬家。

"薛老师，不，薛亦龙，你是不是要找房子？"宋歌问。

"是啊！你有吗？"薛亦龙问。

"我可以帮你问一问。"宋歌说。

"多谢了。"薛亦龙冲她挤了一下眼睛，宋歌会心一笑。

在北京漂着的人，房子是个大问题。没有属于自己的房子，就像无根的草，心永远都是漂着的。下了班，薛亦龙骑着自行车开始从单位往家返的路上寻找新的租房。他比较喜欢前门、故宫一带，这里才是中国的中

心，能在这里住上一段时间，也算人生一个难得的经历。

薛亦龙挨门挨户询问，绕着故宫走了一圈，也没找到合适的房子，心中就有些懊丧。他骑车从天安门广场西路来到前门，过了老舍茶馆，过前门大街，向左拐进了大江胡同，问了两个在门口坐着闲聊的大妈，都摇头说："这里的房子都租出去了。没有租的也因为是公房，房管所不让租。"

薛亦龙叹口气，想掉头回去，猛然想起庄一民就在这条大江胡同住，便打了个电话。庄一民还在下班的路上，听说薛亦龙就在大江胡同，便说："亦龙，你直接去我家吧，我老婆在，我马上就到家。"

薛亦龙说："你不在家，嫂子一个人在家，我去不合适。"

庄一民说："什么合适不合适，去吧，你应该知道我家在哪个院，大江胡同 105 号，进门左拐第一家就是。"

薛亦龙曾经到过庄一民的家，只是记不清具体是哪个四合院。105 号门口有两个石狮子，两块青石板儿，因为年代久远，中间被踩磨陷下去。他把车子放在院门口靠山墙，锁了。徒步走进又窄又暗的过道，左拐是一个厨房。厨房门虚掩着，里面没有人，却看得清屋里的灶具碗筷。

庄一民的老婆许云茹怀里抱着女儿庄朵朵，看到薛亦龙出现略微有些慌乱，口里说着"请进"，眼睛却四下在屋里看了一圈。一个十六七平方米的房间，吃、喝、睡全在这里，猛然来了外人，女人就怕有什么隐私的东西被外人看到了。床铺叠得整齐，屋里收拾得也还算干净。许云茹才放下心来。

生过孩子的女人，更显出几分成熟的风韵。薛亦龙目光从许云茹脸上闪过，眼睛的余光看到了她那略微有些低胸的一片白，不由得心怦怦跳起来。

薛亦龙说："嫂子，来打扰你了。我本是来这一带找房子的，刚和一民通过电话，他非让我来家。"

许云茹说："你们是好朋友，当然应该来家坐一坐。你好长时间没来了，上次来还是刚过完年的时候，一晃就是几个月了。"

薛亦龙在椅子上坐下。许云茹把庄朵朵放下去任由她自己跑着玩，她给薛亦龙倒了杯水。

薛亦龙找房子找了半天，口中正渴，一口气喝了，说："嫂子，麻烦

给我再来一杯。"

许云茹问:"房子找得怎么样?你原来不是住得好好的,为什么要重新租房?"

薛亦龙把房东高玉宝在电话中的话说了一遍。

许云茹叹口气:"房客和房东是永远不会成为朋友的,房东只想提价多赚些钱,见钱就是娘!房客当然是盼着房租钱越少越好。"

这时候窗外一声吆喝,庄一民回来了。他手里拎着几塑料袋菜,先放到厨房里。进屋和薛亦龙打过招呼,抱过女儿庄朵朵亲了又亲。薛亦龙不由得暗暗羡慕有个家真好。一个男人有了老婆,有了孩子,无论男孩还是女孩,这才算是一个完整的家。

薛亦龙闲坐一会儿,便起身要走。庄一民拦道:"在吃饭点儿上,怎么能让你走呢?就在家随便吃一点儿,咱都不是外人。"庄一民已在外面买了两个现成的热菜,京酱肉丝和小炒肉。他又凉拌了一盘儿黄瓜和一盘豆腐皮儿,凑足了四个菜。

庄一民又转身去外面的小商店买了瓶牛栏山二锅头。

吃饭时自然又说起租房子的话。许云茹说:"我倒认识几个老乡,让他们帮忙问一问。"一边说一边用庄一民的手机打了两个电话,那边都说愿意给帮忙。薛亦龙心里暖融融的,望着庄一民和许云茹,感觉他们就是自己的亲人。又暗暗骂自己竟然还在心里对许云茹有一点儿非份之想,简直是畜生不如了。

这时候庄一民举着杯说:"亦龙,碰一下喝干了!"

薛亦龙一仰脖儿真就把杯子中的酒全喝了。

"好!"庄一民也一口喝了,给薛亦龙和自己重新倒满。

薛亦龙问庄一民最近工作怎么样?庄一民叹口气说:"还是外甥打灯笼——照舅(照旧),即当编辑又当记者。从早忙到晚,还拿不了多少钱,每个月连工资加稿费合计才一千六七。"

薛亦龙心想,一千六七在北京养活一家三口的确不容易,便道:"一边干着,一边再找一找,看有没有更合适的工作。我们都是来北京打工的,哪里工资高就往哪里去,咱总不能在一棵树上吊死!"

庄一民点头:"我曾经想过,将来某一天人家不让咱干了,我就去当

专职作家，靠卖字为生吧。省得再看别人的脸色！"

许云茹在旁边说："他根本就没在找工作上面用心。白天上班，业余时间全用在了写作上。你如果有合适的工作，别忘了给我们一民介绍介绍。"

庄一民喜爱写作，当初到北京来闯荡，就是希望在文学上能弄出点儿名堂来，然而真到了北京，一家人的吃、喝、住就成了他首要解决的问题，所以只能先找份工作干着，结果一干就是七八年。这情况薛亦龙很了解，他连连说："一定、一定，如果有好事，我当然第一个想到的就是一民大哥。"

两个人喝完了一瓶二锅头，庄一民还要去小商店再拿，被薛亦龙拦住了："行了一民，咱俩分这一瓶，不多不少正合适，再喝，我可就醉了。"

庄朵朵已经睡了。三个人又闲话一会儿，薛亦龙怕影响朵朵睡觉，起身告辞。庄一民与许云茹送出大门，两个人站在胡同口看薛亦龙走远了，方转回家。

简单收拾，许云茹在浴盆里洗了脸和身子，要庄一民也去洗一洗。庄一民就着许云茹用过的水擦了身子，这才上床。庄一民把睡梦中的庄朵朵往里面推了推，两个人紧挨着躺下。许云茹侧身问："你觉得薛亦龙人怎么样？"

庄一民道："我感觉和他心灵很近，我们俩就像亲兄弟一样。"

许云茹点点头："你人太老实，他可是比你要活泛多了。我也觉得他人还不错，如果徐昕蕾能和他成了，两个人倒挺般配的。"

庄一民浅叹口气："恋爱这种事，不在于别人怎么看，两个人最终能不能走到一起，关键要看他们自己。和徐昕蕾做过几日同事，我算比较了解她的，她虽然说话办事有些大大咧咧的，但绝对没有坏心眼儿。薛亦龙有些时候表面看亦正亦邪，满不在乎。两个人到底能不能走到一起，还真不好说！"

许云茹瞪了庄一民一眼："你怎么可以说这样的话？薛亦龙和徐昕蕾他们两个人当初可是你介绍的，你倒先没了信心。"

庄一民说："你莫先把罪名扣我头上，我只是介绍他们相识，也并没有命令他们两个一定要谈恋爱结婚。"

许云茹笑道："我和徐昕蕾是老乡，心里自然亲近几分。我私下可是和徐昕蕾说过的，不过她也没给个准话儿，只说大家先做个朋友处一处再说。薛亦龙这边到底是什么意思？"

庄一民翻个身儿，把一只手搭在许云茹丰满的胸上说："不晓得，咱睡吧！"

薛亦龙从庄一民家出来，并没有立即回自己的住处，而是绕道从前门大街正北去了天安门广场。

天安门广场上还有不少人，大部分是外地的，也有一些是住在附近的老百姓，晚上来天安门广场上乘凉。薛亦龙一个人孤单单地往前走，围着毛主席纪念堂转了一圈。一种寂寞悄然袭上心头，漂泊异乡的人是最容易感染上寂寞。薛亦龙掏出手机，给远在中原小城的家里打电话，电话响了半天，却没有人接。这时候父亲和母亲应该出门散步了。他想给姐姐薛亦侠打电话，想了想却没有打，每次和姐姐通电话，没有别的事情，她张口就是问对象找到没有，似乎比妈妈还着急。说到对象的事情，薛亦龙的脑袋就大。谈对象不是头东西，到商场里看中了掏钱就可以买。

薛亦龙坐在水泥台阶上给徐昕蕾拨电话，响了三声，那边接了。一个亮脆的声音喂了一声。

"是我，薛亦龙。"

那边传来咯咯的笑声："薛亦龙，真是巧了，我正说要打电话给你哩。"

薛亦龙问："又是富翁出书的事儿？我还没有考虑呢。"

徐昕蕾说："不是。那事儿还不太急，你这个周五有事吗？"

薛亦龙说："没事，我就等你来安排。"

徐昕蕾佯作生气："你这不是在拍马屁吧？如果你不打电话给我，你也不会说这样的话。好，那你就听我安排吧。我接到一个请柬，本周五在鼓楼大街一个四合院里，一家国际化妆品公司要举办一个 Party，邀请不少媒体朋友，不知道你有没有时间来？"

"当然有时间。咱能不能提早点儿，我们一起吃个饭。"

"不行，我还得先赶一个会，人家安排有饭局的。"

薛亦龙："好多日子没有你的消息，我还以为你失踪了。"

徐昕蕾说："我去采访阿富汗了。"

"真的?!"薛亦龙故作惊诧。

徐昕蕾嗔怪："你说真的假的？周五八点，鼓楼大街斜玉胡同，不见不散。"

薛亦龙合上手机，吐出一口浓浓的酒气，伏下头却翻着眼睛往前看。他看到一双白皙的美腿一晃一晃由远而近，下面是一双平底儿拖鞋，脚上没穿袜子，高高的足弓，白皙纤长的脚趾，涂着猩红的趾甲，看上去非常性感。薛亦龙盯着这双脚从自己前面几步远的地方走过去，这才抬起脸，他只看到一个妖娆的女人的背影。

夏天是女人展露美腿玉足的大好季节，也可以让普天下的臭男人们养眼悦心。薛亦龙想着，笑出声来。

第四章 西洋景

　　时间一晃就到了周五，这天薛亦龙的心情从早上睁开眼开始就很不错，那照进窗的第一缕阳光也显得格外清新爽朗。对着书桌上的镜子细细刮了胡子，看着镜中的自己，薛亦龙忍不住做了个鬼脸："小子，您撞上桃花了！"

　　上午，宋歌去钢铁协会参加一个要开一天的会议，听说晚上还有小剧场演出，一个当红的男扮女装的明星是主演。宋歌本想和薛亦龙一起去，但薛亦龙因为与徐昕蕾有约，借故说晚上几个朋友约好了喝酒，不能奉陪。

　　旁边的周明俊涎着脸说："宋歌，我陪你去吧。"

　　宋歌没好气地说："人家协会要一个高水平的记者，你的水平不在二百五以上，也不在二百五以下，正好二百五。改天再去吧，啊！"

　　宋歌转身出去，周明俊苦着脸问自己："她咋那么烦我呢？"

　　"想追女孩子得讲究技巧，不能追得太近，近了就惹人家烦；但也不能离她太远，太远怎么能对你有好感？你得找一本《恋爱兵法》好好学习学习。"薛亦龙调侃道。

　　周明俊认真地问："大哥，哪有《恋爱兵法》卖？"

　　"去西单图书大厦！"薛亦龙顺嘴说。

　　下午下了班，薛亦龙直奔鼓楼大街，赶到时才六点半，在附近一家大

排档要了十五根羊肉串、五根板筋、两个羊腰子，就着两瓶冰镇啤酒吃了。时间尚早，又在街上溜达了一会儿。踱步来到斜玉胡同，看那胡同口站着几个西装革履的小伙子，在气温高达三十四五度的夏日，仍穿戴这般齐整，真难为他们。薛亦龙一边想一边往里走，这条胡同是极普通的老北京胡同，两边住着普通居民。还有一家小饭店，透过大门可以看到小院里的露天大排档。

进胡同走了几十米，是一个用绿藤红花精心装饰的四合院大门，衬得灰墙琉璃瓦既古老又时尚。花枝招展的迎宾美妹摆着习惯性的职业微笑欢迎来宾。那些进去的人，每人手里都拿着一张粉色的请柬。

薛亦龙没有请柬，便想鱼目混珠，随着人流儿愣愣地往里进。一位西装革履的小伙礼貌地伸手拦住："先生，请问你是？"

薛亦龙站住，在身上摸了摸，忽然想起什么似的说："噢，对不起，因为来得急，忘记带请柬了。"说着掏出名片递过去。那小伙子认真看了看薛亦龙的名片，非常客气地说："没关系，您在这里放一张名片，然后签个到就可以了！"

薛亦龙把名片放在桌上的玉石钵里，又在一个精致的签到簿上签了名字。而后在一位身材颀长嘴角有一颗美人痣的礼仪小姐引领下，进入一个镜子面似的小门洞儿。这时已能听到悠扬的音乐，好像是英国一位世界级音乐大师的作品。

薛亦龙在北京居住二三年，见过不少老北京四合院，但这个院落的确有些与众不同，穿过一个二米长的门洞，右拐，又是一个狭窄的一二米的廊道。眼前赫然开阔，一个二十几平方米的空间里，正在播放悠扬舒缓的音乐，轻灵的旋律萦绕着耳际，空气中弥漫着香水的芬芳，使人感到仿佛是在英国参加一个上等贵族的聚会。但房屋不是英国的皇宫或别墅，地面坑坑洼洼，原来的老砖已磨得接近土灰色，好像有近百年历史。

室内虽然有厚重的泥土气息，但打扫得很干净。房间有二层楼那么高，有椽有梁，这样的建筑居住着不会让人感到压抑，而且冬暖夏凉，比当下那些卖得贼贵的商品房要宜居得多。屋里共有三个秋千，从顶梁上垂吊下来，不知会做何用处？一面墙上贴着一幅知名国外品牌的香水广告，屋中央设一吧桌儿，放着高脚玻璃杯，有茶、有各种饮料，还有酒，可以

根据自己的喜好随便取用。

薛亦龙正喝着果汁儿,手机响了。徐昕蕾问:"薛亦龙,你人在哪里?我已经到了。"

薛亦龙嘿嘿笑了笑:"我已经进来了,在入口处等你。"

片刻,薛亦龙看到徐昕蕾走进来。她穿着白花边上衣,短裙儿,露着长长的瓷白的腿。脚上是一双细黑带皮凉鞋,没有穿袜子,更显出一双纤巧白嫩的脚来。

薛亦龙眼睛一亮,道:"你今天好性感!"

"说什么呢!难道我平时就不性感了?"徐昕蕾嗔怪着,忽又惊奇地问:"你没有请柬,怎么进来的?"

薛亦龙说:"我告诉他们请柬忘带了。给了他们一张名片,就进来了。"

"这么简单?"徐昕蕾还不相信。

"对,就这么简单。"

薛亦龙从侍从托盘里取了一杯雪碧递给徐昕蕾,他知道她喜欢雪碧。

一个 5 岁左右的女孩儿忽然跑到一位男士面前,拉着他的手喊:"爸爸,你瞧!"

薛亦龙注意到小女孩背上戴着天使的翅膀,那用雪白的丝绸做的翅膀,薄如蝉翼,非常漂亮。她的胸前还有红黄闪亮的东西,是两个彩饰蝴蝶。

小女孩稚声嫩气地说:"爸爸,是门口一位漂亮的阿姨给我戴的。"

房间里已有十几个年轻男女,女孩们大都刻意穿着五颜六色各式各样的晚礼服,有的女孩裸出一大片白背与细腰,不能不让人想入非非。相对来讲,男士们着装则比较随意。

这时,忽然从另一个门洞进来三个小女孩子,白衣白裤,从薛亦龙身旁走过时,薛亦龙注意到她们脸上、身上全都涂了亮白的银粉,眼睛大而明亮,如跳天鹅湖的小芭蕾舞演员。她们背上同样戴着雪白翅膀,一个个更像天使了。有人拿扶梯来,三个小天使依次登上去,分坐在三个秋千上,轻轻荡起来。屋内灯光朦胧,她们从随身的香袋里取出金银红黄的花纸絮儿,从半空撒下来,活脱脱现代版的天女撒花。那个小女孩兴奋地迎接着天上的飞花，她的头发上、身上也洒了金纸花片儿，一切就像在童话中。

在靠北山墙的位置，有两个小摊位。捏面人儿的是一位北京大姐，穿着老北京的丝绸褂儿，专心致志捏泥面人儿。她面前有一个小摆架，摆放着已捏好的七八个面人儿，有执金箍棒的孙悟空，有背媳妇的猪八戒，还有奔月的嫦娥等等，个个活灵活现，色彩迥异。那个小女孩喜欢孙悟空，轻轻碰了碰。大姐看到了，很客气地微笑着说："喜欢就拿一个吧。不要钱的。"小女孩拿了孙悟空，又去看另一个摊位。

吹糖人儿的是一位三四十岁的汉子，端正笔直，身穿唐装，聚目凝神地吹着糖人儿。他面前也有一个摆架儿，上面摆着已吹好的糖人，有小鸟、灵蛇、玉兔儿。小女孩儿高兴地说："我要一个龙。"

汉子正在捏着活儿，取一团面儿，两个拇指与食指夹着面团儿，上下左右团捏，那面又筋又柔了。然后扯一条儿出来，含在嘴里，这根条儿竟然就是一个中空的管儿，可以吹气，他边吹边捏，脑袋身子眨眼显出来，却是只猛虎。原来旁边站着一个女孩属虎，她拿了捏好的虎道谢而去。汉子壮实如习武之人，手却非常灵活，快捷如飞，三五分钟，一条活龙活现的龙又出来了。小女孩欢天喜地地接了。

徐昕蕾拍手道："我是属虎的，给我也捏一个吧。"

那汉子却不答话，取一面团儿，三捏两捏又一个虎跃然而出。

徐昕蕾开心地笑着，拉着薛亦龙从一个新发现的门口走出去。面前别有洞天，他们才知道这里方是四合院的主院儿，只是上面搭了顶棚，刮风下雨都不用担心。院中央放一茶儿，摆着各式各样的小吃甜点。西装革履的服务生端着托盘，托盘里放着香槟、冰镇啤酒等各色饮料，在人群中悄无声息地穿梭。

一个服务生礼貌地来到薛亦龙面前："先生，喝香槟吗？"

香槟这个词儿离薛亦龙很遥远，虽然他也参加过各种大型宴会，喝过这种饮料，但毕竟都不是平常用的，遂取了一杯。这杯子是高高的、细细的那种，在国外电影的富人家的 party 上可以看到。薛亦龙抿一口，味道还好！

又从身旁路过的服务生托盘取一杯，递给徐昕蕾道："尝一尝！"

31

徐昕蕾喝了一口，点点头说："味道真的很不错！"

小院里外国朋友居多，或端着高脚杯喝香槟，或站在茶几旁吃甜点。有几个外国人围成一个半圆，在品评鉴赏什么。走近了，薛亦龙看到一位大妈正在剪纸，剪法细腻灵活。成品摆在白布铺就的桌上，有美丽的天使、盛开的牡丹花等，来客可以随便拿自己喜爱的作品。

在剪纸大妈工作的桌旁，还有一位戴着小礼帽穿着黑红相间唐装的人，薛亦龙认出是漫画家张汉忠先生。他正给一位大肚、白发、红光满面、导演模样的人在纸扇上做画像，点点横横，寥寥几笔，头脸就画出来，形神兼具，又题了字。那导演非常满意，再三鞠躬谢了。几个花枝招展的女孩围过来，要张汉忠给自己画像。张汉忠说："好，咱得找一个灯光明亮些的地方。"于是一群人进了北屋，张汉忠在一个竹床上坐下来，接着画他的人物漫画。

外面一阵热闹，片刻间涌进一群人，中间一位女士，看脸儿有些面熟，可能是一位演员或歌星，一时却又想不起她的名字。有男孩、女孩上前与她合影，她来者不拒，一直微笑着面对镜头。然后就有记者举着采访机围上去，就像人们在电视上看到的一样，她手中持着一大把不同标示电视台的话筒，极耐心地回答每个记者的提问，无非是最近的工作和未来的拍摄计划等。

不久，又来了几个面孔熟悉的演员，又引起一阵小小的轰动。有一对男女模特儿，大概新近得到了什么奖，正红着。他们俩站在一面装饰过的山墙前，引得许多年轻的女孩追过去与男模特合影，而漂亮的女模特则成为小伙子们追捧的对象。媒体记者又让男模特与女模特站在一起，摆各种姿势拍照。想一想这场景也可以理解，明星模特儿需要媒体宣传，媒体也需要他们来填充版面，而这台 party 的东家也希望借助这个平台，邀请媒体、明星前来捧场，从而达到宣传自己产品的目的。各取所需，这个古老的北京四合院竟成了一个大道具。

薛亦龙和徐昕蕾对这些并不陌生，两个人躲在一边喝饮料，闲聊。

"有免费的茶点、饮料，还有免费的糖人和剪纸，只要你想要，你就可以得到，仿佛到了共产主义。"徐昕蕾感叹。

"这只是小范围的共产主义，走出这个四合院，你的吃喝拉撒全都得

花自己的钱!"

"你这个人没有一点儿浪漫趣味,人家就这点儿感受,你还无情地打击!"徐昕蕾故作伤感。

九时左右,徐昕蕾发现小院与房屋里的人忽然减少了,人流都往另一个门厅里涌。那个门厅薛亦龙曾经尝试着想进去,却被服务生礼貌地拦住了。薛亦龙拉着徐昕蕾跟着人流进去,发现又是一个小房间,房间另一端还有一个门,再进去,薛亦龙不由得大吃一惊,这才是这个四合院的真正的主房间,大约有近百平方米,房顶极高。房间东部造了一个假山,在灯影泉水中间,摆放着几瓶精致的香水。假山前面是一个小舞台,用彩带、彩灯装饰了。人们都聚在舞台周围。薛亦龙庆幸自己没有先走,不然就看不到后面的精彩节目了。

舞台中央放一个大桌,这种桌子也只有在旧中国大户人家里才有,四腿儿着地,稳如泰山。三个女孩先后上场,表演顶灯、顶酒杯,那最小的女孩身体柔若无骨,腿脚身前身后地绕。那脚分明已提到眼前,而脚底朝上摆着的酒杯却纹丝不动。演罢收工,酒杯倒置,还能倒出半杯白酒来。这种表演虽然在电视上经常见,但看电视与看现场感觉完全两回事。电视看过后很快就忘了,而这种现场的观看,则给人印象至深。某年某月某日,在某个地方看到一个什么样的杂技节目,多年后仍会记忆犹新。

给薛亦龙印象较深的节目是表演顶幡,这是老北京天桥艺人的拿手绝活儿,如今也走进了四合院的西洋景里。三个小伙子各顶一个数米高的大幡,胳膊上腱肉丰满,身白如《水浒传》里的好汉浪里白条。他们闪展腾挪,动作干净利索,那数十斤重的大幡在他们手里如同玩物,左倒右颠,上下翻飞,什么狮子滚绣球、鲤鱼打挺、倒挂金钟、关公背刀、哪吒闹海等,看得人眼花缭乱,尤其是黄头发大鼻子的外国朋友,直着舌头拍手喊:"好,very good!"

正在表演中,门口忽然一阵涌动,许多人扭头向后看,原来演员秦璐璐和歌手金心心也应邀前来助兴。明星的到场,再次引得追星族们特别关注,一些记者纷纷将镜头转向她们。片刻躁动之后,人们又被舞台上精彩的表演吸引。

薛亦龙向身旁一位现场负责人了解。那人介绍说,这台演出是请台湾的一位著名导演来设计的，从整个四合院内外的布景，到主屋舞台的搭建，历时半个多月。既结合了老北京四合院的独特韵味，又渗入现代西洋审美观，可谓完美经典的"土洋结合"。

最后一个节目当然是压轴大戏。一个女孩站在舞台旁边，腕上戴有练武人用的护件，身着白色连体紧身运动衣，身材丰腴匀称。只见她走到中央，那里有根绸带子，十几米长，从顶梁最高处吊下来，既高又远，如孙悟空的金箍棒竖在地上却要捅破天似的。丰腴女孩伸手攥紧绸带儿，用力拽一拽，那红绸带儿颇有弹性，非常结实。她深深提一口气，收腹挺胸，俩胳膊如蛇一样，迅疾在两根绸带儿上缠了又缠，同时一只脚缠了个活扣儿，踩实了后做板凳儿，腿一用力，身子就上蹿一段。另一只脚又做个活扣儿，踩实了再用力一蹿，身子又往上蹿一段。那双手更没有闲着，一只缠好固牢，一只往上缠攀。一只往上缠攀，一只缠好固牢，身手敏捷，快如灵猫，转眼就上了高空。人稍顿，胳膊平伸，双腿平抬，如著名的体操运动员，半晌静立不动。下面响起掌声一片。那女孩松了绸带儿，一腿忽盘于臀下，侧身而转，慢慢地整个人儿就转成一个圆，越转区域越大，余下的红绸带儿在她身后飘起，从地下仰头往上看，如嫦娥下凡一般。观众又是一片掌声。

女孩表演约有十分钟，忽地凭空一个鹞子翻身，一眨眼就快到红绸带儿的顶端，接近主屋内高高的大梁，她一定闻到了近百年的古木的气味了。女孩复静止，将绸带卷在腰腿上、胳膊上，缠了又缠。薛亦龙猜她是要表演一个从顶端直坠下来的杂技。这个动作难度最大，稍有不慎，失手坠地，就可能腿伤人残。所有的人都屏住呼吸观看。果真，女孩突然如失控一样，从最高端直落，身子翻滚而下。有人用手掩住嘴，有人发出惊呼，胆儿小的早闭上了双眼。偌大的房内静寂无声。那丰腴的身体离地面非常近了，忽然翻身，头朝上脚朝下站定，静若处子，脚尖离地面仅有几公分。众人长舒一口气，大呼拍手者有，尖声叫好者更多。

派对在演出结束后，也就散了。

徐昕蕾意犹未尽，打听什么时候还有这样的聚会。一位像是企业的公关人员向徐昕蕾要了名片后说："既然徐记者有兴趣，我们下次再有活动，一定请你参加。"

从四合院出来，外面依然热浪扑面。薛亦龙说："走吧，我送你回去。"

徐昕蕾说："不用了，我还是自己打车走吧，谢谢你今晚陪我。"

薛亦龙说："应该是我谢谢你，与美女结伴共游，岂不是人生一大快事。"

徐昕蕾撇嘴道："就酸吧，你！"

望着徐昕蕾乘车离去的背影，薛亦龙忽然想：如果这宽大的四合院，能让自己和徐昕蕾共住，该多好！

第五章　老　屋

　　租房的事还没有着落，房东高玉宝又几次打电话来催搬家，弄得薛亦龙心神不宁。他把晚报和北京青年报的租房广告都拿来看了，倒有几处房子大小、价钱合适，但位置不能令人满意。薛亦龙固执地认为，作为一个北漂，住在天安门附近，才算近距离接触了北京。

　　这天，薛亦龙刚把去江西西萍乡采访的稿写完，交给记者部主任贺映红，就接到庄一民打来的电话："房子找到了，就在崇文门附近。你早点儿下班去看一看。"庄一民还给了他一个手机号，说是女房东的，具体看房时间让他们自己联系。

　　薛亦龙拨过去，女房东的声音听上去像是一个五六十岁的老太太。薛亦龙问她下午有时间没有，她说她早就退休不上班了，什么时候都有时间。于是薛亦龙便约到下午五点。女房东说了房子的具体位置，薛亦龙对那一带并不陌生。

　　薛亦龙又给庄一民回电话说，看房的时间定了，他得先看了房再决定租还是不租。此时，薛亦龙已经让租房找房的事弄得焦头烂额，心中早降低了自住标准，只要差不多能放张床睡人就成。

　　薛亦龙提前下班，快到崇文门后街时，远远看到一个女子，带着个三四岁的小女孩，看背影很熟，走近了才发现是庄一民的妻子许云茹。"嫂子，你怎么在这里?"

许云茹说:"听一民说你要来看房,我没事儿也过来帮你看一看。这租房也有诀窍,首先得注意上下水问题……"

薛亦龙心里暖暖的,庄一民和许云茹都没有把他当外人。两个人便一起往前走。许云茹解释说,这房子是她的一个老乡帮忙找的。薛亦龙问:"多少钱一个月?"

许云茹说:"老乡转话是每月400元,等会儿见面你可得问清楚了。我和一民就在这里上过一次当。北京的老太太好的占大多数,但也有刁钻古怪的,专门占咱外地人便宜。"说话时,一个电话打过来,是那个房东老太太,说她人已经到了。"我们马上就到。"薛亦龙说。

来到46号院,门口果然站着一个胖老太太,相互认识了,胖老太太领他们往里走。这个四合院还算干净,胖老太太打开门,里面是十四五平方米的空间。有床、柜子等简单家具。胖老太太说:"这儿原来是我儿子住的,他去了日本,房子就空下来。你想住每个月400元。"

薛亦龙点点头,懒得和胖老太太讨价还价,就先支付了一个月房钱做订金。胖老太太笑得眯了眼说:"你一看就是个爽快人,我这就把钥匙给你。"说着从腰里摸出把钥匙,拣中间一个古铜色的取了递给薛亦龙。

许云茹问:"你这里的水费、电费以前的都结算清了吧?"

胖老太太说:"这不瞒你们,都是刚刚结算完的。你们接着交下个月的就成。"

闲聊几句,胖老太太笑嘻嘻告辞先走了。这时候,庄一民推着一辆破旧自行车赶来,把自行车放在四合院大门口,快步走进来,在房间里仔细看了看,点点头说:"不错,就是上下水有些不太方便。"

许云茹说:"和我们原来在这里租的差不多,都是在院里共用一个水龙头,上厕所还得出院门走一二十米。"

庄一民说:"亦龙年纪轻轻的,多跑几步没关系,就当锻炼身体了。他一个单身,自己又很少做饭,能在外面解决的都在外面解决了。"

薛亦龙看到了吃饭的时间,说:"走吧,一起去吃饭。嫂子帮我解决了租房的大问题,我应该请客。"

庄一民说:"别在外面吃了,去我家吃吧,咱们自己动手,丰衣足食。"

"不能总去骚扰你们!"薛亦龙坚持要请客。于是在附近寻了一个李记大众饭店进去,找了个相对安静的位置。几口酒下肚,庄一民的话就多起来。"亦龙,说句实在话,刚才一进那个院,我就想起我们曾经在这附近租住过的一段日子,不堪回首啊!"

许云茹嗔怪地望他一眼:"你别瞎说。"

庄一民嘿嘿笑道:"亦龙兄弟又不是外人,和他说说也没啥子,那些又不是什么见不得人的事情。"

薛亦龙说:"你说吧,我也想听一听。"

庄一民咕咚喝下杯中酒,一抹嘴,讲出一段他和许云茹的租房旧事——

2000年的时候,许云茹还在崇文门新世界商场上班,每天下班都是晚上九点多了。考虑她上下班的安全问题,我决定在她工作单位附近找一间出租房。

一天,许云茹在新世界商场碰到一个五六十岁干柴般枯瘦漆黑的老太太,说自己在商场附近有房子空着,希望帮她看一看商场里工作的售货员有没有人要租房。许云茹惊喜地拍手说,我家正要租房呢!

那天我下班回家,许云茹已经拿到了房东的钥匙。我们一起去看房,干瘦老太太的房子是一座老北京古旧四合院里的一间。大约八九平方米,靠墙支一张双人床,床上方有顶棚,用竹棍破席糊着,年代很久远了。

进门右首是一个小门,里面是一间五六平方米的小屋,很狭长,宽度放不下一张单人床,堆些乱七八糟诸如纸盒、木箱、板凳、棍棒等物。地面铺着老砖,砖与砖之间裂着宽宽的缝隙。租屋没有上下水,四合院门口位置有一个水龙头,是全院共用的。租屋隔壁是对老夫妻,带着一个年近四十仍没有嫁出去的老闺女。老闺女很胖,走起路来身上的肉一颤一颤,呼呼直喘。那老太太个子不高,圆圆的脑门,一双眼咕噜咕噜乱转,看上去很精明。她的丈夫是一个老实巴交的北京人,也许嗓子有问题,总是呼噜噜直喘。此外院里还有四五户人家,有一家是北京土著,另外都是外地人。

尽管不十分满意,还是决定租下来。可是,干瘦的房东老太太见我们家具物件都拉过来了却说："咱有些话要说清楚，房钱一个月四百元，水电费你们自己掏。"许云茹说："不是说好房租一个月 350 元吗？"

"什么时候说的？我记得可是 400 元，你们不想租就别租了！"新房东脸黑下来。我后悔自己来看房时，没有和这个老女人谈清楚房租，如果谈不妥，我们当天晚上就没地方住。我咬咬牙说："400 就 400。"

老女人走了。许云茹还愤愤不平："明明和她说好一个月 350 元，她却突然改口，这个老太太瞅准我们是没有退路了才成心这样做的。当初她到商场求我，说她有一个女儿，嫁人后生了一个残疾儿子，又离了婚，我觉得她挺可怜的，没想到——"

"恶人自有恶报，大凡可怜之人必有可恶之处。"我安慰许云茹。

晚上，忽然听到隔壁传来老爷子猛烈的咳嗽声。我们这才注意到，这两间房并不隔音。隔壁邻居有一点儿声响这边都能听到，反之亦然。没有隐私的生活，是很可怕的。你总感觉到有人在支着耳朵偷听，有一双眼睛躲在黑暗中窥视！

半夜，突然从黑糊糊的顶棚上传来"隆隆"巨响，吓得许云茹大叫。我首先想到的是黄鼠狼，找来手电筒搬个方椅上去，透过破烂的顶棚洞口往上面看，顶棚上落满了灰尘。手电的光线粗粗的一束扫过去，什么也没有。我关闭手电筒，却忽然发现黑暗中有一双贼亮的眼睛，闪着红红的血光。我的心一下跳到嗓子眼儿处，急忙摁亮手电筒，却只看到一个匆匆消失在一块突起的小包后面的灰色尾巴。

次日，我从工作单位拿回来厚厚一捆报纸准备糊顶棚。

隔壁方圆脑袋的老太太神不知鬼不觉地走进来，说："这房子曾经租给盖新世界商场的民工，大约有十几个人，后来有一天一个年轻的民工突然死了，其他民工不久也都先后离开。"

我表面装得很平静，说起昨晚顶棚上的粗尾巴事件，方圆脑袋的老太太说："可能是一只猫吧。这院子里有几只野猫，瘦得跟鬼似的，常常突然出现在你的身后吓你个半死。"

我先用报纸在床上铺了一层，以防糊顶棚时陈年旧灰落在床上。然后站在板凳上去扯顶棚上发黄泛黑的旧报纸，那糊着的旧报好像是 1941 年的，如果拿下来当古董还能卖个好价钱。我一团一团将这些旧报纸撕下

来，旧报纸的下面还落着黑棉絮状的东西，粘糊糊的令人恶心。我强忍着呕吐，将那些旧报纸慢慢地扔在地上。最后只剩下横竖七八根支架赤裸裸地摆在那里。

老四合院里只有一个共用水龙头，位置在院门口那一家的厨房边。全院子住户要用，必须得去那里提水。院门口住着的那户人家是一对夫妻，年纪都在三十多岁，没见过他们的孩子，自从我们搬进来那天起，我就没有看到过他们的笑脸。一天早上，许云茹去水池边提水，院门口那家的女人走出来，指责她不懂规矩，大清早地来提水，哗哗流水声妨碍了他们家睡觉。许云茹性格并不软弱，忍不住要理直气壮地回击，两人就叮当吵了几句。

没想到过了不到三天，我下班回家，发现门上贴一纸条，竟然是派出所留的，要我立即去派出所一趟。我不敢怠慢，立即骑自行车赶过去。民警一副公事公办的神态问，姓什么？叫什么？原籍何处？什么时候到的北京？有没有暂住证？我老老实实地一一交代。民警很严肃地问："难道你不知道吗？那一处民房是不能出租给外地人的？你为什么还要租？"我们从来没有听房东说这个老宅不让租。

当民警知道我是一个记者时，态度来了一个一百九十度的转弯："实话给你说吧，昨天你们院里有人向我们反映你们两口子，是他们不想让你们住，我们也不想没事儿找事。但我们如果不处理，他们就天天打电话来反映，上面查下来我们就不好交差了。所以你们最好不要在这里租了，还是搬到别的地方吧。"

我立即想到前两天许云茹与院门口那家女房主的口舌之战，八成是他们那一家人在背后使的鬼。

那天半夜，我忽然被一阵怪异的喘息声惊醒，支起耳朵倾听，声音似乎并不是来自右边邻居家的那个从没见过面的残喘老头，而是来自我们隔壁那一间不能称作房间的狭窄的小厢房。声音在我睁眼的一刹那，突然间变得小了。我坐直了身体。"HE——HE——HE"从黑暗中，我分明听到了小厢房里传来人的呼吸声。不知为何，我的面前闪现出一个佝偻着腰的干瘦老头，古铜色的皮肤、光秃秃的脑袋。我似乎看到他正躲在小厢房后面，探着身子侧着脸偷窥着我们夫妻俩。

周围是死一样凉冷的空气！我猛地跳下床，鞋也顾不得穿，去寻那墙上的电灯开关，用力地打开灯，房间里顿时一片光明。但小厢房的门口仍旧一片黑暗，那里没有门，也没有挂布帘子，只有一个黑黑的长方形入口。"HE——HE——HE——"仍有细微的喘息声从小厢房里传过来。

我要战胜自己的恐惧，即便真的在小厢房里有一个陌生的老头，他也是一个人！我鼓足勇气，迈开有些发颤的腿走过去。那个没有门和门帘的小门黑黑地向我敞开着，像一个怪物的大口。

当时已是十一月份了，北京的十一月已经有些冷，我身上只穿着一件白色的汗衫，下身是一个灰布大裤头，赤着脚丫子。来到小厢房门口，我不敢探头向里看，而是伸出右臂探进去，估计着向那根灯绳的位置去摸。突然我的手指碰到一个冰冷的东西，极像是一个人的手指。

我回头看一看床上熟睡的许云茹，不想让她同样经历我所经历的恐惧。但我本能的反应还是发出了不小的声音，妻子一翻身坐了起来。我也终于摸到了那根灯绳，拉开了灯，小厢房里终于有了光明，我探头进去，里面除了杂物之外，什么也没有。

重新回到床上，右首隔壁邻居家传来一阵剧烈的咳嗽声，那咳嗽声先是短而急促，接着变得漫长，一声咳嗽出来后，主人仿佛要断气一般，半天不再出声儿，就在我们感到喘不过气来时，那边又传来嘶哑的咳嗽，是刚才那声咳嗽的延续。

"嗳——嗳呀——嗳呀——"老头痛苦的呻吟。"爸——爸——"是一个年轻女人的声音，应该是他们家那嫁不出去的老姑娘。"放松——放松！"传来方圆脑袋老太太惊慌的安慰，接着是"叭叭"拍在一个人肩背上的声音。许云茹忽然把嘴伏到我耳边，以极低的声音说："那间小厢房，你不觉得可怕吗？白天我一个人在家里的时候，总感到那屋里好像有一个干瘦的老头在偷看。可是一走过去，里面除了杂物又没有别的东西！"

又过去仅仅两天，我下班回来，就看见头发有些蓬乱的房东老太太在门口站着，她说接到派出所的电话，要她来催我们搬家，这房子实在不能租了。我们要是再不搬，他们就罚她钱了。房东老太太说着竟抹起眼泪来。我说："我们搬来时，你为什么不告诉我这房子不允许出租啊？这才刚住几天就逼我们搬？"

　　"我这房子偷偷往外租都好几年了，之前也没有出现过这种事儿。这一回肯定这院子里有人看我租房赚钱眼红，偷偷举报给派出所！"房东老太太说着，凑近我："实话给你讲吧，我怀疑可能是邻居老太太打的电话，那老太太别看她表面对你乐哈哈的，实际上良心早坏透了。要不她那姑娘都快35了还没有嫁出去。报应，现世的报应！"我不明白房东老太太怎么判断是隔壁邻居老太太举报的？不想多掺和这种事情，也没有多问，只是答应尽快找房子。这时候，隔壁方圆脑袋的老太太小跑着走过来，手里端着一碗稠稠的面条，对房东老太太说："你这好久也不过来一趟，老姐妹可想死你了，你还没吃晚饭吧，这是我刚做好的炸酱面，你尝一尝味道地道不地道？"

　　"地道，地道，老姐妹做的炸酱面怎么能不地道呢！"房东老太太眉开眼笑，推让一番，双手接住碗，"呼呼噜噜"很快将一碗炸酱面一扫而光。

　　房东老太太告辞走了。邻居老太太并没有马上走，手中揣着那个被房东老太太舔得非常干净的碗，站在那里看我屋里屋外忙着做饭。闲聊中又扯到房东身上，邻居老太太说："你还不知道吧，她的老头子死有三四年了，当时就死在屋里这张床上！"

　　我们一致决定：赶快去找房子，搬家！第二天天还没有完全亮，我们就匆匆出发开始找房子。从清早到傍晚，我们在崇文门、和平门、前门一带挨门挨户地询问。一天下来，我们的嗓子哑了，双腿麻木了，脚底也磨出了泡儿。功夫不负有心人，晚上九点多钟的时候，我们终于在前门大江胡同租到那间房子，室内面积大约十五六平方米，外带一个极狭小的厨房，每月房租350元。

　　最后那个晚上更加诡异。收拾完行李，我脑袋挨着枕头不到两分钟就睡着了。朦胧中突然有一只手抓着我的肩膀使劲摇晃，我忽地睁开眼睛。是许云茹。"你听，顶棚上有什么声音?!"许云茹颤抖着在我的耳边说。我盯着灰白的顶棚，支起耳朵。片刻之后，我听到顶棚上传来窸窸窣窣的声音。

　　我悄悄把椅子放在床上，握着手电筒站到了椅子上，探头到顶棚上面，我的眼睛与一对发蓝的眼睛目光相撞，那是一只瘦瘦的黑猫，它的嘴里还叼着一只鱼骨。黑猫并不害怕，"喵"了一声，叼起鱼骨"噌"地窜到横梁上,三跳两跳沿着我们打好的行李箱落到地上,从屋门下的缝隙处钻了出去。

我感到很疲惫,翻身就睡去了。这时候许云茹又用力拧我的胳膊,把我从梦中疼醒了。"你听,门外面好像有声音!"许云茹伏在我耳边说。我侧耳细听,好像有人脚踩在灰土和树叶上,间或能听到一丝如小猫舔食的声音。我悄然起身,慢慢地移近房门。刹那间,我为眼睛所看到的一幕惊呆了——在我的租屋房门稍偏的位置,也就大约两三米外是一棵细腰粗的老槐树,在树根处,坐靠着一个高大的女子,长长的头发挡住半张脸,更衬得另外半张脸如纸一样的惨白。女子只穿着一件肥大的灰白睡衣,此时,她的一只手斜伸着,伸进半敞开的睡衣里,用力地揉捻着自己的一只丰满的乳房,而另一只手则伸进松垮的睡裤里……

在高大女子赤裸的一只脚边,蹲着一只浑身黑色的瘦猫,正贪婪地嚼食着什么,口里发出"喷喷"的吮吸声,两只眼睛放着寒光……那个高大的女子正是隔壁邻居方圆脑袋老太太嫁不出去的女儿。

我们搬到前门大江胡同一年后,北京进行社区改造,那一带居民房全部被都扒掉,原来居住在四合院里的人都拆迁了,代之而起的是一幢幢漂亮的公寓或高档写字楼……

庄一民讲完了。薛亦龙半天没做声。庄朵朵突然大声说:"妈妈,我要撒尿。"

许云茹一把抱过去,说:"走,妈妈带你去洗手间撒尿。"

薛亦龙竟然忘了还有他们母女在身边,脸上闪过一个笑:"一民,你的鬼故事讲完了?"

庄一民说:"哪儿有鬼?都是真实发生的。"

薛亦龙说:"不会是你刚写的恐怖小说吧?"

庄一民嘿嘿笑了笑:"有一点点艺术加工,但基本是事实。不信你可以问问你嫂子。"

许云茹带庄朵朵撒完尿回来,薛亦龙问:"嫂子,刚才一民讲的都是事实?"

许云茹笑了笑:"有一点儿事实,但大部分都是虚构。"

"瞧，你们两口子的讲话都有出入，让我相信谁?"

吃过饭，与庄一民夫妇分手，薛亦龙先去租屋，打扫了一遍，用香皂水洒一遍。屋里弥漫起一股淡淡的香皂味道。许云茹嘱咐他新租屋最好用84消毒液消一消毒，但他上哪里去弄84消毒液去? 回到原来的租屋，把行李收拾了，装了三个纸箱。收拾完已是晚上十一点多了。他长长地舒一口气，仰头环顾自己住了一年多的小屋。这里将成为自己人生当中的历史。不说再见了，但愿以后的日子越来越好。

第二天，薛亦龙便与原来的房东高玉宝结清账，搬进新的租屋。晚上薛亦龙躺在床上忽然想到庄一民讲的故事，不由心中发毛，翻身坐起，朝床下面看了又看，下面放着自己的两纸箱书。箱子后面会不会有什么东西? 比如一具卧着的僵尸? 或者一个巫毒娃娃，薛亦龙心中惴惴不安，将两个箱子都拉出来，又俯下身往里面看，空荡荡的什么也没有。

第六章　谢　宾

　　谢宾不希望像他同学宋大春那样在超市当一名普通售货员，决定自己闯出一条道来。两个月过去，谢宾干过几样工作，跑过销售业务员，卖过死人墓地，做过房地产销售员、房产中介。但都没做几天就觉得没前途、没意思，自己不干了。因此他的工作一直没有着落，而手中的钱已经不多了。

　　这天，谢宾又一次找工作失败，他从二环一个叫金秀雷顿的高档写字楼出来，摸了摸口袋，只剩10元钱了。谢宾在一家成都小吃店坐下来，要了一碗面条，又要了一份鱼香肉丝，低头猛吃起来。

　　这时间已过了中午吃饭的点儿，因此人并不多，在小吃店靠里面的位置，坐着一个标致女子，看上去有二十六七岁，已吃过了饭，正从手提包里拿湿纸巾擦嘴，她轻轻地沾了又沾，生怕将涂在嘴唇上的口红抹了去。谢宾走进成都小吃店时，她就注意到他，眼睛的余光一直看着谢宾。谢宾旁若无人地大吃，仿佛几天没有吃饱肚子，让她觉得很好玩，越看越觉着可爱，这也许是一个不得志的打工仔，也许是个流浪汉，也许是因为女孩花光了他所有的钱而不得不饿肚子，最后实在扛不住了才来成都小吃店解决问题。他实在是太饿了，吃得那么香，让自己都觉得满口生香！女子从坤包里掏出笔，写了一个纸条，起身路过谢宾的旁边时，随手将纸条放在谢宾的桌上，冲惊讶抬头的谢宾微微一笑。

　　谢宾实在没有注意到小吃店里还有这样一个妖娆的女子，在抬头的刹那，一只纤白细嫩的手持着一个纸条而来，他下意识地拿起来，女子已轻轻地走了，谢宾只能看到一个背影。

　　谢宾展开如小飞船般的纸，上面写着一个手机号码。他想，这定是那个女子留下来的。她为什么要给自己留电话号码呢？一个不愉快的念头呈现在谢宾的脑海，她是一个鸡？但从刹那间的一碰面，她的短暂的微笑，还有从背影上看那个女子的神态气质，都不像一个站街的妓女！谢宾放慢了吃面的速度，脑子里仍在想：那就一定是个富婆了，因为有钱，所以无事可干，给自己留下电话，可能就是看中了自己，希望与她电话联系，寻求刺激。那么我成什么人了？是鸭吗？谢宾为自己的这种想法而愤怒，他恨恨地将纸条扔在地上，继续将鱼香肉丝扫荡干净。

　　也许她不是鸡，也不是富婆，一个富婆怎么会到这种低档饭店吃饭呢？她是希望遇到一段浪漫爱情的那种女子吗？也许留着纸条会有些用处！谢宾在起身准备买单时，又低下头将那个不再成形的纸船捡起来。

　　谢宾伸手打了个响指，一个服务小姐走过来问："先生还需要什么？"

　　谢宾说："买单了。"

　　那个长着一脸青春痘的服务员微笑着说："对不起先生，刚才那位女士已为你买过单了。"

　　谢宾愣了愣，对服务员说了声谢谢，便匆匆离去。

　　走在街上的谢宾感觉有些茫然，望着车流人流，他不知道要何去何从。北京比他想象的要大多了，自己就像掉进大海里的一根针，无声无息，微不足道。

　　在长长短短的人生中，几乎每个人都会犯错误。小错误可以弥补；大错误无可挽回，甚至致命！让人无法接受的是利令智昏，对朋友的背信弃义。人生无常，人性无常，朋友或许可以宽恕你，但你能宽恕自己吗？所以铭刻于心，时时提醒自己的还是那句话——头脑清醒认真走好每一步！

　　谢宾原来没有想过到北京发展，大学毕业后一直在家呆着无事可做，时间久了，父母开始在他耳边唠叨，男子汉不能一天到晚什么也不干，不说赚钱回报父母，至少得能够养活自己吧?！谢宾只得出去找工作，但找了两份工作，都是没有做两天他就撤了。爸爸妈妈问："为什么？"他答：

"没意思。"老两口望着这个儿子直摇头。

姐姐谢文瑛虽然已经嫁出去，但住得并不远，坐公交车不到三站地，有时候她散步就能回到娘家。谢文瑛是一个恋家的人，隔三差五就回来看望爸爸妈妈。见到无所事事的谢宾，也替弟弟着急。

谢文瑛说："现在国家出台政策，鼓励毕业大学生自主创业，要不然你找个项目自己做？"

谢宾半躺在客厅的沙发上直挠头："要钱没钱，要经验没经验，要项目没项目，您说让我做什么？总不能让我上大街跟隔壁二大妈一样卖冰棍早点吧？"

想到弟弟去卖冰棍的情景，谢文瑛也无法接受。她叹口气，一时也拿不出好主意。

时间一晃就是一年。谢宾在家呆着也烦了，大学毕业接着就是失业。倒霉事儿全让他一个人赶上了。一天，他正无聊地在家里玩游戏，接到中学同学宋大春的电话。在中学时宋大春和他一直是好朋友，中学毕业后，宋大春没考上大学，直接跟着他哥去北京闯荡。中间他们偶尔联系过，但没有深谈。

宋大春从北京回洛阳办事，两个人见了面。宋大春了解到谢宾的情况，真诚地说："谢宾，不然你跟我去北京试试。北京毕竟是首都，洛阳这种小地方没法儿比，那里机会多得是。人家说金街王府井，就是掉坨牛屎也能变成金子。你去北京说不定也能捡到很多金子。"

三说两说，谢宾就拿定主意，去北京闯一闯。男子汉大丈夫，志在四方，偌大的北京城，或许才是他发展的福地。于是谢宾当机立断决定去北京开始新生活。

来到北京之后，谢宾就暂时住在宋大春的租屋里。宋大春的哥哥是个小老板，专门给几家超市供应烟酒，经哥哥推荐，宋大春便在一家超市做销售员，虽然月收入不高，但很稳定。宋大春说："你是大学生，不能跟我一样没出息，你得找更适合的有身份、有地位的工作！"

但有身份有地位的工作在哪里呢？谢宾望着街两边的门店和那些高高的写字楼有些发傻，哪一家公司、哪一个部门需要我这样的人才呢？！谢宾正在胡思乱想，手机响了。

薛亦龙从西萍回北京之后，曾经和薛亦龙通过几次电话，见过一次面。姐姐谢文瑛也多次打电话，告诉他遇到困难可以找薛亦龙帮忙。

"薛哥，你在哪儿?"谢宾问。

"向右边看，看到一座蓬莱大厦，我就在大厦第三层，你过来吧。"

谢宾扭头果然看到旁边的蓬莱大厦，看那第三层，隔着玻璃，隐约有个人在向他招手。

薛亦龙这天来蓬莱大厦参加一个研讨会。吃过午饭在休息厅休息，无意中向窗外看，看到了谢宾。他在大学时就见过谢宾，谢宾来北京后，受谢文瑛之托，中间曾专门请谢宾和他的同学宋大春吃过一次饭。

谢宾看到薛亦龙，惊喜地问："薛哥，怎么这么巧在这里碰面?"

薛亦龙说："北京说大也大，说小也小，我还在西单碰到过我的一位小学同学呢。谢宾，你的工作怎么样了?"

谢宾摇摇头："还没有着落。今天上午刚谈了一家，也没有希望。"

薛亦龙说："是不是你的要求太高了。像你们刚大学毕业，不要太计较工资待遇，最好先找一个能糊口的工作，在工作中再慢慢寻找更合适的岗位。想一口吃个胖子肯定不行。"

谢宾说："我也不是要求高，说实话连我自己都不知道自己究竟想干哪一行?"

薛亦龙说："你总得有个大体的范围，比如媒体，或者建筑，或者IT、销售，最好能和你大学所学的专业相关联。不然几年大学岂不是白念了?"

谢宾苦笑："我大学学的是经济管理，可是做会计，我不行;做领导，人家哪能请一个刚毕业的大学生做领导呢?"

薛亦龙说："那你就进公司，从一个业务员做起，一步一步往上走。"

……

两个人正在闲聊，一个工作人员走进休息厅，说："各位记者老师，五楼会议室，IIP企业有一个新品发布会，请各位记者老师光临。"

薛亦龙站起来说："走吧，我们到里面接着聊。"

谢宾也没有别的地方可去，只得跟着薛亦龙。他们上了五楼，看到一个会议室门口摆着两张桌子，桌子上放着一个玉盘，一角摆着一个牌子，上写媒体签到处，桌子后面站着两名工作人员。

薛亦龙走过去签到，并把自己一张名片放到玉盘里，那上面已放了七八张名片。

一个漂亮的女工作人员微笑着问："你们两个是一起的吗？"

薛亦龙眼睛也不眨："是，当然是。他是我新来的同事。"

另一个工作人员从抽屉里取出两个信封，递给他们一人一个。谢宾不知道是什么，见一双玉手捧着信封给自己就伸手接了。指尖碰触指尖的刹那，有一股麻酥酥过电般的感觉一直传到他心里。那个美女工作人员脸腾地红了，谢宾的心也扑通扑通直跳。

两个人走进发布会现场，寻了个僻静的地方坐下。谢宾偷偷把信封打开，发现里面是 400 元钱。又惊又喜，低声道："薛哥，他们还给钱？"

薛亦龙淡淡一笑道："他们把你当作我的同事，自然是要给的。记者参加企业新品发布会拿红包是很正常的事，这算是车马费或者劳务费。"

"哇，那我也做记者，天天开会，天天可以拿红包。"谢宾有些激动。

薛亦龙看了他一眼："人家给你红包，是要你给人家写新闻稿的，所谓的新闻稿，就是软性宣传稿，世界上没有免费的午餐，也没有白干的活儿。再者，哪能天天有会开？有些会即使你去了也不一定有红包拿。"

谢宾仍然很激动。"薛哥，介绍我进入媒体圈吧，我也想做个记者。"

薛亦龙说："你，能写文章吗？"

谢宾道："我能写啊，你别小瞧我，我上中学时作文也是常常被老师在课堂上当范文读的。上高中一年级开学时，第一篇作文我一口气写了八页，像一篇小说似的。老师在课堂上讲读，夸我长大可以当小说家。"

薛亦龙微笑摇头。

"怎么？你不相信？我说的是实话。"

"我相信。中学作文在课堂上被讲读的多了，但也不是他们人人都能做记者，你得对这个行业有兴趣。"

"我现在就有兴趣了，说实话我到北京这么久。一直不知道自己究竟想干什么？今天我突然醒悟我其实挺适合做记者，穿着一身都是口袋的衣服，胸前挎着照相机，哪里有事咱就出现在哪里。我这人还真喜欢凑热闹。薛哥，你就帮一帮我吧。"

一直到那家企业开完新品发布会，谢宾还在和薛亦龙说要做记者的事

儿。最终说得薛亦龙有些动心了，"女怕嫁错郎，男怕入错行。我把你引进来，将来能不能出息全在于你自己！"

"明白。薛哥，我是爷们儿吃秤砣铁了心了。说实话，大学毕业一年多来，我一直很迷惘，不知道自己适合做什么、应该做什么，今儿算找到目标了。薛哥，你就帮一帮我。"

薛亦龙正在心里搜寻，找谁可以帮忙给自己这位昔日恋人的弟弟介绍一份在媒体的工作，手机响了，是老臭苏越健打来的。苏越健问晚上有没有空，哥们儿姐们儿想聚一聚。

薛亦龙问都是谁去，苏越健说："都是在媒体圈混的，你来吧。别害怕，不让你买单。大美女徐昕蕾也来。"薛亦龙眼睛一亮，并不是因为徐昕蕾，而是因为他知道苏越健在媒体圈混的时间久，肯定认识的人多，这家伙也许能帮忙给谢宾介绍一份工作，于是便答应下来。

挂断电话，薛亦龙拍了拍谢宾的肩膀说："这下好了，晚上哥给你介绍几个朋友，你的工作或许就有戏了。"

第七章　圈儿

　　薛亦龙和谢宾在研讨会现场一角坐着听了一会儿，觉得没什么意思。因为他们晚上另有安排，研讨会主办者的晚宴也不参加了。两个人悄然起身，走出蓬莱大厦。在大街上闲逛了一会儿，薛亦龙说："走吧，咱们去赴记者圈儿的聚会。"

　　他们坐二环地铁，又倒了一次公交车，才来到位于北三环的那家漂记骨头堡饭庄。门脸外房檐下挂着金黄的玉米和丰硕的高粱，一看就知道是东北老板开的饭店。两人还没走到门口，就听有人在头顶上高喊："薛亦龙！往上看，我们在 208 游龙厅。"

　　谢宾抬头，看到一个尖嘴猴腮的家伙，梳着油光锃亮的小分头，正趴在窗口朝他们比划。

　　薛亦龙冲那人挥一挥手，也没回话。两个人在礼仪小姐的引领下上二楼，左拐不远就是游龙厅。薛亦龙先进去，谢宾跟在后面。屋里已经坐了四五个人。尖嘴猴腮的苏越健迎上来，和薛亦龙击了一下掌，看到谢宾问："您好，哥们儿是？"

　　薛亦龙说："是我的一个小弟叫谢宾。想找哥几个给帮帮忙，在报纸或杂志找份工作。"

　　苏越健母狗般的小眼睛眨了眨："这没问题，既然是你的小弟，就是咱们的小弟。今儿他算来着了，这里在座的都是玩笔杆子从事媒体这一行

的。"

坐在上座，浓眉大眼、方面大耳的人叫郭银山，他是这次聚会的东家，与薛亦龙打了招呼。薛亦龙笑问："怎么着？老郭，听说又发财了，今儿想放一放血？"

郭银山嘿嘿笑道："发什么财，做了笔十万元的小广告，拿点儿提成。就让老臭抓住不放，非要请客不可。这孙子见别人挣点儿钱就眼红，你不放血他晚上整宿睡不着觉，打飞机把小身板儿弄毁了我可负不起这个责任。"

苏越健骂："老郭，你就臭嘴吧，我打不打飞机你咋知道?!"

郭银山左首坐着的是慈眉善目的庄一民，接过话去："亦龙，你不是想给这位谢宾朋友找工作吗？老郭刚才还说他那里要扩充队伍，正缺人手。"

"是吗？是招记者，还是招广告业务员？"薛亦龙问。

郭银山嗳了一声说："亦龙你还不知道咱们这些媒体是怎么一回事儿？《大市场报》的人员，无论编辑记者，都还有另一个身份——广告业务员。采访的时候顺便让老板出点儿血做一些广告很正常嘛。没广告咱们吃啥喝啥？"郭银山扭头看了看谢宾，点点头："小伙子长得英俊潇洒，一看就是个能吸引美女的主儿。我给你张名片，有兴趣过后就和我联系吧。"

谢宾接过名片，见上面写着《大市场报》市场部主任，连忙说："郭主任，您好，我一定和您联系。"

郭银山摆摆手："大家都是兄弟，就冲着薛亦龙的面子，我也得优先考虑咱自己人不是？"

苏越健拍拍手说："好，谢宾兄弟，等会儿喝酒时，多敬你郭老师几杯，让他带你早日踏上赚钱的金光大道儿。"

在郭银山右首坐着一个剑眉方脸的小伙子。郭银山以手示意说："亦龙，给你介绍一下，这位是西安财经日报的记者张建设，是一位首席记者。"

张建设冲薛亦龙和在座的众人抱拳拱手："请薛记者多多关照。我这次到北京，是想采访厉以宁和吴敬琏的。如果哪位朋友有关系，请帮我介绍一下。"

薛亦龙说："我两个月前在一个财经研讨会上碰到过吴敬琏。我可以

把他的电话、电子邮箱给你，你先给我个联系方式。"

"那太感谢了。真是踏破铁鞋无觅处，得来全不费工夫。"张建设说着，掏出名片夹，给在座的每一位递上名片，凡是带着名片的人也都与张建设交换了名片。

谢宾看那名片上写着西安财经日报财经部主任、首席记者。不由暗暗惊诧，看他的年纪比自己好像也大不了几岁，竟然是一位领导，点头解释说："对不起，我还没有名片。"

张建设道："没关系，我再给你张名片，把你的姓名、联系电话写在后面就可以了。大家见面就是缘分。"张建设又环顾四周说："我在西安的记者圈子里，也有不少朋友。以后大家西安那边有什么事情，我能帮上忙一定帮。"

薛亦龙笑道："山不转水转，会有麻烦你的时候。大家互通有无，相互支持。"

苏越健又指了指坐在他身边的两位女士："给亦龙介绍一下，这位是张雅娴，在《购物导报》做记者，咱们上次聚会见过面。这位是王环，在《都市新生活报》做记者，她是第一次参加咱们的聚会。"

薛亦龙记得那位弯眉细眼的张雅娴，和她握了手，又和王环握手。薛亦龙注意到王环做了美甲，十指如葱，美甲如花，便道："好漂亮的美甲。"

王环脸一红笑道："谢谢薛记者夸奖。"

郭银山探身指着苏越健说："刚才忘记隆重介绍这一位了，他是咱们著名的消费者维权记者，《中国消费者权益保护法》重要起草人，假冒伪劣双倍赔偿法的河山先生和他很熟，中国消费者协会是他常去的地方。他有一个响彻记者圈的外号——老臭。这里还有个典故，别人说不得，我是逢人便讲。你们可晓得他这老臭的外号是谁给起的吗?"郭银山故意卖了个关子。

苏越健佯作生气，冲着郭银山抱拳作揖："老郭，你嘴下留德，我求你了。"

王环道："不，我们要听。"

薛亦龙、庄一民等都知道，只是瞧着苏越健嘿嘿地乐。

郭银山接着说:"苏越健同志不但是一位著名的消费维权记者,更是一位著名的娱乐记者。现在正走红的某女演员,因为苏越健写了有关她的一篇如实报道,气得那位大明星当着众媒体记者的面点名骂他天生一张臭嘴,生个孩子没屁眼儿。呵呵,从那以后老臭就成了苏越健的专有外号,别人想夺也夺不去了。"

苏越健双手捂脸,故作扭捏,模仿那位女演员细声细气道:"谢谢各位捧场。你好讨厌啊!"

众人大笑。

郭银山不笑,扭头看着谢宾问:"谢宾兄弟,对财经记者有兴趣吗?"

"财经记者?"谢宾被他突然一问有些发懵。

庄一民解释道:"财经记者,就是主要以报道我国产业经济为主的记者,需要一定的财经金融方面的知识。媒体里分为娱乐记者、财经记者、文化记者等。"

谢宾明白过来,点点头:"郭老师,我很有兴趣。"

郭银山道:"做娱乐记者没意思,整日跟着那帮演员屁股后面,净整些无聊的事情。我一哥们儿,一天在王府井看到一当红男影星拉着一漂亮姑娘的手在逛商场,他就跟在后面偷拍,一直拍到晚上七八点,累得跟灰孙子似的。结果整几张照片放到网上,还差一点儿让那当红男影星给告了。"

老臭苏越健说:"老郭此言差矣,有需求就有市场。娱乐花边新闻,有人看,就有娱乐记者。你别以另类眼光看娱乐记者。你们财经记者也好不到哪里去。尤其是做房地产的,终日跟在开发商屁股后面瞎忽悠。想拉广告了,就忽悠说房价要跌。开发商一急,给你投一笔广告,你又说房价要涨。老实说你这一笔广告是不是房地产商投的?"

"老臭,你真是个臭嘴。"郭银山咧嘴笑了笑,扭头继续看着谢宾:"我第一次知道记者的好处,是在那年的3·15消费者维权会上,地点就在王府井。那天去了很多国内知名企业,当然也有工商、质检、检验检疫等部门。大约上午十点多,那时候人正多,忽然有一个消费者高举着产品来到现场,找某家企业讨说法。那个消费者情绪很激动,吵嚷着产品质量太差,生产企业的服务态度恶劣,要求企业立即给解决,不然就告到质检局

长那里。我当时正挂着相机在场内四处拍照，看到这一幕当然不会放过，便奔过去拍了许多张照片。这时候就看到一个人向我走过来。他问我是哪家媒体的，我就报出我们单位的名称，他没再多说，从口袋掏出一个鼓鼓的白信封，低声俯在我耳边说，他是那家企业的，不希望这件事报道出去。说完把白信封往我相机包里一塞，转身回去了。我感觉到他给我的信封中有秘密，于是跑到一个僻静的厕所里打开偷偷看，竟然是两千元。"

谢宾惊诧地瞪着眼："哇，那么多钱！"

郭银山笑了笑："是啊，当时两千元钱确实不少。可是那时候我很天真，觉得人家是冲着我是记者才给的。回去后我就把钱如数交给了单位，结果只换来一句'郭银山是个好同志'的表扬。"

苏越健说："你可真够天真，现在记者参加活动，采访拿红包是公开的秘密，哪里有上交单位的道理！"

薛亦龙道："那得看是什么车马费了。前几天曝光的山西煤窑死人的事件，几个哥们儿闻声跑去采访，每人拿了不少钱，网上传言，开着奥拓进去，开着奥迪出来。这事儿能完吗？有关单位正在查处呢。"

郭银山说："那不叫车马费，那是封口费。咱们当记者的，一定得搞清楚，哪些钱该拿，哪些钱不该拿。不该拿的，一个子儿也别拿，否则你就得吃不了兜着走。"郭银山扭头盯着谢宾："谢宾兄弟，如果你想跟着我干，这几句话我想送给你。"

谢宾忙说："谢谢郭主任，我一定牢记在心。"

郭银山点点头，又说："当然了，咱正当拉广告拿提成，这是正大光明的事儿，到哪里都不怕别人说。"

"老郭，你不怕什么？"随着话音，徐昕蕾出现在门口。

薛亦龙看到徐昕蕾，心中一喜，她有个爱迟到的毛病，上班迟到，开会迟到，朋友聚会也迟到。薛亦龙正要开口说话，郭银山大声说："徐昕蕾，又迟到了。等会儿罚酒三杯。来，来，一民你往旁边让一让，让徐昕蕾坐我身边，我喜欢和美女挨着坐。"

薛亦龙心里有些酸酸的，低下头喝水。

徐昕蕾脱了外衣，过去坐在郭银山旁边，扫视了一圈："是不是就等我一个了，对不起，刚才单位开会，我们那主编说起话来没完没了，都急

死我了。一开完会就打车往这里跑。对不起各位了。"徐昕蕾看到薛亦龙，问："薛亦龙，你今天干吗了？打你的手机总不在服务区。"

"你打我手机了吗？我一直开机。"薛亦龙一边说一边掏出手机。

徐昕蕾一把拿过去看了看，上面果真没有显示自己的手机号。

薛亦龙说："我一天都在蓬莱大厦参加研讨会，晚上就到这里来了。"

徐昕蕾瞪了一眼薛亦龙，嘀咕一句："谁知道你是不是故意不接人家电话。"说完了低下头喝杯中已放凉的茶。

苏越健说："谢宾，你遇上郭主任，是你的幸运。我们当初找工作，也没有人介绍。看《北京晚报》，看《北京青年报》，看《人才市场报》，光人才交流会我都记不清参加多少回。早去晚归，一天下来累得跟灰孙子似的，回到租屋就想躺下，饭都不想吃了。"

谢宾望着郭银山："是啊，我得先谢谢郭主任。"

郭银山说："别客气，谁让你跟咱们薛大记者认识呢，都是朋友帮忙。咱们第一次见面，我也没什么送给你，我再送给你四句话。"

苏越健说："老郭又开始发训导词了。"

郭银山说："是不是训导词，对你有没有用，听了以后才知道。咱们都属于北漂一族，出来混我觉得要做到以下几种境界。第一要学会守规矩，这是做人最起码要遵守的，不守规矩，你到哪里也呆不长；第二要有素养，一个没有素养的人，到哪里哪里都讨厌你，肯定是不会受欢迎的；第三要有自己的目标，一个正常的人，生活得有目标，没有人生目标，终日浑浑噩噩，没有方向，和一头猪或一条狗吃饱了睡、睡醒了吃，有什么区别？第四要有理想，这是人生的最高境界，人类的伟大就在于有崇高的理想。"

谢宾连连点头："郭主任说得非常对。"

薛亦龙说："以后跟着郭主任多学着点儿吧，他肚子里的人生理论能出一本厚厚的《沉思录》。"

"薛亦龙，你损我！"郭银山大手一挥："好了，小谢的事儿咱们就聊到这里，服务员快点儿上菜上酒。酒还是二锅头啊，张记者，来北京不喝二锅头就不算到北京。既便宜，又不上头。"

服务员很快将酒菜摆上，郭银山举杯示意："兄弟姐妹们，今天郭某

人略备薄酒，一则欢迎西安财经日报的首席记者张建设朋友，二来欢迎谢宾朋友，三来呢，大家伙儿好久没聚了，祝愿今天聚会吃好喝好，开开心心。"

众人碰杯，一饮而尽。

这时候门帘一挑，从外面进来一个人。中等个子，光头，浓眉细眼，鹰鼻阔嘴，猪腰子脸，一脸沉静的笑，"各位朋友好。我来给大家敬酒。"

郭银山站起来："赵老板，来、来，兄弟姐妹们端起杯，我给大伙儿介绍一下。这位是赵士贤赵老板。他曾经也是一位北漂记者，做了近二十年，后来退出记者圈，在这里开了家漂记骨头堡饭店，是我们的前辈大哥。"

赵士贤连连道："郭兄弟你抬举我了。谢谢大伙儿光临我这漂记骨头堡。我是东北铁岭人，和赵本山是本家老乡。不瞒大家说，赵本山先生也来咱这里吃过饭，还给我题过字儿。今儿和大家伙儿认识了，听郭银山说过，咱们这帮人都是北漂记者，所以都是兄弟姐妹。今后大家伙儿有事就打声招呼，别的不敢说，大家来这里吃饭，我一定优惠。"

赵士贤说着，与众人碰了杯，又挨个给倒上酒。来到薛亦龙面前，薛亦龙报了自己的名字，赵士贤握住他的手："薛亦龙，久闻大名。《深度报道》杂志的记者。去年3·15曝光的深圳电子垃圾的事情，就是你最先采访。好样的！以后多联系。"

"赵大哥有名片吗？留个电话。"薛亦龙掏出一张名片递过去。

"有，有！瞧我这一说话，竟忘了名片这么关键的事了。"赵士贤说着掏出名片夹，给在座的每人一张。

薛亦龙看那名片上写着：漂记骨头堡饭店总经理赵士贤。不由暗暗羡慕，这个饭店上下三层，位于北三环黄金位置，装修豪华，固定资产应该不下千万。

薛亦龙道："赵大哥，以后有什么事需要小弟跑腿，招呼一声。"

"好好，大家常来常往。这里就是咱们记者的家。"赵士贤说着，敬了一圈酒，又拱手道："我还得出去照顾生意。兄弟们慢慢喝，今晚的酒钱算我的。"

郭银山与众人站起，送到门口，看着赵士贤下楼。

　　大家重新坐定，郭银山说："赵老板人很仗义，在北京混了近二十年，朋友多，路子广。大家以后多和他来往，请客吃饭多来这里照顾一下他的生意，他也不会亏了咱们。"

　　薛亦龙点着苏越健说："老臭，你的狐朋狗友多、饭局多，常来赵大哥这里给他捧场。"

　　苏越健说："在座各位可听见了，是薛亦龙说的狐朋狗友，不是我骂大家。"

　　徐昕蕾嗔怪地看一眼薛亦龙："亦龙，你的嘴怎么没把门的？"

　　薛亦龙说："原来有栓，今儿出来得急，忘带了。"

　　众人哈哈大笑。

　　庄一民问："老臭，一个人星期天在家做什么？"

　　老臭摇头晃脑："还能干什么，上网看美女。"

　　薛亦龙笑道："你他妈的从来就没有正经过。"

　　苏越健说："我向你们打听个事儿。谁知道就主动报告一声，坦白从宽，抗拒从严。"

　　郭银山说："有屁快放，别罗嗦。"

　　老臭母狗小眼眨了眨说："我刚才来打车，在车上听到一首歌，差一点儿把我的魂都勾去了。"

　　薛亦龙不相信地看着他："就你那素质，还能听懂什么歌？"

　　苏越健说："亦龙你没听明白，我说的那首歌，是一首英文歌，一开始就是很长一段女声，哼得人骨软筋酥，我的小小弟弟都要流口水了。"

　　薛亦龙明白了他的话，在他肩上狠狠拍了拍："王八蛋，你怎么这么流氓！也不看看在座的女同胞。"一边说一边偷眼看徐昕蕾。

　　徐昕蕾此时似乎并没有听他们说什么，而是在和张雅娴、王环专注地聊如何美甲。王环是美甲方面的专家，一边向徐昕蕾展示自己的美甲，一边给她们推荐："西单赛特楼下有一个小小的美甲馆，里面有一个眉心上有一个黑痣的女孩，她做的美甲最漂亮，不但持久不掉色，而且能根据你个人的性格特点，给你搭配不同的颜色和甲型。如果你们俩想去，我可以给你们介绍，我星期天准备再去做一次指甲美容，做出来会非常非常漂亮！"

众人边吃边聊，苏越健说起前两天的一件事儿。"我听说一家颇具规模的知名企业要在人民大会堂召开一个新闻发布会，便想去凑个热闹，他们出产的酒很有名，商场里一瓶要卖到七八百元，媒体记者去参会，一定能得到两瓶赠品。于是就主动打电话给他们宣传部。你知道那帮孙子怎么回我？"

薛亦龙道："他们怎么得罪你了？"

苏越健咬咬牙说："他们说可以邀请我参加，但必须把我的新闻出版署颁发的记者证复印件给他们一份。我他妈的哪有新闻出版署的记者证，我用的都是单位内部发的记者证。于是，这事儿就黄了。"

郭银山说："现在新闻出版署管得比较严。像我们许多北漂记者，给报刊杂志打工，都没有正规的记者证。我想以后可能会好一些。每个单位有几名记者是要经过审批的，可是现在许多媒体扩编，招了许多新人，当然拿不到记者证。"

苏越健道："什么叫真记者、假记者？真记者发假报道，也是假记者；假记者说真话，报道事实真相，他就是真记者。"

郭银山笑道："就你小子能白话。咱们不扯那些话题了，换一个轻松的。咱们每人讲一个段子。"

苏越健一阵嘿嘿坏笑，众人都把目光落在他那张尖嘴猴腮的脸上。

"快说吧！别让大家等。"王环一边儿催。

苏越健看看薛亦龙说："亦龙，对不起啊，我不是刻意说你们河南人。我去河南郑州出差。那天和朋友吃过晚饭已经很晚了。我不想马上回去睡觉，就一个人在街边溜达，结果看到了很经典的一幕。一个打扮入时的女子在深夜的郑州街头漫步，路遇一位巡警。巡警问道，干什么的？女子答，做妓者工作的。巡警肃然起敬，温和地问道，请问哪家报社的？妓女羞涩答道，晚抱的。哪家晚报？妓女羞涩答道，和男晚抱。巡警说，河南晚报，不错不错，我喜欢！妓女羞涩答道，这工作一般都是晚上敢搞！巡警说，晚上赶稿确实挺辛苦的。妓女羞涩答道，谢谢大哥理解，有空来搞！巡警点头说，好的，一定一定！"

郭银山等哈哈大笑。王环举手打苏越健："你这个人，说你嘴臭是太抬举你了。"

　　郭银山说:"我来讲个段子。上星期天餐馆有两伙人打架,其他无关的人都跑掉了,只有我没有离开座位,微笑地看着他们,我觉得自己非常酷。突然有一个人指着我说:打他们丫老大!我刚要说我不是,一个酒瓶子就把我头打开了花。然后几个人过来踹我。另一伙看他们在打不认识的人竟然也不帮忙。我快被打半死时警察来了,还把我当成主犯拉回去审讯。我现在悟出了一个非常深刻的道理,就是:没实力,千万别装!"

　　众人又是大笑,纷纷挑大拇指佩服郭银山这种自嘲精神,没有一定实力的人不会如此拿自己开玩笑。

　　徐昕蕾说:"高中的时候,一次下课,同学们都抢着到外面买盒饭。一女生为了比别人先到,绕了个近道走,结果前面窨井盖没盖好,掉了下去!一会儿她撑着井沿往上爬,很是狼狈,一群初中小孩惊骇地从身边走过,她竟急中生智,一边爬一边说,哎!真难修啊……"

　　讲完她见众人笑得不热烈,又说:"我再讲一个。我小时候刚学骑自行车,还不太会就跑到大街上,看到前面一个老大爷在走,自己感觉要撞上了,就大叫,不要动,不要动。那个老大爷一下站在那里没有动,结果我拐来拐去,还是撞上了。老大爷站起来说,你瞄准呢?当时尴尬死了!"

　　张雅娴说:"有一个小孩坐在门口玩耍,一个中年男子问他,你爸爸在家吗?小孩答曰,在家。中年男子便去按门铃,按了很久,无人开门。于是男子生气地问,为啥不开门?小男孩答,我哪知道,这又不是我家!"

　　张建设道:"上周二中午和朋友去吃饭,挑了一家人比较少的,后来我们才知道这个决定多么错误。进去后点了不少菜,先上了土豆丝,朋友看了下说了句,这也太少了吧?老板恰好在旁边看电视,扭头说,咋,给你杀头猪?我朋友一愣说你怎么这么说话呢?老板说,咋,给你叫个爹?朋友很气愤,就站起身说我走我走,我也和朋友一起走,老板不依不饶,咋,给你打个的?朋友崩溃……"

　　薛亦龙说:"我们初中的时候不是很开放,啥也不懂。有一次上体育课,老师叫我们绕圈跑。跑了几圈,就有女同学在体育老师耳边说了几句,然后就不用跑了。一会儿就有好几个,我们男生就奇了怪了。当我们跑过老师跟前的时候恰巧有个女生又说了,突然我哥们儿说听到了!然后他就得意洋洋地跑到老师面前说了那句话,结果,他竟然挨了两个嘴巴!

后来我们问他说的什么，他委屈地说，我按她们说的那样说，老师，我有例假！"

庄一民想了想说："有一次我逛街的时候觉得肚子很痛，于是我走进街角的火锅店，想说借个厕所用用，偏偏找遍了一楼就是找不到，于是我就跑到第二楼去，二楼还在装修，空荡荡的没有东西，但是却发现有一间厕所门贴着故障维修，请勿使用。我实在是忍不住了，管他三七二十一，反正四下无人，脱了裤子就朝马桶蹲了下去，噼里啪啦……好爽！结束后，我下楼去却发现空无一人，奇怪了，正值晚餐时间刚才楼下还高朋满座的，怎么一下子就人去楼空呢？连服务生和接待都不见了……于是我走近吧台，并且问道，有人吗？怎么都没人了？此时，只见一个男服务生从吧台下面钻了出来，开口说，我靠！刚才大便从天花板掉下来打在电风扇的时候你不在，算你运气好。"

苏越健把一口牛肉吐出来，道："庄一民，你还要不要我们吃饭了！"

众人都笑。苏越健抢着说："下面轮我讲了，我说一个最精短的。下班，路见一小广告，征婚，男女不限，真牛！"

众人接着边吃饭边海阔天空地神聊。苏越健说："我提个建议，咱哥们儿成立一个北漂记者沙龙，大家互通有无，资源共享。"

薛亦龙说："这个主意好，老臭总算说句人话。现在记者竞争也很激烈，我们可以以沙龙的形式多联系，相互帮忙。"

"好啊，我算一分子。"徐昕蕾拍手支持。"既然是沙龙，咱们也得选个会长、秘书长什么的。我提议郭银山来当会长，庄一民当秘书长。其他人做会员，如何？"

郭银山推辞道："我无德无能，怎么做会长？让薛亦龙来做吧！"

薛亦龙当即拱手道："郭老师，你就别客气了。我这人不是当领导的命。我看徐昕蕾提议挺恰当。老臭快表态，怎么样？"

苏越健说："徐昕蕾很会分配人才。我提议我和薛亦龙当副会长，徐昕蕾当副秘书长。咱们在座的一共八个人，全都是理事会成员。如何？"

王环和张雅娴在旁边鼓掌算是表态。

众人只当是一个笑话，呵呵一乐也就罢了。吃完饭已经八点多。老臭兴趣不减吵着要唱歌。王环说："后海酒吧挺好，我们去那里吧。"

庄一民心里想着老婆许云茹和孩子庄朵朵，便想回去。被薛亦龙拉住了："走吧，一起去唱唱歌，明天是周六不上班，你也难得出来放松放松，今天就让嫂子辛苦一回。"

郭银山拍拍胸脯说："走吧，哥们儿今天出血就一次出个够。"

徐昕蕾说："后海酒吧，我认识一个老板，前两天还在我们报上打广告。我们去找他，让他给优惠一点儿。"

几个人出来，打了两辆出租。徐昕蕾和薛亦龙谢宾上了一辆，两个人坐在后面，胳膊碰着胳膊，徐昕蕾歪了歪头，披肩的长发就碰到了薛亦龙的脸上。薛亦龙看她脸色红润，吁气中有些香甜的酒味，便道："喝多了吧？"

徐昕蕾瞪他一眼："就这一点儿酒就能让我喝多，嘁！"

薛亦龙想起饭桌上的话："你今天打电话找我做什么？"

徐昕蕾说："没事儿就不能打你电话了？"

谢宾在后边听了，觉得他们两个人的关系有些暧昧。只有暧昧的男女才会说这样的话。不由通过后视镜偷偷多看了两眼徐昕蕾，觉得她是一个清瘦而干练的女记者。

到了后海酒吧，找到"敬一天"酒台。徐昕蕾到前台问服务小姐："老板在吗？"

服务小姐说："老板出去了，你找他什么事儿？"

徐昕蕾说："我是《京华快报》的记者徐昕蕾，前两天你们老板还找过我的。"

服务小姐脸上表情有些模糊，不知道该怎么办，这时从小屋里出来一个打扮妖艳的女人，微笑着迎出来："徐记者，你好，听说过你。今晚带朋友来玩，非常欢迎。我们给你七折优惠，如何？"

徐昕蕾笑道："你是老板娘吧？谢谢你，给我们找个好一些的包间，我们一共八个人。"

妖艳女人连连点头："没问题。跟我来。"

谢宾在一边看了，心中暗暗感叹：做记者真不错，到哪里都能得到实惠。

老板娘领他们到一个干净的包厢，七八个人正好。郭银山又点了些啤酒、瓜子、花生、饮料等。几个人喝酒聊天，苏越健喜欢跳舞，拉着那个

叫王环的女记者一起跳，两个人越跳越近。郭银山和徐昕蕾跳了一曲，又和张雅娴跳了一曲。坐下来喝啤酒，拿起话筒唱"你挑着担，我牵着马"。他的声音很好，其实他就会唱两首歌，每次总要拿这两首歌来镇人。

徐昕蕾又和谢宾跳了一曲，接下来便来找薛亦龙。薛亦龙把杯中的啤酒一口喝完，站起来说："我不会跳。"

"人都不是天生会跳的，不会跳我教你！"徐昕蕾说。

徐昕蕾的手指细长、柔软，握在手里有种滑腻的感觉。因为刚喝了啤酒，呼出的气息却有些淡淡的十里香的味道。薛亦龙心中不免有种酥酥的感觉，他想把她搂得紧些，手上便稍稍加了些力。徐昕蕾的身体贴近了，透过薄薄的胸衣，薛亦龙甚至感到了她饱满的胸乳。"你今天打电话找我有什么事儿？"薛亦龙又问。

徐昕蕾抬起眼睑看了看薛亦龙，借着朦胧的灯光，薛亦龙看到一双透彻的明眸，仿佛两道清光，把自己的心都照亮了。徐昕蕾微微一笑说："没事儿。"她的薄而红嫩的嘴唇轻启，就有声音流出来。

"没事儿？我不信。"

徐昕蕾扭过脸去，过了片刻才说："我堂哥徐昕光从深圳打电话来，他希望我到深圳发展。说我一个人在北京漂着，让家里人操心。"

薛亦龙心中一惊，他当然希望徐昕蕾能留在北京。"其实北京也挺好，有这些朋友，大家可以相互照应。"

徐昕蕾哼了一声："就这些朋友吗？除了吃喝玩、跳舞，还能做什么？上次我感冒发烧，烧到40度，一个人打车去医院，看路边的广告牌都是双影儿的。可是我的身边却没有一个人。那时候我就想，如果爸爸妈妈在身边多好，我会扑到他们的怀里尽情地流眼泪，把心里的寂寞和莫名的恐惧都哭出来。"

薛亦龙心中一沉："以后，以后有事就打我电话。"

徐昕蕾又看了薛亦龙一眼，眼角闪过一缕笑意："找你，可是今天怎么找不到你？"

薛亦龙感到自己比窦娥还冤，"我真的没有接到你的电话，手机你也看了，未接来电上没有你的电话。"徐昕蕾转过脸去，扑哧一声笑了。

薛亦龙没有发现，徐昕蕾的眼中闪过一丝狡黠的光。

第八章　职　　称

　　每个人都是俗人，因为每个人都离不开钱。相信有许多人是不想做俗人的，但人离开钱，就好像鱼儿离开水，没有几个可以成活。所以，那些本不想做俗人的人，因为要苟活，也不得不做俗人了。

　　《深度报道》杂志的宋歌气鼓鼓走进办公室，她身后跟着的周明俊也蔫头蔫脑无精打采。周正春抬头问："宋歌、小周，你们今天不是说要去钓鱼台参加一个企业的宣传推广会吗？这么快推广会就开完了？"

　　宋歌道："我今天倒霉透了，人家大门都不让进，说是没有新闻出版署颁发的记者证。那个站在门口负责接待的家伙特气人，我给他看咱们的记者证，他说你这记者证属于单位自己制作的，不能说非法，至少不正规。也就你们单位承认，出了你们单位，谁承认你？差一点儿没把我气背过气去。像我们这些没有记者证的，就是想把自己当棵葱，也得有人愿意拿咱呛锅啊！"

　　周明俊无力地坐下，一边打开电脑一边长叹："我们的命怎么这么苦啊！"

　　薛亦龙抬起头："是得和领导说一说给我们办记者证的事儿。咱们社里有七八个新闻出版署的记者证，却都不在我们一线记者手中，那些领导拿着记者证却不做采访工作，这算什么事儿？"

　　周正春叹口气："像这种现象在媒体圈还比较普遍。你别瞧大会上那

些扛着长枪短炮的记者，如果真问他们要新闻出版署颁发的记者证，还真没有几个能掏得出来。这个问题相关部门应该关注并解决了。"

周明俊忽然大声唱："为了生活几乎不睡，点头哈腰就差下跪，日不能息夜不能寐，单位有事立马到位，屁大点事不敢得罪，一年到头不离岗位，身心憔悴无处流泪，逢年过节家人难会，工资不高还装富贵，稍不留神就得犯罪，抛家舍业愧对长辈，身在其中方知其味，不敢奢望社会地位，全靠傻傻自我陶醉……"

宋歌听了忍不住咯咯大笑："真逗，谁编的？这不是给我们画像吗？"

周明俊讨好地说："宋歌，你想看吗？打开 QQ 我给你发一份吧。我这里还有好多呢。"

宋歌脸一冷："谢谢，我不要。"

众人正在闲话，贺映红走进编辑部，看看在座的五六个人，大声说："给同志们传播一个好消息，咱们《深度报道》杂志社的全体编辑记者，都要进行职称审定了。工作五年以上，可以申请中级职称，五年以下可以申请初级职称。要参加培训班，到北大或者清华去听教授讲课。这是国家统一要求出版行业从业人员要参加的。"

周明俊仰着脸问："贺主任，参加职称评定有什么好处呢？"

贺映红说："当然有好处，如果你们通过职称考试，拿到职称证，可以长一级工资。另外，可以有条件申请拿到国家新闻出版署的正式记者证。当然还要参加另外一次严格的培训，等培训完了，再考试，考试合格后，才能颁发记者证。"

这句话说到众人心窝里。编辑部除了周正春是原来的在编人员，有国家新闻出版署颁发的记者证，其他全是招聘人员，手里的记者证也都是社内自己颁发的，如果严格追究起来，都是假记者。

薛亦龙听后，很是激动了一下，"这回有希望由土八路转正成正规军了，我做记者三五年，一直是个不在编的记者，不能说不遗憾。"

贺映红看了看薛亦龙，说："亦龙，你来我办公室一下。"

薛亦龙正在写稿，只得放下手中的活儿，跟着贺映红进了主任办公室。

"什么事儿？"

贺映红将一份新出的《北京青年报》递给薛亦龙："你自己看看吧。"

薛亦龙拿在手里，从头翻到尾，没有发现什么。

贺映红一直坐在那里笑眯眯地看他。

"没什么呀！你让我看什么？"薛亦龙问。

"你呀，真是个大马虎鬼。"贺映红咬着牙，拿手指在薛亦龙额头点了点，"打开第六版，仔细看一看。"

薛亦龙打开第六版，在下半版忽然发现自己最近采写的江西农民因给香港合资企业养牛受骗的深度报道。编辑换了标题，同时文字也做了一些删减。

"《北京青年报》做了转载，是一件好事，我会向领导汇报的，下个月给你发 1000 元奖金，另外对你的升职也有利。"贺映红说。

薛亦龙抬手敬了个礼："多谢领导栽培。"

"少贫嘴吧你！"贺映红像小女人那样嗔怪道。

薛亦龙低头细看自己那篇文章。

贺映红说："你现在的主要竞争对手是周正春，他是杂志社的在编人员，有正规的记者证。所以这次你一定要参加职称考试，只有通过考试拿到出版行业中级职称，你才能提高胜算。"

薛亦龙抬头看贺映红："我不想和周正春争什么。"

贺映红脸一黑道："难道你不想拿到新闻出版署的记者证？难道你不想将来有机会，转正成为杂志社的正式职工？难道你不想把自己的户口调进北京？"

一连串的问话，让薛亦龙低下了高傲的头。

有几个人能拒绝得了北京户口的诱惑呢？曾有人答应五万元一个户口，把薛亦龙的户口办进北京郊区一个镇。他拒绝了。北京郊区和北京毕竟不是一个概念。但现在，如果真的能有机会把自己的户口调进北京，薛亦龙当然有可能不惜一切代价。

薛亦龙开始在心里重视这次职称考试。贺映红热心地为单位同仁提供一切学习机会，她联系组织本单位人员分批分期去北京大学和人民大学听课。薛亦龙积极认真地听课，仿佛当年参加大学考试。

薛亦龙在北京大学听课时，遇到了庄一民。

庄一民同样很认真地对待这次全国统一的职称评定考试。庄一民说："对我来讲，这是一次难得的机会，我一定得拿到中级职称。我的学历只有大专，将来竞争不占优势，有了中级职称就多了一个优势。"

薛亦龙望着模样比实际年龄显老许多的庄一民，觉得他实在不容易，问："你的长篇小说写得怎么样？"

庄一民叹口气："这段时间全副身心在职称考试上，别说长篇，短篇小说也没有摸笔了。"

薛亦龙看过庄一民在《天津文学》上发表的短篇小说，的确写得不错。便道："一民，你的小说很有功底，坚持下去，一定能成功。"

庄一民笑了笑："试一试吧，不试怎么知道行不行。我这个人除了能码字，别的一无所长。现在做编辑记者，也只是谋生而已。等过个三五年，手中积些钱了，我就赌一把，专职在家写作，写他个三五年，如果能出来就出来了，如果出不来，我也明白自己究竟是不是写小说的材料，也就死心了。"

薛亦龙竖了竖大拇指："老弟支持你。等你的小说出来了，我帮你找出版社。再组织一帮媒体兄弟正儿八经地炒作炒作。现在是一个炒作时代，没有炒作，你就是写得再好，也没有几个人知道呢。"

庄一民道："先谢谢好兄弟。"

庄一民是带着老婆孩子来上课的。庄一民听课的时候，许云茹就带着女儿在北大校园里游玩。庄朵朵最喜欢出门，喜欢人多的地方，她可以抓着铁栅栏，望着操场上一帮生龙活虎的男生女生上一堂体育课。可以俯在窗前，听教室里面的大学生们唱一节音乐课。

培训课上午两节，下课已经十一点半了。

庄一民和薛亦龙从教室出来，看到许云茹带着女儿正站在不远处的树荫下。看到爸爸，庄朵朵高兴地叫着迈着小腿奔跑过来。庄一民紧走两步，过去一把将女儿紧紧地抱在怀里，在她那粉嫩的小脸蛋上吻了又吻，又大嘴对着小嘴嗑了一口。庄朵朵夸张地呸呸，抹着自己的小嘴。

许云茹望着这对父女，忍不住咯咯地笑。

薛亦龙很羡慕这幸福的一家三口。他觉得庄一民是幸福的男人，有漂亮的妻子，有活泼可爱的小女儿，即便是住在一间不大的简陋的租屋，也

是快乐的。有句俗话说，能叫心宽，不叫屋宽。庄一民算是心宽的那一类人吧。

许云茹走过来从庄一民怀里接过女儿，"爸爸听课累了，朵朵下来让爸爸休息。朵朵早就叫着肚子饿了，我们去吃饭吧。"

庄一民扭头看着薛亦龙："走，一起吃饭。"

他们在校园内的一家小餐馆，找了个干净的位置坐下来。庄一民要了三大盘饺子，有羊肉大葱馅、猪肉白菜馅，还有萝卜馅的。又要了两瓶啤酒、一盘花生米、一盘豆腐丝。

薛亦龙知道庄一民喜欢吃饺子。两人一边喝啤酒一边聊天。庄朵朵真是饿了，吃了一个又一个。许云茹在旁边细心照顾，不停地鼓励："朵朵真棒，再吃一个！"

碰杯之后，庄一民关心地问："你和徐昕蕾最近怎么样了？"

薛亦龙说："没怎么样！还那样吧！我们一直有来往！"

庄一民道："对女孩要勇敢地追，而且要坚持不懈，不能三天打鱼两天晒网，不追到手绝对不放手。不然，小心她跑了就再追不回了。"

许云茹说："我看徐昕蕾挺不错，又漂亮，又聪明能干。你们都是做记者的，还有共同语言。天造地设的一对，不走到一起太可惜了。"

薛亦龙摇摇头："这是两个人的事情，我一个人做不了主。既得两厢情愿，还得看我和她的缘份。"

庄一民说："什么叫缘份？两个人相互看着顺眼就行。现在北京生活的成本多高，两个人睡一张床总比一个人睡一张床划算。"

许云茹嗔怪地拉了庄一民一把："说什么呢？你以为两个人结婚是合伙做生意，把两张床合成一张床那么简单吗？"

庄朵朵举着杯子："叔叔，叔叔，我们碰一杯。"

"好！"两个玻璃杯碰在一起发出清脆的声音。庄朵朵笑得两眼变成了弯弯的月牙儿。薛亦龙逗庄朵朵："喜欢叔叔吗？"

庄朵朵用力点点头："喜欢。等我长大了，我嫁给你。"

哇！庄一民和许云茹差一点儿笑翻。

"宝贝，叔叔太谢谢你了。"薛亦龙的心里却有一种说不出的温暖。望着面前可爱的小女孩，一瞬间薛亦龙有一种渴望做父亲的感觉，便道：

"一民，嫂子，我有个请求，不知你们能不能答应？"

许云茹笑道："有什么请求你就说吧，只要我和一民能做到，一定答应。"

薛亦龙脸竟有些木木的，也说不清自己为何有种莫名的紧张，他努力吞咽了一口唾液，一时竟不知如何开口。

"什么事儿，说吧，怎么突然变得跟娘们儿似的？"庄一民说。

薛亦龙说："我很喜欢朵朵，又和一民是好朋友，所以，我想，想认朵朵做干女儿。你们同意吗？！"

庄一民和许云茹相互看了一眼。许云茹先扑哧笑了："亦龙，想不到你年纪轻轻的，还有这份心思。"

"怎么？嫂子，你不愿意？"薛亦龙心里后悔自己太冒失。

庄一民道："怎么不愿意？从今天起，我女儿就是你女儿，她又多了一个爸爸。"

"是干爸爸！"许云茹推了庄一民一把。庄一民呵呵笑道："是，是干爸爸。过来，丫头，给你干爸爸磕头。"

庄朵朵真的要跪下去，薛亦龙急忙拦住："千万别。等过年的时候，再给干爸爸磕头，我给你压岁钱。现在不能磕，瞧这地上多脏。"一边说着，把朵朵搂在怀里，在她红润润的脸蛋上亲了一口。

"来吧，亦龙，咱兄弟俩喝酒，杯中酒全干了。"庄一民说。

"干了！"

庄一民满足地望着女儿说："有一次，我无意中看到一个男孩儿打女孩儿耳光，那种心疼的感觉直到今天没有消减。女孩儿是不可以打的，无论她犯了什么错误！因为每一个女孩儿都是父亲的女儿。当你伤害一个女孩儿时，这个世界上至少有一个人绝对不会宽恕你，他就是女孩儿的父亲。而且，将来你也有百分之五十的概率，成为一个女孩儿的父亲。"

薛亦龙还没有当父亲，但他理解此时庄一民的心情。看到庄一民眼睛中有血丝，薛亦龙关心地问："是不是又熬夜了？没睡好觉？"

许云茹剜了庄一民一眼，心疼地说："这段时间他所有的事儿都赶一块儿了。一个姓李的朋友介绍他认识了一个想出书的老板。那个老板原来就是个收垃圾的，后来却发了财，做建材生意，投资盖商品房。现在是一

家法国著名家具企业的中国总代理。他就想把自己从苦孩子如何成长为千万富翁的故事写成书。他文化不高，自己不能写，就找庄一民来写。现在一民忙得焦头烂额，白天上班一摊儿事，晚上还得赶书稿，还要学习功课考职称。"

薛亦龙发觉庄一民似乎比以前更瘦了，忍不住道："一民，别太拼命了，身体要紧。身体就是一串数字最前面的那个 1，如果这个 1 没有了，你后面有多少个零，也是一个零。"

"明白，我明白。"庄一民说。

"那个老板怎么给你钱的？"

"口头上说千字五十元。"

"他妈的，太孙子，哪有这么低稿费的。我一篇稿子至少得千字四百元。"薛亦龙忍不住破口大骂。

庄一民苦笑道："咱赚不了大钱，只能赚个辛苦钱。我算了，二十万字一万元，对我来讲可不是一个小数目。况且，人家已付了二千元做定金，余下的八千元等稿子写完后给。咱既然答应了，就得按时保质保量地完成，做人总得讲个诚信不是？"

第九章　运作

现在的正版美女越来越少，你所看到的，大都是经过装修，而且许多都是高档奢侈装修。除了钢筋水泥墙之外，其他全部毁掉重来。这不能不让人担心：你费尽血本找了个美女结婚，结果生下的孩子，却丑得对不起人民。

清晨，薛亦龙还躺在床上睡觉，大半个被子掉在地上。只有一个被子角儿搭在肚子上。薛亦龙似乎在做着美梦，嘴角挂着浓浓的笑意。

铃铃……手机响了。薛亦龙迷迷糊糊接听："喂！谁呀？"

"我是你姐！"薛亦侠在电话里大声说："亦龙，你多长时间没给家里打电话了？今天早上妈妈还在说你呢。"

薛亦龙睁开眼坐起来："姐，我最近忙着参加职称培训考试，单位里的事儿也比较多。"

"这不是理由。爸爸妈妈养你那么大，你连花几分钟打个电话的空儿也没有？"

"好了，我打，我打！大清早儿你老人家打电话就为这件事吗?!"薛亦龙问。

"还有啊！你的女朋友到底谈了没有？我单位有一个女同事，去年才大学毕业，人长得小巧玲珑，性格又开朗，我看挺适合你。她家里情况我也打听了，爸爸妈妈都是工程师，没有什么家庭负担。你抽空回来一趟和

她见个面。"

"上帝!"薛亦龙哭笑不得,姐姐每次打电话,都不忘给他介绍对象。"我最近真的没时间。"

"那你什么时候有时间?你不知道爸爸妈妈为你的婚姻大事,头发都愁白了多少!妈妈还偷偷哭过两次,你一点儿都不知道理解爸妈的心!"

"好,好,我抓紧时间找一个,争取过年的时候带个媳妇回去,让他们给红包。"薛亦龙叹口气。

"你又要贫嘴!我可要警告你的,半年内必须找到女朋友,明年'五一'结婚。让咱爸爸妈妈早日抱上孙子。听到没有?"

"好,我保证完成您的任务。"放下电话,薛亦龙再无睡意。找女朋友不是去商场买东西,看上了掏钱就可以买到。薛亦龙想起一位北京大妈说过的话:"两人的婚姻,最重要的是还要看缘份,缘份到了,婚姻就是一层纸,一捅就破。缘份没到,婚姻就是一座山,任你怎么努力也很难翻过去。"

婚姻就是一座喜马拉雅山!想到这里薛亦龙苦笑着摇摇头。睡意早没有了,只得起床,刷牙洗脸。出去在小摊上买碗豆腐脑,吃了一个油饼和一个鸡蛋。北京人早点最可口的就是吃油条或油饼就咸菜丝,咸菜丝上可根据个人口味放点儿辣椒油,薛亦龙很喜欢这种吃法。刚来北京时候,他听说地道的北京人爱喝豆汁,还专门骑着自行车寻了半个北京城,终于在鼓楼寻着一家,买了一碗豆汁品尝,那味道果真跟传说中的刷锅水一般,实在难以下咽,从此薛亦龙再也不敢学老北京人喝豆汁了。

吃过饭回来,手机在铃铃作响。打开手机,是徐昕蕾的一条短信:"为什么不接电话?"她总是这样霸道!薛亦龙苦笑,回拨过去,徐昕蕾的声音立即在那端响起来:"薛亦龙,摆什么臭架子呢?一大早给你打电话,一直占线。再拨去,却是通了没人接。你是不是有意要躲着我?"

"没有,对不起啊,我最近公务比较繁忙。"薛亦龙故意逗她。

"胡说,老实交待,刚才和谁通电话呢?"

"一个女的。"

"女的?谁呀?"

"我和她关系比较亲密,你就别打听了吧。"

　　"不行，我偏要问。"徐昕蕾固执地说。

　　"反正和你没有关系啊！"

　　"没关系我也要打听，快老实说！"

　　"好吧，我姐薛亦侠。"

　　"你混蛋。"徐昕蕾气得要骂人："那为什么第二次拨过去通了却没人接？"

　　"我去解决进出口国家大事了。"

　　"什么进出口国家大事？那是商务部的事儿，我是财经记者，你以为我不知道。"

　　薛亦龙先哈哈笑起来，笑过之后说："我出去吃饭，吃完饭还要去厕所，也是我的进出口大事儿啊！"

　　"你混蛋！"徐昕蕾又骂了一句，接着是沉默。

　　"喂，生气了？"薛亦龙有点儿担心了。

　　"没有。今天下午在湖南大厦有个企业新闻发布会，你去不去？"

　　薛亦龙看了看摆在桌上的教科书："不行，我马上要参加职称考试，得复习。"

　　徐昕蕾道："复习功课什么时候都行，也不在乎这一两个小时。而且人家都说了，有红包。你不想去拿红包？送到手的钱能不要？"

　　薛亦龙嘿嘿笑了："行，冲着这红包，咱也得亲自出马一回。"

　　"另外，还有一件事要和你商量。"

　　薛亦龙说："什么事？"

　　徐昕蕾说："见面告诉你。反正不是坏事儿。"

　　徐昕蕾说完就要挂电话，薛亦龙急忙喊："喂，徐昕蕾，能不能早些出来？"

　　"做什么？"

　　"中午一起吃个饭。"

　　"你不是要抓紧时间复习功课吗？"徐昕蕾笑问。

　　"复习功课什么时候都行，也不在乎这一两个小时。"薛亦龙借用刚才徐昕蕾的原话。

　　"对不起，我上午约了朋友去西单商场，咱们下午四点见。"徐昕蕾说着啪地挂了电话。薛亦龙望着自己的手机，嘴巴张了又张，却什么也没说出来。

发布会在湖南大厦举办，已经来了二十多个记者。他们中有些人相互熟悉地打招呼。媒体圈说大也大，说小也小，跑什么口儿的总是那么几个人，经常见面自然而然就熟了。

薛亦龙赶到时，徐昕蕾在门口等着。"怎么这么慢，大姑娘在家绣花呢？人家都急出一头火来了！"

薛亦龙说："对不起，路上堵车。北京的交通你也知道，堵车正常，不堵车才是怪事。"

"走吧，别编借口了。"两个人一起往里走，从电梯来到十一层，电梯一开，就看到对面不远有一个小厅，门口铺着红地毯，一旁放着两张桌子，桌子后面站着几个穿着光鲜的女孩。一张桌子上放着牌子写着嘉宾签到处，另一张放着媒体签到处。

徐昕蕾远远地和一个女士打招呼："劳经理，你好。"

一个三十岁左右的女士迎过来，与徐昕蕾握手："徐记者你好，欢迎你来参加我们的新品发布会。"

徐昕蕾说："不客气，大家都是朋友。这位是《深度报道》杂志的记者薛亦龙。去年两起轰动全国的深度报道大稿，都是他一手写的，是一位知名记者。"

劳经理一脸灿烂的笑："薛记者你好，认识你很荣幸。两位往这边请，先签个到吧。"苏经理抬手示意，薛亦龙注意到她的手纤长而白皙。

这时候，媒体签到处忽然一个高声儿响起："怎么了，没有在邀请名单中就不能采访了？你们这是在拒绝记者。你们知道拒绝记者采访的严重后果吗？"

薛亦龙闻声看过去，只见一个西装革履，头发梳得油光锃亮的小伙子正气势汹汹地站在那里。桌子后面的几个女孩都不知道该怎么办。

"怎么回事儿？"劳经理急忙走过去问。

一个服务员说："他说他是记者，可是我们的邀请名单里并没有他的单位和姓名。我们没给他会议材料，他就不乐意了。"

劳经理说："请问你是哪家媒体？怎么称呼？"

那个小伙子高声说："我是《京华消费者报》的记者，我叫苏越健。"

薛亦龙听到这个名字就是一愣，苏越健？《京华消费者报》？他把目光聚在小伙子的脸上：一双细眉、小眼睛，青春痘在脸颊两侧不规律地分布两大片，此起彼伏。

薛亦龙上下看过，慢慢地踱步过去，轻轻在那小伙子肩上拍了拍。

小伙子浑身一颤，猛回头看着薛亦龙："什么事？"

薛亦龙问："你是《京华消费者报》的？"

"是！"小伙子回答得理直气壮。

"你叫苏越健？"

"是！"这次小伙子的声音低下来，还似乎有了一些颤音。

薛亦龙拍了拍他的肩，俯在他耳边说："你跟我过来，我和你说件事。"

小伙子有些发蒙，听话地随着薛亦龙来到旁边，薛亦龙从口袋摸出张名片："你瞧一瞧，我就是《京华消费者报》的苏越健，一个单位，不会有两个苏越健吧？"

"啊！"小伙子吃了一惊，连连道："对不起了，哥哥。"

薛亦龙问："你从哪里弄到我的名片？"

小伙子说："我，我也不知道。"

薛亦龙说："没关系，大家都不容易，你别在这里吵吵，赶快走人吧。"

"好，谢谢大哥！"小伙子说完，迅疾离去。

徐昕蕾跟过来，望着匆匆逃去的小伙子问："你和他说了什么，他就像贼一样跑了？"

薛亦龙说："我告他，你再不走，我就拨110了。他就跑了。"

徐昕蕾咯咯笑起来，将手中一个雪白信封递给薛亦龙："拿着吧，你的一份，劳经理给你的。"

薛亦龙回头，碰到劳经理正朝这边看，他挥了挥手，算是表示感谢。

两个人走进发布会现场，寻了个相对僻静的角落坐下，徐昕蕾捅了捅薛亦龙："给了五百元，不白跑一趟。"

薛亦龙知道她说的是信封里的红包："谢谢你，下次吃饭我请客。"薛

亦龙向徐昕蕾身边靠了靠又说："你知道吗？北京专门有一帮人，靠吃会赚不少钱。这些人假借记者的名号，哪里有会就像苍蝇一样闻风而动。到会场拿了红包就走人，接着赶另一个会。刚才进来时看到那个人，就是一个典型的会虫。算他倒霉，竟然冒充老臭苏越健。"

徐昕蕾问："你说那个西装革履，头发锃亮的小伙儿？这么巧，他冒充苏越健？"

薛亦龙点点头，嘿嘿笑道："三百六十行，行行出状元。这会虫也算一职业了。你在电话中说有事情，究竟什么事，再不说我晚上就会睡不好觉。"

徐昕蕾神秘地笑了笑说："其实我和你曾经说过的，我去参加一个诗坛聚会，认识一个老板姓钱，他出了一本书，想让媒体的朋友帮忙炒一炒。"

"什么书？"

"诗集。"

"哇，老板写诗，一堆垃圾。"

"你的嘴怎么这么损，你没看怎么就知道是一堆垃圾？"徐昕蕾说，"他不差钱，就是让咱们帮他花。"

薛亦龙："没意思，我有时间不如躺床上睡会儿觉。现在这社会有几个人看诗？都是些无病呻吟的东西。"

"事儿虽没意思，但钱不会没意思吧？我答应人家帮他好好策划策划，让他成为畅销书，让钱董事长一举成名。现在这帮企业家，不差钱，差好名声。他们也想像电影演员艺术家那样捞些名声。这事儿我可答应了，咱俩帮忙操办，你不许给我撂挑子。"

薛亦龙不说话。

徐昕蕾轻轻拧了拧他的胳膊："你听到没有？表个态，快点儿。"

薛亦龙慢慢扭了扭脖子。

徐昕蕾瞪着他，说："别小瞧人家钱老板，别以为人家不是文人。他特意点名，要现在文坛最红的北大教授、著名评论家柳一刀给他写一篇不低于两千字的评论。这个忙你也得帮。"

薛亦龙想了想说："既然你张嘴了，我当然会全力支持你。搞策划老

臭苏越健最在行。那个柳一刀，我不认识，怎么能贸然请人家写评论？"

徐昕蕾说："你不认识，可以找一个认识的人呀。"

薛亦龙说："让我想想办法，看有没有记者朋友认识柳一刀的。钱诗人有没有时间限制？"

徐昕蕾说："这他倒没有说，但这事儿越快越好，人家诗集可能都已经印出来了。"

参加完新品发布会，企业又请媒体记者吃了晚饭，请来两个歌星、十二乐坊做表演。从湖南大厦出来，已经满街灯光了。薛亦龙打车，先送徐昕蕾回去。自己让出租车开到地铁口，准备换乘地铁回家。

这时候，突然有人喊薛亦龙，扭回头看，只见老臭苏越健和张雅娴戴着太阳帽走过来。薛亦龙笑道："嗳，你们这身打扮，好像刚从高尔夫球场回来。"

苏越健得意地点点头："这算你说对了。今天北京影视明星协会请我们与一帮影视明星打高尔夫球。"

"真的？你会打高尔夫球吗？"

"怎么不会打，谁说那高尔夫球是富人专利，只要是个人都会打。"苏越健擦了一把脸上的汗。

三个人上了地铁。薛亦龙低声问："今儿怎么没有和王环一起去？"

苏越健摇了摇脑袋："她有事来不了。"

张雅娴似乎感到他们在谈什么机密，身体向旁边挪了挪。薛亦龙意识到了，抬高声音说："一企业家诗人请徐昕蕾帮他炒作一本书，你给策划策划。"

苏越健眼睛一亮："嘿，这是好事儿啊，咱不会挣钱，但保证会花钱。你先说说他想花多少钱吧，花多少钱办多大的事儿！"

薛亦龙说："这个我倒忘问徐昕蕾了。"

苏越健兴致勃勃："既然他想炒作，咱就找一帮媒体朋友给他炒一回，保证给他炒个外焦里嫩、滚熟。"

"你别给人家炒糊了。"薛亦龙捅了老臭一把。又说："他点名请北大的评论家柳一刀给他写一篇评论，争取在文艺报上发。"

"柳一刀是谁？听名字不会是练武术的吧？"

　　"滚蛋。柳一刀是国内数一数二的诗歌评论家,凡他过眼的诗,就会跟在诗坛扔个炸弹一样,产生不小的影响。全国不知有多少天才诗人,哭着喊着要做他的学生。"

　　苏越健挠挠头:"这家伙我不认识。"

　　旁边一直很少说话的张雅娴说:"你们问一问庄一民大哥,他是写小说的,或许和柳一刀认识。"

　　"对呀!我怎么忘了庄一民。"薛亦龙一拍大腿,冲张雅娴笑道:"谢谢你,一句话提醒梦中人。"

　　次日,薛亦龙便把请柳一刀的事在电话中和庄一民说了。

　　"谁?柳一刀?是那个诗歌评论界的柳一刀吗?"

　　"对,诗坛评论界还有几个柳一刀?"

　　庄一民笑道:"我倒认识他。三年前我还曾经采访过他,写过一篇文章。后来还和他通过几次电话,我这里有他的名片。"

　　薛亦龙眼睛一亮:"真的吗?真是得来全不费功夫。蓦然回首,那人却在灯火阑珊处。一民,请柳一刀写评论这事就拜托你老人家了。"

　　庄一民摆手说:"凭咱们这关系,凭你和徐昕蕾这关系。我当然会尽力去办,但成不成我可不敢保证,人家是全国著名的诗歌评论家,我只能说尽力而为。"

　　其实,这事儿庄一民有些犯难,他和柳一刀并不熟悉,采访也是几年前的事情。他记着柳一刀,柳一刀恐怕早把他忘了。到了第三天下午,庄一民忽然心生一计。看看表,已是下午四点,这时候即便柳一刀午休也该起床了。庄一民拨通柳一刀的手机,先费劲地自我介绍一番:"柳教授,我是庄一民,曾经采访过您。当时您谈了诗坛的一些怪现象,狠批了诗歌界的不正之风。"

　　"噢,你是庄一民,我想起来了。怎么?有什么事吗?我刚从美国参加完世界华人诗歌研讨会回来。"

　　庄一民说:"柳教授您辛苦了。我们北京诗歌论坛的朋友们,都非常敬重仰慕您,许多青年诗人也很想见见您,聆听您的教诲。所以我们很想请您老人家一起吃个饭,请柳教授莫推辞!"

　　柳一刀说:"可以啊。我很支持年轻人写诗写小说。"

庄一民说："柳教授，您看您什么时候有时间？"

柳一刀想了想说："后天吧，我今明两天在开会，后天下午在友谊宾馆新诗歌研讨会就结束了，后天晚上有空闲。"

庄一民立即把与柳一刀沟通的情况告诉薛亦龙。薛亦龙说："好，我马上和徐昕蕾联系，让钱老板抽空来请客。"

徐昕蕾扭头给钱老板打电话，钱老板很高兴地说："行啊，能请到柳教授吃饭我很荣幸，让你朋友和柳教授约定时间、地点，我随时恭候。在哪里吃、吃什么都由他定。"

薛亦龙把徐昕蕾转的话又告诉庄一民，这事儿就基本定下来了。

到了第三天上午，庄一民又给柳一刀打电话确认吃饭的事儿，柳一刀说："咱们去清花园刘记涮肉馆吃火锅吧。"

庄一民急忙打电话给薛亦龙，薛亦龙又打电话给徐昕蕾，徐昕蕾再约钱老板。钱老板因为求着柳一刀写评论，所以放下手中所有的活动，答应准时赴约。钱老板说："你们安排吧，先定好包间，我准时到。"

晚上六点半，庄一民打车去友谊宾馆等着，新诗歌研讨会一结束，庄一民便把柳一刀请上了车，两人直奔清花园刘记涮肉馆。薛亦龙已定好了包间，老臭苏越健、王环、张雅娴都在。薛亦龙说："这里的生意好得很，幸亏我们提前两个小时来，不然包间就没了。"

这时候，徐昕蕾坐着钱老板的车，也一并赶来。众人请柳一刀教授坐上位，钱老板在柳一刀右首坐了，庄一民坐在柳一刀左首，徐昕蕾、老臭、王环和张雅娴依次坐了。

柳一刀显得很高兴："听说你们诗歌论坛办得不错，我很欣慰。这是一个浮躁的时代，铜臭遍地，物欲横流，一些没有品味的通俗文学充斥着整个图书市场。很难得你们还坚持诗歌创作。诗歌是高雅艺术，是有文化有素质有品味人的艺术。比如唐诗，唐朝是历史上最繁华的一个朝代，当然后期因为贪污腐败等原因没落了。但唐诗却达到了一个前无古人后无来者的顶峰，这值得我们今人思索回味啊……"柳一刀讲起诗歌来，精神焕发，长篇大论。

众人做认真听讲状。这时候，服务员已陆续把菜上齐了。柳一刀忽然说："你们怎么用电磁炉涮羊肉？不行，这样味道不纯正，给我们换炭火

的，那才叫地道。"

服务员有些为难："对不起先生，炭火炉的没有了。"

柳一刀皱起眉头，不说话了。

薛亦龙急忙站起来说："小姐，你给想想办法，我们习惯了吃炭火涮羊肉。你这电磁炉的涮出来口味就不地道了。"

徐昕蕾也说："用电磁炉，我们在家里就吃了，谁还会跑到你饭店来吃。"

服务员依旧说："对不起，我们炭火炉用完了。"

老臭说："把你们老板叫来，我不和你说。"

服务员扭身出去，片刻，进来一个胖胖的中年人，"各位顾客，我是楼层经理，实在对不起，炭火炉的确没有了，我们这里的客人特别多，用不过来，请大家见谅。"

老臭掏出单位发的记者证在他面前晃了晃说："你瞧好了，我们在座的可都是媒体的记者，我们来吃一次你们的涮羊肉，你们的服务怎么这么差呢？连基本的客户需求也不能满足。你们的'顾客是上帝'就是挂在口头上的吧？"

胖子经理连连摆手："对不起，对不起各位记者先生。我这就去想办法给你们调一个炭火炉来。"

五分钟后，服务员把电磁炉撤了，换上炭火炉。老臭冷笑道："我知道他们是怎么回事，就是因为怕麻烦。"

徐昕蕾先站起来给柳一刀敬酒。柳一刀高兴得合不拢嘴："今天晚上很开心。在座的三个美女，都是诗歌爱好者吧？"

徐昕蕾聪明地顺应道："是啊，我们都经常看您写的诗评论，您的点评对于我们提高自己的诗歌创作非常重要。"

"谢谢，徐昕蕾这小嘴能说会道的。写诗的女孩，需要这样的灵性。"柳一刀连连点头。

张雅娴和王环也站起来敬柳一刀的酒。柳一刀一口气喝了九杯，脸色红润泛光，豪情满怀起来。薛亦龙觉得时机已到，拿眼看坐在柳一刀右首的钱老板。钱老板却迟迟不说话。薛亦龙替他着急，趁他起来去洗手间时，在门外拦住他问："钱老板，你怎么不和柳教授提写诗评论的事呢？"

钱老板诺诺道："让我提？这合适吗？应该你们谁来提更好。"

薛亦龙暗想，这家伙怎么到关键时候成了缩头乌龟，回头把徐昕蕾叫出来道："别只顾和老头喝酒，得让他答应给钱老板写诗评。钱老板不开口，你得开口说。"

徐昕蕾眼珠转了转道："钱老板这事儿自己不好出面说，我来说没问题。但我有种担心，万一老头不愿意提笔写呢？你别忘了，今天请他出来，庄一民和他说是诗友们请他出来讲诗的。"

薛亦龙觉得徐昕蕾说得有理，作为准备方案，得为柳一刀找个枪手。便给庄一民打电话。庄一民很快出来了。薛亦龙把徐昕蕾的担心讲出来，庄一民倒爽快："这样吧，咱们和他商量，如果他愿意写，就让他写，如果他不愿意写，就由我来写，写完之后请他过目，最后发表时署他的名字。如何？"

薛亦龙一拍掌："就这么说。"

回到包间里，苏越健正在拍柳一刀的马屁："柳教授，您是当今诗坛的评论大腕。您的诗评就是最高指示，下面千千万万学习诗歌的诗人们都得俯首听着，当教科书一般铭记在心……"

柳一刀边品酒边默默点头，似乎非常受用。

薛亦龙冲着徐昕蕾使了一个眼色，意思是告诉她时机成熟了。

徐昕蕾捧起酒杯，微笑着走到柳一刀身边说："柳教授，我再敬您老一杯。"

"好，好！"柳一刀一口饮下。

徐昕蕾给柳一刀斟满酒，并没有立即离开，而是说："今天请柳老，还有一件事。坐在右边的这位钱仕仁钱老板一直没好意思开口，我作为他的朋友就替他说了。钱老板最近出了一本诗集，非常希望您能给他的诗集写一个评论，不知道柳教授有没有时间？"

这时候，原本热闹的场面冷静下来，大家都在静待柳一刀的态度。

柳一刀拭了拭嘴，放下酒杯，沉吟。

众人屏息，短短的几秒钟变得似乎很漫长。

钱仕仁眼巴巴地望着柳一刀，似乎在等待着自己的生死判决书。

柳一刀仿佛意识到了这一刻酒席上的微妙变化，他抬头环顾在座的各

位，说："写评论没有问题，可是我没有时间看他的诗集啊，最近一直很忙。还有七八个论文要我审，三四个研讨会的稿子要写。这事儿——"

庄一民接过话："柳教授，这样吧，我先拟个评论草稿，写好后由您来审定，然后签上您的名字。如何？"

"这样好！"柳一刀点点头表示肯定。

薛亦龙暗暗舒了口气，只要柳一刀答应署他的名字，这事儿基本上就成了。

柳一刀接着说："钱诗人是企业家，企业家写诗歌，很难得。我再给你们提个建议。这本书出来之后，要召开一个研讨会，请评论家、媒体的朋友一起，可以把这件事情做得更有影响。"

"好，柳教授这个主意好。"钱仕仁连连点头。

饭后，钱仕仁开着车，和庄一民、徐昕蕾一起把柳一刀送回家。

第二天，薛亦龙打电话问徐昕蕾："钱仕仁答应给柳一刀的润笔费八千元给了没有？"

徐昕蕾说："没有，他没有提这事儿。"

薛亦龙说："你得提醒他，这种生意人说话不靠谱。这边庄一民跟柳一刀说好有润笔费。而他如果不肯掏钱，你让庄一民如何做人？"

徐昕蕾想了想说："你别急嘛，钱仕仁是生意人，他是不见兔子不撒鹰的。只有庄一民把评论写好，柳一刀点头签了他的名字，他才会付钱。"

薛亦龙道："庄一民代写评论不能义务劳动，让钱老板给庄一民八百元劳务费。咱办事儿不能欺负老实人。"

徐昕蕾说："好吧，我和钱仕仁讲。"

薛亦龙想挂断电话，但感觉徐昕蕾还有话没说完。果真，停了几秒，徐昕蕾说："你怎么看柳一刀？"

薛亦龙有些发懵："柳一刀怎么了？"

徐昕蕾冷笑道："他有些色，恐怕是个老色鬼。"

薛亦龙吃了一惊："你怎么看出来的？难道他对你——"

徐昕蕾嗔了一声："你想歪到哪里去了，我只是从他的眼睛看出来的。尤其是他看张雅娴的眼神有问题。你得多个心眼儿，别闹出什么事来大家都不好收场。"说完，徐昕蕾把电话挂了。

薛亦龙愣了半晌，柳一刀是个老色鬼？他怎么一点儿没看出来。柳一刀对张雅娴有想法，是徐昕蕾的直觉吗？女人和男人真的是有区别的。尤其徐昕蕾这种古灵精怪的女记者，看任何人都有三分毒气。

钱仕仁着急，催着徐昕蕾，让徐昕蕾赶快拿出评论草稿。徐昕蕾直接给庄一民打电话。庄一民说："我晚上加班，尽快把它写出来。"三天后，2200字的评论写好了。

薛亦龙让发给徐昕蕾，徐昕蕾让钱仕仁看了，钱仕仁很满意，觉得没什么再改的。庄一民再约柳一刀，说："评论草稿已写好，不知柳教授什么时候有时间看。"

柳一刀说："你把草稿发我电子信箱里。"

又过两天，庄一民打电话问柳一刀："稿子看了没有？觉得怎么样？"

柳一刀说："我在上海开会，一个星期后回去。"

这中间钱仕仁很着急，再三催徐昕蕾。徐昕蕾就给薛亦龙打电话。薛亦龙有些生气："不就是一个评论吗？钱仕仁急什么？"

徐昕蕾说："我也不知道，他就跟火烧猴屁股似的老催我。"

这时候，老臭苏越健就在旁边，嘿嘿坏笑道："咱不能这么便宜放过钱老板，让他放一放血。那天柳一刀不是提议开个研讨会吗？咱们给他组织一二十个记者，再加五六个评论家，去北戴河玩两天。"

薛亦龙笑道："现在去北戴河有些过了吧？都快入秋了。"

苏越健说："现在那里的人少，咱们正好可以好好玩。"

薛亦龙把苏越健的主意给徐昕蕾说了，徐昕蕾倒挺认可："这样也是帮他炒作，他不会不乐意。"徐昕蕾和钱仕仁说了去北戴河开他的诗集研讨会的事儿，钱仕仁很高兴，当即表示同意。

柳一刀终于从上海回来，看了庄一民代写的诗歌评论，觉得还不错，中间改了一段，又加了两行，就定了下来。钱仕仁看到了柳一刀评论的定稿，让手下的人打印出一份来，还想请柳一刀在上面签个名字，他又找徐昕蕾。

徐昕蕾再联系薛亦龙。薛亦龙说："这事儿我就不去了。你和钱老板、庄一民一起去见柳一刀，再请他吃个饭，把答应过的润笔费当面让钱老板给柳一刀。就可以了。"

徐昕蕾有些不高兴地问:"你为什么不来?你也是中间人。"

薛亦龙说:"送红包给钱这种事儿,知道的人越少越好。"徐昕蕾想想也有道理,便不再强求。薛亦龙提醒:"给庄一民稿费的事儿你和钱仕仁说了没有?"徐昕蕾嫌薛亦龙罗嗦:"说过了,人家也答应了。我知道你和庄一民好,生怕他吃一点儿亏。你这种人也少见。"

薛亦龙嘿嘿笑了笑,没有再说什么。他心里其实挺喜欢徐昕蕾生气时说话的声音和语气。

徐昕蕾只和庄一民、钱仕仁开车去见柳一刀,三个人又请柳一刀在全聚德烤鸭店的分店去吃饭。刚一坐下,钱仕仁便把八千元钱掏出来递给柳一刀。柳一刀佯作推让,也便接受了。钱仕仁又把打印好的评论拿出来给柳一刀过目,柳一刀戴上老花镜认真看了一遍,点点头,取出笔来在文章最后签了名字。

钱仕仁这时候提出去北戴河开研讨会的事儿,希望能借柳一刀的时间,请他一起去。柳一刀问:"你的书什么时候能出来?"

钱仕仁说:"这个星期三。"

柳一刀掐手指算了算:"那就本周五吧。周六一天,周日咱们就回来,不耽误大家时间。"

"好,好!"钱仕仁像接到圣旨般连连点头。

第十章　艳　事

　　所有媒体的朋友，由老臭苏越健、薛亦龙分头联系，约了十四家媒体的编辑或记者。庄一民和张雅娴帮着请评论家。庄一民一时不知道该请哪位评论家合适，薛亦龙给他出主意，问一下柳一刀，让柳一刀提几个名字，这样他们比较熟悉，将来在会上沟通交流也方便。庄一民便打电话问柳一刀，柳一刀提了三个人的名字，一位大诗刊杂志主编方少山，一位老诗人苏三三，还有一位青年新锐评论家张野（曾经因冲着媒体竖中指而爆红网络），都是诗歌界响当当的人物，加上柳一刀共计四位大腕级评论家。

　　钱仕仁老板自己还请了二十余个诗友。到了周五，钱仕仁包了一辆大中巴，拉着大家直奔北戴河。

　　北戴河这边，钱仕仁早让手下安排好了宾馆及会场。中午，大家聚餐，下午由导游带着去了一趟老龙头。回来后先休息，有些人去海滩游泳。

　　当晚，钱仕仁在汇旅大酒店请客。大家敞开怀尽情吃喝，作为诗坛评论界的老大，柳一刀当然成为明星主角。副刊编辑们主动上前去敬酒，那些诗人们更是一个个要与柳一刀碰杯喝酒。有几个女诗人甚至生猛地和柳一刀喝交杯酒。在热烈的气氛中，柳一刀情绪高涨，来者不拒，连连干杯。薛亦龙在旁边看了都为他担心，像他那消瘦的体格，能不能容纳下那么多酒精。

　　晚宴过后，钱仕仁又在海边沙滩上包了一个露天舞厅，让大家尽情地

跳舞。

柳一刀乘着酒劲儿主动来邀请女诗人、女记者们跳舞。徐昕蕾与他跳了一曲，回来后坐在薛亦龙的旁边，要了一杯果汁饮料。薛亦龙今晚没有尽兴，坐在那里接着慢慢喝啤酒，和庄一民有一句没一句地聊天。看到徐昕蕾过来，他扭头凑过去："和柳教授跳舞，有何感受？"

徐昕蕾摇了摇头："他好像喝高了，脚下绊蒜，踩了我三次脚。还一嘴的酒气，真难闻。"

薛亦龙说："难得老人家高兴，这叫老顽童。"

徐昕蕾冷冷的一句："他可不是老顽童。"

薛亦龙并没有在意徐昕蕾的话，借着月光看过去，柳一刀扭着细瘦的腰正和一个长头发有些外包牙的女诗人在跳舞。两个人个子都高，看上去就像两条立体的蛇在沙滩上舞蹈。薛亦龙看着看着，自己先笑了？

徐昕蕾问："你笑什么？"

薛亦龙说："没什么，今晚的月亮很好。"

这时候，斜刺里蹿出一个四十岁左右、高大而瘦削的男人站到薛亦龙和徐昕蕾中间，背对着薛亦龙，热切地望着徐昕蕾："徐记者你好，能和你认识一下吗？我叫钱达仁，著名诗人。"

"噢，著名诗人。"徐昕蕾想笑，却忍住没有笑，这世界上能当着别人面说自己是著名诗人或著名什么的人并不多，它需要超出常人的勇气和自信。"钱诗人你好，认识你很荣幸。"

钱达仁执著地说："不客气，能认识你这样不但漂亮，而且有气质的美女，我才感到荣幸。没有人告诉你吗？从正面看你有点儿像刘亦菲，但是从侧面看更像徐静蕾。"

徐昕蕾终于忍不住咯咯笑了："真的吗？还从来没有人这样夸过我。"

钱达仁认真地说："是真的。见到不漂亮甚至丑陋的女性，我出于礼貌会说一些违心的诸如美女啊之类的话，但见到像你这样少有的漂亮美女，我是不可能说假话的。我如果再说假话，就让上帝打雷把我劈了，打闪把我轰成炮灰。"

徐昕蕾不笑了，只礼貌地说："谢谢你。"

钱达仁接着说："我是一位诗人，其实著名也是他们硬加给我的。我

从十四岁就开始写诗了，第一首诗发表在我们县的内部杂志上，后来就一发不可收了。也许我真是一个写诗的天才，在高中三年级时，别人都在努力复习高考，而我呢？却把心思用在写诗上，我每天口袋揣着一叠纸片，想起诗来就写在上面。最高产时一天能写66首诗歌。结果，那年我没考上大学，直到第三年我才考上大学。在大学里我继续写诗，至今已先后在《诗刊》、《诗神》、《星星》还有国外的诗刊上发表500多首诗，《我是一个自由的灵魂》这首诗你听过吗？是我的代表作，他们说可以和李白、杜甫的诗相媲美。"

著名诗人钱达仁看来要没完没了说下去，徐昕蕾急忙制止："对不起，我不太懂诗。"

"噢，没关系。我想请你，请你跳个舞，行吗？"

"实在对不起，我，我肚子不太舒服。"徐昕蕾说完，故意弯腰用一只手揉肚腹。

"那我，就不打扰了。"钱达仕很遗憾地耸耸肩走开了。

薛亦龙一直津津有味地看着两个人。此时他眯着眼问："你肚子疼？我身上正好带有药，给你吃点儿。"

"去一边儿去！"徐昕蕾在薛亦龙旁边坐下："你看着我被他纠缠，还不伸手帮我。"

薛亦龙嘿嘿笑了："著名诗人请前看像刘亦菲、侧看像徐静蕾的美女跳舞，我跟着瞎掺和什么？"

徐昕蕾气得拿粉拳砸薛亦龙。

薛亦龙一把抓住她的手："美女，能请你跳个舞吗？"

徐昕蕾说："等我把果汁喝完。"

薛亦龙看着徐昕蕾仰起脖儿，把余下的小半杯果汁咕咚咕咚喝下去。徐昕蕾的身体偏瘦，更显得脖子细长。月光照耀下，那截肌肤显得很白皙醒目。薛亦龙看着那白皙的一段隐到蓝色的胸衣里去，又想到那胸衣下隆起的部位，不由得痴了。

徐昕蕾问："薛亦龙，看什么呢？"

薛亦龙猛醒，意识到自己的失态，脸不由一红，猛地站起来，像绅士那样做一个夸张的邀请动作。

徐昕蕾微笑着，搭过手来。两个人慢慢地往舞池里移，渐渐融入跳舞的人中间。

庄一民看着薛亦龙与徐昕蕾跳舞，嘴角挂起一缕会心的笑，举起杯猛喝了一口。抬头看月亮，忽然想起在家中照看朵朵的许云茹，不由得升起一丝愧疚。如果能和她们母女一起来北戴河看月亮，一定是件很浪漫的事。

舞池里的人不少，苏越健故意捣乱，带着王环在舞池里左碰右撞。有两对男女记者也嘻嘻哈哈跟着他们捣乱。反正也不是什么正规的舞会，大家都比较自由，想怎么跳就怎么跳。还有一个不知什么报的男记者，大约是喝过了酒，一个人疯狂舞蹈，摇头晃脑，大屁股左扭右扭，惹得旁边的女记者们咯咯笑得花枝乱颤。

徐昕蕾这时候显得不太兴奋，带着薛亦龙往偏僻的角落移。薛亦龙原本想像苏越健那样，带着徐昕蕾去撞别人。看徐昕蕾没有兴致，只好由着她。"怎么了？"

徐昕蕾微微笑了笑，望来的眼神有些迷离："我可能喝多了，头有些晕。刚才还没觉得，这会儿酒劲上来了。"

薛亦龙关心地说："别跳了，到座位上休息一会儿，喝些茉莉花茶醒醒脑。"

徐昕蕾摇头："不用了。你，能让我靠一会儿吗？"

薛亦龙嘿嘿笑道："你就把我当作木桩子靠吧。"

徐昕蕾脚向前移，把脸轻轻靠在薛亦龙的胸前。薛亦龙的胳膊将徐昕蕾揽在怀里。徐昕蕾虽有些偏瘦，但身架轻灵。她的胸鼓鼓的顶着他的身体，热乎乎的瓷实的身体让薛亦龙有一种莫名的冲动，他想抱紧她，想伏下嘴唇去吻她的额头、脸颊和她那极富青春生命力的嘴唇。

爱情是讲缘份的。缘来时，两个人的爱情就像一层窗纸，一捅就破；缘份没来时，爱情就像一座珠穆朗玛峰，很难翻越。等待爱情，并不是守株待兔，但也不可强求。武力或战争可以解决很多问题，但它解决不了爱情。所谓强扭的瓜——不甜。

徐昕蕾忽然笑道："薛亦龙，你的心跳得好快。"

薛亦龙没有回答，他抬头看月亮，今晚的月光很好，不清晰也不暗淡，朦朦胧胧的。薛亦龙想起奶奶讲过的一个古老的传说：在有月光的晚上，月宫的仙女会向人间撒一种神奇的药粉。那些在月光下相处的年轻的男女会彼此深深地爱上对方。他爱怀中这个微醺微醉的女孩吗？

爱情像月夜半空中飘渺的一缕白云，很美，但又不可把握。

一曲终了。徐昕蕾抬头看薛亦龙："和你说话也不理我。"

薛亦龙答非所问："这会儿好些吗？"

徐昕蕾说："还行吧。"

两个人都有些恋恋不舍，回到薛亦龙刚才坐的地方。忽然砰的一声响，吓了他们一跳。薛亦龙扭头看庄一民，发现他的神色有些不对。那瓶啤酒好像是他故意摔的。因为一直响着舞曲，所以并没有引起更多人的注意。这时候大家都正尽兴，有人喝多了，碰爆一瓶啤酒不算什么。

薛亦龙靠过去，低声问："一民，喝多了吗？"

庄一民摇头，粗声道："我没喝多。"

"那酒瓶是怎么回事儿？"

庄一民扭头，瞪着一双布满血丝的眼睛看向一个人。

薛亦龙顺着庄一民目光的方向，看到了柳一刀。柳一刀正和一个女诗人夸张地跳舞，两个人面对面、胸对胸、腹对腹，剧烈地扭动腰肢。

"妈的，他是个老流氓。"庄一民咬牙说。

薛亦龙一愣，上前抓住庄一民的手问："你怎么了？"

庄一民说："刚才他和张雅娴跳舞，他的手不老实。"

这时候，薛亦龙才注意到，在庄一民旁边不远，还坐着一个女子——张雅娴，她正背着大家，肩膀一耸一耸的像在抽泣。

薛亦龙一时也判断不清："是——摸哪儿了？"

庄一民瞪了一眼薛亦龙："臀和腰。"

薛亦龙深吸一口气："男人和女人跳舞，哪有不磕磕碰碰的，也许柳一刀只是无意间碰的。"

庄一民又瞪他一眼："难道你说张雅娴是傻子？连这一点都分不清楚？"

这时候，苏越健忽地扑过来，喷着酒气问："哥俩在这里嘀咕什么呢？同性恋啊？"

薛亦龙在苏越健脑后拍了一巴掌："你才人妖呢，滚蛋！"

苏越健不闹了，侧脸看了看旁边的张雅娴，压低声音问："发生什么事了？"

薛亦龙把刚才庄一民说的话简要重述一遍，苏越健瞪起小母狗眼："妈的，真有这事儿？"他眼珠转了转，又道："我刚才也听两个女诗人说了，她们都说柳一刀是个老色狼。你们等着，我再去检验一下。"

苏越健说着走到另一边，和一个穿着艳丽的女子俯耳说话。薛亦龙看那女子好像是中外友好报社的周青珊，知道也是苏越健的朋友。周青珊听罢苏越健的话，扭头看看这边，又看了看还在跳舞的柳一刀，点点头，放下手中的果汁杯，迈着舞步进了舞池。就好像一条鱼在水中自由游弋，不知不觉已游到柳一刀附近。

柳一刀注意到周青珊，轻灵地调换舞步，转身面对她。

舞曲更加激越，柳一刀扭动四肢像过电一般。

苏越健嘴角挂着笑，冲王环招手："咱俩跳一个。"两个人很快贴到一处。

徐昕蕾走到张雅娴身边，轻轻拍了拍她的肩，用胳膊搂住了她的腰，两个女人依偎在一处。人在脆弱时，依偎或拥抱就是一剂良药。

两个舞曲之后，苏越健像从地下冒出来似的出现在庄一民、薛亦龙身边。"妈的，柳一刀果然是个老江湖，他趁跳舞之机，竟然敢碰周青珊的胸部。周青珊说他肯定是故意的。老流氓，他还真有这个爱好。"

薛亦龙知道苏越健坏水多，问："怎么办？"

苏越健眼珠转了又转，说："你别管了，我来办。"说完端着酒杯离开了。

舞会结束已经十一点了，众人回到宾馆，各自回屋洗漱休息。

薛亦龙和庄一民住一房间，两个人已经躺在床上了，忽然听到走廊上有人吵起来，好像柳一刀在大声呵斥。薛亦龙急忙披了外衣出来，只见一个打扮妖艳的女人正站在那里和柳一刀争吵："按摩了为什么不给钱？"

柳一刀说："你不是说免费的吗？你说免费我才答应按摩的。"

那妖艳女人说："我是说按摩双脚是免费的，可是我没说按摩你的大腿根儿也免费。"

柳一刀急得浑身发抖："你，你简直是胡说八道。"

苏越健从人群后面钻出来，挡在柳一刀和妖艳女人中间问："怎么回事儿？两位好好说。"

柳一刀说："我先讲，我刚洗完澡，她就摁门铃说是宾馆提供的免费按摩足部服务。我就让她按了，可是按完后她却问我要300元钱。这不是欺诈吗？"

娇艳女人说："你胡说，你是个老流氓、老色鬼。我是做正当足部按摩的，给他按摩了双脚，他还要俺给他按摩身体其他部位，先是腰背，后是小腹，再后面他竟然让俺给他摁大腿根儿。为了赚点儿小钱，我就给他按摩了，他也说非常满意，可是俺问他要钱时他却死不认账。老不要脸！老色鬼！他还想非礼我，姑奶奶一只乳头都够你吮半年的。"

走廊上围聚来很多人，有几个诗人忍不住偷着乐。这时候，钱仕仁老板赶过来，问明情况，掏了300元给了那个妖艳女人，让她快走。

柳一刀气得脸色铁青："我什么都没做，凭什么给她钱？"

妖艳女人拿了钱，转身就走，走到楼梯口还回过头跳着脚骂："老色棍！老流氓！你以为你腿中间多长四两肉就可以胡来吗？小心让麻雀给你叼了去。"

柳一刀气得直跺脚，嘴唇发颤，再也说不出话来。钱仕仁陪着柳一刀进了他的贵宾包间。

苏越健跟着庄一民和薛亦龙回到房间。关上门，苏越健就连蹦带跳哈哈直乐。

薛亦龙忽然明白了，点手指着苏越健问："老臭，这是不是你安排的？"

庄一民也看住苏越健。

苏越健在床上笑得滚了又滚，最后终于止住笑："这个老家伙，他活该。"

薛亦龙问："那个女的，你从哪里找的？"

苏越健嘿嘿笑道："站街的，难道你没有看到过？"

薛亦龙也笑了："你给她多少钱？"

苏越健："350元。"

"她看起来更像个演员。"

苏越健得意地道："你也不瞧一瞧，谁是导演。"

第二天一早，郭银山开车带着谢宾从北京赶过来参加钱仕仁的诗集研讨会。郭银山解释说："有家企业想做广告，昨天陪他们去故宫、天坛玩了一天。"

薛亦龙看谢宾神色不错，身上鸟枪换炮一般，全是名牌衣服。问郭银山："老郭，谢宾在你那里干得怎么样?"

郭银山："小伙子不错，长得帅气，精明能干，有前途。"

谢宾听得脸都红了："郭主任别夸我，一夸我就找不到北。"

然而私下里，郭银山却对薛亦龙说："你的这位小老弟，人太聪明。我有点儿担心他将来会栽在自己的聪明上面。"

薛亦龙不解："为、为什么?"

郭银山说："哎，路在自己脚下，得靠自己走。性格决定命运啊。"

薛亦龙说："老郭，你可得调教好他，别看着他走上邪路。"

郭银山拍了拍薛亦龙的肩："放心吧，咱哥们儿办事，不会出大问题。"

上午是钱仕仁的诗集研讨会。钱仕仁做了自我介绍："虽然我做着建材生意，但是我心中一直没有把诗歌放下。我觉得自己是一位诗人，每天忙完生意，虽然我的身体累，但一想到诗歌就又来了精神。诗歌是我生活中无可替代的精神支柱。这些年在生意场上摸爬滚打，我越来越像个生意人，和许多房地产商人一样，为了自己的利益，也说谎，也生产假冒伪劣产品，但在骨子里我觉得自己还是一个诗人，具有诗人的良知和良心。在睡不着觉的夜晚，我会扪心自问，我会为自己白天说过的谎话、做过的丑事感到愧疚。这时候我再一次想到诗歌，我会从床上重新爬起来，坐在电脑前写诗。那一字字一行行的诗，仿佛从我最纯净的心里流出来，我变得高尚了，甚至伟大了。我要感谢诗歌，它净化我的心灵，让我感到自己活得还像一个纯净的人……"

钱仕仁的话赢得了雷鸣般的掌声。

薛亦龙也不由得心中一动，也许此时的钱仕仁是真诚的，他真正把心窝里的话掏出来与大家分享。薛亦龙一向对商人没有多少好感，他接触过

不少商人，觉得他们都是奸猾的，为了赚钱可以不择一切手段，商人不值得交朋友，他也不可能和商人成为朋友。然而，听了钱仕仁的话，薛亦龙觉得自己应该重新看这位生意人。

钱仕仁讲话之后，柳一刀做了重点发言，把钱仕仁的诗歌提到了极高的高度。另外三位专家，大诗刊杂志主编方少山、老诗人苏三三、青年新锐评论家张野也先后发言。两个长相一般的长腿女诗人当场朗读了钱仕仁的几首所谓可能成为经典的诗。

随后，记者们分别对钱仕仁和柳一刀进行了现场采访。柳一刀似乎忘记了昨晚的不愉快，口若悬河，有问必答，而且不乏幽默，逗得女记者们咯咯直乐。整个现场气氛非常和谐融洽。

中午是钱仕仁举行的答谢宴。下午，专业导游又带着大家去看黄金海岸的其他几个旅游景点。

晚上，在钱仕仁的建议下，为到会的诗人们举办一场诗歌朗诵会。薛亦龙本来不想再去听诗人们神经兮兮的吟唱，但徐昕蕾却来拉他同去，结果他们目睹了一场后来轰动整个诗坛的闹剧。

第十一章　连　环　计

　　与白天相比，诗人们总是相信晚上会更加浪漫。

　　诗歌朗诵会就在大厦南大厅举办。不知是谁又邀请了北戴河当地的二十几位男女诗人，据说还有七八位诗人来自秦皇岛，他们是特意驾车赶来的。大厅里聚集了六七十个人。

　　钱仕仁先登台声情并茂地朗诵了一首自己诗集里的诗作，接着三位事先安排好的美女诗人上台，又朗诵了三首钱仕仁的新诗。美女诗人一个个都很漂亮，美腿美足美腰身和美脸蛋儿，或激昂或婉约，台下一片叫好声。钱仕仁的虚荣心得到了极大的满足。

　　接下来是诗人们自愿上台，就当前诗歌问题发表演讲或朗诵自己的诗歌。男女诗人们一个个摩拳擦掌，你方唱罢我上场，气氛非常热烈融洽和谐。诗会进行得热烈而有条不紊。有几位诗人在开始朗诵自己的大作前，不忘声讨几句那些在网上不懂诗还狂发帖攻击现代诗的网民，引得下面一阵又一阵雷鸣般的掌声。

　　女诗人周瑛，在某报社当编辑记者。上身穿着露腰的小夹克，好在她里面还穿着一件雪白的紧身内衣，否则就能看到露脐的蛮腰了。下身是一件贴身牛仔裤，足蹬一双高档的运动鞋。身条儿还不错，一双如鹿般的腿，虽不显得长，但还粗细适中，且富有弹性。周瑛情绪激动地说："现在这叫什么世道，一帮完全不懂诗的鸟人在网上瞎吵吵，发表什么狗屁诗

评、诗论，对当代诗坛指指点点，真是太过分了。他们根本不了解当代诗歌。国家也没有相关法律，我要当法院领导，把这帮混账王八蛋统统收进监狱去，绝不允许他们上网，看他们到哪里瞎吵吵去。"接着周瑛激情澎湃地朗诵了自己在来北戴河的路上创作的一首诗，在她高低有致的吟诵中，不时响起一遍又一遍掌声。

一位叫苏文志的小伙儿，在一家文化公司当图书编辑。穿着蓝白相间的大T恤，头发一直披到肩上。手里拿着一本他自费出版的诗集，不时高举另一只手，大叫"新诗歌万岁"。

……钱仕仁对薛亦龙、徐昕蕾说："好，这样的氛围真好。不愧都是文化人，素养就是高。如果中国人人人都是诗人，那么国民素质一定没有问题了。"

然而，大约一个小时以后，突然发生的一幕，让大多数在场的人都觉得措手不及——

主持人宣布："下面请著名诗人钱达仁来为大家朗诵他的新作。"

随后，一位看上去约有三十五六岁高大而瘦削的男人，在一位二十多岁的女子（后来薛亦龙知道她叫季子，也是一位诗人）的帮助下，很快脱得一丝不挂，跳上舞台准备朗诵。所有人先是一愣，接着有人叫好，有人拍手，还有人跳着脚吹口哨。

一个胡子拉碴的五十多岁宾馆管理人员噌地从后台跳出来，不知从哪里扯了一块红布挡在钱达仁的裆前，大叫："停，赶紧停，谁允许你们这么干的？这不是耍流氓是什么？什么文化诗人啊！还不如乡下妇女知道羞耻！"

有人不服气，在台下大声说："为什么不能这么干？人家大学教授都可以在美术课上脱得一丝不挂，我们为什么不能？"

"那个胡子家伙，你是做什么的？城管吗？这事儿也不归城管管啊！滚下去！"

那位叫周瑛的女诗人激动得粉脸通红，跟着大喊："这是诗人聚会，这是诗人的自由。不懂艺术不要瞎指挥！"

那位文化公司图书编辑苏文志站在薛亦龙旁边，低声嘟囔了一句："艺术家早都玩过了的，诗人来一次你们就受不了了？什么世道！"

一只鞋子飞上去，正砸在那个胡子拉碴的管理员脑门上。

又一个宾馆管理人员跑上台："不行，不能光身子，这里不是澡堂子!"

这时候，一个长得像虾米的诗人，手握一根木棍冲上去，照着胡子拉碴的管理员脑袋就是一棍。那个人身子一歪，倒在地上，脑门上溅出一摊血来。

那块遮羞的红布飘然落地。

又有两三个诗人上去，对另一个宾馆管理员拳脚相加。接着从旁边又冲上去几个诗人和那几个打管理员的诗人对打起来，舞台上顿时乱作一团。有人拨打了110。没过几分钟，宾馆外面警铃大作，冲进来十几个荷枪实弹的警察，众人这才住了手。

打架的十几个人和两个管理员，以及钱达仁被警察带走。诗歌朗诵会因为突然出现这个插曲，大家也没了兴致，匆匆收场。

钱仕仁的诗人朋友被带进局子里，他很着急，小跑着来找苏越健。苏越健嘿嘿笑道："这点儿破事儿，问题不大。"拉了郭银山和薛亦龙去当地派出所，先亮了身份说是北京过来的记者，是参加诗歌研讨会的，又把诗人聚会的情况进行说明。

派出所的警察听罢，有几个人忍不住乐了。"现在这诗人都怎么了？神经兮兮的和正常人思维不一样。""恐怕也只有诗人能干出这样当众脱裤子的事!"于是，简单做了笔录，就放人了事。

回北京前，苏越健再三和那帮记者交代："哥们儿姐们儿，咱吃也吃了，喝了喝了，玩也玩了，红包也拿了，回去每个人别忘了尽快整出一篇稿子。正说、反说都行，不少于两千字，保证能公开发表。稿子发之前，批评稿我得过一过目，别真伤到痛处，把事儿给整砸了，对不起钱董事长的银子不是!"

众人笑着点头："放心吧，兄弟，哪有吃了喝了拿了，不给人家吹吹牛皮的!"

苏越健冲大家拱手作揖："谢谢哥哥姐姐弟弟妹妹了，改天我做东请大伙儿喝酒!"

然而，没过三天，"钱达仁事件"却被报道出去，但奇怪的是主人公

变成了钱仕仁，而不是钱达仁。在这个繁杂浮夸的娱乐年代，人们对正事兴趣不大，而对这种刺激性事件却兴趣倍增。这篇报道很快在网上被传播得沸沸扬扬，地球人都知道了。

钱仕仁因为一单生意，几天后的一个下午才知道这个事件被曝光，到网上一搜，令他瞠目结舌，一篇文章竟然被转载了近千万次。钱老板脑袋轰的一声，这不是在砸自己的名声吗？自己此前所做的努力岂不全毁了？究竟是哪个王八蛋写的报道？

钱老板看那署名，竟然还是两个人：郭银山，谢宾。

钱仕仁当即眼都红了，带着五六个青头小伙儿，开着两辆车赶往《大市场报》报社。钱老板想，不管三七二十一，去先把报社给砸了，再抓住郭银山和谢宾给两丫的胖揍一顿，不打他们个二级残废，也至少得让他们住半个月医院。偏不巧路上堵车，等钱老板赶到报社，已经在两个小时以后。此时钱老板的火气已自减小了一点儿，时间也让他变得理智了。

来到《大市场报》报社大门口，钱老板回身对手下兄弟说："你们先在楼下等我，不要轻举妄动，我上去找那两个家伙谈谈。咱也是文化人，咱得讲点儿素质。如果他们不赔礼道歉，你们听我消息再动手不迟。"吩咐完了，钱老板噔噔噔进了报社大楼。

郭银山笑呵呵在办公室等着钱仕仁。

钱仕仁压着肚子里的愤怒："郭主任，北戴河开的研讨会，我付给你劳务费了吗？"

郭银山点头："每个人 500 元，当然付过了。"

"那就是我哪里得罪郭主任和谢宾记者了？"

"没有啊，你对我们很好啊，我还要谢谢你的热情款待呢！"

看着郭银山满不在乎的样子，钱仕仁实在压不住火，他气鼓鼓地说："郭主任，实话说了吧，你还有那个小屁孩儿谢宾，还有你们报社，得马上给我赔礼道歉，否则咱们就法庭上见。"

郭银山问："为什么呀？咱们打官司你得给我说个原因，不能让我不明不白就成了被告。"

钱仕仁怒道："郭银山，你还有脸问我为什么？你说为什么?！明明是钱达仕脱光了衣服跑到台上朗诵诗歌，你为什么却要说是我钱仕仁脱光了衣服到台上念诗？你到网上搜搜看，就是因为你和谢宾这篇报道，现在网上到处在传。这一回我就是不想出名，也他妈的出大名了。"

"钱老板，难道你不想出大名吗？不想出名，请我们这些媒体朋友做什么？"

钱仕仁道："我当然想出名，可是我要的不是这个名，这不是往我的脑袋上泼屎浇尿吗？"

郭银山站起来，绕过桌子，在钱仕仁肩上拍了拍："嗳呀，钱老板，做生意我真不如你，但是要讲到媒体炒作，你还真不如我啊！"

钱仕仁愣住了："炒作？这还是炒作吗？别人怎么看我？一个大流氓！"

郭银山摇摇头："钱老板，这就叫炒作！是我们故意将你与钱达仁混淆，对外报道说是著名企业家、著名诗人钱仕仁在北戴河赛诗会上裸体朗诵诗歌。我知道那天晚上脱裤子上台的诗人肯定不是你，而是那个叫钱达仁的所谓先锋诗人。但是我们故意把他的名字错写成你的名字。这件事本来和你没有什么关系，人们说脱裤子诗人也不会想到你。然而经过我们这样移花接木，人们肯定会把目光关注到你和你的诗集身上。这样你就成了诗坛的焦点人物，你不想出名都不成。到目前为止，我的策划只是刚实施，下一步，你会看到网上有各种各样的评论、杂谈，就你脱裤子一事发表高论，有正面的反面的，还有侧面的，从无数个你想都想象不到的角度来加以评述，你的名字将一次又一次、无数次地被提到。那时候，你的名字将深入民心，成为真正的大名人！"

"那么，我，我需要做什么？"

"现在，你可以暂时保持沉默，任由这篇报道在网上疯传。你也不要马上接受其他记者采访，最好你现在就关机。不管他是什么主流大牌记者，包括新浪网、搜狐网，甚至中央电视台，你一概保持沉默。等到这股热潮将过去还没过去的时候，你再出面请一些媒体记者来，澄清这件事情的事实。告诉大众，你是被冤屈的，你并不是那个脱裤子诗人，而是被错误地报道出来。真正的脱裤子诗人是那个叫钱达仁的诗人……到时候，我们报纸也会相应发表一个所谓的道歉声明，向你和你的家人，以及你的诗歌粉丝们表示歉意。这样一来，我保证肯定你和你的诗集还会引起新一波

的关注。"

钱仕仁听得目瞪口呆，脸上的表情也由愤怒渐渐地变成了感激。"原来是这样啊，高！郭主任你实在是高啊！"钱仕仁激动地握住郭银山的手，久久不愿放开。

郭银山呵呵笑道："钱老板，这件事你不要谢我，而应该谢谢我们的谢记者。这个创意或者叫点子是他出的。我只不过是实施了一个做领导的权力，同意他发表。"

"啊？"钱仕仁又吃了一惊："原来是谢记者的主意，我得当面谢谢他。他在哪里？我要马上见到他，郑重向他表示感谢。"

"别激动，我这就叫他来。"郭银山说着，拿起电话："小谢，你这会儿没事吧，过来一下，钱老板想见一见你。"

两分钟不到，谢宾就出现在郭银龙办公室的门口。

钱仕仁看到一个穿着时尚的小伙子，急步过去："是谢宾谢记者吧？我是来向你道谢的。"在北戴河研讨会上，因为人多事杂，钱仕仁还真没有太注意谢宾，现在看到英俊潇洒身材高挑的谢宾，显得非常激动。

谢宾倒显得很冷静，说："别客气钱老板，我们做媒体记者，就是为像您这样的客户服务的。那篇报道给您造成了一定的负面影响，我还要请您原谅。"

"没关系，没关系，我要好好谢谢你。"钱仕仁仰看着谢宾："谢记者年富力强，英俊洒脱，将来一定大有作为、大有前途啊。"钱仕仁恨不得把所有赞美的词都用在谢宾身上。

郭银山说："钱老板，您别站着，来，坐下聊。"

钱仕仁坐在沙发上，掏出电话说："实不相瞒，我今天原本是来找事儿的，还带了一帮哥们儿，谈不成就要砸咱们报社。现在用不上他们了，我让他们先回去。"

谢宾和郭银山相互看了一眼，露出会意的笑。

三个人坐着喝茶，十一点时，郭银山说："钱老板，您在百忙中亲自来我们报社一趟不容易。今天中午我请客，咱们去吃个便饭。"

"不，哪能让你请客呢。今天中午我请你和谢记者。咱们去吃大餐，全北京市最好的饭店，你随便挑，我来买单。"

郭银山呵呵笑道："不必了。鲍鱼海参咱不是没吃过。既然钱老板有这份心情，我们就随便找个饭店吧，主要是交个朋友。"

"好，好，咱们报社还有哪些领导，郭主任你帮我请他们，一起去。"

"好，好，我叫上社长、副社长、主编、副主编同去。"

一行十个人在报社附近找了一家上档次的饭店。席间自然又说起钱达仁诗人这件事儿，郭银山说："钱老板，现在讲句实在话，我们虽然是有意发这样一篇错误报道，但的确是冒一定风险的，我们是在拿报社的信誉来冒险啊。"

钱仕仁连声道谢，连连给各位领导敬酒。

中间，钱仕仁去洗手间，回来在走廊上碰到谢宾，钱仕仁又拉住谢宾的手："兄弟，哥谢谢你啊。你说，我该怎么个谢你法儿？"

谢宾笑了笑，俯在钱仕仁耳边说："钱哥，如果您是真的想谢我，我还真有件事要您帮忙。"

"什么事？只要哥能做到的，就一定给你办。"钱仕仁一腔热血仿佛在沸腾。

谢宾拉钱仕仁到旁边的小会客厅说："钱哥，你听说过北漂记者吗？"

钱仕仁不解地眨眨眼："什么记者？北漂？"

谢宾长长地舒一口气："钱哥，北漂记者在北京来说，是一个非常特殊的群体。他们没有北京户口，却在北京无数个媒体、报纸、杂志、网络、电视电台打工。他们做着真正记者的工作，但许多人并没有国家新闻出版署颁发的记者证。同时，他们中的许多人，不但要采访报道，身上还肩负着另一个任务——为单位拉广告。甚至他们的工资收入的相当一部分要来自于广告。你可能也知道，我加入媒体这一行时间不长。在这个报社，我们这种北漂的记者也都是有广告任务的，虽然不便对外讲，但每个记者头上每个月都有广告任务。一个月完不成，警告；两个月完不成，罚款；连续三个月完不成广告任务，就得卷铺盖走人。"

"是吗？"钱仕仁皱了皱眉："谢记者，你还需要多少钱？"

谢宾故意沉吟了一下。

钱仕仁亲切地拍拍他的肩说："谢记者，别顾虑，你尽管说。我可能差别的东西，但肯定不差钱！"

谢宾说："我上个月没有完成，这个月到现在还没进一分钱。要想不被罚款，至少得打一个六万元的广告单。"

钱仕仁眼也不眨地拍着胸脯说："没问题，这笔广告我给你了，不就是六万元吗！"

谢宾一脸激动，说："真的吗？这可太谢谢钱老板了。"

"别叫钱老板，你就叫钱哥吧！咱们是好兄弟！"

谢宾眼珠一转说："钱哥，我还有一个主意，不知道您想不想听？"

"快讲！"钱仕仁迫不及待地说。

谢宾说："一两个月后，您就脱裤子读诗这件事召开新闻发布会，发表脱裤诗人并不是您的同时，您可以再发布一条爆炸新闻，您要和我们报社打官司。"

"啊？为什么？我感谢你们还来不及，怎么会和你们打官司？"钱仕仁不解地问。

谢宾说："当然，这个打官司也是新一轮炒作的内容之一。您可以告我们报道失实，我们肯定会做出相应反应，必然引起许多媒体关注，这样您不花一分钱又可以大火一把。"

"这，这样行吗？"

"行，不过这事儿我还没和郭主任商量，您等我商量后再和您联系。"

"好，谢谢好兄弟！"

一线明星做大企业广告，上中央电视台；二线明星做小企业广告，上地方电视台；三线明星做非法广告，先上地方电视台，后上中央电视台——后者作为反面教材，免费上。

所谓名利，自古就是一对孪生兄弟，就像"焦不离孟，孟不离焦"。有了名，自然利就来了。没有名，何来的利？因此，人们就不难理解，为何那么多人要费尽心机，绞尽脑汁，不惜一切代价炒作使自己出名了。

两个月后，就在钱达仁脱裤事件渐渐淡出人们视野时，钱仕仁突然召集了京城数十家主流媒体，发表严正声明："告诉大家一个惊天真相，此前网上盛传本人脱衣诵诗之事，实乃一大冤案。当初并非钱仕仁脱裤子登台，而是另一个叫钱达仁的诗人，本人比窦娥还冤啊！对于《大市场报》

的不实报道，本人将通过法律途径解决。"等等。

　　钱达仁并非钱仕仁，当代诗人自比窦娥，诗人钱仕仁要与《大市场报》打官司等等，一时间又成为各大媒体追逐的焦点，钱仕仁再次成为焦点人物。与上一波不同，钱仕仁这次完全以一个受冤屈的正面形象出现。企业老板钱仕仁成了诗坛著名的诗人，他的诗集据说已跃居新华书店畅销书排行榜前五名。

　　钱仕仁拿自己的诗集参加中国新时代新诗人大赛，竟然夺得第二名。

　　"策划是这个年代最流行的词儿。什么事情都需要策划与包装，女演员男歌星大都由策划包装炒作走红。不入流的画家，在文化公司的策划包装下也可以成为大红大紫的名家大师。"老臭苏越健与薛亦龙聊天时说到此事，认为钱仕仁城府很深，他能拿奖，与柳一刀给他的评论有很大关系。

　　薛亦龙说："也许当初他请柳一刀写评论，请我们记者开研讨会，包括那个脱裤子炒作事件，就是为了拿这个诗歌大奖，而我们当时都蒙在鼓里。"

　　苏越健笑道："现在，钱仕仁俨然成为诗歌界一颗冉冉升起的老新星。昨天还在王府井图书大厦与著名诗人木子丑、铁流恨、何嫣然、何是非一起签名售书呢，中央电视台、新华社、人民网许多主流媒体都去了。咱不能轻易放过他，是咱哥们儿把他炒起来的，他应该吃水不忘挖井人。"

　　薛亦龙忽然想到庄一民想出书的事来，他写了近二十年的中短篇小说，在《北京文学》、《人民文学》、《青年文学》上都发表过，而且《小说月报》、《小说选刊》这些权威小说选刊也转载过，可是到现在还没出过一本书，主要原因就是他没有钱，不能自费出书。薛亦龙一拍脑门："我得找钱仕仁说说，让他帮庄一民出本书！"

　　苏越健自言自语："中国'干爹文化'历史悠久。能做干爹的，基本条件或有钱或有权或有名望。能做干女儿的，一要年轻，二要漂亮。干女儿从干爹身上得到的是金钱，或借势起势，借名成名。而干爹想从干女儿身上得到的，大多是情色。所以后来干女儿变成小三，一点儿都不足怪。"

　　薛亦龙推了他一把："说什么呢？你又做不了干女儿，靠干老子包养的事儿就别惦记了吧！"

第十二章　旧　爱

职称考试分数下来，庄一民的三门功课都在八十多分，拿中级职称证肯定没有问题。薛亦龙两门功课考七十多分，还有一门只考了六十一分，吓他出一身冷汗。按上面的规定只要及格就能拿中级职称证。两个人都很高兴，相约着在一起小酌。

薛亦龙问："给那个企业老板写的书怎么样了？"

庄一民叹口气："比较麻烦，既要纪实，又要有一定文学性、可读性，没那么容易。我写了六七个开头都撕了。既然给人家写，就得用功写好，不能随便糊弄人。"

薛亦龙道："你这个人缺点就是太厚道。如果遇到厚道人，你们就可能成为朋友。但如果遇到奸猾小人，你肯定是要吃大亏的。"

庄一民无奈地叹口气："这世上吃亏人常在，吃亏是福嘛。咱天生不是当坏人的料儿，即便让我使坏，也不知道怎么坏啊！索性就当个老实人，这样晚上躺在床上心中无愧，也不怕半夜鬼叫门，过日子不就是图一心里踏实？"

薛亦龙笑道："但我还是要提醒你，给老板写书这件事儿，你不能太专注、太拼命。那个姓李的中间人可靠吗？"

庄一民说："还行。"

"让嫂子一个人带小孩太累，你得多关照关照她们母女。"

　　庄一民点点头，问薛亦龙，和徐昕蕾的关系进展得如何？薛亦龙说："我们一直都是那个样子，需要慢慢找感觉，心急吃不了热豆腐，这种事儿急不得的。"

　　庄一民瞪着薛亦龙："你说老实话，是不是心里还在想着那个洛阳的谢文瑛？"

　　薛亦龙摇头："没有啊，人家已经是结过婚的人了，我就是想又有什么用？再者说她在遥远的洛阳，我在北京，相距千里，就是想也没有办法。"

　　庄一民严肃地说："亦龙，你还是实际一点儿吧，彻底忘掉谢文瑛。徐昕蕾真的是一个很不错的女孩儿，既漂亮，又聪明能干，你想上哪里找比徐昕蕾还好的女孩儿？这个姻缘如果错过了，你会后悔一辈子的。说句心里话，我如果再年轻几岁，如果没有结婚，我肯定要追她。"

　　"哪有那么多如果啊！"薛亦龙笑道，一边举着杯："来，一民，咱兄弟俩把它干了。"

　　庄一民放下酒杯，郑重地说："作为过来人，我得送你几句话。年轻人有了爱，要勇于去表达，莫怕碰壁。如果两情相悦，爱情就是一层窗户纸，一捅就破。如果两情不悦，你努力追求过了，即便不成功，也不会留下遗憾。这个世界人很多，但能遇到你真爱的人，机会却不多。许多年轻人因为羞于出口，而错失一生幸福。"

　　北京这地儿挺邪，说曹操曹操就到。没过两天远在洛阳的谢文瑛突然来到北京。她并不是为薛亦龙而来。谢文瑛的爸爸妈妈不放心儿子在北京的单身生活，特意催促谢文瑛来探看。

　　见到姐姐，谢宾非常高兴，为了在姐姐面前显摆自己这段时间的收获不俗，他要邀请北漂记者沙龙的朋友小聚。

　　薛亦龙接到谢宾的电话："薛哥，我刚拉到一笔广告，两万元，我提了4000元。正好我姐姐从洛阳来，你有没有时间，我请你吃饭。还有老郭、老臭、徐昕蕾他们。"

　　薛亦龙笑了笑："这是好事啊。说吧，在哪儿请客？"

　　谢宾说："在北三环赵老板的骨头堡，就是我第一次见到你们记者圈那帮朋友的地方。"

"噢？为什么要选哪里？是不是有意做个纪念？"

谢宾呵呵笑了："让你这么一说，还真有这层意思。"

薛亦龙、庄一民、郭银山、苏越健、徐昕蕾、张雅娴、王环，再加上谢文瑛、谢宾一共九个人在一个美丽的仲秋傍晚聚在了一起。

谢宾说："亦龙大哥不用给我姐介绍了。其他几位得给我姐好好介绍。"然后对庄一民、郭银山、苏越健、徐昕蕾、张雅娴、王环等几个人依次介绍。谢文瑛彬彬有礼地和每个人打招呼。谢宾又特意介绍郭银山："这位是郭主任，是我的顶头上司。"

谢文瑛站起来和郭银山握手，连连道谢，并请郭银山多关照自己的弟弟。郭银山说那是自然，不用客气。

"我们都是北漂记者沙龙的成员，我现在虽然没有记者证，但也算一个记者了。"谢宾慨叹道。

郭银山接口说："记者分类，在编记者，不在编记者；有新闻出版署记者证的记者，没有新闻出版署记者证的记者；有前途的记者，没有前途的记者；有良心的记者，无良记者（黑心记者）；男记者，女记者；老记者，小记者；真记者，假记者……没有记者证，干的是记者的活儿，大家就都是记者，不要因为没有记者证而自卑。"

"是啊，关键得对自己有信心，有信心才能办好事情。"谢文瑛似乎更像在鼓励弟弟。

郭银山问谢文瑛："谢小姐怎么和薛亦龙认识？"

谢文瑛温婉地看了一眼薛亦龙："我们，我们是大学同学。当初谢宾一个人闯北京，我这里不认识别人，只能托他帮忙。"

郭银山颇有意味地看看薛亦龙，点点头："我明白了。"

薛亦龙眼睛的余光看了看徐昕蕾，解释说："我们是大学同学。同学如兄妹，我当然要帮忙了。"

郭银山又问："谢小姐结婚了没有？"

"结婚了。"

"孩子几岁了？"

谢文瑛脸一红："还没有孩子。"

郭银山说："原来这样，怪不得身材保持得这么好。"

郭银山与谢文瑛说话时，徐昕蕾一直垂着眼睑吃菜，似乎他们的话和自己没有一丝一毫的关系。大约一个小时后，徐昕蕾去了一趟洗手间，回来就说，她还有事，先告辞了。

大家也都没有在意，只说徐昕蕾业务比较繁忙罢了。只有薛亦龙望着徐昕蕾离去的背影，心中有些不是滋味。女人对情感这种事都非常敏感，莫非她吃醋了不成？

是夫妻不一定有爱情，有爱情不一定是夫妻；是情人不一定是夫妻，是情人大多撑着爱情的幌子……男女们总爱为自己的行为找个理由，尽管这理由许多时候他们自己都感到心虚。

吃过晚饭，谢宾要请大家去北海喝咖啡，郭银山、庄一民、苏越健等都说还有事情不去了。最后只剩下谢宾、谢文瑛与薛亦龙。谢宾拦了辆出租车，非要让姐姐去看北海的夜景。

薛亦龙感到自己在这里不方便，说："你们兄妹好好去玩，我先回去了。"

谢宾说："薛哥，你怎么也有事？"

薛亦龙犹豫了一下，看到谢文瑛热切的目光，不忍拂她的意，便道："也没什么大事儿。"

"没大事儿，为什么不一起去玩，走吧走吧！"硬拉着薛亦龙上了出租车。

来到北海，在咖啡屋里坐了片刻，没什么意思。谢宾眼珠一转，说："咱们到北海边儿走一走吧。"此时夜色已浓，四周各色咖啡吧、歌厅、饭店灯光闪烁。北海的湖上，泛着一只只小船，有一家三口的，有朋友相聚的，但更多是成双成对的恋人。

谢宾没和薛亦龙、谢文瑛商量，就雇了一条船。催着姐姐和薛亦龙上船板，等两个人都上去了，他却突然打了一个电话，放下电话他说："姐姐、薛哥，我单位突然有点事儿，说是要临时撤换稿子，我得马上回去。你们俩在这里玩吧。"没等薛亦龙和谢文瑛表态，他就匆匆走了。

"嘿，谢宾这叫什么事呢？他要陪你来玩，结果他却有事走了！"薛亦龙觉得有些莫名其妙。

谢文瑛最了解弟弟，她温婉地笑了笑道："谢宾是在耍小聪明！他从小就爱耍小聪明。"

薛亦龙忽然明白过来，谢宾知道自己的姐姐和薛亦龙曾经的关系，他这是为他们创造机会，让他俩单独相处。两个人都不说话了，薛亦龙从老板那里拿到火机，将船头的两只蜡烛点燃。然后两个人一齐用力，将船慢慢地划离岸边。

谢文瑛看了一眼薛亦龙道："分开这么多年，我们还是第一次见面。"

薛亦龙点点头："是啊，时间过得真快。"

谢文瑛问："你在北京这几年，还没有找朋友吗？"

薛亦龙笑道："这不是一直在找吗！"

谢文瑛说："今晚吃饭的那几个女孩，有一个挺不错。"

"谁呀？张雅娴，王环，还是？"

谢文瑛摇头："那个叫张雅娴的，不会对你有感觉。"

"为什么？"

"她好像和她旁边坐着的庄一民有感情。"

薛亦龙一愣："这不可能，庄一民的孩子庄朵朵都两三岁了。"

谢文瑛皱了皱眉说："但愿是我错了。可是我的另一个感觉一定不会错，那个叫徐昕蕾的女孩对你有意思。"

薛亦龙忍不住笑道："真的吗？你如何看得出来？"

谢文瑛舒了一口气："你不是女孩，你不了解女孩的心和眼神。"

薛亦龙老实道："庄一民介绍我和徐昕蕾认识，他们两口子都希望我能和徐昕蕾谈朋友。可是不知道为什么，我们在一起并没有那种恋爱的感觉，更像是一对朋友。也许徐昕蕾不适合我。"

谢文瑛道："我倒觉得她挺适合你。好女孩并不多，错过了后悔都晚了。就像好男人一样，这个世界也不多，错过了后悔死也没有用。"说到这里，忽然意识到自己有点说走嘴，便停下来低着头划船。

人，一撇一捺才能构成一个完整的"人"。男人是那一撇，女人是那一捺，只有男人和女人结合在一起，才算一个完整的人。单身永远只能是半个人。一辈子不结婚的人很可怜，因为他（她）来世上一遭，始终只是半个人。

第十二章 旧爱

　　薛亦龙望了望若有所思的谢文瑛说："你现在怎么样？工作，生活？"

　　谢文瑛微微叹口气："我的变化不大，一直在那家工厂做出纳，每天和钱打交道。有时候会觉得枯燥，也想到外面的世界走一走，可是我不能。"

　　"你不出来也好，有一份稳定的收入，有一个稳定的生活。不像我们这些北漂，早出晚归地给别人打工，没有自己的房子，一天到晚心总是在半空中吊着，没有一种脚踏实地、稳定的感觉。"

　　"你是不是后悔辞职出来打工了？那么现在再回去，他们还会要你吗？"

　　薛亦龙笑着摇摇头："开弓没有回头箭。我一点儿也不后悔。我在这里所经历的，是那座小城、那个工厂无法给我的。我在这里开了眼界，开阔了视野，学到了许多东西。做记者这个行业比较特殊，它不像你做出纳，一天到晚就是面对会计，或者是单位那几个人。我们什么人都可能接触。庄一民总结说，记者下可以接触到街上那些沿路乞讨的乞丐、平民百姓，上可以接触到局长、部长，也包括那些全国知名的企业家、专家、学者、教授，三六九等的人都能成为我们接触了解的对象。人生就是为自己的履历在打工，我能有这样丰富的人生，不后悔。现在，就是原来的单位哭着求我回去，给我一个处长、部长、主席做，我也不会回去的。"

　　谢文瑛羡慕地望着薛亦龙："亦龙，其实你的性格适合这种生活。你就像是水，放在什么容器中就会变成什么样子。我心底里也曾想过这样的生活，和心爱的人一起，无论走到天涯海角，吃多大的苦，受多大的累，也是幸福的。"

　　谢文瑛说到这里，突然停住，她觉得自己不知不觉又道出了心声。

　　薛亦龙也意识到了，他静静地望着谢文瑛，沉默许久，问："文瑛，你告诉我实话，这些年你过得幸福吗？"

　　谢文瑛低下头，无声地叹了口气。"我，我没有想过。"

　　"没有想过，还是没有感觉过？"

　　"不知道。"

　　小船不知不觉划到了湖中间，薛亦龙停下来，让小船自由地游弋。

　　一只蜡烛因为风灭了，薛亦龙过去重新点上。

月色朦胧。

薛亦龙忍不住问："他对你好吗?!"

谢文瑛愣了一下，低声说："还好吧。"

薛亦龙："结婚这么多年，你们为什么没要孩子。"

谢文瑛："他的父母一直想要孩子。我们也想要，可是不知为什么总怀不上。开始他怀疑是我的问题，让我去看病、吃药，我吃了一年多的药，仍不见有效果。他就对我不太好了。他的爸爸妈妈甚至提出借腹生子，我不同意。那段时间是我最难熬的日子。我甚至想到了离婚，我不想因为自己的原因，影响了他们家的传宗接代。可是就在前不久，他们单位组织体检，他也检查了自己那方面的功能，结果却发现是他的问题。他受不了这样的打击，很痛苦。不知道我们还有没有能力要个孩子。"

"其实，只要两个人相爱，有没有孩子并不是最重要的。"

谢文瑛叹口气："可是，有些人并不这么想。"

薛亦龙："你比以前瘦多了，脸色也不好，是心情不好还是别的原因?"

谢文瑛摇头："我没事儿!"

小船晃动，谢文瑛身子一歪，一只手正摁在薛亦龙的腿上。薛亦龙握住谢文瑛的手，突然发现，在谢文瑛的手背上，有一道疤痕。

曾经一双白玉无瑕的手，怎么会多了一道疤痕?! 薛亦龙心中猛然一动，问："文瑛，这手背上的伤，是怎么回事?"

谢文瑛急忙收回手，讷讷地说："没事儿，是我不小心，自己磕破的。"

薛亦龙不相信："文瑛，我知道，你做什么事情都会很小心，怎么可能自己把自己的手背碰伤?"

谢文瑛神色有些不安，她扭过头说："真的，是我自己不小心。"

薛亦龙坐过去，再次握住谢文瑛那只手："文瑛，你在撒谎，你从不会撒谎的。告诉我究竟是怎么回事？是不是和他有关?!"

谢文瑛低下头，晶莹的泪珠挂在眼睑。

薛亦龙轻轻挽起谢文瑛的胳膊，又发现她的胳膊上还有两处伤痕。

"文瑛，你不能太委屈自己。我知道夫妻不会总是和和睦睦的。但无

论怎么，他不能动手打你。他还是一个男人吗?！王八蛋，我去宰——"

谢文瑛伸手捂住他的嘴，摇了摇头："我不许你这样说，他毕竟是我丈夫。"

薛亦龙紧紧咬住自己的嘴唇。

谢文瑛："亦龙，我不想这种事让爸爸妈妈知道，怕他们为我伤心、为我担心。我也不应该让你知道。对不起。"

心和心隔着两层肚皮，但两颗心的距离却远没有这么简单，尤其是男人和女人之间。表面上同床共枕，实际上两颗心已相隔十万八千里。

湖面上不知何时，已变得安静，大多数船只已经回到码头，只留下三二只漂浮着，船里是一对对紧紧依偎在一起的恋人。

谢文瑛抱住自己的胳膊，十月的天，已经有些寒凉了。

薛亦龙坐过去，轻轻揽住她的腰。谢文瑛感受到了薛亦龙的体温，她很想靠过去，伏在那宽阔结实温暖的胸前，一直到永远。但理智提醒她不可以。

谢文瑛："亦龙，知道吗？想到到北京，能见到你，我的心就怦怦跳，在火车上一个晚上都没有睡好觉。"

薛亦龙没有说话，微风吹起谢文瑛的长发，有一缕飘到了薛亦龙的嘴唇边。薛亦龙不由得轻轻侧过脸去，深深地吸气，"文瑛，你发梢的味道和当年的一样，没有变。"

谢文瑛轻轻地扭了扭头，使自己离薛亦龙更近一些，她感到他嘴唇的力量和热度。"亦龙，我是不是变老了？时间就像雕刻刀，一刀一刀在人的脸上刻出难看的皱纹，我真的不敢来见你了。"

"不，你还是那么漂亮，漂亮得让我心尖儿发颤。"

"亦龙，你知道吗？当所有的人都离去，只我们两个人静静地泛舟在这湖面上，我一下就想起了大学时候，我们一起去龙门石窟，也是我们两个人，坐在一条敞篷船上，那时候我觉得自己就是世界上最幸福的公主。"

"在我的心里，你现在还是一个美丽的公主。"

"亦龙，当初是我对不起你，这是埋在我心里的一生的疼。我不是一个坚强的女孩，也可以说我从小就没有什么主见，一直老老实实地听爸爸妈妈的话。我曾经以为只要听爸爸妈妈的话，好好学习，就是一个好孩子。但是在婚姻这件事上，我听他们的话，却是一个错误。等我明白过来，后悔已经晚了。你是不是一直很恨我，所以不恋爱也不结婚，要以这种方式来惩罚我？"

"不，你不要多想。过去的事情就让它过去吧，要过好现在的每一天，记住了吗？"

"可是，我忘不掉你。真的！是我欠你的。"

薛亦龙紧紧地搂住谢文瑛的腰，两个人隔着衣服的肌肤似乎在噼噼叭叭闪着电火花。谢文瑛呼吸急促起来，月儿躲到了云后面，另外两只船也已经划向码头。小船在月光波影中荡漾。她缓缓地扭过脸，嗅到了近在咫尺薛亦龙呼出的气息。

两张渴望的嘴在慢慢地相互寻觅。就在即将碰触的一刹那，谢文瑛猛然推开了薛亦龙："不，对不起，我们不能这样了。"

薛亦龙恍然从梦中惊醒，本能地松开了搂着谢文瑛的手。

谢文瑛说："走吧，我想回去了。"

薛亦龙问："你住哪里？"

谢文瑛说："在谢宾租屋附近的一家宾馆里。"

薛亦龙说："走吧，跟我到崇文门，那里也有宾馆。"

谢文瑛犹豫了一下说："不，还是回去吧。"

第十三章　职场暧昧

这天，薛亦龙正在记者部埋头写一个应景的企业新闻稿，一个远房表兄突然打来电话，说他驾驶拉货的卡车在江苏津江让交警给拦住了，一张口就说因为超重罚八千元，无论如何要让薛亦龙帮忙给想一想办法。

薛亦龙一听脑袋就大了："我身在北京，和江苏津江那边根本没有什么关系，怎么能帮到你？"

"你是记者，一定有办法！"这位老表话语十分急切，而且铁定了心认为只有薛亦龙能帮他。薛亦龙放下电话，一股无名火无处发泄，抓起手边的记事本，重重地摔在桌上。记者就可以像孙猴子那样有三头六臂，有通天的本事吗？他的这些亲戚还以为他是一个无所不能的大人物！

这时候周正春正好从外面走进来："亦龙，怎么了？你的气色可不太好。"

薛亦龙没好气地把刚才的事说了一遍。

周正春眯起三角眼说："我倒有一个朋友，是南京交通厅的一位处长，他或许能帮你。"

薛亦龙一听来了精神："真的吗？他津江那边有关系？"

周正春拍了拍薛亦龙的肩："先别着急，我去打个电话给他，等我消息。"

过了一刻钟，周正春告诉薛亦龙说："已经联系上了，那位交通厅处

长答应帮忙过问一下。"

半个小时后，薛亦龙的远房老表喜洋洋地打来电话："他们已经放了我们，那个队长亲自过问的，原说罚七八千，结果只罚了 200 元。亦龙，这都因为你是记者，记者真牛。谢谢了。啥时候我到北京，请你喝酒。"

薛亦龙放下电话，苦笑道："你千万别来北京，到北京请我喝酒，最后还不得我掏钱？"

周正春笑眯眯走过来问："怎么样？事儿处理了吗？"

薛亦龙说："已经解决了，谢谢你。还是你的那位南京处长朋友帮了大忙。领导一个电话，就为我那位八杆子打不着的远房老表省了七千多元。走吧，中午我请您吃饭。"

宋歌不知何时站在他们身后，听到薛亦龙要请客。宋歌立即冒出来："薛老师，不，薛亦龙，你请客，我去作陪，行不？"

薛亦龙说："行啊。有美女在，我就是再放点儿血也不心疼。"

三个人走出大门，碰上主任贺映红和周明俊。周正春说："贺主任，薛亦龙今天请客，一起去吧。"

贺映红看了薛亦龙一眼："人家是请你和宋歌，又不是请我和周明俊。"

薛亦龙说："您是主任，我们想拍马屁还来不及，您去吃饭是给我面子。"

五个人一起来到单位附近一家大排档。周明俊腿快，先占了个位置，喊："宋歌，这里干净，又临着窗户，你过来坐吧。"

宋歌说："周明俊，咱们贺主任在这里，你不巴结她巴结我做什么？"

周明俊嘿嘿笑了笑："贺主任，您也来坐这里吧。"

贺映红翻了翻眼皮，故意生气说："是不是觉得我没有人家小姑娘年轻漂亮啊？小周，我在你眼里是不是成了半老徐娘了？"

周明俊道："没有，贺主任，您依然年轻靓丽，楚楚动人。"

宋歌逼问他："那你的意思就是我不楚楚动人了？"

周明俊被问得直挠头："我，我去给大家拿饮料。薛老师，咱们是喝啤酒还是喝饮料？"

薛亦龙霸道地说："大家都喝啤酒，男女都一样。"

一边吃饭，薛亦龙问："周正春，你的南三环的房子怎么样了？"

周正春呸了一口："那个开发商是他妈的铁公鸡，就是不松口。他说记者算屁啊，他不吃记者那一套，这孙子是想找不自在。我已经约了几个专做房地产的记者，准备联手查一查他有没有问题，现在想找开发商的毛病还不算难事儿。哪幢房子如果仔细检查会没有问题？容积率、虚报室内面积，更别说建筑质量、偷工减料、无证开发，我就不信那孙子开发的房子没有一点儿问题。等到证据落到我手里，看我怎么收拾他，不让他趴下来给我喊大爷，我就不姓周。"

薛亦龙拍了拍周正春的肩说："行了，别吹了。这个世上，有的人吃记者的一套，有的人压根儿就不吃。如果人家把记者当一回事儿，你就是大爷；如果人家不把记者当一回事儿，你就嘛也不是。你也别生气，想开点儿吧，睁大小眼睛，找个软柿子捏。"

周正春三角眼翻了翻说："你说的也对，北京市开发商多了。我何必非要在他那棵树上吊死？我再找一个比它更好的。"

周明俊插话道："这就对了，识时务者为俊杰。"

周正春眼珠转了转问："薛亦龙，你说北四环那个万家悦城如何？九千一平方米。四环内紧靠四环，也不算贵，将来房价涨起来，不涨到一万七八才怪。"

薛亦龙说："你以为你是神算呢？让我看九千一平方米就够贵了。你说咱几个月的工资才能买一平方米。现在这房价都贵得离谱了。看到房产商和狗专家在电视里一唱一合、一本正经地谈房价，就忍不住发笑：这和王婆卖瓜自卖自夸有何区别？谁见过卖菜的小贩说，大家先别买，我的菜马上要降价甩卖，到那时你再来买吧！更可笑的是，竟然有那么多听众相信开发商和狗专家，不宰你宰谁？你想买你去买，我坚决不买。等他啥时候降到我的心理价位，我啥时候再买。我可不想让自己奔波多少年的血汗钱，都交到开发商手里，变成一堆冰冷的水泥。"

周正春嘿嘿笑问："你老实说你的心理价位是多少？"

薛亦龙想了想："四环左右七八千，五环左右五六千。就这价格开发商还赚不少钱呢。"

周正春摇了摇头，叹口气："和你说不清。贺主任，您给参谋一下，

现在是不是买房的好时机？"

贺映红喝了口饮料说："我不关心房价，也给不出你们什么好主意。"

吃过午饭，回到办公室，贺映红站在记者部门口喊："薛亦龙，你过来一下。"

望着薛亦龙的背影，周正春酸酸地说："小宋、小周，你们猜咱们贺主任叫薛老师有什么事？"

宋歌摇头："我又不是贺主任肚子里的蛔虫，如何知道？你聪明，你说什么事儿？"

周正春神秘地一笑："小孩子家，不知道就罢了。"

周明俊吧嗒吧嗒嘴想说话，看了看宋歌又把话咽进肚子里了。

贺映红找薛亦龙，是要他和自己一起去湖南出差。

"湘江厂我追他们有一两年了。他们的厂长昨天终于松了口，答应在咱们杂志封面做一期广告，八万元，我们这次去，你负责采访写稿，我负责要款，争取能当时拿到合同。合同到手，钱很快就能打到我们的账户。怎么样？和我一起去，我们做配合，有问题吗？"

薛亦龙心里不太想去，他不愿意和领导一起出差，总觉得不自由。"我倒很想陪领导一起出差，只是，只是最近一个行业协会有个研讨会要在天津召开，他们已经把邀请函发到我邮箱了，我也答应了人家。"

贺映红说："你可以推荐让别人去。让周正春、周明俊或者宋歌去吧。我这里需要一个好文笔的记者。我给那个厂策划是发一组稿子，做一个大专题。你写头一篇，对他们厂做全面报道。再给他们厂厂长做个专访，写篇人物访谈。其他几篇产品、技术介绍，我已经让他们厂自己组织人员来写了。就这样定下来吧！"

三天之后，薛亦龙与贺映红坐上了去湖南长沙的飞机。到长沙之后，湘江厂已派人在飞机场接站，用商务车把他们接到了湘潭，湘江厂就坐落在湘潭市郊。

厂长叫高长胜，五十多岁，红光满面，热情地接待他们。薛亦龙对高长胜进行了专访，高长胜很健谈，一个半小时的专访他滔滔不绝地讲了一个小时二十五分钟。接下来是参观企业，一个大工房，里面近千人，数百台机器齐轰鸣，甚是壮观。

第二天上午，高长胜厂长安排宣传部的部长亲自陪着贺映红与薛亦龙去参观毛泽东的韶山故居。贺映红很喜欢照相，走到哪里都让薛亦龙给她照相留念。宣传部长夸贺主任身材一流好、皮肤一流好，乐得贺映红眼睛眯成一条缝，还和那位宣传部长很亲昵地合了几张影。

下午回来，时间尚早。薛亦龙在房间里看电视。贺映红打来电话，说想到街上去转一转，要薛亦龙陪他一起去。薛亦龙本不想出去瞎转悠，但贺映红说了，他也不好推辞。

湘潭是一座已有 1200 多年历史的古老城市，位于湖南省中部偏东地区，湘江中下游。这里人杰地灵，人才辈出。湘潭是一代伟人毛泽东的故乡，是彭德怀、陈赓、谭政等老一辈无产阶级革命家的故乡，也是齐白石、杨度、张天翼等名人志士的家乡。

天色还早。贺映红打了个车，问出租司机哪有时尚的服饰。出租司机便把他们拉到淮海路服装一条街。男女差异体现在很多方面，比如逛商场。男人恨不得直奔目标，掏钱、拿货、走人；女人恨不得早上开门进去，晚上关门再出来。对男人来讲，逛商场是一种痛苦，而对女人来讲则是一种幸福。许多时候，男人更注重结果，女人更注重过程。

贺映红挑了几件衣服，穿在身上问薛亦龙怎么样，薛亦龙对女人的穿着根本不在行，只是说好。

贺映红不满意："哪件衣服你都说好，等于没有说。"

买了两件外套，贺映红说出差因为走得急，忘了带睡衣，又挑了一身粉色的睡袍。买完了衣服，贺映红并不想马上回去。

两个人在街上走，贺映红伸手挽住了薛亦龙的胳膊，薛亦龙有些不自在。贺映红瞧出来了："你怕什么？怕别人以为我们俩是夫妻？那样我还高兴哩，说明我还年轻。"

"其实，你本来就很年轻！"

贺映红叹口气："你还没有结婚，不了解女人。女人过了三十岁就老得很快。十六七岁是一朵花，二十多岁盛开怒放。那时候不用化妆品，自然天成。可是过了三十岁，那脸上的肌肤，如果不化妆，就跟黄脸婆似的，真的很难看。"

"我没觉得啊，你的皮肤很好，脸上也看不出任何衰老的痕迹。"

"真的吗？我太高兴了。"贺映红像少女一样跳了跳，但身体却没有少女轻盈。

晚上，厂长在湘江大酒店请客。贺映红的广告已经谈成，合同也签了，高厂长答应马上就把广告款打过去。贺映红很高兴，吃饭时频频与高长胜和宣传部部长碰杯，酒就有些喝得多了。

回到宾馆，薛亦龙送贺映红到她的房间，自己回屋简单冲了个澡，坐下来泡杯茶想安静轻松地看一会儿电视。电话却突然响了，贺映红让薛亦龙去她的房间。

薛亦龙犹豫片刻还是去了。贺映红刚洗过澡，头发湿漉漉的，赤着脚，穿着自己带的一双红色拖鞋。新买的粉色睡袍已经穿在身上，露出半截瓷白的小腿。贺映红的身材并不难看，肌肤如玉一般白皙，一看就知道是那种很会保养自己的女人。

贺映红递给薛亦龙一杯茶问："在房间做什么呢？"

薛亦龙说："没事儿，看电视。"

贺映红说："电视有什么意思，陪我聊聊天。"

薛亦龙问："聊什么？"

贺映红瞪了他一眼，佯作生气说："你说聊什么？"

薛亦龙知道自己说话唐突了，嘿嘿笑笑，端起茶杯喝水。

贺映红往薛亦龙跟前凑了凑说："亦龙，我怎么从来没听你和我说过咱们单位的事呢？"

薛亦龙问："单位能有什么事？不就是那几个人，男同事女同事能有什么事儿可说的。"

贺映红叹口气："薛亦龙啊薛亦龙，要么你这个人是太精明，要么你就是个大傻瓜。"

薛亦龙委屈地问："贺主任，我哪里又做错了？"

贺映红："在这里别叫我贺主任，就叫我贺姐吧。难道单位里那些乱七八杂的事儿，你从来没听说过？谢主任和办公室的小柳两个人眉来眼去，听说小柳还为了他偷偷去打过胎。李西亭和卫健志两个搞同性恋，让李西亭老婆捉奸在床。张阳萍的老公出差澳门，赌输了八十多万，把他们半个家庭都输进去了。为了多拿一级工资、多分一些奖金，有多少人偷偷

在背后下功夫。还有人为了一点点权力，背地里更是不少做功课。举个例子吧，那个笑面虎周正春，可是在我面前说过你不少次。"

薛亦龙心中一惊，问："他说我什么？"

贺映红故意停顿了一会儿，眼潮潮地看了看薛亦龙："我说了不要把我当成你的主任，看作是你的贺姐。还记得上次你的一篇专题稿小标题出错的事吗？"

"当然记得，罚了我一百元。让我心痛好几天！"

"少贫了。那个错误就是周正春第一个提出来的。社里人都知道这个规定，封面出错一个字，主要负责人要罚 500 元，文章标题出错一个字，罚 300 元。小标题出错一个字罚 100 元。我本想把这事拦下来，可是他很会找机会，当着马社长的面和我说你的这个错误。其实你也知道，查错问题我们最近两三个月因为人事变动，都没有再执行了。其他编辑记者也出过类似错误，你不说他不说，也就过去了。可是他却偏偏要给你指出来。"

薛亦龙笑道："那是因为我的马虎，罪有应得。"

贺映红说："你若当我是你的贺姐，我可要提醒你，以后再写企业的稿子时要多加注意操作技术。你写山东龙口那家企业董事长的稿子，当时我是作为人物专访稿发表的，周正春私下几次来找我谈话，他怀疑这篇稿子你拿了企业的钱。"

薛亦龙有些生气了，冷笑一声说："当时我们开选题会，我说得很清楚，他只是作为精英人物出现，人家企业不会拿一分钱。这个选题你和上面的领导都是同意的。"

贺映红说："我也是这么回答周正春的，但他却还是不相信。一而再、再而三像个婆娘一样说，谎话重复一千遍就成了真理。"

薛亦龙叹口气："嘴巴长在人家身上，他想怎么说就怎么说。"

"你知道他为什么揪着你不放吗？"

"为什么？"

"我记得和你说过的，如果我做了副主编，那么记者部主任的位置就空下来，而你是唯一能和他竞争的对手。所以他得给你身上多泼污水，在领导面前把你搞臭。他和我不止谈过一次你的问题，我不敢保证，他没有越级和马社长、许主编谈过你的事儿。"

薛亦龙不说话，端起杯咕咚咕咚喝水。

贺映红又说："薛亦龙你知道吗？周正春和我说过几次，想和我一起出差，我都没有答应他。"

薛亦龙扭回头，看住贺映红。

贺映红妩媚地瞪了薛亦龙一眼："你这么看着我做什么？我像母夜叉吗？"

薛亦龙摇头说："不，您比母夜叉可漂亮多了。"

"什么？"

"不，母夜叉可没您漂亮。"

"薛亦龙！"

"我是说，您不是母夜叉！"

贺映红咯咯笑了，笑过之后，又一本正经起来。"薛亦龙，放心吧，我是最相信你的。"贺映红亲昵地拍了拍薛亦龙的肩："如果不是我在这里顶着，周正春不知道还会耍什么手段。我为什么总在单位说我老公，尤其是在领导面前提起他，因为他就是我的保护伞。谁不知道白玉林是局里最有实权的处长，如果他偏一偏笔尖，咱们杂志社的马社长也不能不考虑。"

薛亦龙忽然明白为什么在杂志社里，贺映红为何动不动就把自己的老公白玉林挂在嘴边。女人说话做事，比男人更有目的性。这也是有心机女人的可怕之处。

"你们都觉得我在以老公为骄傲，可是你们并不知道，私底下我也有我的难言之隐。"贺映红忽然声音低下来："薛亦龙，有个问题我想问一问你，你一定要说实话。"

薛亦龙说："您问吧，我尽量说实话。"

贺映红瞪他一眼："什么叫尽量说实话？是必须说实话！"

薛亦龙点点头："是，我向韶山的毛主席保证，必须说实话。"

贺映红沉吟了片刻，问："薛亦龙，你有没有在网上看过美女图片？"

薛亦龙说："当然，休息的时候，无事可做的时候，无聊烦闷的时候，会在网上看一看养眼美女图片。怎么？您做领导的，还要查部下这种爱好吗？"

贺映红摇摇头："不，你理解错了，我指的是那种黄色美女图片，是那种很暴露的，看着让人都恶心的。"

薛亦龙嘿嘿笑了："那些图片网上很多，你就是不想看，也难免有遇到的时候。"

贺映红问："男人是不是都很喜欢那种恶心的女人图片？"

薛亦龙说："贺主任，这个问题我可以不回答吗？"

"这时候你倒狡猾了。"贺映红低下头又沉吟了片刻说："薛亦龙，我说了也不怕你笑话。白玉林就爱看那种恶心的图片。前两天他出差了，他的笔记本电脑放在家里。我原本只是想借用一下，可是无意中就发现了他的秘密。我打开他的笔记本电脑的一个文件夹，里面竟然有几千张那种令人恶心的美女图片，还有泰国人妖，全都是赤裸裸的、毫不要脸的那种。当时气得我浑身都发抖，我把它们全都删了。等他回来还和他大吵了一架，你知道他怎么说，是男人还没有这一点爱好吗！那时候我觉得天下最无耻的就是你们男人。"

白玉林是贺映红的老公，是局机关的一个处长。这一点全杂志社的人上上下下没有不知道的。薛亦龙嘿嘿笑道："男人就这点小秘密、小爱好，您也要管。我看还是装糊涂的好。"

"呸！你是不是也和他一样，属于一路货色？"

"不能这样讲，我还没有结婚，我还很纯洁。"薛亦龙说着起身想要逃走。

"你站住，我的话还没有说完。"贺映红说。

薛亦龙把抬起的屁股又放到沙发上。

贺映红眼圈忽地红起来："亦龙，你们看我在单位吆五喝六的挺威风，却不知道我也有自己的难言苦衷。白玉林他不是一个好东西，我们刚结婚时，性生活还很正常，每周要做三四次，可是后来他就越来越少了，甚至一月也不一定有一次。我以为他是工作有压力，不想做。可是事实并不是那样，他在网上看三级片，有一次我加班回去，正碰上他在网上看那种片子，女人的声音很刺耳，他一边看还一边——自己动作。我才知道，他是对我没了兴趣，对别的女人有兴趣。"

薛亦龙没想到贺映红会和自己说这些极端个人隐私的话题。他吞吞吐吐地说："当然，许多男人都会有某些特殊的爱好，这个你得理解。"

贺映红问："你也有这方面的爱好？"

薛亦龙笑了："不，我是好孩子，从不染黄、毒、赌。"

第十四章　金发洋女

　　男人应该有猪八戒的自信。比如沙僧说："就你这模样还想和嫦娥保持恋爱关系？"猪八戒不服地答："怎么着？师徒四人，除了师傅，咱们三个让嫦娥妹妹挑，她能看上谁还不好说呢！"自信不是盲目，但自信还真需要点儿胆儿。

　　薛亦龙回到北京，一进办公室，宋歌就跑过来说："薛老师，不，薛亦龙，这两天有一个女记者在找你，听声音还像是一个女老外。"

　　"女老外？记者？我不认识。"薛亦龙在脑海里搜索，实在想不起来自己什么时候认识过一个女老外记者："她，没说什么事儿？"

　　宋歌说："我问了，她就是不说。她还问我要你的手机号，我也没有给她。"

　　薛亦龙拍了拍宋歌的香肩说："你做得很正确，当我们不了解对方是谁、有啥目的的时候，决不能把自己或同事的手机号随便交给对方。"

　　宋歌得意地噘了噘小嘴："哪天你得请我吃饭！"

　　"好！"薛亦龙觉得宋歌噘嘴的时候，看上去更可爱。

　　旁边的周明俊很委屈地接过话头："宋歌，我有个问题一直搞不明白。"

　　宋歌没好气地问："你什么问题？"

　　周明俊说："为什么每次我主动请你出去吃饭，你总是说没时间。而

你却总是有时间要薛老师请你吃饭?"

宋歌气得在周明俊桌上狠狠拍了一下:"想知道为什么吗?因为本姑娘喜欢和薛老师在一起,而不喜欢和你在一起。这回明白了吗?"

在恋爱与婚姻上,男女都不可太挑剔或想得太明白。白马王子与七仙女毕竟是人中的极品,而且很可能只存在于人们的神话与幻想中。我们得相信,绝大部分人都只是普通平常人,萝卜与白菜,只要双方般配就可以了,要求太高,最后苦水只能自己一个人尝。

中午,苏越健打电话来,邀请薛亦龙参加记者沙龙的聚会。薛亦龙在聚会时见到徐昕蕾,才知道她最近去了深圳。

"去深圳出差还是度假?"薛亦龙问。

徐昕蕾摇头说:"不是公事,是私事。我堂哥徐昕光来电话,希望我先去看看,再做决定去不去。"

薛亦龙心中若有所失,问:"实地考察了,觉得怎么样?"

徐昕蕾说:"是一个规模不大的工厂,五百多人,堂哥希望我能去帮他。你觉得怎么样?"

薛亦龙说:"这种事情,我怎么能给你建议,还是你自己决定吧。"

徐昕蕾低了头喝饮料,一直到吃完饭也没有再说几句话。

薛亦龙隐约感到徐昕蕾情绪的变化,举起杯说:"来,我们碰一杯。"

徐昕蕾说:"对不起,我最近不舒服,不想喝酒。"

薛亦龙只得转手和庄一民干杯。

临别的时候,徐昕蕾突然说:"后天国展有一个国际机械产品展览会,你去不去?我可以给你报个名。"

薛亦龙说:"你去吗?"

徐昕蕾说:"人家邀请我去。我当然得去了。"

薛亦龙说:"你去,我就去。"

徐昕蕾淡淡地笑了笑:"好的!我和他们展会宣传室打声招呼,咱们会上见。"

吃完饭出来,庄一民与薛亦龙一同往崇文门走。庄一民说:"你发现没有,今天晚上徐昕蕾好像有心事,她平常可不是这样的。"

薛亦龙说:"发现了。她可能在考虑去不去深圳的事儿。"

庄一民催道："亦龙，你得抓紧时间，别让孔雀东南飞了，你后悔来不及。"

薛亦龙苦笑："天要下雨，娘要嫁人，孔雀要南飞，谁也拦不住。"

庄一民拿手点着薛亦龙："你这家伙，早晚要后悔的。"

这时候，庄一民的手机响了。接完电话，庄一民说："亦龙你先走吧，张雅娴说她还有点事儿找我，我过去看一看。"

好男人应该是一座建筑，妻子和孩子可以在里面安心舒适地度日。而路过的人也会发出由衷的赞叹：好一座漂亮的城堡；好女人该是一张温馨的大床，躺了自己的男人和孩子，只要他们能做着甜美的梦，支撑一百年也不会说辛苦。

薛亦龙望着庄一民离开的背影，心里却暗暗奇怪：天这么晚了，张雅娴找他会有什么事?!

这天上午，原本说好一起到国展参加国际机械产品展览会，但事到临头，徐昕蕾突然要去会见一个刚到北京的外地企业老总。薛亦龙只好独自一个人去参会。

来到记者签到处，薛亦龙在签名簿上签了单位和自己的名字，以及联系电话，从会展主办方手里接过红包和材料，转身要走，背后突然传出一个略显尖利的女音："噢，天呀，你就是《深度报道》杂志的记者薛亦龙吗?"

薛亦龙听着这女音还有些洋腔，扭回身，看到一个金发碧眼的年轻女孩正站在自己背后，扑面一股醉人的高档法国香水味儿。

薛亦龙机械地点点头说了一句英语："yes!"

"你好，我是法国鹰报的驻华记者朱莉叶。"金发碧眼的女记者伸出修长的手。薛亦龙礼貌地握了握她的手指尖儿。

"这些天，我打了几次电话到你的单位，都是一个小女生接的，她说你出差了。问她要你的手机，她不给我。你们很注意保密工作。"朱莉叶半开玩笑地说。

薛亦龙记起宋歌说的那个女老外记者的电话，猜想应该是这位漂亮的朱莉叶，便问："朱莉叶小姐，您找我有什么事吗?"

"我看过你写的深度报道——《江西农民因养牛受骗破产，谁之过?》，

写得非常棒。我想对这件事继续采访，在我们的媒体上发表。你能给我介绍一下吗？"

薛亦龙说："可以，但是我的联系人的电话没带在身上，所以只能等我回单位查到了再给你。"

"好的，非常感谢。我们可以换一张名片吗？"朱莉叶说着掏出自己的名片，薛亦龙佯作在身上摸了摸，耸了耸肩："sorry，我的名片用完了。"

朱莉叶笑了笑说："没关系，告诉我你的电话，我记下来就可以了。"

薛亦龙无奈，只好说出自己的手机号码，朱莉叶记在自己的手机通讯录里。

"薛亦龙先生，我很喜欢你。"

"啊，是吗？喜欢我？"薛亦龙没想到外国女人这么直白。

朱莉叶点点头："是的，我很喜欢你的文章，文字犀利，很有深度，很有见解。是这个！"说着冲薛亦龙竖起大拇指。

"谢谢你。"薛亦龙明白，这位洋记者喜欢的是自己的文章。

"亦龙先生，我们一起参加会展，好不好？我可以介绍几家国际 500 强企业的中国区总裁给你认识。他们的产品非常好，也许你会有需要。"

薛亦龙正需要一个跟班儿翻译，也乐得和这位洋美女在一起。"好啊，我深感荣幸。"

朱莉叶带着薛亦龙，先后见到了世界 500 强的中度、希达与赫旦帝国，并顺利和他们的中国区总裁进行了短暂的交流采访。薛亦龙不能不从心里对这位法国美女表示感谢。

中午时候，薛亦龙说："朱小姐，我想请您吃饭，可以吗？"

"当然，我很愿意和你共进午餐。"朱莉叶显得很高兴。

"请问，您喜欢吃中餐，还是西餐？"

朱莉叶说："我随你，在中国就吃中餐好了。"

两个人出了展馆，在附近找了一家东来顺涮羊肉。"在北京，东来顺的涮羊肉是 NO.1。味道鲜美，而且非常卫生、地道。"薛亦龙手把手教朱莉叶如何涮羊肉。朱莉叶被热热的羊肉片烫得直叫，连连说："爽，爽，太爽！"

薛亦龙看着朱莉叶快乐的样子，自己也开心地笑了："你知道爽是什

么意思吗?"

"爽就是痛快,刺激,OK,我说得对吗?"

薛亦龙点点头,暗想这老外对中国的时髦词儿接受得挺快。

两个人正吃着,餐厅大门口进来两个人,走在前面的是尖嘴猴腮的苏越健。这家伙眼尖,一眼就看到了薛亦龙。脸上立即堆出一堆笑:"亦龙,薛亦龙!"

薛亦龙抬头看到了,招手让他们过来。

跟在苏越健后面的是女记者王环。

"我再点几盘羊肉,一起吃吧。"薛亦龙说。

苏越健嘿嘿笑着:"再来瓶二锅头。"

"不行,下午还有事儿,满口酒气怎么跟人家谈正事儿!"薛亦龙瞪了老臭一眼。

苏越健一点儿也不在乎,眼睛在朱莉叶身上打量:"金发碧眼,好漂亮的外国妞。亦龙,你给我介绍介绍。"

没等薛亦龙开口,朱莉叶已经伸出手自我介绍了:"朱莉叶,法国鹰报驻华记者。"

"非常荣幸,咱们是同行。同行不是冤家,同行是朋友啊!"苏越健说着,也和王环介绍了。

朱莉叶看到王环漂亮的美甲,惊诧地半张嘴巴:"你的指甲好漂亮!它们看上去就像精美的艺术品!"

过了两天,薛亦龙正在写稿子,手机响了,是朱莉叶打来的。

朱莉叶说:"亦龙记者,电话号码找到了没有?"

薛亦龙问:"什么电话号码?"

朱莉叶嗔怪地说:"你年纪不大,忘性真大。我请你帮忙找的江西农民因养牛受骗而倾家荡产的事件当事人的联系电话。"

薛亦龙装作忽然明白:"对不起朱记者,我没忘记这事儿,也回来找过了。可是你不知道,我有一个丢三落四的坏毛病,不晓得把那个人的联系电话丢哪里了,实在对不起啊!"

朱莉叶停了片刻说:"亦龙先生,麻烦你再好好找一找。可以吗?"

薛亦龙点头："好，好，漂亮的朱莉叶记者的事情，我一定办。"

放下电话，薛亦龙坐在沙发椅子上，长长舒了一口气。

宋歌小跑过来问："刚才和谁通话的？听声音像个女的。"

薛亦龙扭头看了看她说："小耳朵挺尖啊，是一个女孩。"

宋歌噘了噘嘴："就是那个打电话找你的外国女记者？看你的表情就能猜到。"

"什么？不会吧，我的什么表情？"薛亦龙问。

"一脸讨好的表情，声音还那么温柔，而且充满磁性、充满诱惑。那洋女记者是不是金发碧眼，很漂亮？"宋歌歪着头问。

"不会吧。你比诸葛亮还能掐会算。"

宋歌叹口气："我算明白什么叫异性相吸了，尤其是你们男人，遇到漂亮女人，就像孔雀开屏一样。"

薛亦龙呵呵乐起来。"宋歌，你简直是太可爱了。会开屏的倒是雄孔雀！"

宋歌不笑，接着问："她还在问你要电话？"

薛亦龙止住笑："是江西西萍农民养牛倾家荡产事件的联系人的电话，就是我文章中提到的沈副书记的电话。"

宋歌："你真的丢了？"

薛亦龙说："丫头，你把你哥看成什么了？那么关键的电话我怎么会丢呢？我是不想告诉她。"

宋歌疑惑地眨了眨大眼："为什么啊？你是不是故意拿这个事儿勾引人家，以便与人家有更多接触的机会。"

"错了。在这方面，你亦龙哥还是有一定的政治觉悟的。你好好想一想，江西西萍农民养牛倾家荡产的事件不管怎么说，它也是咱们中国的事情，属于咱们人民内部矛盾。她一个法国记者来关心这事儿是什么意思？要把这事儿给捅到国际上去，岂不是丢咱中国人的脸吗？"

"喔，想不到你还这么爱国、这么伟大！"

"爱国谈不上，伟大更扯得远了。我就是不想让外国人来采访这件事儿。"薛亦龙站起来，肯定地说。

宋歌在他的背后吐了吐舌头："没看出来你还有这境界！"

周明俊抱着新出的《深度报道》杂志进来："快来拿啊，热乎的刚出炉的。"

宋歌拿了两本，递给薛亦龙一本，自己留一本。周明俊把余下的散给大家后，凑到宋歌面前低声道："宋歌，我昨天中午在西单一家品牌连锁店看到一款女式服装，那色泽款式，还有那上面的花纹，我觉得特别适合你。如果你穿在身上，往镜头前面一站，绝对是一标准的中国女模特。"

宋歌一喜问："真的吗？"

"真的，我说假话我是这个！"周明俊两只手攥在一处比了个小乌龟的样子。"今天下班，我陪你去看一看，行不？"

宋歌冷静下来："那衣服多少钱？"

周明俊想了想："好像，好像2800元！"

宋歌转身就走。

周明俊跟过去："怎么样？我陪你去。"

宋歌说："你也不动一动你的猪脑袋，那件衣服都快顶我一个月工资了。我下个月吃什么喝什么？你管我吃喝啊？"

人的一生，可能要经历不止一次爱情。比如最初的朦胧之爱，甜蜜的单相思；花季芬芳的爱情；远足中无意的邂逅，擦肩而过一个微笑令你恍若隔世……人生的伴侣只有一个，但能擦出爱情火花的肯定不只一人。回忆爱情是一剂疗伤良药，会让人更加坚定地面对现实。

星期天，薛亦龙在四合院自己的租屋里看央视五套转播的世界拳王争霸赛。朱莉叶又打电话来。薛亦龙问："朱记者，请问有什么事？"

朱莉叶说："法国朋友有一个晚会，我希望你能参加。"

薛亦龙吓一跳："我，我去不合适吧？"

朱莉叶说："我已经为你报名了，我的叔叔也很想见一见你。他也经常看你的文章。"

薛亦龙打车来到三里屯，刚下车，看到不远处的树荫下一个金发碧眼女孩正朝自己招手。远远看去像漂亮的巴比娃娃，仔细看却是朱莉叶。朱莉叶跑过来，挽住薛亦龙的胳膊。

薛亦龙忍不住说："朱莉叶，你真的很漂亮，像传说中的洋公主。"

朱莉叶咯咯笑着，轻轻踮起脚尖在薛亦龙的脸颊吻了一下，"谢谢你这样夸奖我，我从小就梦想自己有一天能成为公主。"

两个人穿过十几米浓郁的树荫环绕的马路，走进一个大院。一个满脸络腮胡子、五十多岁的男人走过来，友好地与薛亦龙握手。"你好，你就是薛亦龙先生？"

薛亦龙礼貌地还礼："您好，先生。"

朱莉叶介绍："他就是我的叔叔，他有一个中文名字叫朱鹏举。他非常喜欢中国的民族英雄岳飞岳鹏举，还亲自去岳飞的老家——河南汤阴县参观过。"

"薛先生，我听朱莉叶多次说起过你。她说你是她在中国认识的最好的朋友。"

薛亦龙暗暗惊诧面前这位法国男人对中国文化的了解。"能认识朱鹏举先生和漂亮的朱莉叶小姐，我非常荣幸。"

朱鹏举点点头，指了指露天舞场说："你们随便玩吧，这里非常自由也很安全。"

晚会总共约三四十人，大多是金发碧眼高鼻子的外国人，他们的身上都有一股扑鼻的香水味，让薛亦龙感到很不适应。这种味道虽然在朱莉叶的身上也有，但并没有这么刺鼻。其中也有三四个黑头发黄皮肤的中国人，但他们也说法语。

薛亦龙仿佛置身在法国，有些手足无措。

朱莉叶与几个人亲热地打招呼，并将薛亦龙介绍给他们："这是我刚认识的朋友，《深度报道》的首席记者薛亦龙。"

他们很礼貌地与薛亦龙或点头示意，或握一下手。

音乐响起，一个瘦高个子的法国歌手抱着吉他边走边弹唱。几个年轻的女子围着他热情地跳舞，咯咯地笑着。

朱莉叶说："他叫桑德斯，是法国一位著名的乡村歌手。我有他的歌碟，如果你喜欢我可以送给你一盘。"

朱莉叶说完，迎着桑德斯过去，桑德斯微微俯身，轻轻地在她的脸颊上吻了一下，朱莉叶激动得尖声大叫。

薛亦龙不明白这些外国人为何如此兴奋。

舞曲响起，朱莉叶伸手邀请薛亦龙跳舞："亦龙，没有人说你很有风度吗?"

薛亦龙微笑道："说实话，这还是我第一次听到。中国人很少当面夸奖某个男人有风度的，这大概与中国人的含蓄内敛性格有关。"

朱莉叶："你有东方男性特有的那种神秘与矜持的气质。"

薛亦龙呵呵笑了，外国女孩看人的眼光就是与中国女孩不一样，他从来没有听到徐昕蕾或宋歌，甚而是贺映红这样夸过自己。

"Hello，朱莉叶!"有人突然大声喊。薛亦龙和朱莉叶同时扭过脸去，灯光一闪，薛亦龙才看到一个人举着相机对着他们。

"歌德，再给我们拍两张。"朱莉叶高兴地说着，身体又向薛亦龙靠了靠，还亲热地靠在薛亦龙的胸前。她那一缕金黄色的头发触着了薛亦龙的嘴唇，薛亦龙感到有些麻酥酥的，想打喷嚏。

啪，啪，又是两次闪光。

"歌德，请把照片发我的电子信箱里，谢谢你。"

"不客气。"歌德转身又给别人拍照去了。

"法国人很浪漫，你有过爱情吗?"薛亦龙想和这个漂亮的洋记者开个玩笑。

"当然!"朱莉叶站住，猛然将薛亦龙拉到旁边的走廊的拐角，双手紧紧地箍着他的腰，轻轻踮起脚后跟吻薛亦龙。

薛亦龙猝不及防，没等他明白过来，已经碰到朱莉叶那滚烫的嘴唇。她的嘴唇湿润而光洁，散发着茉莉花般的清香。从她的嘴唇里发出几个令薛亦龙无法听懂的法语。

薛亦龙一阵眩晕，他紧紧地把朱莉叶搂在怀里，西洋美女的气息火辣辣炙烤着他，令他浑身的皮肤发出噼噼啪啪的声音。他呼吸急促，他的一只手甚至已像蛇一样游弋到朱莉叶饱满的充满诱惑的胸部。

朱莉叶微闭着双眸，紧紧地贴靠在薛亦龙的身上。她就像一片待开发的森林，等待着薛亦龙这个狩猎者的入侵。

"不!"薛亦龙忽然清醒过来，他轻轻地推开了她。

朱莉叶诧异地瞪大美丽的碧眼："对不起，我做错什么了吗? 你不喜欢我?"

薛亦龙："没，你没有。我，也很喜欢你。可是，我有些，不太适应。"

"知道吗，中国男人和你们的民族一样神秘，令人向往！我喜欢探险！"朱莉叶说着又凑上来。

这一次，薛亦龙态度坚决地说："NO!"

第十五章　离　婚

80后孩子找对象，大都爱走极端：要么有房有车有钱，大十岁二十岁都可以接受；要么英俊漂亮，长得跟电影明星似的，没钱也可以考虑。唯独缺的是：结合自身条件，找一个与自己真正相般配的。

脱了内裤再穿上，双方始终和谐就叫爱情。脱了裤子再穿上，双方立即翻脸就叫强奸。如今对许多80后而言，有些爱情像强奸，有些强奸像爱情。

薛亦龙在第三天收到朱莉叶通过电子邮件发来的高清晰照片。那是一架高清晰度照相机，因此朱莉叶鼻梁上轻易不被发现的两粒雀斑也很明显地照了出来。两个人很亲热地靠在一起。朱莉叶金发碧眼，薄薄的红嘴唇，细而白皙的脖颈，高耸而丰满的胸部……薛亦龙还从来没有这么认真地看过朱莉叶。

她真的非常漂亮，我可能就要爱上她了。薛亦龙暗笑自己。

宋歌从背后转出来："瞧你们的照片，只有热恋中的人才这样。这就是传说中的那个法国女记者朱莉叶？"

薛亦龙："是的，你莫多想，我们只是朋友。"

"你觉得世界上真的存在很纯净的男女朋友吗？"

"难道你和我不是纯洁的男女朋友？"

"是，是的！"宋歌咬了咬嘴唇，转过身去。

"你是不是吃醋了?"

"哼,我吃什么醋?你和朱莉叶照相,关我什么事!"宋歌把手中的书重重地扔在桌上。

沉默了好一会儿,宋歌说:"我就不明白,为什么朱莉叶一定要找你?她想得到沈副书记的电话,直接打电话到江西西萍乡去查不就行了吗?有地址,有人名儿,况且他还是西萍乡的副书记,大小也是一个乡级干部,怎么会查不到呢?我看她找你是另有所图,你得小心些。"

"另有所图?她图我什么?骗钱还是骗色?"

宋歌说:"恐怕她不只是骗色,还要骗别的东西。"

"什么东西?"

"你自己说过的,比如国家机密什么的。"宋歌努力想找出更严重的词来。

朱莉叶会另有所图?究竟图什么呢?宋歌愤愤的话语却让薛亦龙越想越不对。他悄悄走到办公室外面打电话给苏越健,把自己与朱莉叶的事儿说了。

苏越健道:"这个法国女记者你真得小心。她主动拉你上床,图谋不轨。咱们中国纯爷们儿,偶尔为法国漂亮美女奉献一回,问题也不大。问题是她是不是真他妈的另有所图,比如通过你,盗取国家情报?"

薛亦龙摇头:"我就是一普通的记者,她从我身上能盗取什么情报?"

苏越健神秘地说:"这我可说不清,但我觉得你应该多加小心,有些事情我们并不觉得多么重要,但对她却是非常重要。"

回到办公室,薛亦龙的心情莫明沉重起来。忽然想起庄一民说过,他有一个写小说的朋友,在国家某个情报部门工作,给他说一说,让他帮忙查一查这个法国驻华记者朱莉叶是不是女间谍。

薛亦龙下了班便往庄一民家赶,路过全聚德后面的超市,进去买了一包熟牛肉和一瓶二锅头。

刚拐进胡同,就看到许云茹抱着孩子阴沉着脸急急地往前走。

"嫂子,你去哪里?"薛亦龙高声喊。

许云茹似乎没有听见,依旧急急地往前走。

薛亦龙急步过去,轻轻拉了许云茹一把:"嫂子。"

"放开我!"许云茹吼。但立即又意识到自己弄错了对象,扭回头看是薛亦龙。"是亦龙啊,对不起,我以为是庄一民。"

薛亦龙见许云茹气色不对,关心地问:"嫂子,你这是怎么了?这时候抱着朵朵要去哪里?"

庄朵朵眼中含泪:"干爸爸,妈妈和爸爸打架了。"

薛亦龙轻轻拭去朵朵脸上的泪花问:"嫂子,这到底是什么事吗?"

许云茹眼圈一红说:"我要和庄一民离婚。"

"为什么?"薛亦龙吓了一跳。

"你去问庄一民吧。"许云茹说完,转身抱着庄朵朵走了。

薛亦龙知道两口子刚刚闹了别扭,急忙往庄一民家里走。

庄一民正蹲在房间里抽烟,脸阴得如挂了一层冰霜。屋里很乱,一条板凳歪倒在地上也没有人收拾。看到薛亦龙进来,庄一民才缓缓站起来,把那条歪倒的凳子递过来。

薛亦龙把熟牛肉和那瓶二锅头放下,说:"刚才我碰上嫂子了,你们是不是吵架了?为什么呢?"

庄一民叹了口气:"因为我和张雅娴的事。"

"你和张雅娴?"薛亦龙不相信自己的耳朵。但他的脑海里却忽然闪现出老板诗人钱仕仁在北戴河开诗歌研讨会时的一幕,大家在海滩上跳舞,庄一民因为张雅娴受到柳一刀的骚扰而大发雷霆,差一点儿冲过去要打柳一刀。当时他还暗暗惊诧,一向平和稳重的庄一民为什么会突然发那么大的火?原来他早和张雅娴暗里有关系。心中虽这么想,但嘴上却说:"你和张雅娴?就是那个不怎么爱说话的女记者?"

庄一民点点头,挥手说:"走吧,咱们去喝酒。"

薛亦龙说:"我带了熟牛肉和一瓶二锅头。"

庄一民只把二锅头握在手里说:"走吧,今天不想做饭了。"两个人在附近一家小酒楼坐下,庄一民点了三荤二素五个家常菜。

"你和张雅娴之间究竟是什么关系?有没有发生过——"薛亦龙望着庄一民依然不见转晴的脸,欲言又止。

庄一民掏出一根烟递给薛亦龙,薛亦龙摆了摆手,庄一民便叼在自己嘴里,点燃,深深地吸了一口,说:"亦龙,我给你讲一个我同学的故

事。"

薛亦龙说："好啊，你讲吧，只要不是你编的故事就行。"

庄一民沉吟片刻，慢慢开了口："狼是我昔日学友宏光的雅号。大学伊始，同宿舍室友依年月大小排定兄弟坐次后，有室友建议，每人自封一个雅号，叫起来响亮，听起来让人过耳难忘。宏光说，你们以后就叫我狼吧！

"国庆节的时候，学校组织文艺晚会，狼踊跃登台，演唱一首齐秦的《北方的狼》，女学生叶子在旁边给他伴奏。俩人配合默契，赢得掌声如雷。回到宿舍，众室友拍手相庆，狼则沉寂无语。良久，狼突然宣布，我爱上叶子了，望众位兄弟多多关照，且莫横刀夺爱。众人再三追问，可有计划？狼只简略说：我已有了一个狼计划，确保万无一失。后再不开口。

"叶子与我们同系，是一位小家碧玉型女孩，温柔善良，妩媚可人，颇得男学生瞩目。狼宣布之后，次日便展开攻势。晚上，教室寂静无声，同学或做功课或看书，狼出现在教室门口，朗声道，叶子同学，请你出来一下。引得全班同学举目观望。叶子不知所措，匆匆走出教室，浅声问：'你有什么事吗？'狼大声说：'叶子，我爱你！'教室内哄然大笑。周末，许多同学围在宿舍楼下看世界杯足球赛，狼径直走到女生宿舍前大喊：'叶子，叶子！'有女生回答说她不在。狼说：'请你转告叶子，她不下来，我就喊她一晚上！'看电视的同学中响起一片大笑，笑过之后，男同学齐声喊：'叶子，叶子！'稍顷，叶子从楼上匆匆下来，狼冲大家一抱拳说：'谢谢兄弟们了！'室友问：'狼计划实施得如何？'狼答：'冰冻三尺，非一日之寒，爱情两个字，岂是一朝一夕能写得出的？'

"叶子追求者中，有一位号称白马王子的男生，父母皆为省部级官员，有权又有钱，自视甚高，言谈举止，不把别人放在眼中。一日，狼与之狭路相逢，他拦住狼问，'你就是那匹狼？'狼反问，'你就是那只父母官的犬子？'王子说，请你以后离叶子远一点儿，也不拿镜子照照自己，配吗？'狼笑眯眯问，'兄弟，你真爱她？'王子说，'我爱她胜过你们任何人！'狼又笑眯眯问，'如果有一天，她少了一只胳膊或一条腿，你还爱她吗？'王子脸色大变，半晌方说一句话，'你真卑鄙！'

"漫漫暑假，叶子每天都可以收到一封千里之外的来信，信纸精致，

每封信都写得密密实实，有七八页之多。落款只一个字——狼。母亲似有所觉察，问，'来信的是谁?'叶子答是同学。'男同学还是女同学?'叶子说，'女同学。'暑假结束前两天，叶子出门，见路旁站着一个人，看了一眼，禁不住张大了嘴巴。风尘仆仆的狼说，'过两天就开学了，寄信恐怕你收不到，我就亲自送来了。'叶子心慌意乱，六神无主。狼说，'如果你不同意，我就不去看望伯父伯母了。'

"第二日，叶子和狼提前一天踏上去学校的列车。

"叶子体弱，一日高烧，有女生来告诉狼，狼从床上一跃而起，急跑过去，抱着已近昏迷的叶子就往医院赶，叶子醒来，看到脚上打着血泡、眼窝深陷的狼，含泪将手伸给了他说，'你真傻，为什么要这样呢?'

"自此，狼和叶子的爱情进行得有声有色。校园的幽幽曲径及那座城市的很多地方都留下了他们缠绵的身影。大学毕业，叶子随狼而去，分别在即，室友问狼，'能否预告下一步狼计划的内容?'狼答，'我准备做一大群狼仔的爸爸!'不久，我收到了狼和叶子寄来的喜糖。

"之后，大家各奔东西，千山隔绝，彼此少有联系。三年后，我出差路过狼所在的城市，抽空前去看望他们，却被眼前的事实所震惊，昔日高大魁梧的狼变得瘦削枯干，叶子只能在床上迎接我。狼说，'叶子患病，两年多矣!'

"叶子仍像从前一样美丽，仿佛岁月没有在她脸上留下任何痕迹，但她已不能走路，她患了一种奇怪的病，病魔夺走了她的双腿，狼带她跑了许多医院，却始终不见好转。在狼出去买菜打酒时，叶子对我吐露心声，'我知道他喜欢孩子，大学刚毕业时，为了事业，我们没计划要，没想到后来就有了这病，医生告诉我不能要孩子，可是，我真的很想为他生一大群孩子!'

"晚饭时，屋子内始终洋溢着欢快的气氛，狼和叶子脸上都挂着幸福的微笑，看得出他们的感情生活很美满。我重提狼计划，叶子笑道，'他这匹狼在大学时臭名远扬，他的狼计划把我的追求者都吓跑了，我真傻，就中了他的套呢!'

"狼笑道，'谋事在人，成事在天，你我之事，乃天作之合!'说罢，与我大杯饮酒。那天狼醉了，醉梦中还在喊着叶子的名字。

"次日，与狼握别，我想安慰他几句，狼微微一笑说，'我不会放弃的，等叶子病好了，我还计划让她给我生一大群狼崽儿呢！'言罢，狼眼中升起一团雨雾。这是我第一次见狼有泪。

"一年后的情人节那天，狼在电话中声音沙哑地告诉我，'叶子去了，她不该瞒着我怀上孩子，医生说，如果不是因为有孩子，她还可以活得长一些！'

"狼反复对我说，'叶子临终讲，来生我们还做夫妻，给我生一大群孩子！'最后竟泣不成声，声如草原上绝望的狼嚎！"

庄一民的故事讲完了，薛亦龙皱起眉头："我这个人笨，听不出来，这与你和张雅娴之间有什么关系？"

庄一民说："如果我告诉你，这个故事就发生在张雅娴身上。你相信吗？"

薛亦龙不解地问："我还是不明白，你说的那个狼是男的，张雅娴是个女的。而故事中的女主人公叶子是死了的。"

庄一民叹口气："我只是把现实生活中的女主人公，换成了故事中的男主人公罢了。"

薛亦龙恍然大悟："你是说在张雅娴身上，有过一段非常动人的爱情。你是被她的旷古爱情打动了。"

庄一民点点头："我和她之间并没什么，我只是感动于她的那段真挚的爱情，所以和她心灵上有某种相通。我爱许云茹，我不会爱上别的任何女人。而张雅娴一直没有从她死去的男友的阴影中走出来，我甚至担心，她会一直单身下去。这样重情重义的女子，我们应该帮帮她。不是吗？"

薛亦龙点点头："我和她见面不多，她的事情的确很少知道。既然你和张雅娴之间没什么事儿，嫂子为何要生那么大的气？她是怎么知道的？"

庄一民说："家里电脑中有一张我和张雅娴在一起的照片，她看到了，所以怀疑我和张雅娴有事。"

薛亦龙说："那就是嫂子多疑了，男同事和女同事亲亲密密合个影，逗个乐子，也没什么。我和单位女同事喝交杯酒时还有人给拍照留影了呢。"

庄一民苦笑道："你还没有结婚，不了解结过婚的女人，她们恨不得拿根绳子把自己的男人捆在身边，拿块儿黑布把男人的眼睛蒙上。出门逛街，我眼睛在哪个漂亮女孩身上扫一眼，她看到了就不乐意。"

薛亦龙笑了："老婆吃醋是好事，如果她对你在外面拈花惹草，不管不问，那你们还做什么夫妻！"

庄一民点点头，朝窗外看了看又说："小时候，我生活在中原一座偏僻的小村庄。那时候看着村里的树木、人、狗，看着地里的庄稼，闻着小路边的青草味。我想这个地方不属于我，我不应该一辈子都生活在这里。后来我大学毕业到了一家国有企业工作生活，望着车间里轰鸣的机器，望着高高低低的办公楼厂房，我仍然想这个地方不属于我，我不应该一辈子生活在这里。再后来，我来到了北京，骑着破旧的从修车摊买来的二手自行车，穿行在长长的长安街上，那时候长安街还不像现在这样宽、这样时尚，可是我忽然就觉得自己应该属于这里了。能够在这里安居乐业，度过一生我就知足了。至于为什么会这样想，一句两句我还真说不清楚。人有些情绪是无法用语言来表达的。也许有时间我会写一篇文章——《为什么我会爱北京》，把我的混乱的思绪，对北京的种种细枝末节的感受写下来。当然也包括我和许云茹、张雅娴，以及你们的生活。"

薛亦龙说："那敢情好，我倒想看一看，我在你的笔下会是什么样子！"

庄一民也笑了，问："无事不登三宝殿，你来有什么事吗？"

薛亦龙把心中对朱莉叶的担忧和庄一民说了。

庄一民说："我的确认识一位小说翻译家，他在咱们国家某情报部门工作。"

薛亦龙拍手道："我来找你就是为了请你找他帮忙的。以防万一，你就给那位翻译家说一说。让他帮忙查一查这个朱莉叶在法国的背景。朱莉叶这边的情况，我掌握多少都告诉你。"

庄一民说："你有没有她的照片？"

薛亦龙说："有，我们第一次见面，是在一个机械国际展上，我们在展厅门口有合影。我在照相馆还洗了两张出来。"

庄一民看了朱莉叶的照片，笑道："亦龙，你小子挺有艳福，这个洋女孩很漂亮。"

薛亦龙叹口气:"是很漂亮,我恐怕是无福消受。"这样说的时候,薛亦龙想起他在跳舞时握着的朱莉叶的手,那只小手的手心潮潮的,仿佛浸着水珠。

"你放心吧,这事交给我了。现在我们不说别的,只喝酒,来,咱哥俩干一杯。"庄一民说。

两人边吃边喝,不知不觉两个小时过去。让薛亦龙没想到的是,庄一民因为有心事,很容易就喝醉了,哇哇直吐。

"亦龙,在北京这些朋友们中,我是把你当作最交心的朋友的。一些不愿为外人知的话我都愿意说给你听。我要和许云茹离婚,他妈的不过了。你们单身多好,没有那么多的破烂事儿,一个人吃饱全家不饿!"

薛亦龙觉得他其实并没有喝多少酒。他们自己带来的那瓶二锅头喝完后,庄一民又要了一瓶。薛亦龙拦着,两人又喝了不到三分之一。主要是心情不好,一个人如果心情好,多喝点儿没什么问题。但是如果一个人心情不好,喝一点儿酒就很容易醉。

薛亦龙给许云茹打电话。

薛亦龙说:"嫂子,你回来吧,一民喝醉了。"

许云茹不说话,过了一会儿,那边传来低低的抽泣声。

"嫂子,你们的事儿是个误会,都别冲动,都冷静考虑考虑。像一民这样诚实爱家的男人,现在这个社会真的不多了。"薛亦龙说。

"谢谢你亦龙,我挂了。"许云茹说着挂断了电话。

薛亦龙呆呆坐下来。

坐在对面的庄一民已经伏在桌子上睡过去了。

薛亦龙喊服务员结了账,他推醒庄一民,搀扶着他出了饭店。在北京的夜色中,两个人摇摇晃晃渐渐消失在胡同的深处。

第十六章 初　恋

爱情是一堆火，只有相爱的男女不停地添加燃料，它才会越烧越旺，经久不熄。如果一方撤火，另一方死不松手，就可能引火烧身。如果双方都撤火，那就自然而然熄灭了。

许云茹带着庄朵朵，去了她在北京做生意的二爹家，一住就是七八天。

庄一民想女儿，天天抽烟，喝酒解闷。

薛亦龙去看过庄一民两次，又陪着他喝了两次酒。薛亦龙想他们夫妻这样僵持下去也不是办法，便决定再次打电话给许云茹。

许云茹一听是薛亦龙的声音，眼泪又落下来："亦龙，你是他朋友，你也亲眼看到他是怎么对我的。我没有别的办法，只有离婚一条路好走。"

薛亦龙说："嫂子，事情并没有你想象的那么严重，这些天我和一民反复交流过，他和张雅娴只是普通朋友。"

许云茹道："那是他讲只是普通朋友，谁知道他们私底下做出过什么事儿没有？你不要看他表面老实，实际上可并不是那样的。结婚这么多年，我一直蒙在鼓里，是我瞎了眼，看错了人。你不要费心了，我要和他离婚！"

"嫂子，你想过没有，如果你们离婚了，朵朵怎么办？你们不为自己考虑，总得为朵朵考虑考虑。"

"朵朵当然我来养，但他得每月掏生活费，至少要掏到朵朵十八岁。别的我也没啥条件，你告诉庄一民吧。"

放下电话，薛亦龙觉得，女人一旦发起狠来，比男人还要狠。转念又想，自己这样不见面地和许云茹通电话，于事无补，不如找个人去和许云茹面对面交流。于是他想到了徐昕蕾，便打电话把庄一民和许云茹闹离婚的事儿说了，让她去劝一劝许云茹。

这天，徐昕蕾约许云茹出来坐一坐，两个女人面对面好谈一些私房话。

许云茹平时总是一个人在家带孩子，在北京也没有什么朋友。看到徐昕蕾，便如见到亲姐妹一般。徐昕蕾表面上大大咧咧，给人以没有心机的印象，因此她也更容易与其他女人接近。

许云茹讲起自己和庄一民的初恋。他们原本是一个工厂的。那家工厂有五六千号人。庄一民的父亲是一名普通工人，母亲没有工作。原来他和母亲、弟弟都生活在乡下，后来国家实施"农转非"政策，把他们母子三人的户口从农村转到了工厂里。他们两家本没有什么来往。庄一民大学毕业后，回到工厂工作，他这个人不善交际，更不会讨女孩欢心。终日里躲在家里看书，然后就是写作。那时候他也总有豆腐块文章在市内日报、晚报的副刊发表，在工厂里还算是小有名气的才了。

其实许云茹更早就知道庄一民。那时候还在工厂的子弟学校，许云茹读初中二年级，庄一民读高中二年级。学校组织成立了小红花文学社。有一个星期六，小红花文学社的姚老师让庄一民到讲台上给文学社成员介绍写作经验。许云茹当时与几个好朋友就坐在第一排。她不知道，七八年之后自己会和这个男生处朋友。

七八年后，许云茹已经在工厂一个玻璃加工车间做工人。庄一民的母亲在那幢装配楼当临时库房管理员。她终日为二十四五岁的儿子找不着对象发愁，于是就在这幢楼上班的女孩中看有没有合适的。许云茹就这样无意间走入庄一民母亲的视线。庄一民的母亲看中了许云茹，托人请与许云茹同车间的一位女检验员从中说合。

女检验员告诉了许云茹，许云茹心里早知道庄一民的名字，知道他写文章写得好。听说他的母亲看中了自己，心里不由得怦怦直跳，含羞答应

与庄一民见一面，地点就在女检验员的家里。

那天许云茹吃过晚饭，洗了一个澡，换上一身素净的衣服，早早就去了。她坐下不久，庄一民也来了。两个人一个坐沙发的这头，一个坐沙发的那头。女检验员给他们介绍两句后，就关上门出去了……

后来，庄一民对那天晚上许云茹的穿着记忆很深，上身是一件白短衫，下身是一件素蓝的裙子。长长的披肩黑发，因为刚洗过澡，还显得湿漉漉的。眼睛很大，睫毛长长，像很清纯的女学生。庄一民对许云茹一见钟情。而许云茹对庄一民的印象也不坏，两人便交往起来。

许云茹的父亲知道后，坚决不同意他们的婚事，主要原因是嫌庄一民家里穷，认为庄一民在工厂里做一名普通技术人员，没什么出路。许云茹的父亲想把女儿嫁给有钱人家，或者给女儿找一个干部子弟。但许云茹自从和庄一民相识后，便铁了心和庄一民好。

许云茹的父亲想尽办法拆散他们，让女儿停薪留职，到北京帮她二爹做生意。许云茹拧不过父亲，只得到了北京。一对年轻人苦苦思恋，庄一民更是一天一封信。后来庄一民竟然做出了一个违反他沉稳性格的举动。他借着去河北承德出差的机会，私自来到北京，与许云茹的二爹大吵了一架，硬生生地把许云茹从北京带回去。

有人给许云茹算婚姻，说她的父亲是阻隔在她和庄一民中间的一座大山，原本是不可能翻越的，但因为他们两个人坚定的彼此相爱，最终会使这座大山崩塌如灰尘。

许云茹告诉徐昕蕾："其实最终使我父亲转变观念的不是我们的坚定相爱，而是他自己吓坏了自己。我们工厂还有一对恋人，女孩比我要高一年级，竟然看中了一个有过偷盗前科的已经离过婚的男人，那个男人还带着一个小孩。女孩的父母强烈反对他们的婚姻，她的母亲还以上吊相威胁……最后，女孩绝望地跳湖自杀了。这件事几乎轰动了我们那座小城。父亲听说后很害怕，他担心自己的强势阻拦，我也有可能走那条路，所以才勉强同意。"

徐昕蕾听得小嘴半张，一脸惊诧，她还从来没听说过，在庄一民和许云茹身上发生的爱情故事。以至于许云茹讲完了，她好半天还没有反应过来。

许云茹叹口气："我们的初恋可谓轰轰烈烈，我也曾相信我们会相爱白头到老。可是，现在却突然不知从哪里冒出来一个张雅娴。我不知道他们是什么时候开始好的，也不知道他们的关系发展到什么程度。我为庄一民违背了父亲母亲的心愿，也舍弃了很多，没想到现在会是这种结果！"

徐昕蕾道："你是怎么知道庄一民和张雅娴有关系的？"

许云茹说："这还用说吗？是他自己说出来的。"

"啊？庄一民自己说的？"徐昕蕾暗想，这恐怕是没得救了。

许云茹说："是他在梦中说的，他在梦里还在喊张雅娴的名字。你说一说，如果两个人没有那种关系，他怎么会在梦中喊一个女孩的名字。他从来没有在梦中喊过我一次！"

徐昕蕾眼珠转了转，努力为庄一民解脱道："嫂子，你也不要想得太多。男人梦里喊另外一个女人的名字，未必是他们有了什么不正常的关系。也许是这个女人有什么特别的事情，打动了男人的心。一民大哥是搞文学创作的，很容易被一些动人的故事所吸引，所以才会这样。"徐昕蕾暗暗觉得自己的辩解太无力。

许云茹摇头："我真的很伤心。我以为他会爱我一生一世。你没有恋爱，没有结婚，还不理解已婚女人的心。在爱情方面，女人永远都是最自私的，她不允许自己的男人心上有其他任何女人。"

徐昕蕾点头表示同意，又问："嫂子，你还有没有发现一民大哥和张雅娴其他证据？"

许云茹说："我在他的手机里看到张雅娴发给他的暧昧短信，很肉麻的。还有，他写的东西我是从来不看的。我也不喜欢看什么小说，每天带朵朵已经够我累了，脑袋沾着床就想睡。可是，前两天我打开电脑，原本想给朵朵放一首好听的儿歌，无意间却看到他写的一篇散文，那名字起得就特酸——《你是我心中的女人》，里面提到了张雅娴。我还在一个文件夹里看到他和那个女人的合影，两个人离得很近，脑袋靠在一起，一脸的幸福，我真的要崩溃了。"许云茹说着，眼圈一红泪珠儿就滚了下来。

徐昕蕾似乎一下抓住了话头儿，她笑了笑说："嫂子，这可是你的多疑了。现在的短信，很多是网上转摘的，过年过节胡乱发。另外，因为我是记者，也略懂一些文学写作上的事儿。小说都是瞎编杜撰的，现实生活

中可能有一点点影子，但我估计百分之九十九都是小说家们想象的。比如说现在我们俩在这里亲密谈话，如果被某个小说家看到了，他就可能写出一篇几万字的小说，你猜他会把我们写成什么？"

"什么？"许云茹红着眼圈问。

徐昕蕾左右瞧了瞧，往许云茹面前凑了凑，压低声音说："写成一对同性恋，然后又编许多同性恋故事安放到我们俩头上。"

许云茹有些愕然："不会吧？怎么可以这样？"

徐昕蕾故作神秘地说："怎么不会？小说家的想象力是很丰富的。所以我想一民大哥写那篇什么《你是我心中的女人》，可能是受到张雅娴启发而写。一民大哥人太实在，所以在文章中名字都没有改。那个张雅娴你可能没见过面，她是我们北漂记者沙龙的成员，和王环、苏越健在一起时间更多一些。我们在一起吃过多次饭，她人看上去很正派，性格也很好，不像是那种风流放荡的女人。庄一民大哥你更了解，他也不会和那种不三不四、风流妖艳的女人来往。还有，你说到一民大哥和张雅娴的亲密合影。嫂子，你在家呆得久了，可能对办公室同事或朋友之间的情况不了解。我和单位同事或者记者沙龙的朋友一起出去玩，经常和男人合影，像郭银山，还有老臭苏越健，老爱拉着我和他们喝交杯酒，还要照相留念。这些都是逗乐玩笑的事儿，大家在一起只是图一个热闹，你可千万别往心里去。像你这样子，以后我可不敢和一民大哥亲近了。"

许云茹听了徐昕蕾这番话，心中渐渐释然，情绪也不那么激动了。

徐昕蕾趁热打铁："说句心里话，在我认识的这些北漂记者沙龙成员中，庄一民大哥是最诚实可靠的一个，人最本分，说话不浮夸，一是一，二是二，很稳重。在如今这个虚浮的社会，像一民大哥这样的男人越来越少了，更多的是油腔滑调、尖酸刻薄，要么就是满嘴假话，费尽心机骗小姑娘的男人。你可千万不能离开一民大哥。不然，就让我钻了空子了。"

许云茹脸上挂出一丝笑，轻轻拍了拍徐昕蕾道："瞧你这张小嘴。"

徐昕蕾见许云茹情绪好转，暗暗地舒了一口气。"我没结婚，当然也没这方面的经验。但是我听过来人讲，天上下雨地上流，小两口吵架不记仇。你在外面住几天，教训教训一民大哥就行了。听薛亦龙说，一民大哥挺想朵朵和你的，天天在家喝酒抽烟。他答应那家老板的书也不写了，他这样子，难道你不心疼吗？明天，我让亦龙通知一民大哥，来接你回去吧。"

许云茹低下头，忽然想起什么似的叹口气。

徐昕蕾心中一凉，问："嫂子，你还有什么事儿没有解开疙瘩？"

许云茹说："谢谢你和薛亦龙。你们那么忙，还来管我们的闲事。你来家少一些，亦龙偶尔来一次。有些事情你们并不清楚。一民心里对我二爹有看法，也和我拌过好多次嘴。我来北京一直在我二爹开的店里做售货员，也帮着他搞管理。二爹一直说他要发展生意，赚的钱全投到生意上，手头一直太紧，所以我的工资有一二年都没给了。直到生孩子我不上班，他还差我们家二三万元没有给。我们这些年都是靠一民一个人挣钱生活，租房、吃喝用的都是他的工资。一民很生气，我也一直不好意思向二爹开口讨要。"

徐昕蕾听了，不由得也跟着叹气："清官难断家务事。亲戚朋友中就怕这种事儿，借了钱不还。这事儿我让薛亦龙再解劝解劝一民大哥。我觉得一民大哥还是很豪爽的，不会因为这二三万元钱，跟你计较什么。你以后寻个机会，向你二爹讨回来。你们一家三口在北京真挺不容易的。不像我一个人赚钱一个人花，一个人吃饱全家不饿。一民一人养活三口，尤其是朵朵，正是长身体花钱的时候，不能苦了孩子。说句公道话，你二爹做得真是过分。你结婚成家，得过自己的日子，不可能不需要钱。他怎么能这样占着你的钱不给呢？"

许云茹苦笑道："你不了解生意人，他们手中永远缺钱，赚了点儿钱就恨不得全部投到生意上。好了，不说我们的没意思的事情了。现在说一说你和薛亦龙，你们俩进展得怎么样了？如果你对他有意思，你就得想一想办法，不能听之任之。"

说到自己，徐昕蕾的心气儿低了下来。人大都是这样，对别人的事情看得很透，却对自己的事情琢磨不清楚。她淡淡一笑："我们俩还是老样子，感觉只比一般朋友近了一点儿，顺其自然吧，我也不是那种死乞白赖粘住男孩不放的人。"

许云茹道："薛亦龙表面看有些满不在乎，其实挺细心、挺仗义的。他和庄一民在北大培训，我带庄朵朵去，他还提出认庄朵朵做干女儿，一

个感情不细腻不丰富的人，怎么会有这样的想法？我们庄朵朵才三四岁，可喜欢薛亦龙了。薛亦龙每次来都和朵朵玩得很开心。"

徐昕蕾想象薛亦龙与庄朵朵一起玩耍的场景，也笑了："薛亦龙这个人有点儿亦正亦邪，有时候还像孩子似的天真。说老实话，他还真有些让人琢磨不透。"

许云茹道："女孩可以单纯，但男人不能太单纯。就好像一潭清水，让人一眼看见底儿，那样的男人你觉得有意思吗？"

第十七章　急　症

　　同学时代的友谊弥足珍贵，要好好珍惜。一旦步入社会，就很难交到真朋友了。同事很难成为朋友，因为有利益之争。即便非同事，主动走近你的人，可能怀着某种不纯动机……这就是大多数人在社会上混几十年，朋友没几个的原因。对于真朋友，不要奢望太多，一两个足矣。

　　薛亦龙和徐昕蕾专门为庄一民夫妻俩的事碰了一次面。两人相互交流了看法，认为庄一民和许云茹不会离婚，只不过是在生对方的气。张雅娴很可能只是夫妻双方生气的导火索。

　　薛亦龙说："一个女人长时间不上班，在家里带孩子，很难接触外界的人，脾气性格都会渐渐发生变化，比如变得多疑，总怀疑丈夫在外面有情人，这叫疑神疑鬼。"

　　徐昕蕾则替许云茹说话："你不是女人，让你长期在家带孩子试试看，从早到晚被一个懵懂孩子纠缠着，想做事情也做不成，不烦才怪呢！天下男人，没有一个好东西，见一个爱一个，还有脸唱'外面的野花不采白不采'。"

　　薛亦龙嘿嘿笑着举手说："我投降。不要庄一民和许云茹的事没有搞清楚，咱俩先打起来了。"

　　徐昕蕾咯咯笑道："谁愿和你打架！我看许云茹并不像她嘴上说的那么狠，再给她两天消一消气，到时候咱们拉上他们俩去香山或植物园玩，

他们自然会就坡下驴，破镜重圆。"

薛亦龙竖起拇指："高，听你的安排。我还有个问题不明白，请多指点。"

"什么问题？"

"你没有结婚，更没带过小孩子，为何对带小孩子的女同胞心理那么清楚呢？"

"我呸！"

……

然而，事情并没有像徐昕蕾设计的那样简单，才过去两天，薛亦龙便突然接到许云茹的电话："亦龙，你知不知道庄一民在哪里？他的手机一直关机。"

薛亦龙听许云茹口气十分焦灼，问："嫂子，出什么事了？"

许云茹说："朵朵昨天开始发烧，现在又突然高烧，我正在往儿童医院送。"

薛亦龙一听也慌了："嫂子，你别急，我马上帮你找一民。"

薛亦龙先打电话到庄一民单位，单位一个细母鸭嗓子的女人说："庄一民今天一天都没有到单位，也没有和我请假，不知道做什么去了。"

薛亦龙问："你肯定他没有出差？"

细母鸭嗓子的女人说："没有，我们单位如果谁出差，一定要在我这里做记录的。"

薛亦龙急得一头火，忽然想起庄一民会不会和张雅娴在一起。他没有张雅娴的电话，便打电话问徐昕蕾。徐昕蕾知道了情况，把张雅娴的电话告诉薛亦龙，又说："我这会儿没什么事，我去儿童医院帮着许云茹照看孩子。"

薛亦龙说："你身上多带些钱，我怕许云茹忘了带钱。我也马上赶过去。"

放下电话，薛亦龙奔跑下楼，拦了辆出租车，往儿童医院赶。坐在出租车上，薛亦龙开始拨打张雅娴的手机，先是占线，等了片刻再拨，还是占线。

薛亦龙急得要骂娘，给张雅娴发了条短信："我是薛亦龙，有急事，

速回电。"

刚发出短信，张雅娴的手机就拨过来了。竟是庄一民的声音："亦龙，你找张雅娴什么事？"

薛亦龙说："我找她没事，我是在找你。"

庄一民愣了一下问："怎么了？"

薛亦龙说："刚才嫂子打来电话，说朵朵高烧，她正在往儿童医院赶。"

庄一民迟疑了一下，说："我马上过去。"

果真是和张雅娴在一起！想不到表面上正派的张雅娴竟是个第三者插足的骚女人。薛亦龙窝了一肚子火，只是催司机开快些。

薛亦龙赶到儿童医院，许云茹抱着庄朵朵和徐昕蕾已经赶到了。徐昕蕾帮着挂号联系。许云茹搂着庄朵朵，不停地轻轻拍着她的背。庄朵朵两颊通红，嘴唇干裂，昏昏欲睡，因为浑身不舒服而不停地哼哼着。

薛亦龙伸手摸了摸庄朵朵的额头，滚烫。许云茹说："来时候刚量过，40度。"

薛亦龙说："超过40度，会把孩子烧坏的。不能在这里排队等了，我们得另想办法。"

徐昕蕾拿着挂号单上来，看上面的排号，前面还有一百多个。薛亦龙问："徐昕蕾，你认不认识儿童医院的医生，让他给帮帮忙，孩子等不及了。"

徐昕蕾一拍脑袋说："我这一着急，竟把他忘了。"立即拨通一位专科主任的电话，说："刘主任，我是徐昕蕾，我的侄女儿发高烧，现在就在儿童医院候诊大厅，你能不能帮帮忙，这里等候的人太多了。"

过了片刻，一个穿着白大褂的中年男医生从电梯走出来。

徐昕蕾迎上去："刘主任，麻烦你了。"

刘主任微笑着点点头，走到许云茹跟前，伸手摸了摸庄朵朵的脑袋，一皱眉，说："你们跟我来吧。"

刘主任带着他们，急急地坐电梯上到四楼，这里是输液室，里面坐着或躺着满满一屋孩子，全都在输液。

徐昕蕾道："天啊，这么多人。刘主任，麻烦你能不能给我们找个条

件稍好一点安静的房间。"

刘主任想了想，转身带他们下到二楼，穿过长长的白色走廊，推开一扇门，里面是一间高级病房："这是王老局长的病房，他今天被接回家过六十大寿去了。你们先在这里吧。"

许云茹把庄朵朵放在床上，刘主任掏出听诊器听了听庄朵朵的前胸和后背，扭头问："你们谁是孩子的父母？"

许云茹怯怯地向前一步说："我是她妈妈，她爸爸不在。"

刘主任生气道："你们这父母是怎么当的？孩子都烧成这样了还不早点儿来？告诉你们，孩子很可能是急性肺炎，准备住院吧！"

许云茹眼泪一下流了下来，抽抽咽咽不知怎么办好。徐昕蕾过去搂住她的肩安慰："嫂子，别哭，先给孩子治病要紧。"

刘主任给庄朵朵开了药方，薛亦龙跑上跑下，给庄朵朵交钱、开票、拿药，最后一位细眼睛白皮肤的小护士来给庄朵朵输上液，几个人这才稍稍把心放下。

这时候庄一民才赶到儿童医院。庄一民走进病房时，庄朵朵胳膊上扎着输液的针管，已经安静地睡了。

"朵朵，朵朵怎么了？"

许云茹恨恨地背过身去不理他。

庄一民轻轻搂了搂朵朵，又在她的额头、鼻尖、嘴唇和脸颊吻了又吻。

徐昕蕾说："刚才请刘专家看了，是急性肺炎，再晚一会儿就可能出问题。"

庄一民浑身一软，蹲在地上。

薛亦龙阴着脸，在庄一民肩上拍了拍说："一民，现在暂时没什么事了。你跟我出来一下。"

庄一民跟着薛亦龙下了两层楼，薛亦龙在一个僻静的地方站住，扭头望着庄一民："一民，我发现越来越看不懂你了。你和那个张雅娴究竟是什么关系？你是不是一直在和我们说谎？"

"我，我没有说谎！"庄一民辩驳。

"没有说谎？瞧一瞧你今天办的这是什么事儿？如果我告诉嫂子说，

你从张雅娴那里来，她会怎么想?"

庄一民点上一根烟，深深吸了一口:"我不记得是什么时候认识她的。她原本和老臭认识，算是老臭的朋友。她大概从老臭那里听说我写小说，而她也喜欢写点儿东西，她就主动和我联系，想看我以前写的一些东西。我就把博客地址给她了。她也有博客，我去她的博客看了，有小说、诗歌和散文等。我觉得她很有才气。就这么一来二去，两个人就来往了。我说过了，我们只是一般的朋友。"

薛亦龙摇头:"嫂子可不是这么说，那些暧昧的短信是怎么回事儿?"

庄一民叹口气:"只不过是情人节相互发的一些调侃的玩笑话，她可能也是从网上摘的，当不得真!"

薛亦龙不相信庄一民的话:"一民，你在我眼里一向是个老实本分的人。可是现在你的话却不能让我信服，更别说让嫂子信服。嫂子没有上班，一个人在家带孩子做饭挺不容易的。也许因为不上班，所以她可能在穿着打扮上不太注意。但你还想让居家女人打扮成一朵花吗? 咱们是兄弟，我说一句实在话，嫂子不仅贤惠大方，也很漂亮。她如果打扮收拾一下，外面那些白领都望尘莫及。我曾经，现在也很羡慕你拥有这样一位美丽的夫人，一个可爱的女儿，一个完美的家庭。难道，你想亲手毁了她们吗?"

庄一民慢慢蹲下去:"亦龙，你听我说。以前，我不相信什么七年之痒，相信我们会像童话里那样，从此王子和公主永远过着快乐幸福的生活。可是事实并非如此，两个人相处得时间长了，早晚会出现所谓的审美疲劳，会有左手摸右手的感觉。我们都是平凡的普通人，都会有同样的感受。但是，亦龙，你要相信我不是坏人。"

薛亦龙:"我相信你是好人，可是你不能做对不起嫂子和这个家的事儿。"

庄一民说:"我也没有做啊。我和张雅娴也许是有过那种感觉，可是在我们之间并没有发生任何事情，最多只不过是一起喝喝茶，拉一拉手。"

薛亦龙急了:"什么叫拉一拉手? 你们之间如果没有爱，怎么会拉手? 你找到了恋爱的感觉，你想过没有，嫂子知道了她会是什么感觉? 你这不是在拿刀捅她的心吗?"

庄一民："说实话，我从来没有想过离婚。自从我们在一起之后，我就认定她今生今世都是我的老婆，我们再不会分开。现在问题是她要离婚，我也没有办法！"

薛亦龙说："一民，嫂子要和你离婚，肯定有她的道理。而你现在嘴上说得再好，可是你做的事却让人无法相信——"

庄一民说："你是说今天的事儿吧？我是和张雅娴在一起。那是因为她生病了。她一个人在北京，无亲无故。她给我打了电话，我不能知道了不去看看她。这也是人之常情啊。"

薛亦龙瞪起眼："你怎么管？一直陪着她，从白天到晚上，是吗？你对另一个女人大献殷勤，而你自己的孩子却在发高烧，你怎么不管？"

庄一民痛苦地低下头："我不知道朵朵发烧。"

薛亦龙点点头："好，好，我也不知道你说的话，哪些是实话，哪些是假话。我只是希望，从现在起你不要再和那个张雅娴来往。好好去跟嫂子道个歉，陪一陪朵朵。行吗？"

庄一民叹口气："我承认我错了，我赔罪，我再不找张雅娴了。只要许云茹不闹离婚就行。"

两个人又心平气和地说了一会儿话。薛亦龙拍了拍庄一民的肩膀说："走吧，我们上去看看朵朵。"

两个人到楼上，朵朵小睡了一觉，睁开眼睛，看到爸爸，脸上露出笑容："爸爸，爸爸！"伸胳膊想来抱。

庄一民急忙俯下身，道："宝贝别乱动，你小手上还输着液呢，爸爸抱抱你。"

许云茹看到庄朵朵精神恢复，她的心里也轻松了许多。此时，窗外面已经暗下来。便道："亦龙、徐昕蕾，你们俩也忙这么半天了，还都没吃饭，让庄一民带你们出去吃饭，我留在这里守着朵朵。"

薛亦龙连连摆手："嫂子，不用了。只要我的干女儿没事了，我们再累也没关系。"

一番礼让，薛亦龙与徐昕蕾先行离开，庄一民送他们出来，要请他们俩一起吃饭，被薛亦龙坚决拒绝了。庄一民便到旁边的肯德基给朵朵买了她最爱吃的老北京鸡肉卷儿和薯条儿，带回医院里。

151

薛亦龙与徐昕蕾一起过了天桥。徐昕蕾摆手说："我得回去了，拜拜。"

薛亦龙说："别拜拜了，天到这般时候，不请美女吃顿饭，是要遭报应的。"

徐昕蕾笑道："你有钱？"

薛亦龙说："我是穷人，但请您吃饭这点儿钱还是有的。"

徐昕蕾脸上挂起温顺的笑："随你吧。"

薛亦龙记起附近有一个温馨的饭店，椅子都是用草绿绳子吊着，最适合年轻人讲究情调，便带着徐昕蕾一路寻来。两个人走了近两站地，终于在复兴门附近找到那家"男孩女孩"饭店。这时候已过了吃晚饭的点儿，所以人不多。徐昕蕾寻一个僻静的角落坐下来，那晃动的椅子让她觉得非常惬意。

薛亦龙让徐昕蕾点菜，徐昕蕾只点了一个素淡的青菜，薛亦龙道："怎么？要替我省钱？还是自己要减肥？"

徐昕蕾嗔怪地看他一眼，佯作生气："我爱减肥，你管得着吗？"

薛亦龙说："就你这身子骨儿，再减肥恐怕风一刮就飘上天了。"

徐昕蕾伸手要打，举到半空又收回去，埋下头喝饮料。

薛亦龙点了两个荤菜，一个红烧鲤鱼，一个小炒美人蹄。

徐昕蕾问："什么叫小炒美人蹄？"

薛亦龙说："是小猪蹄儿。"

徐昕蕾皱了皱鼻翼："你换一个吧，我不喜欢。"

薛亦龙说："你不懂营养美食，按食谱上讲，这小炒美人蹄可是一道地道的美容养颜大菜，现在当红的几个女明星，为什么皮肤那么好，都是吃美人蹄吃的。"

徐昕蕾说："我不是电影明星，也不想靠它美容。"招手叫了服务员来说："给我换一道菜，来盘素炒腰花。"

薛亦龙也不再争，点了两瓶燕京纯生啤酒。两个人碰了一杯，薛亦龙一气儿喝完了，徐昕蕾却只湿了湿嘴唇。

薛亦龙问："你觉得许云茹会怎么做？她到底什么态度？"

徐昕蕾说："你真笨，今天你不是都看到了吗？"

薛亦龙问："看到什么?"

徐昕蕾说："许云茹的态度啊!"

薛亦龙想起庄一民刚才的话,欲言又止,闷头又喝了一杯啤酒。

徐昕蕾眼珠一转,忽然道："薛亦龙,有个去海南天涯海角旅游的机会,想不想去?"

薛亦龙说："去海南旅行,当然想去,可是谁给我付机票钱?"

徐昕蕾说："前几天市贸易局宣传部的阿伟给我打电话,说贸易局准备请一些记者在十一月底去海南采访。说是采访,我估计就是请一帮记者到海南旅行。我答应了,如果你想去,我可以给你争取个名额。"

薛亦龙眼睛一亮,但旋即又暗淡下来："市贸易局的人不会请我,我年初写过一个批评报道,就和他们有关。他们能请揭他们污点的记者去玩?"

徐昕蕾笑道："你这个记者,不会拍马屁。这样吧,你先把时间安排好,我和阿伟争取一下。阿伟那个人挺好说话,而且办事也很灵活,他会答应我的。"

薛亦龙并不抱什么希望,不过能和徐昕蕾一起免费去天涯海角一趟,他当然求之不得。"你争取吧,如果争取到了,一路上的吃喝我全给你包了。"

徐昕蕾说："这你倒大方,不过是假大方,一路上的吃喝会有人管,你想包也不让你包。"

两人正在闲聊,徐昕蕾的手机突然响了。现在的手机款式多种多样,直板的、翻盖的、滑盖的,还有旋转的。女孩一般用滑盖的比较好,直板的线条太刚硬,不适合女生。翻盖的太普通,而且偏老气。滑盖的上市时间比翻盖短,与之相比较时尚,旋转手机用起来比较不方便。徐昕蕾用的是滑盖的,显得贴身而且很有气质。薛亦龙看着徐昕蕾打电话,心中暗暗地对她使用的手机评价一番。

让薛亦龙没想到的是,徐昕蕾接完电话,脸色就变了。

第十八章　官　司

薛亦龙发现徐昕蕾神色不对，便关心地问："哪来的电话？怎么了？"

徐昕蕾说："我堂伯被人打了，现在正躺在医院里，不知道死活。"

薛亦龙没有明白过味儿来："你堂伯？他在哪里？在北京？"

徐昕蕾伤感地叹口气："我堂伯在西安长阳的乡下，我小时候经常去他家玩，他对我非常好。刚才堂哥打来电话，说因为鱼塘合同没到期，副镇长的弟弟就要提前占用，堂伯不肯让步，结果副镇长的弟弟就雇人把他打了。"

薛亦龙怒火中烧："这不是明摆着的黑社会吗？如今竟还有这样的事？"

徐昕蕾说："副镇长的弟弟狗仗人势，摆明了欺负我堂伯他们一家。我要回去一趟，为堂伯讨个公道。"

薛亦龙："徐昕蕾，你得先考虑清楚了，你凭什么去给你堂伯讨回公道。"

徐昕蕾咬牙说："就凭我是一个记者，我要把副镇长一家倚仗权势压人的事实曝光于天下，我就不信没有一个说理的地方。"

薛亦龙沉吟片刻说："这事儿不能盲目做，我们得好好策划策划。某些地方官是怕中央去的记者，但你得会利用他们的这种惧怕心理。现在办法不是没有，我只是担心，如果他们中有人懂得咱们新闻行业相关的政

策，比如说要检查我们的记者证，你和我都没有新闻出版署颁发的正规记者证，那就很麻烦了。结果不但事情办不成，还很可能把事情办砸了。"

徐昕蕾沉默半晌，皱着眉说："事是死的，人是活的，随机应变吧！"

薛亦龙忽然想起一个人："徐昕蕾，还记得那次郭银山在骨头堡饭庄赵老板那里请客的事吗？他带了一个西安财经日报的记者张建设。后来他采访到大专家吴敬链还是我给他牵的线，我们可以找他帮帮忙。"

徐昕蕾点点头："薛亦龙，你和我一起去吧！"

薛亦龙说："当然，为朋友两肋插刀嘛，你的事还不就是我的事！"

徐昕蕾苦笑着拍了他一掌："去你的！人家都什么心情了，你还开玩笑。"

次日一早，薛亦龙和徐昕蕾在西客站相聚，买了两张硬座票上车。他们并没有去寻找硬座位置，徐昕蕾直接来到第九号车厢，见长长的一列乘客队伍正等着补卧铺票。这得等到什么时候？徐昕蕾焦灼地四下察看。

薛亦龙知道她是在找列车长，一眼看到对面走过来的一个人，右胳膊袖箍上写着"列车长"字样，推了推徐昕蕾说："你要找的人来了。"

徐昕蕾急步迎过去，微笑着把记者证和名片都掏出来。"列车长，我们是记者，因为有临时任务上车，没有买到卧铺票，你能不能关照一下。"

列车长收了名片，又扫了一眼记者证问："几个人？"

徐昕蕾赔笑道："就我们两个，最好能给我们安排在一起，你看好吗？"

列车长为难地说："事情不巧，正赶上小长假，这外出坐车的人还真不少。我只能把列车员休息的铺位给你们了。"说着掏出纸和笔，那是一摞空白小纸片，在上面写了几个数字：16，2 中、下。"你们去找列车员，他们会安排的。"

徐昕蕾拿着列车长的字条，径直找到 16 号车厢列车员。列车员看了纸条，二话没说，把他们领到 2 号铺位置。小声交代："这是一节列车员休息车厢，你们说话声音要小一些。"

"知道了，谢谢你。"

徐昕蕾放下行李长长舒一口气。

一个健康积极的社会，离不开善意的教化。所谓教化，就是教育和感化。如今的时代，似乎已经完全忽略了还有"教化"二字，我们除了货币化、商品化、市场化之外，就是睁着眼睛说瞎话。

车到西安，已是下午五六点钟，徐昕蕾对西安很熟，下了火车，带着薛亦龙直接找去长阳方向的汽车。因为没有国营的长途汽车，他们只得坐车站外面的私人小公共车。两个人坐到小公共车上，又等了半个小时，总算上来乘客把小公共坐满了，黑瘦的司机才关上车门。

灰头土脸的女售票员尖着嗓门喊："车上的乘客，没买票的赶快买了。"

小公共一路走，一路捡拾路边的乘客，出了城又上来几个人，没有位置，尖嗓子女售票员从司机屁股下面抽出三四条小板凳，让他们坐在走道上。

小公共晃晃悠悠向前行驶了四五十分钟，尖嗓子女售票员突然紧张地说："糟了，又碰上他们检查的了。"一边说一边让那几个坐在走道上的乘客趴下，不要让检查的人看到他们的脑袋。一个胖子弯不下身，尖嗓子女售票员用力把他的脑袋往下面压了又压。

黑瘦司机愤愤地小声骂了一句，踩下刹车。

"你老实在车上呆着，不许下去。"尖嗓子女售票员朝黑瘦司机低吼了一声。她下了车，远远地就堆起讨好的笑脸："两位大哥，辛苦了，我们是合法运输。"

"合法不合法，你们说了不算，得法律说了算。"歪戴帽子的男人大声说。

另一个刀条脸汉子已走上车，看到了趴在走道上的几个乘客，冷笑一声，下去了。

刀条脸汉子朝女售票员摆摆手，走到远远的路边才站住。歪戴帽子的男人和女售票员跟过去。三个人嘀嘀咕咕交流，薛亦龙支起耳朵听，似懂非懂，好像是说他们非法运营，而且超载，要罚款500元。

黑瘦司机先是趴在方向盘上假装睡觉，很快又直起身子，左拧右拧，脸色越来越难看。徐昕蕾看到了，悄悄捅了捅薛亦龙："亦龙，你看那司机，他会不会——"

徐昕蕾话没说完，黑瘦司机突然骂了一句："X你妈，还要不要老子活了！老子今天先劈了你们俩混账王八蛋！"顺手抄起一把重重的扳手就要往车下跳。

薛亦龙看势不对，噌地先站起来，大声说："司机大哥，你等等。"

黑瘦司机屁股抬起来，半个脑袋已扎出车门外，听到薛亦龙一声大喊，又扭回头，一双眼里已布满了血丝。薛亦龙伸手拉住黑瘦司机的胳膊："司机大哥，你消消火，让我去和他们说。"

"你，你是——"黑瘦司机一脸疑惑。

薛亦龙拍了拍他的肩，让他坐下，自己则转身下车。

两个男人仍在和尖嗓子女售票员纠缠，女售票员脸上的笑已经快变成哭了："两位大哥，我们昨天刚交过 300 元罚款，你再让我们交 500 元，我们这一个星期都白干了，还得赔上油钱。大哥大哥，求求你们两位，放过我们吧！"

"不行，超载，违反交通规定，这 500 元必须交。"

"这事儿没有通融的办法，马上交钱，再不交钱，我可是要加罚了。"

薛亦龙迈步走过来："两位大哥，辛苦辛苦！"

那两个人不解地问薛亦龙："你，你是做什么的?"

薛亦龙一左一右，揽着两个男人又向前面走了几步。

"喂，你是干什么的?"歪戴帽子的汉子有些急了，猛地挣脱出薛亦龙的胳膊。

薛亦龙站住，不紧不慢从口袋里掏出《深度报道》杂志颁发的记者证，递给刀条脸的汉子："我是从北京来的记者，来这边做一个暗访，碰巧遇上两位。怎么样? 看在我的面子上，让我们过去吧。大家在外面混口饭吃，都不容易，是不是?"

"北京记者！"刀条脸的汉子把记者证递给歪戴帽子的男人。歪戴帽子的男人仔细看了看，又核对了一下记者证上的照片和薛亦龙的脸。

薛亦龙说："我从北京过来，你们省交通局的谢局长和我是朋友。两位帮个忙，放我们过去。好不好?"

刀条脸的汉子还想说什么，歪戴帽子的男人已经正了正自己的帽子，把记者证交还给薛亦龙，脸上挤出八分的笑："噢，好吧，看在你大记者的面子上，就放他们过去。"

　　小公共重新启动。薛亦龙明显感到自己在这个特殊空间受到了特别的关注。

　　灰头土脸的尖嗓子女售票员从黑瘦司机手中接过一盒烟，掏出一根烟递向薛亦龙："大兄弟，吸烟。谢谢你了，俺都不知道怎么谢你。"

　　薛亦龙说："大姐，你别客气，我不抽烟。"

　　旁边一个满头白发的老头突然看着薛亦龙说："大兄弟，你是上面下来的领导吧？专门下来暗访的？"

　　薛亦龙摇头："大爷，我不是。我就是个坐车的。"

　　车后有人愤愤地骂："这帮王八蛋，就知道设卡要钱！也从来没有人来管。多亏遇到了领导暗访，不然又得交罚款哩！这世道啊！"

　　白发老头嘿嘿笑了笑，明显不相信："我向你反映情况，这条路上有一帮人，打着公路交警的旗号乱收费，司机们都恨死他们了。可是没有办法啊，你得好好过问过问，能把他们抓进牢里最好。"

　　徐昕蕾听了，心中暗笑，却佯作睡去，轻轻倚在薛亦龙肩上。

　　尖嗓子女售票员目光在徐昕蕾和薛亦龙脸上看了又看，说："大兄弟，你妻子好漂亮，长得跟电影明星似的。"

　　薛亦龙吓一跳，看了看斜倚在自己肩上的徐昕蕾，说："谢谢大姐，你过奖了，她哪有电影明星漂亮！"

　　小公共又走了一个多小时，终于到达长阳镇。等乘客下去完了，黑瘦司机追过来，对薛亦龙和徐昕蕾说："两位兄弟妹妹，你们去哪里，我送你们一程。"

　　薛亦龙连忙摆手："司机大哥，谢谢你，不用了。"

　　徐昕蕾说："我们去镇医院。"

　　"镇医院还有段距离呢，走吧，我送你们去。"

　　薛亦龙和徐昕蕾重新上车，黑瘦司机开车五六分钟就到了长阳镇医院门口。

　　从车上下来，徐昕蕾和薛亦龙再三谢了黑瘦司机。黑瘦司机留了个电话说："两位兄弟妹妹，长阳镇是咱的地盘，有什么事儿你们打个电话给我就中。"

　　徐昕蕾的堂哥徐昕光知道他们已经到了，早早迎在医院门口。他们跟

着徐昕光走进107病房。堂伯徐春庆正躺在床上输液，脖子、胳膊、腿上还裹着厚厚的绷带，绷带外面渗着血块。脸上也明显被人打了，一只眼窝青，一只眼窝紫，脑门上贴着一块厚厚的药布。

徐春庆看到侄女，黝黑的脸上显出一丝笑容，干裂的嘴唇张了张，却没有说出话来。徐昕蕾眼睛一湿急步过去："伯伯，我是蕾蕾，我回来了。谁把你打成这样？"

徐春庆摇了摇头。

堂兄徐昕光让薛亦龙坐下，详细给他们讲了事情的经过。长阳镇齐副镇长的弟弟齐天洪，早就盯上了徐春庆承包的那块鱼塘，也曾让人去找徐春庆说过，希望他早些退出承包的鱼塘。因为这块鱼塘是徐春庆辛苦十来年才培育成的，加上徐春庆性格倔强，死活不肯让步。于是齐天洪就指示当地一帮流氓无赖在一个月黑风高的晚上，冲进鱼塘，不但在鱼塘里撒了毒药，药死大片养着的鱼，还把正在鱼塘小草屋里的徐春庆打个半死。并扬言，半个月内退出鱼塘，否则要让他家破人亡。

"太欺负人了，还有没有王法，这事儿不能就这么了了，咱们得找个说理的地方。"徐昕蕾气得粉脸通红。

"那个齐天洪仗着哥哥齐天城是副镇长，在长阳镇横行霸道，没人敢惹。"徐昕光叹口气："咱们是平头老百姓，哪惹得起人家。我早和爹说过，这些年我在深圳那边也挣了点儿钱，虽说不多，可是咱家也不缺这几个钱。可是爹不同意，他主要是对这鱼塘有感情，他心里也看不起齐天洪横行乡里的样儿，硬要强撑着，结果弄出这档事来。"

徐昕蕾："我不管齐天洪他哥是什么狗屁副镇长，这明摆着是欺负人。咱们得收集证据，跟他打官司。我不信找不到说理的地方！"

徐昕光又叹口气："在咱们这种小地方，光有钱没有权也不行。他哥是副镇长，派出所、公安局能不看他哥的面子？咱能打赢官司吗？"

徐昕蕾气得脸色铁青："照你的想法，俺伯就让人白打了？"

徐昕光低下头不语了。

徐昕蕾问："哥，俺伯的主治医生是谁？"

徐昕光抬头说："是这家医院的侯大夫。"

徐昕蕾转身出去，薛亦龙不知她要做什么，也跟了出来。堂兄徐昕光也接着跟出来。徐昕蕾找到侯大夫，说："侯大夫，能告诉我徐春庆的病情严重到什么程度吗？"

侯大夫看了看徐昕蕾问："你是他什么人？"

徐昕蕾说："我是她堂侄女，我叫徐昕蕾。"

侯大夫眼珠转转："对不起，我现在比较忙，下面还有一个病人在等着。"

徐昕蕾把记者证掏出来亮了亮，说："我是北京来的记者，他也是北京来的记者。徐春庆的事情我并不是作为亲属来了解，而是作为一个有社会责任心的记者来做调查，请你做配合，好吗？"

侯大夫愣了一下，看了看薛亦龙，说："好吧，他的伤很严重，右肋骨折断两根，脸上、胳膊上、腿上有明显被打痕迹……"

徐昕蕾说："你能不能给我开个证明，证明徐春庆的身体属于几级伤残？希望你能实事求是地出具证明，这种事情我们一定会进行深度报道的。"

侯大夫沉吟了片刻说："好吧，我可以出个证明。不过相关证明手续，你们今天恐怕拿不到，因为医院的公章不在我这里，管公章的人去西安市里了，明天才能回来。"

"没关系，我们明天再来拿！"徐昕蕾异常冷静地说。

从侯大夫办公室出来，堂兄安排徐昕蕾和薛亦龙到外面小饭店吃饭。随后，徐昕蕾就和薛亦龙准备在镇医院附近找一家宾馆住下。

长阳镇是个古镇，这里旅游业很兴旺，因此宾馆饭店遍布街道两边。徐昕蕾原本说随便找个宾馆住下，薛亦龙说："你听我的吧，咱们找这一带最好的宾馆住。"

堂兄回镇医院看护他的父亲，薛亦龙和徐昕蕾两个人在一家高档宾馆登记住下，他们并没有休息，而是在一起商量下一步该怎么办。

徐昕蕾说："明天咱们直接到镇政府找镇长，向他反映我伯父的情况，听听他的意见。然后再找当地派出所的领导，希望他们能依法处理。这件事情我会全面报道，并把它作为一个典型，总结当前在咱们国家出现的类似强占农民承包地情况的现状，然后再请人大和清华大学的专家来进行解读。我一定要做一篇有影响的大稿子出来。"

薛亦龙又进行了补充："最好能采访到省市级相关的领导，让他们也就此事表个态，从另一方面也许能促进你伯父这件事情的解决。"

次日一早，徐昕蕾刚起床，听有人敲门，以为是薛亦龙来喊她，便过去打开门，却发现外面站着两个陌生人。那两个人中的一个满脸堆笑："我们是长阳镇宣传部的，这位是镇宣传部王部长，我是宣传干事小王。请问，你是从北京来的徐昕蕾徐记者吗？"

徐昕蕾愣了愣，她没想到长阳镇宣传部会有如此快的反应。徐昕蕾点点头："我是徐昕蕾，你们有什么事吗？"

薛亦龙出现在两个人的背后，问道："你们怎么知道我们来了？"

王部长尴尬地笑道："你们北京来的大记者，来到我们长阳小地方，当然是一件大事了。走吧，请到镇政府去，我们向你们汇报一下工作。"

薛亦龙和徐昕蕾对视一眼，他们此时也正希望见到镇里的领导，便不再说什么。几个人走出宾馆，王部长的车就在外面停着，他们上了车往镇政府赶。

来到镇政府宣传部。小王干事忙着给他们端茶倒水，王部长则一脸赔笑："两位记者请坐下，我不知道你们来，请多多见谅。两位是什么时候到咱们长阳镇的？"

徐昕蕾说："昨天晚上。"

王部长问："徐记者，你是北京哪家媒体的？"

徐昕蕾说："京华快报。那是一家专门在北京地区发行的报纸，王部长可能没有听说过。"

王部长说："不，你说错了。我不但听说过，还买过看过。我到北京出差，就买的这份报纸。它可是北京地区发行量最大、影响也最大的报纸之一啊。"

王部长又看住薛亦龙："薛记者是哪家媒体的？你和徐记者应该是一家的吧？"

薛亦龙说："不，我是《深度报道》杂志的。"

王部长挠了挠头："《深度报道》这本杂志我还真没听说过。"

徐昕蕾接过话去："你没听说过《深度报道》杂志，那么每年的3·15晚会总听说过吧？还有中央电视台的每周质量播报，听说过吗？"

"听说过，当然听说过。每周质量播报、焦点访谈这些栏目，是我们镇领导要求必须要看的。"

徐昕蕾说："你们不知道，薛记者和每周质量播报栏目经常有联系，有时候他还和他们一起搞联合采访。山西黑煤窑事件、金华毒火腿事件，薛记者都曾经参加报道。"

王部长表情夸张地说："是吗？没想到遇到大记者、名记者了。失敬、失敬。"

薛亦龙转守为攻，问："王部长，你们是如何知道我们来长阳的？"

王部长尴尬地嘿嘿笑道："实不相瞒了，是镇医院办公室负责宣传的小任打的电话，他可能是从侯大夫那里听说的。"

徐昕蕾说："原来是这样，我想王部长可能已经知道了我们来的目的。我也不避讳什么了。我们这次回来，就是因为我伯父被齐副镇长的弟弟齐天洪打伤的事。共产党的天下，难道还没有王法了？王部长可以认为我这是借公务之便，来做私人的事情。但镇长弟弟打人是不争的事实，我作为媒体记者，也只是通过正当手段来进行实事报道。王部长负责宣传，想必也知道媒体的程序和规则？"

王部长点头："当然，这个我当然明白。齐副镇长主抓宣传，他一向对我们严格要求。至于他弟弟打人的事情，齐副镇长不一定了解情况，还请两位记者多多体谅。"

徐昕蕾冷笑道："我伯父现在都住进镇医院了，这件事情整个镇子上的人都在传，我不相信齐天城齐副镇长不知道。我今天既然来了，就想会一会咱们的齐副镇长，想请他谈一谈对这件事的看法。"

王部长赔笑道："徐记者不要生气。今天还真不太巧，齐镇长一早去了西安市开会，今天一天恐怕都不在镇上。"

薛亦龙心中一凉，猜测这个王部长在和他们要滑头，便说："齐副镇长不在，镇长在也可以。能采访到一镇之长，更好一些。"

王部长眼珠转了两圈，笑道："两位看这样安排行吗？咱们上午先简单交流交流。中午一起吃个饭。下午，我和小王代表镇上领导去看一看你的伯父，向他老人家赔礼道歉。然后，等齐副镇长开会回来，让他亲自处置这件事。齐副镇长一向公私分明，他一定严惩他的弟弟。"

徐昕蕾态度坚决，说："我希望能通过法律手段来解决这件事。"

王部长点头："好，相信齐副镇长一定能解决好这件事，两位记者先休息休息。我让小王去咱们镇政府自己的招待所给安排一下，你们两位就搬过来住。虽然说是招待所，条件也可能比你们那里要好一些，咱们交流起来也方便不是？"

徐昕蕾倒没有反对："这样也可以。"

王部长接着说："不过，有一点小手续还要麻烦两位。"

"什么手续？"薛亦龙问。

王部长说："咱们镇政府有文件规定，接待上面来的媒体朋友，要拿他们的记者证登记一下。所以，能不能把你们的记者证拿出来，交给小王干事去登个记，马上就还给你们。"

薛亦龙暗吃一惊，他忽然明白了，这个王部长赔了半天笑脸，绕了半天圈子，目的就是要看他们的记者证。他心里一定清楚，新闻出版署颁发的正规记者证是什么样子。而一旦自己和徐昕蕾拿不出新闻出版署的记者证，他就可以做出另一番应对了。

薛亦龙表面还佯作平静，说："王部长，我们的记者证最近都交上去了，每年要年检，更换新的记者证。"

"那你们还记得自己的记者证号吗？有个号码也可以。请两位理解，我们也只是走个手续！"王部长说。

薛亦龙心里清楚，他这是要拿了他们的记者证号，去新闻出版署的网站上核查是否真实，也是在核查薛亦龙与徐昕蕾身份的真假。薛亦龙冷笑道："怎么？王部长不相信我们是记者？"

王部长连连摆手："不，不，我不是那个意思。我们也是例行程序。镇上有文件，凡是上面来的记者，我们一定得负责接待好，但是需要留下记者证复印件，将来相关的费用也好知道花在哪里了，我们也好给领导交代。"

薛亦龙与徐昕蕾相互看一眼，此时徐昕蕾也明白了王部长的真实意图。这个其实他们来长阳之前已想到过，没想到的是，果真让他们给遇上了。

徐昕蕾说："对不起，我们的记者证都不在。既然你们不方便接待，

我们就自己解决好了。"

徐昕蕾说着气鼓鼓拎起包就走，薛亦龙只得跟着她。

王部长望着他们的背影，脸上露出一丝冷笑，他拿起手机拨打了一个电话："他们是假记者，你和派出所打声招呼吧。"

薛亦龙与徐昕蕾走出去十几步，徐昕蕾的心如冰，她知道，自己此次贸然介入，不但没有帮堂伯徐春庆要回他合法的权利，而且有可能害了他们一家。想到这里，眼圈潮湿了。

薛亦龙边走脑子边急速转动，如何挽回眼前的被动局面呢？

这时候，忽然迎面看到一个剑眉方脸的小伙子，那人远远地先开口："薛记者，你好啊。"

薛亦龙一愣，仔细看，却是西安财经日报的首席记者张建设。不由得眼睛一亮："建设，你好，你怎么在这里？"

张建设说："长阳镇一家企业搞十周年大庆，请我来凑一凑热闹。事情办完了，我来宣传部找王部长叙旧。"张建设一边说一边向前面招手："王部长，好久不见了。"

王部长一脸灿烂地迎过来。"省里面的大记者，你怎么来了？我们请都请不到啊。怎么，你们认识？"

张建设说："这两位记者比我厉害多了，他们在北京工作，放眼全国的。"

王部长愣了一下，复上前握住薛亦龙的手："对不起啊薛记者，还有徐记者。我刚才真是失礼了，正要上前来拦住你们呢，请你们多多谅解。"

张建设问："怎么了？还说上对不起了？"

薛亦龙说："我和徐昕蕾的那个新闻出版署颁发的记者证没带在身边，给王部长带来了不便。"

张建设拍拍胸部："王部长，这也不能怪你，你是按规定办事。主要是你和薛记者、徐记者不认识。现在我来担保，他们两个是真记者，我的记者证你还用审吗？"

王部长说："张记者，你这不是扇我脸吗？咱们是老熟人，我哪敢审查你这个大记者啊。"又看着薛亦龙和徐昕蕾说："不知者不怪，您两位大人不记小人过，宰相肚里乘舟船，别和我一般见识。走，走，请回去，今

儿中午我们要好好招待几位。大记者光临，我们小镇蓬荜生辉啊！"

几个人重新回到宣传部办公室。王部长吩咐小王干事，上好茶。他又转身到外面拨了个电话："喂，刚才说通知派出所的事，取消了。"重回到屋里，对薛亦龙和徐昕蕾说："两位记者放心，这件事我们一定解决好。"

几个人又聊了一会儿，小王干事进来，在王部长耳边低语了几声。王部长笑了笑说："三位大记者，咱们去吃饭。小王在咱们镇政府旁边的一家饭店安排好了。请三位尝尝咱们长阳镇的特色菜。"

王部长又叫上镇政府办公室的张主任，一行六人出了镇政府大院，左拐不远是一条繁华大街，进去约五十米，一座豪华大饭店映入眼帘。王部长请大家往里进，早有服务员迎出来，带着众人走进二楼的包间。

王部长说："张记者常来，可能对这里比较了解。薛记者、徐记者可能不太清楚，这家饭店是咱们长阳镇最好的饭店，来了尊贵的客人我们都在这里招待。你们在北京生活，见惯了大场面大饭店，我们这里最好的饭店，也比不上北京的小饭店啊！"

薛亦龙说："王部长你太客气，这里的条件设施，我们在北京也不常见到的。"

王部长吩咐上菜，并拿了一瓶长阳本地产的长阳白酒。"茅台、五粮液，我就不请各位记者喝了，今天就尝一尝咱们长阳镇自己的酒，酒是好酒，只不过名气不大。来，来，几位先尝尝！"

众人边说边吃，薛亦龙的手机忽然响了。

薛亦龙拭了拭嘴，不动声色地拿起手机。"喂，哪一位？噢，你好。什么？陕西省省委的刘部长到北京了，请吃饭？不行啊，我现在在外面做采访，你告诉他以后有机会再说吧。"

王部长和张主任都放下筷子，专注地望着薛亦龙。

薛亦龙放下电话，看了看王部长和张主任，若无其事地说："两位，你们吃。"

张主任脸上露出一层讨好的笑："薛记者，你刚才说的省委刘部长是刘长海吧？"

薛亦龙点点头："张主任你认识他？"

"不，我哪有资格认识刘部长，只在电视上听他讲过话。他请你吃饭

是怎么回事儿？"

薛亦龙哎了一声说："也没什么大事。你们省有一个县非法占用老百姓的耕地建商品房，我前段时间在调查这个事儿。不知怎么刘部长就知道了，要在北京请我吃饭。我现在陪你们两位领导吃饭，哪有分身术回北京赴他的酒宴？"

王部长和张主任恍然大悟，连连举杯说："谢谢薛大记者，我们很荣幸。"王部长敬完酒，说要出去一下，转身出了包间。

过了十多分钟，王部长才回来，他佯作平静地说："刚给家里打个电话，向老婆请假，我中午不回去吃了。"

张主任说："我们王部长是一位好同志，每天都坚持向老婆早请示晚汇报。"

王部长笑道："夫妻搞好团结，有利于家庭建设嘛！"

众人边吃边聊些轻松的话题，门忽然被推开了，一个红光满面约四五十岁的汉子出现在门口。

王部长和张主任率先站起来："哎呀，齐镇长来了！"

齐镇长声如洪钟："我是齐天城，听说来了大记者，就赶回来了。"

王部长给他们一一介绍。齐天城和薛亦龙、徐昕蕾、张建设一一握手。

重新坐定后，齐天城端起杯："徐记者、薛记者，鱼塘的事我刚听说了。我这里代表我的弟弟齐天洪先向你们、向徐春庆老爷子道个歉。你们莫把我当成镇长，就把我当个普通人。来，我敬你们三杯。"说着，齐天城咕咚咕咚把三满杯都喝了。

薛亦龙、徐昕蕾只得陪着也喝了三杯。

齐天城副镇长叹了口气："各位有所不知，早年间我父母死得早，我既当兄长，又当爹娘，没有把我那个弟弟教育好啊。因为父母死得早，我总感到弟弟在这个世间没有享受到父母之爱，所以一直对他很纵容，结果造成他言行无拘无束、粗野鲁莽。这些年我做副镇长，又忙于公务，对他管教不严，我也听到过他的一些劣迹。哎，责任在我啊！"说着，竟然拭了一把眼泪。

这让薛亦龙和徐昕蕾一时不知如何是好。王部长和张主任都劝："齐

镇长，我们知道你工作太忙，管好了大家，却顾不了自己的小家。我们想徐记者也能够理解，是不是徐记者?"

徐昕蕾不得不点头："齐镇长，你别太伤心。这事情主要责任并不在你身上。"

齐天城副镇长点点头："徐记者，我这里先表个态。我弟弟犯了法，自有派出所法院来管他。你的伯父受了伤，我全款赔付。下午，我亲自去镇医院向你伯父请罪，谁让我这个当哥的没管教好弟弟呢。"

张建设说："齐镇长，你快别这么说。不管怎么说你也是一镇之长，是父母官啊。"

王部长拦过话头："齐镇长，你工作太忙就不必去了。下午我和张主任代表你去一趟向老人家赔礼道歉。"

齐天城点点头："也好吧。带上三万元钱，算我预付给老人家的医疗费。另外，向老人家转达我的意见，他承包的鱼塘就是天王老子想霸占我也不同意，让他放心养他的鱼。好不好?"

"好! 好!"王部长与张主任连连点头："我们一定转达到。"

王部长又转向徐昕蕾和薛亦龙："两位，你们发表一下意见，齐镇长这样处理你们觉得怎么样?"

薛亦龙和徐昕蕾相互看了一眼，徐昕蕾说："多谢齐镇长，我代表我伯伯谢谢你。"

齐天城点点头说："别客气了。是我做得不对啊，另外你和你伯伯还有什么事，可以和张主任、王部长说，这件事情我一定会处理到底。我下午还有一个重要的会议，所以不能再陪你们吃饭了，先告辞!"

齐天城副镇长说着，站起来再次与徐昕蕾、薛亦龙、张建设一一握手。

所有人送出包间大门，齐副镇长匆匆离开。

众人回来重新坐下来吃饭。饭后，张建设先回西安去了。

下午，王部长和张主任，与徐昕蕾、薛亦龙一起来镇医院看望徐春庆，长阳镇医院的院长等领导听说镇政府领导过来了，急忙出来相陪，王部长当着众人的面，把齐镇长的歉意向徐春庆说了，并把三万元钱交到徐昕光手上。

　　意想不到的结果感动得徐春庆落下眼泪，徐昕光也表示绝不再追究齐天洪的责任。

　　看到徐家人都比较满意了，王部长把徐昕蕾和薛亦龙请到院长办公室，说出了他的真实意图："徐记者、薛记者，我知道有些问题不该提，有些要求不该和两位说，但是又不得不说。我希望你们回去以后不要报道这件事了。齐镇长也是这个意思，他答应一定会处理好，严惩他的弟弟。齐副镇长现在正处在关键时期，老镇长马上要退休了，齐副镇长很有可能接替老镇长的位置，如果这时候咱们中央的媒体把他弟弟的事儿报出去，对他肯定影响很大。所以，请两位记者高抬贵手，行吗？"

　　薛亦龙看看徐昕蕾，徐昕蕾想了想说："既然齐镇长答应公正地办这件事，也代他弟弟赔了款，我们可以考虑他的要求。"

　　王部长眉开眼笑："好，好，谢谢两位了，我也好交差了。这是我们单位的一点心意，两位一定收下。"说着从公文包里取出两个信封，要递给他们。

　　"你这是做什么？"薛亦龙已经知道里面可能装的是钱。

　　王部长说："一点儿小意思，两位记者从北京跑来我们偏远小地方一次，一定很辛苦，一点儿辛苦费。每人两千元钱，收下吧！"

　　徐昕蕾态度很坚决："谢谢王部长，这钱我们不能收。我只要求镇里能公平公正处理我伯伯的事情。"

　　薛亦龙也说："这钱我们不能拿，谢谢王部长和齐镇长。"

　　王部长看两人的态度很坚决，只好收起来。晚上又和小王干事、镇办公室张主任，又叫上徐昕光一起，与徐昕蕾、薛亦龙吃了饭，确认了徐昕蕾和薛亦龙肯定不会报道这件事情，他才真正把心放到肚子里。

　　伯父的事情顺利解决，徐昕蕾心情也不错。在镇政府的招待所住了一宿，次日便和薛亦龙一起回西安。宣传部王部长要亲自相送，被徐昕蕾谢绝了。

　　两人坐上车，与徐昕光、王部长等人挥手告别。车驶出长阳镇，徐昕蕾长长舒了一口气，忽然一笑："薛亦龙，昨天中午是谁给你打的电话？"

　　薛亦龙说："老臭苏越健。"

　　徐昕蕾又问："那个省委的刘长海部长是怎么回事？"

薛亦龙嘿嘿笑了："哪来的刘部长，瞎说的。"

徐昕蕾眼珠转了转，点着薛亦龙说："原来你在演戏给那个王部长看，你这家伙好狡猾。可是老臭怎么会知道和你这样配合呢？"

薛亦龙闭上眼摇摇头："这是我们的秘密。"

徐昕蕾打了薛亦龙一拳："薛亦龙，你为什么占我便宜？"

薛亦龙愣了一下："我，什么时候？"

徐昕蕾说："你装糊涂！那个小公共车上的尖嗓子女售票员说，大兄弟，你妻子好漂亮，长得跟电影明星似的。她说谁呢？"

薛亦龙笑道："嘴长在人家脸上，我管不到啊。"

徐昕蕾佯作生气："你应该和她解释清楚，你倒好，不但不解释，还装模作样说什么，谢谢大姐，你过奖了，好像我真是你的妻子。以后我再不和你一块儿出来了。"

薛亦龙说："好吧，以后别人问起，我就说我是你大哥。这总可以吧？"

徐昕蕾皱了皱好看的鼻子："我才不愿你当我大哥呢！"

薛亦龙问："那你想让我做你的什么？"

徐昕蕾歪脑袋想了想："这样吧，你就当我的小跟班儿的。别人问了，你可以说你是我的男秘书。"

两人到了西安，薛亦龙微笑着问徐昕蕾："您准备什么时候回北京？"

徐昕蕾说："小跟班儿的，别着急，我的事儿还没办完呢！"

第十九章　回　家

　　薛亦龙听了徐昕蕾的话，佯作不解："请问女主人，还有什么事吗？需不需要我帮忙？"

　　徐昕蕾说："薛亦龙，我得回家看看我爸爸妈妈。既然来到西安，我怎么可能两过家门而不入？"

　　薛亦龙仿佛忽然记起，一拍脑袋："对不起，我把这头等大事给忘了。"

　　"滑头，你是真忘，还是故意说忘了惹我生气？"

　　薛亦龙嘿嘿笑，不说话。徐昕蕾歪着头看住薛亦龙："你要不要陪我一起回去？"

　　薛亦龙说："你看你的爸爸妈妈，又不是看我的爸爸妈妈，我去不合适吧？"

　　徐昕蕾说："怎么不合适了？你看同事，不，是朋友的爸爸妈妈，怎么不合适了？再说这次你帮了我堂伯一家的大忙。我爸爸妈妈一定会非常感谢你，你得给他们一个感谢的机会。"

　　薛亦龙道："那我受宠若惊了。"

　　两个人走出长途汽车站，徐昕蕾拦了一辆出租车，说去松明路。出租车在大街小巷转了二十多分钟，把薛亦龙转得找不到东南西北。最后，来到一个绿树成荫的社区，停在一幢楼房前。

薛亦龙抬头，看到一个单元门前，站着一个五六十岁的老太太，模样和徐昕蕾竟有几分相像。心中正诧异，徐昕蕾已下了车，扔了行李跑过去："妈妈，老妈我回来了。"

老太太搂着女儿眼睛眯成了一条缝儿，连连说："老闺女，别跳了，把你老妈身上的零件都跳散了。"

薛亦龙从车里出来，捡起徐昕蕾的行李，走到老太太跟前礼貌地说："大妈，你好。"

"你是——"老太太疑惑地问。

徐昕蕾说："妈妈，忘了给你介绍，他是我的朋友，这次堂伯出事，他跟我一起回来帮忙，多亏了他。他叫薛亦龙，你叫他小薛或亦龙都行。"

"还是叫亦龙亲切。亦龙你好，我是徐昕蕾的妈妈。瞧我这丫头，这么大了还跟个小毛丫头似的。快走，家里坐吧。"

徐昕蕾家住三楼，她像小燕子一般跑在前面去摁门铃。门铃只响了一声，门就开了。一个满头银发的老者乐呵呵地站在门口："我的臭丫头回来了，欢迎欢迎。"

徐昕蕾又和爸爸拥抱，然后回头介绍薛亦龙。老者上下打量薛亦龙："好精神的小伙子，是徐昕蕾的同事？"

"不，我们不在一个单位，是朋友。"薛亦龙不知道怎么介绍更合适。

进了屋，徐昕蕾新鲜地在三个房间来回看了一遍。

徐妈妈忙着给薛亦龙端茶倒水。

徐爸爸问："蕾蕾，你堂伯的事情处理得怎么样了？我这些天身体一直不太好，不然我就和你妈妈回去瞧他们了。"

徐昕蕾说："大功告成。以后那个齐副镇长的弟弟再不敢欺负我堂伯了，还当场赔了三万元。"

"真的么？丫头你就有这么大的神通吗？"

徐昕蕾得意地挺胸昂头："没错，你的老丫头是一位大记者。你知道现在的贪官污吏最怕什么吗？他们最怕记者给他们曝光。一曝光，官也没有了，钱也没有了，什么都没有了。"

"记者好，无冕之王。但是记者也不能乱用自己的身份。"

"爸爸，我知道了。我们又没做违法的事情，只不过是利用职务之便小罚了一下地方官吏！"徐昕蕾佯作不乐意地说。

徐爸爸的书房有一张大方桌，薛亦龙一看就知道，这位老爷子是位书法爱好者。徐爸爸说："我从中学时就喜欢书法，作业不管做得对不对，那字总是最好的。后来上大学练了几年，参加工作忙起来就放下了。退了休，才又拣起来。这两年成绩不小。"说完从柜子里抱出一大摞获奖证书。有全国书协颁发的，还有省老干局颁发的，足足有二十几份。

薛亦龙道："想不到您老是书法家。"

徐爸爸笑道："书法家谈不上，只是书法爱好者，看起来你也是个书法爱好者？"

薛亦龙道："我不能和您老人家比，我才是业余爱好。小时候爸爸逼着我练书法、学绘画，结果我却一样没学成，真是惭愧得很。"

徐爸爸道："每个家长都望子成龙。蕾蕾小时候，她妈妈逼着她学跳舞学唱歌，希望她长大当个舞蹈家、歌唱家，可是她对这些不感兴趣，一天到晚就知道像假小子似的跟别的小朋友们玩。"

徐昕蕾说："爸爸，不许你说我小时候的糗事。"

徐爸爸笑道："好，丫头大了，我不说。"

薛亦龙道："徐叔叔，您的字真的很漂亮，有柳骨颜风，却自成一家。"

徐爸爸听了薛亦龙的夸奖，来了兴致，当即铺展开宣纸，要送给薛亦龙一幅字。"写什么字呢？"徐爸爸问："薛记者，你喜欢什么字？"

薛亦龙道："徐叔叔，就请您赐我一个吧。"

徐爸爸想了想道："难得糊涂，大智若愚，都不适合送你。天道酬勤，如何？"

薛亦龙道："好，这个好。"

徐妈妈与徐昕蕾一起去菜市场买菜，两人一边走一边聊天："闺女啊，你也老大不小了，有没有找对象啊？"

徐昕蕾说："急什么嘛，我还要好好玩两年呢。"

徐妈妈怪道："玩，玩，你一天到晚就知道玩，等玩成老姑娘嫁不出去了。"

徐昕蕾噘起嘴："妈，人家好不容易回来一趟，你就不能让人家高兴、

高兴吗？"

徐妈妈瞪着眼，过了片刻，忽地小了声问："闺女，我看那个薛记者不错！要模样有模样，谈吐举止都非常得体，你和他倒是挺般配的，也不晓得他有对象没有？"

"我怎么知道他有没有对象？"徐昕蕾道。

徐妈妈心疼地望着女儿："你们是朋友，怎么会不知道？你给妈妈说实话，你和他到底是什么样的朋友？一般朋友，还是比一般朋友更近一些的朋友？"

徐昕蕾有些烦了："妈妈，你打听那么清楚做什么？不是早告诉你了，我和他是一般朋友。"

徐妈妈道："那你告诉我，你喜不喜欢他？"

"我不知道。"

徐妈妈点着女儿鼻子尖说："你的脾气妈还不知道？从小就是那样，喜欢了就喜欢得了不得，如果不喜欢，连正眼都不肯瞧一眼。你能和他一起从北京千里迢迢跑到西安、跑到长阳镇，就说明你心里有他。"

徐昕蕾脸红了，道："妈妈，你别瞎猜，那是我请他来帮忙的，不是为堂伯的事情，人家来我们家做什么？"

徐妈妈还是不信："北京那么多记者，你别人不请，偏偏要请他来？总得有个原因吧。"

"妈妈！"徐昕蕾说："你别瞎猜了，我真要生气了。"

"好，妈不说了。怪你妈老糊涂了，人还没有了解，光看外表就胡乱给女儿找朋友！"

"妈！我的事儿你就别操心了，到时候给你带回来一个中意的女婿就行了。"徐昕蕾挽住母亲的胳膊撒起娇来。左邻右舍的老邻居看到徐昕蕾，都热情地打招呼："哎呀，蕾蕾回来了！好久没见到你了！""我早说过，蕾蕾集中了她爸妈身上的优点，越长越漂亮了。"

徐昕蕾也欢快地和他们打招呼。

徐妈妈买菜回来，看到徐爸爸和薛亦龙还在书房聊天，徐爸爸边聊边在写书法。徐妈妈过去把水杯递给薛亦龙："亦龙，来，喝口水。我们家老头子是个书法迷，说起书法来，三天三夜也没个够。你就别陪他了，

走，跟大妈到客厅聊聊天。"

徐昕蕾留下来陪父亲练书法："老爸，让我看看你又进步没有？"

徐妈妈轻轻把书房的门关了，与薛亦龙两个人在客厅坐下。

徐妈妈上下打量薛亦龙，微笑道："我老太婆人老了，话就多，薛记者你别见怪。"

薛亦龙说："大妈，您别客气。能和您老人家聊聊天，我也很高兴。"

徐妈妈："你和我们家蕾蕾不是同事，不在一个单位，那是怎么认识的呀？"

薛亦龙如实说："昕蕾和我的一个好朋友庄一民曾经做过几天同事，我和庄一民也曾经做过一段同事，他就介绍我们认识了。在北京我们都属于北漂一族，又都是做记者这个行业，所以有很多共同语言，有时候外出采访就能碰上面儿。我们还有一个松散的组织——北漂记者沙龙，大家经常在一起吃饭、聊天，交流信息，也可以相互帮助。"

"好，好啊。俗话说在家靠父母，出门靠朋友，多交朋友是件好事情。"

薛亦龙："大妈，徐昕蕾是一位很出色的女记者，她的性格也很适合做记者，我想这与您对她从小的影响分不开。"

徐妈妈开心地笑道："当然，也不能说没有一点儿影响。现在想来，时间过得真快。昨天，她还是个不懂事的小女孩，小手拉着我的大手，听话地跟在我的身边，我让她往哪里走，她就往那里走。可是一转眼，她就成了大姑娘，什么事情都有自己的主见，不喜欢听爸爸妈妈罗嗦了。"

薛亦龙仿佛看到小时候徐昕蕾的模样。"她小时候一定很可爱！"

徐妈妈笑道："是很可爱，但也非常淘气，她不是那种安静温顺的小女孩，总爱和一帮顽皮的男孩子在一起。而且你想象不到，她还是那群孩子的头儿。"

薛亦龙笑了："大妈，我想象得到。"

徐妈妈说："蕾蕾小时候很调皮，上蹿下跳的。有一次一个男孩不知从哪里弄了一把镰刀玩，结果那孩子胳膊一抡，镰刀正割在她的胳膊上，当时血忽地喷出来。我吓坏了，抱起她就往医院跑。医生说差一点儿把动脉血管割破，再晚一会儿来她的小命就没有了。到现在她的胳膊上还留有

一个疤痕，她自己说看上去像个小壁虎。"

　　徐妈妈回忆起女儿小时的样子，脸上露出欣慰的笑容："别看徐昕蕾小时候像个男孩，可是她的心地很善良。小学每年放暑假她都要到长阳镇老家玩，住在他堂伯家里。我们老家原来也有房子的，后来才卖了。那时房价很便宜，三间村里最好的青砖瓦房，外加一大片宅基地才 3000 元，不抵现在一个月的工资。徐昕蕾住在堂伯家，村里有时候会来游走的艺人，耍猴的，也有打把式卖艺的。有一次，一个艺人把自己胳膊弄脱臼，抡开了往背后甩，手从肩上甩过去，能摸到自己的臀部。可是因为下了小雨，他的胳膊不能顺利复原，痛得额头直冒冷汗。表演之后，他挨家挨户收玉米或红薯干儿。徐昕蕾看人家辛苦，就装了半袋子红薯干给人家。这事儿我还是听她堂伯母说的。"

　　薛亦龙脑海中又闪现出一个扎着羊角辫的小女孩形象。

　　徐妈妈沉吟片刻，道："亦龙啊，你今年几岁了？恋爱谈朋友没有？想找个什么样的？年纪也差不多该找了。找个女朋友，两个人安定下来才好。你们先追求事业本没有错，可是也不能不要家庭，应该事业、家庭两不误。"

　　薛亦龙腼腆笑道："还没有。"

　　徐妈妈看住薛亦龙问："亦龙，你能不能告诉我心里话，你觉得我们蕾蕾怎么样？"

　　薛亦龙没想到徐妈妈会问这样直接的问题，他停顿了一下，看到徐妈妈紧张地望着自己，仿佛在等待一项判决。薛亦龙的心忽然酥了，他理解一位母亲的心。"大妈，说心里话，我觉得徐昕蕾是一位漂亮、聪明、能干的女孩，许多事情她完全有能力自己解决。"

　　徐妈妈对薛亦龙的话很满意，脸上露出开心的笑："谢谢你给她这么高的评价。我也相信有许多事情她可以自己解决，但是有些事情，靠她一个人，是无法解决的。所以我想，作为她的朋友，能够帮一帮她。"

　　薛亦龙说："当然，我非常愿意。只要我能做到，我一定会的。我们以后会加强沟通。"

　　徐妈妈问："亦龙你是第一次到西安吗？"

　　"是的。很小我就知道有个西安，有秦始皇兵马俑，但从没来过。"

徐妈妈道:"西安是一座古城。这次回来,你们要多住一天,让蕾蕾带着你到兵马俑看看,也把西安这个古城看一看,还真有很多古迹哩!"

晚上,徐爸爸去买了羊肉汤。然后一家人又去菜市场买菜、买饺子皮,围坐在一起包饺子。

吃过晚饭,薛亦龙说自己要出去找个旅馆。徐妈妈说:"别出去花那冤枉钱了,住家里吧,虽然条件不好,但比旅馆住得踏实。"

薛亦龙看徐昕蕾。徐昕蕾说:"看我做什么,妈妈让你住,你就住吧。我今晚要和妈妈睡,爸爸被赶到书房里睡,你是客人当然要睡客房。"

第二天,徐昕蕾说要在家里陪爸爸妈妈。徐爸爸和徐妈妈却坚持让徐昕蕾带着薛亦龙去参观西安的代表景点兵马俑。于是徐昕蕾带着薛亦龙坐火车去临潼,看到兵马俑时已近中午了。

"铜车马是我国时代最早、驾具最全、级别最高、制作最精的青铜器珍品,也是世界考古发现的最大青铜器。它的出土,为考证秦代冶金技术、车辆结构、工艺造型等提供了极为珍贵的实物资料。"徐昕蕾对秦始皇兵马俑非常了解,好像她本身就是一本教科书,一路游,一路给薛亦龙讲解得头头是道。

薛亦龙大呼:"开了眼界,想象中的兵马俑与目睹的实物存在很大差别。"

薛亦龙要照相留念,徐昕蕾给他照了。自己也站在后马俑前让薛亦龙照了一张。薛亦龙在镜头里看徐昕蕾,明眸皓齿,洋溢着青春与活力,心中不由一动,四顾道:"好不容易来趟西安,谁给我们合个影儿。"

徐昕蕾眼尖,看到旁边一位戴眼镜的四十多岁男士,便过去说:"大哥,麻烦给我们合张影。"

眼镜男士拿过相机,薛亦龙与徐昕蕾已站在一起。眼镜男士很认真地瞄着相机显示屏,一边说:"那个先生,离你女朋友再近一点儿。"

薛亦龙和徐昕蕾对望一眼,薛亦龙往徐昕蕾身边靠了靠,还伸手轻轻揽住她的细腰。徐昕蕾一只腿微微抬起,脑袋向薛亦龙怀中顽皮地歪着。

"好!漂亮!"眼镜男士按下快门,还很满意地拿着相机给薛亦龙和徐昕蕾看,照片里两个人很亲密自然。

徐昕蕾再三谢了。等眼镜男士走远,薛亦龙笑道:"你听到他说什么?

和你的女朋友靠近一点，他们把我们看成情侣了。"

徐昕蕾说："他是信口胡说。"

薛亦龙追问："他胡说，你当时怎么不和他解释？"

徐昕蕾瞪了薛亦龙一眼："还说我，你怎么不和他解释？"

返回西安，天色已晚，薛亦龙本想去终南山看看，但终南山在西安城南 30 公里处，只好作罢。薛亦龙自我安慰："万事不能太圆满，俗话道溢则缺，还是为下次来西安留点儿盼头吧。"

徐昕蕾说："古城西安你没来得及看的还多着呢，以后再来吧。"

薛亦龙说："下次，你还得陪我来。"

徐昕蕾说："那倒不一定，得看本姑娘有没有兴致。"

薛亦龙点着徐昕蕾说："你这是——典型的卸磨杀驴啊！"

徐昕蕾笑道："我就杀你了，你说怎么办吧？"

薛亦龙一把拉过徐昕蕾的胳膊说："让我看看你养的小壁虎。"

徐昕蕾一时没反应过来："什么小壁虎？"

薛亦龙看那左胳膊，手腕稍微靠上的位置果然有一道不明显的泛白的疤痕。

徐昕蕾也想起来了，笑道："我妈妈也是的，什么话都给你讲。"

薛亦龙说："你身上有伤疤，想当飞行员是肯定不行了。"

徐昕蕾说："我有一阵子特别想当兵，看到电视上的女兵穿那身军装英姿飒爽，就羡慕得要死。"

第三天一早，坐火车返京。徐爸爸徐妈妈坚持要送他们上火车。临别，徐妈妈拉住薛亦龙的手："薛记者，咱们虽然接触时间不长，我看你面善心慈，是个好人。我们蕾蕾大大咧咧惯了，又是一个人在北京漂着，还请您多关照她。"

"大妈您放心吧，我们是好朋友，一定会相互关照的。"

列车启动，两位和蔼可亲的老人依旧站在站台上，冲他们挥手。

徐昕蕾挥着手，一滴晶莹的泪挂在她的眼角，她用手背轻轻拭去。

薛亦龙问："怎么了？离开爸爸妈妈，伤感了？"

徐昕蕾说："没有啊，我的眼里刮进了一粒沙。"

薛亦龙："你知道你妈妈临别给我说什么吗？"

徐昕蕾道:"说什么了?她又胡说!"

薛亦龙笑了笑,却不说了。

徐昕蕾急了:"你怎么不说了?哪有说话说半截的?"

薛亦龙道:"你不是说她是胡说吗?胡说我就不说了。"

徐昕蕾说:"胡说我也要听,你快说!"

薛亦龙道:"她说要我关照你。"

徐昕蕾听了,笑道:"你不是一直在关照我吗?这次如果不是你陪我去长阳镇,真不知道会发生什么事呢!"

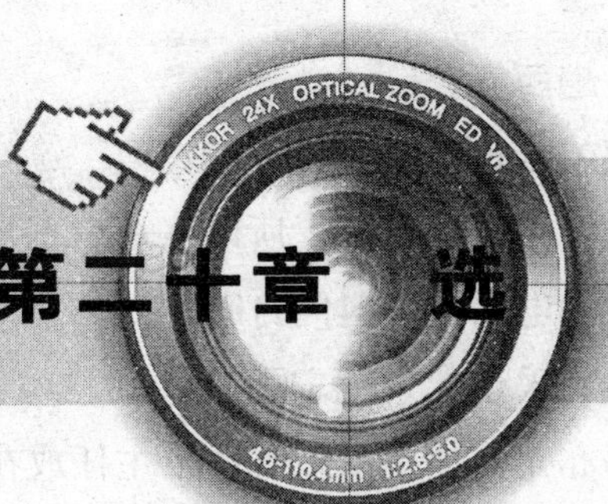

第二十章 选 择

回到北京，薛亦龙上班的第一天就从宋歌那里听到一个消息：记者部主任贺映红被正式任命为《深度报道》杂志的副主编，同时兼任记者部主任。

"祝贺她荣升啊！"薛亦龙说。

宋歌眼珠转了转："这两天周正春总是去她的办公室，两个人把门关上，一关就是半天。"

薛亦龙摇头晃脑说："孤男寡女，有问题。"

宋歌说："薛老师，你有点儿正形儿好不？人家好心在提醒你，你却当耳旁风。"

薛亦龙心中一颤，却装糊涂："提醒我什么？"

宋歌鼓起嘴，左右瞧了瞧，道："记者部里谁不知道，你和周正春是新主任的热门人选。原来你比周正春还差一些，虽然文章比他写得好，但你没有职称和新闻出版署颁发的记者证。现在你考过了中级职称，新闻出版署的记者证也马上能拿到手，你的优势就明显了。可是，你得小心一些，周正春不是好对付的，他为了当主任，什么手段也使得出。"

薛亦龙望了一眼宋歌，正色道："谢谢你，我知道了。"

几天不在，薛亦龙的桌子上堆了八九封信。薛亦龙正在拆信，忽听背后喊："薛亦龙，你来我办公室一下。"

薛亦龙不用回头就知道是贺映红，只得放下手中的信封，走出记者部大门。

来到贺映红办公室，贺映红劈头就问："薛亦龙，这几天你到哪里去了？"

薛亦龙说："去了一趟西安。"

贺映红说："你出差怎么也不和我说一声？"

薛亦龙说："那边的线人说很着急，所以——来不及了。"

贺映红说："几分钟的电话也没时间打吗？"

薛亦龙迟疑了一下："采访起来就忘了。"

贺映红笑了笑："薛亦龙，你是没把我这个主任放在眼里。"

薛亦龙嬉笑道："对不起，下次一定改正。对了，我忘了一个重大事情。"

贺映红问："什么重大事情？重大新闻吗？"

薛亦龙拱了拱手说："祝贺贺映红主任荣升为《深度报道》杂志的副主编，兼记者部主任。"

贺映红噗地笑了："你才知道，晚了。"转过头又说："薛亦龙，以后出差务必经过我的同意，至少让我知道你去了哪里。我知道你经常去暗访调查，所以不敢贸然给你打电话，怕给你惹麻烦。但你也得尊重我领导的知情权，是不是？"

薛亦龙道："是，是，我今后保证向你早请示晚汇报，天天来你面前点个卯。"

贺映红说："别给我耍滑头！本主编不吃这一套！"

两个人正说话，门忽地被推开。周正春出现在门口，他似乎没有想到薛亦龙会在这里，愣了一下，堆起一脸的笑："贺主编、亦龙，我不知道你们俩在谈话，我等一会儿再来。"

贺映红叫住他："周正春，正要找你，你也进来吧。"

周正春一脸讨好的笑："贺主编，找我什么事？"

贺映红说："先说你有什么事？"

周正春看了一眼薛亦龙，摇头说："没什么大事儿。我想了一个选题，想向你请教请教。"

贺映红说："什么请教请教，搞得跟真文化人似的，你的选题先放一边。我正要和你与薛亦龙说件事，我被提到副主编的位置上，你们都知道了，过两天正式批文就会下来。虽然官升了，我肩上的担子也更重了。你们两个是咱们记者部的主力，所以今后要多为我分担一些重任。明白吗？"

周正春表态："当然，当然。贺主任你尽管放心，我和亦龙都听你的吩咐，你指哪儿我们打哪儿。对不对亦龙？"

"革命战士是块泥，哪里需要哪里提！革命战士是块砖，哪里需要哪里搬！"薛亦龙哼了两句。

周正春回过头眼巴巴望着贺映红。

贺映红瞪了薛亦龙一眼，说："后天济南有个会，你们俩谁和我去一趟？"

周正春三角眼转了转说："亦龙文笔好，让他去吧。"

贺映红看住薛亦龙。

薛亦龙咬了咬嘴唇说："我刚出差回来，手头还有一堆事情要处理，还是周正春去吧。"

周正春笑了笑："我倒有时间，不过我们还是要听贺主编的安排。"

贺映红点点头："正春，你就跟我走一趟吧。亦龙，记者部的事情，你帮我盯两天。那个宋歌虽然研究生毕业，学历不低，但工作态度有问题。最近我总发现她上网聊天。你提醒她一下，上班是工作时间，不允许聊天。再让我发现就通知财务扣她的工资和奖金。"

薛亦龙和周正春从贺映红办公室出来，周正春显得很高兴，亲热地搂了搂薛亦龙的肩："亦龙，告诉你个好消息，我的房子终于买了，北五环旁边，每平方米 6000 元，对外都卖到 8000 元了。我拿着记者证直接找他们老总，老总看在我是记者的面子上，眼睛不眨一下当即批条按内部价给我，每平方米少要我 2000，一百平方米就是 20 万啊！够买一辆中档小轿车了！"

薛亦龙说："一百平方米 80 万，你是有钱人，我现在想也不敢想！"

周正春三角眼翻了翻："亦龙，你知道现在这社会是什么吗？撑死胆大的，饿死胆小的。我和你一样没有钱，但是我们可以向银行贷款啊，首付 20 万，银行贷 60 万。分二十年还清，两口子一个月还 3000 多元，还是

可以承受的。而且你得有长远发展眼光，现在的房价每平米七八千，再过一两年，每平米涨到一万六七，咱不是翻倍赚了？80 万涨到 160 万元，那 80 多万元钱挣得跟玩儿似的。请问，你几年能挣 80 万？"

薛亦龙说："你只看到房价涨，怎么没看到房价落呢？现在每平方米8000 元，北京有多少人能买得起？老百姓买不起，开发商就得降价，从每平米 8000 降到每平米 4000，你岂不是赔了 40 万？"

周正春摇头："你太悲观！开发商、银行，还有地方政府的某些官员，他们都是绑在一条绳子上的蚂蚱。所以即使房价要降，那些地方政府官员也不会让它降，一定会想方设法出台鼓励购房政策来稳定房价。你就把心放到肚子里吧，中国的房价永远只会涨，不会跌的。"

社会财富像储水桶中的水，房价是水面上的浮标。改革开放三十年，人们积累了一定的财富，都拥去购房，房价会被推到极高点。当高房价吞噬了大部分家庭的财富（有的透支了下半生甚至倾其一生）之后，社会财富就剧烈缩水，房价浮标会一次又一次下滑。高房价的可怕在于，它会消灭所有人的其他消费能力！

薛亦龙忽然觉得周正春的嘴脸很无耻，懒得再和他说话。在他的心里认为，房子与棺材作用基本相同，一个装活人，一个装死人。可悲的是，现在的中国人为了一副棺材，要一辈子做"房奴"。这是中国人的悲剧，也是这个时代的悲剧。

周正春却正聊在兴头上："亦龙，我准备好好装修一下。前两天坐车过北二环，看到二环边上有一巨幅广告——法国进口原装圣路易家具，我准备家里全部摆上法国进口原装圣路易家具，别看人家价高，可是人家是世界名牌，质量有保证！咱们中国的产品，质量总是不过关！你说买国货爱国，但它的质量总得对得起咱爱国的人不是？"

薛亦龙说："好、好，那就快些去买，去得晚了恐怕都卖完了，轮不到你！"

周正春忽地站住，正色道："薛亦龙，你在讽刺我！你搞清楚，我周正春是那种只买洋货做汉奸的人吗？"

中午，薛亦龙从外面吃饭回来，记者部只有宋歌一个人，他悄然走过去，看到宋歌正和一个叫帅气酷男的网友聊得热火。

"聊得饭都忘记吃了吧？"薛亦龙说。

宋歌吓了一跳，扭头看是薛亦龙，拿纤手在他的衣服上狠拍了一下："你进门也没有动静，吓死我了。"

"给你的！"薛亦龙把手中一个肯德基汉堡递给她，说："不是我无声无息，而是你聊得太专注。告诉我，这个帅气酷男是什么人？"

"谢谢给我带好吃的。"宋歌说："帅气酷男就是帅气酷男吧，他还能是谁？肯定不是潘玮柏。"

薛亦龙说："我问的是他的真名？"

宋歌说："说实话，我也不知道，我们在网上认识时间不长，只知道他是个男的。"

薛亦龙问："你们聊些什么？"

"什么都聊啊，时尚、电影、绯闻、旅游、景点、天文地理无所不包。"

"你对他了解多少？"

"为什么要了解呢？只要谈得来就可以。何必非要知道在世界哪个角落哪台电脑前坐着的人是谁、他长什么样、做什么职业，这又不是要和他结婚生孩子过一辈子。"

薛亦龙侧脸看了看电脑："你的名字叫黑发小魔女？"

"对！"

"为什么起这么个名字？"

"不为什么，就是随便起着玩。"

薛亦龙挠了挠头，叹口气。宋歌骨碌着大眼问："为什么叹气？"

薛亦龙说："忽然感到自己老了。"

宋歌咯咯笑起来："你，老了？你才比我大几岁？"

薛亦龙转身要走，忽然想起贺映红交代的话，又转回身："有件事情，贺映红大主编让我提醒你。她几次看到你上班时间 QQ 聊天，让我警告你，如果再在上班时间聊天，小心你的工资和奖金。"

宋歌突然不笑了，吐一下舌头："真的吗？你别吓唬我！本姑娘胆小。"

薛亦龙正色道："我什么时候和你开玩笑了？"

宋歌小脸沉下来:"人家只要把工作做完,你还管人家做什么?真讨厌。"

薛亦龙打了个响指:"记住一句话,端人家饭碗,就得听人家管。以后得小心些,提高警惕,防备领导。"

宋歌又笑起来:"你以为我防贼呢!我背后又没长眼睛,她总是像幽魂似的突然从背后冒出来,有两次差一点儿把我的小胆儿吓破。"

"我把她的话带到了,听不听是你的事情。"薛亦龙扭头要走,宋歌拉了他一把:"别走,给你看个东西,"说着点开一个文档:

工作了才知道,有空调的办公室,不如闹哄哄的教室。

工作了才知道,大学里爱情是游戏,现在爱情是交易。

工作了才知道,有时候一顿饭吃上千块也是一种需要。

工作了才知道,学生都是装大款,真正的有钱人都装穷。

工作了才知道,穿什么不取决于品位,取决于场合。

工作了才知道,学校三点一线,现在却是画直线。

工作了才知道,原来买房子也是个远大的理想。

工作了才知道,成为社会精英的几率,和中彩票是一样的。

工作了才知道,原来消灭剥削只是一种传说。

工作了才知道,自立的代价是失去更多的自由。

工作了才知道,所有证书都是敲门砖,敲开门就没人看了。

薛亦龙看罢笑道:"这话是给你们这些刚上班的愤青说的,对我不适合。"

宋歌说:"你别走,还有更好玩的。"说着又点开一个文档,薛亦龙伏下身看:

没钱的,养猪;有钱的,养狗。没钱的,在家里吃野菜;有钱的,在酒店吃野菜。没钱的,在马路上骑自行车;有钱的,在客厅里骑自行车。没钱的想结婚,有钱的想离婚;没钱的老婆兼秘书,有钱的秘书兼老婆;没钱的假装有钱,有钱的假装没钱。

人啊,都不讲实话:说股票是毒品,都在玩;说金钱是罪恶,都在捞;说美女是祸水,都想要;说高处不胜寒,都在爬;说烟酒伤身体,就不戒;说天堂最美好,都不去。

当今社会穷吃肉，富吃虾，领导干部吃王八；男想高，女想瘦，狗穿衣裳人露肉；乡下早晨鸡叫人，城里晚上人叫鸡；旧社会戏子卖艺不卖身，新社会演员卖身不卖艺。工资真的要涨了，心里更加爱党了。能给孩子奖赏了，见到老婆敢嚷了。敢尝海鲜熊掌了，闲时能逛商场了，遇见美女心痒了——结果物价又涨了，一切都算是白想了！……

"写这些东西的家伙是天才，可惜没用到正道上。"薛亦龙看罢也笑了："从哪儿弄来这些东西？"

"群里边有人发给我的。还有很多更好玩的，你要不要？我可以给你发一份。"

薛亦龙摇摇头，从宋歌桌上拿了一份报纸，坐回到自己的位置上。

宋歌追过来说："对了，我差点儿忘一件事。昨天，那个金发碧眼的女记者朱莉叶突然来找你。我说你出差了，有事情可以转达。她又说没什么事儿，然后就走了。"

薛亦龙放下报纸："她为什么不打我手机？"

宋歌说："这你得问她去。我有种直感，她很喜欢你。"

薛亦龙说："外国朋友热情似火，对你也一样。"

这时候，薛亦龙的手机响了。

"喂，你好，请问是《深度报道》杂志的薛记者吗？后天在展龙大厦我们有个研讨会，我们想邀请您参加？"

薛亦龙问："你怎么知道我的手机？"

"是肖主任告诉我的。"

薛亦龙想了想，哪一个肖主任？却想不起来，便问了问研讨会的内容，当知道著名经济学家樊纲要去，便答应："可以，我一定参加。"

到了第三天，薛亦龙按时去展龙大厦参加研讨会，遇到老臭苏越健，和苏越健在一起的女孩薛亦龙看着眼熟，却一时想不起来是谁。

老臭介绍说："你们肯定见过的，上次我们去北戴河参加给老板诗人钱仕仁开他的诗歌研讨会，她也去了。"

薛亦龙想起来了，那天庄一民因为张雅娴被柳一刀摸胸而发怒，老臭为了证明柳一刀是有意还是无意，特意让周青珊去和柳一刀跳舞。"你是周青珊？认识你很高兴！"

薛亦龙和苏越健一起去洗手间时，薛亦龙问："你不是和王环挺好的吗？怎么又换对象了？"

苏越健吧唧吧唧嘴说："我们只是朋友，你别往歪里想。"

"怎么？和王环吵架了还是分手了？"

"没有！"

薛亦龙哧了一声："老臭你休想骗我，我给你提个醒，不要见一个爱一个。脚踏 N 只船，将来会惹出大麻烦的。"

老臭嘿嘿笑笑。两个人回到会场坐下不久，研讨会开始。

苏越健忽然歪头悄声问："亦龙，台上左边第二个坐的那个人，你认识吗？"

薛亦龙抬头看，只见那个穿着银灰色夹克，扎着领带，脑门油光锃亮，小眼睛不大却烁烁放光，短粗的脖子，更显肚子鼓突出来。看了半天，薛亦龙摇头说没见过。

苏越健又问："白玉林这个名字你不会没听说过吧？"

薛亦龙当然听说过："白玉林是我们杂志社现副主编贺映红的老公，我怎么没听说过！"

苏越健说："白玉林就是他，他就是白玉林。"

薛亦龙还真没有注意台上坐着的人，他每次参加会议，习惯于拿到新闻通稿后，先看一遍，然后找到自己需要的新闻点，找相关领导或当事人做简单采访。一般不太会注意长长的主席台上坐着的其他人。

薛亦龙抬头仔细看白玉林，白玉林一脸严肃。他的肤色很白，但在泛黄的灯光下，却能看出两个黑黑的眼圈。他从贺映红平常有意无意的炫耀中知道：这位白玉林是局里的一个很有实权的人物，似乎还获得过劳模奖。但回想起出差时贺映红的话，不由暗笑，这样西装革履、道貌岸然、一本正经的家伙也会私下里看黄片、美女图片，也会在自己的笔记本电脑里私藏着数千张暴露美女的艳照，下载三级片。薛亦龙甚至想到有关他的可能更淫秽的一幕。

但薛亦龙毕竟是一位见多识广的记者，管他什么局长什么处长，也是一个男人，是男人就会有那方面的需求，只不过是表现不同罢了。网上有关贪官包养二奶的事情并不鲜见。江苏某地一位领导的最终事发，竟然是因为他包养的五六个二奶一起到县政府办公大楼里去揭发他，而事发原因却是他实在无法在这五六个二奶之间周旋搞平衡了。

不知道这贺映红的老公在外面有没有二奶？

苏越健用胳膊肘儿捅了捅薛亦龙，掩着嘴说："你们这位主编大人的老公，是个色鬼。"

薛亦龙暗吃一惊，莫非老臭和贺映红有来往，不然他怎么知道白玉林是色魔。他不动声色问："你怎么知道的？"

苏越健翻了翻母狗小眼说："有一次我去山西玉林地区采访，傍晚准备去吃当地的小吃，忽然迎面看到一对男女，那男人正是贺映红的丈夫。女人却不是贺映红，而是一个二十出头十分妖媚的女人。白玉林想不到在这么偏远的地方，竟然还有认识他的人，而且这个人的朋友和他的老婆是上下级关系。"

薛亦龙道："你别瞎编制啊，真有这么巧的事？"

苏越健说："普天之下，巧的事情太多了。我听说，过几天白玉林和一帮地方官员要出国考察。他们出国能考察什么？还不是公款旅游？"

薛亦龙叹口气："这种事儿我们小记者能怎么样？舆论监督是有局限性的。"

苏越健白了他一眼："亦龙，你聪明一世，糊涂一时。你做深度报道，这就是一个很好的选题，在我们中国每年打着出国考察，实则公款出国旅游的人有多少？这些人都是些什么人？每年这样要浪费多少纳税人的钱？这种公款旅游的黑色利益链条究竟是怎么一回事儿……你为什么不调查调查？"

薛亦龙紧闭嘴巴，不说话了。

十天之后的一个下午，早从济南出差回来的贺映红忽然打电话给薛亦龙，说晚上她要见从四川来的重要客户，希望薛亦龙一起去。

两个人下了班，贺映红开着别克车带薛亦龙来到亚运村著名的顺峰饭店。

四川来的四个客人已经在那里等着了。他们是一家资产过亿的私企，董事长带着企宣部经理、办公室主任，还有一个漂亮性感的女秘书。晚饭自然由这家私企的董事长请客，花了两万多元。因为那位董事长答应在

《深度报道》杂志的封二投放一年的广告,贺映红很高兴,喝了不少昂贵的来自英国的红酒。

吃过饭出来,已经是晚上九点。薛亦龙看贺映红喝酒不能开车,便打电话叫来开车服务公司的人。薛亦龙不能马上离开,只得陪着贺映红回家。车停在小区车库,开车服务公司的人走了,薛亦龙也准备回去。贺映红一把拉住他的手说:"既然到我家了,为什么不上去坐一坐!"

四周是七八座高楼,中间是一片花园,亭台楼阁,小桥流水,风景优美,显然这是一片高档社区。贺映红家在五楼,屋里收拾得很干净。贺映红说:"家政人员每两天来收拾一次,我是懒得做这种家务事的。"

薛亦龙看着空荡荡的房间,不知为何有些莫名的不安,站了不到两分钟说:"贺主编,我还有些事,先回去了。"

贺映红拦阻道:"我不是说过了,在办公室之外,别叫我贺主任、贺主编,叫我贺姐吗?你怕什么,这里没有狼,让你坐你就坐吧。"

薛亦龙只得坐下,贺映红从冰箱里拿出一瓶脉动递给他。

贺映红走进卧室,很快换了一身粉色休闲衣服。

屋里暖气开放,温暖如春。

贺映红说:"亦龙,你第一次来我家,我带你参观参观。"说着拉起薛亦龙的手就走。贺映红的家是一处180多平方米的四室两厅两卫房子,全部豪华精装修,铺的地热地板。一间儿童房,一间客房,一间书房,一间主卧室。"孩子住校,一个星期才能回来一次。保姆这两天回老家办事去了,她的哥哥好像要结婚。白玉林去美国考察,还要半个月才能回来。这么大的一个房间就我一个人住,晚上睡觉还真觉得害怕。"

薛亦龙想松开贺映红的手,但她的手一直紧紧拉着他。

"这处房子是白玉林贷款买的。我们还有一处他们局里分的房,在西四环,三室一厅,装修后租出去了。他爸他妈住在西直门的老四合院里,不要小看那四合院,里面可全是现代化装修,淋浴、热地板,一应俱全。他弟弟也住在那个四合院里,他弟弟是个航模爱好者,专门空出一间三四十平方米的房子,放他的飞机模型,是一个十足的浪荡公子。"

最后他们来到主卧室,这是一间不小于60平方米的房间,有独立的卫

生间浴室。

贺映红得意地仰起脸："亦龙，看看这样的卧室，有什么感觉？"

薛亦龙想到自己租住的简陋得不能再简陋的四合院平房，与这里相比可谓天上地下，心中五味杂陈，说："很不错，有种西欧的风格。"

贺映红略略笑道："你的眼光挺准。这是我特意请北京最有名的设计师帮我设计的。瞧见那张圆形的床了吗？它是意大利进口的，成本价就在3万8千元。再加上这上面的佩饰，至少需要七八万元，还有床顶上——"

薛亦龙抬头向上看，这才发现，天花板内镶着一面硕大的镀银镜子。

"那个镜子是白玉林坚持要配的，他表面说是追求浪漫，实际上是——一个色鬼。"说到这里贺映红突然哽咽了。

薛亦龙有些不知所措。"贺主编，你怎么了？"

贺映红摇摇头说："你知道，这张床曾经给我带来美好的感受，可是现在它带给我的却是无法说出口的痛苦。还记得那次我们一起出差吗？那天我出差回来，撞见白玉林和一个女人赤身裸体在这张床上。我气得要发疯，赶走了那个女人。白玉林知道把柄落在我手上，就跪下来求我，说这是他最后一次。我哭了一晚上，为了这个家、为了孩子，我放过了他。可是我知道，他这个人江山易改，秉性难移。他不知道背着我还做过多少对不起我的事儿。"

薛亦龙扶贺映红在客厅的沙发上坐下，给她倒了一杯水。

贺映红擦干眼泪："薛亦龙，我一直很看好你，你写得一手好文章，头脑又聪明。我这里给你说实话，杂志社的许主编今年已经60岁了，到年底就会退休。如果不出意外，我将取代他的位置，到时候，副主编、主任的位置都会空下来。社里肯定会考虑选一个人上来。我希望你能顶上来，成为我的左膀右臂。你的写作能力全杂志社的人都知道。而且因为你撰写的深度报道在社会上产生的广泛影响，你将成为我们杂志社的一位王牌记者，你的前途无量。当然我也有私心，那就是我不希望马社长在记者部安插他的人，不想自己被架空。"

薛亦龙说："我这个人，自由散漫，不适合当领导。"

贺映红说："薛亦龙，我想帮你，你却不想让我帮是吗？你应该清楚，做了主任，你就有机会拿到进京的户口。"

薛亦龙低下头。户口这个套在无数北漂人头上的魔咒，照样对薛亦龙有着无法抗拒的诱惑。有了户口，可以买比商品房低一半还多的经济适用房；有了户口，孩子上幼儿园可以少交不少钱，更重要的是将来考大学，可以比其他地方的孩子少几十分。而这几十分，就可能决定一个人一生的命运……这些事情薛亦龙虽然关注不多，但每次他们记者沙龙聚会，郭银山、苏越健、庄一民还有徐昕蕾都会说起来。

没有户口，在北京就没有家的感觉。虽然，户口只是一张纸，但这张纸的分量却不是一般的重。

贺映红悄然依过来，两手摁在了薛亦龙的胳膊上："亦龙，虽然我在单位呼风唤雨，看起来很风光，可是我的内心却很苦。白玉林的那些事情，我无法跟任何人讲。我只想和你说，我知道你不会背叛我。你知道我的性格，如果把这些事情全埋在心里，我会憋死的。亦龙，不知为什么，你的身上有一种吸引我的东西，让我想对你开口说出全部心里话。"

薛亦龙抽出自己的两只胳膊，他感到了某种不安，意识到可能会发生某些事情。

贺映红身体一软，忽然伏在薛亦龙的肩上："亦龙，抱着我，我有些晕。也许是今天多喝了点儿酒，但我的头脑还是清醒的。我和你之间不会有什么事，我也不会死乞白赖地要嫁给你。我只是喜欢你，喜欢你那瓷性的小腹。还记得去年夏天的时候，我们单位组织一起去青岛吗？你穿着蓝色游泳裤头的样子真的很性感。我讨厌轮胎腰。我的丈夫白玉林，一天到晚吃吃喝喝，而且他喜欢吃甜食、鸡肉、牛肉、都是高蛋白的东西，你瞧他的身体都变形成了水桶腰。每晚和一个水桶睡在一张床上，你不知道那是一件多么可怕的事情。"

薛亦龙说："贺主任，你喝多了，我扶你上床休息。"

"好，好啊！"贺映红站起来，身体忽然踉跄一下。薛亦龙急忙扶住她的腰，贺映红已不再是青春少女，她的腰显得很丰满，但并没有赘肉。再加上她平时很注意保养，所以肌肤也很好，白皙而细腻。隔着薄薄的衣服，薛亦龙感到了贺映红那肉感十足的身体诱惑。

来到卧室，贺映红并没有躺下，而是转身伏在了薛亦龙的怀里："亦

龙，你说实话，我是不是没有一点儿女人的魅力？"

薛亦龙原本想扶贺映红上床后，就立即退出，却没有想到贺映红会做出这样的举动。他推开贺映红："不，你很漂亮。可是，我——"

贺映红双颊绯红："薛亦龙，你不知道我有多照顾你。还记得《北京青年报》下半版转载的你那篇写江西农民因给香港合资企业养牛受骗的深度报道吗？《北京青年报》为什么能转载，你真以为是你文章写得好吗？不，是因为我给《北京青年报》的编辑部主任打过招呼的，转载和产生广泛影响，对你的升职有利。明白吗？"

薛亦龙心中一惊，原来贺映红早就开始在关注自己了。

贺映红双眼迷离，丰满的嘴唇更加性感："亦龙，留下来吧。瞧这张床，宽敞——"

薛亦龙说："对不起，我不能这样。"

贺映红："为什么？我没有宋歌年纪上的优势，没有她青春妙龄。我想抓住青春的尾巴，你都不给我这个机会。今晚，你哪儿也不能去，天知地知，你知我知，让我们一起……"

薛亦龙知道此时自己再不能含糊，他猛地推开贺映红："贺主编，你喝多了。我该走了。"

贺映红一愣，忽然用手捂住嘴，折身往卫生间跑。

贺映红大声呕吐，薛亦龙迟疑一下，过去轻轻拍她的肩："怎么样？好一些了吗？"

过了几分钟，贺映红终于停止呕吐，她哆嗦着手摁下水键，呕吐物随着强力的水流而消失。贺映红直起身，脸色苍白。她的头脑似乎突然清醒了，神态镇定地看了看薛亦龙："对不起，我喝多了。我刚才，刚才做错什么了没有？"

薛亦龙说："没，没有。贺主编，天不早了，我该回去了。"

贺映红点点头："让你送我回家，辛苦你了。有件事情你可能并不知道，宋歌的姨父是田局长，她能进到《深度报道》杂志社，是马社长安排进来的。"

薛亦龙匆匆离开。贺映红失望地站在窗口，望着薛亦龙的背影消失在小区的楼角，两行清泪无声地从她的眼角溢出。

　　这时候，贺映红的手机突然响了。她转回身，从茶几上拿起手机，没好气地问："谁呀？"

　　"喂，我是周正春啊！贺主编，有些情况我想向你汇报一下，这么晚没有打扰你吧？"

　　……

第二十一章　生死调查

夜里豪情万丈，白天依然故我；床上满脑子的理想，下床脑海空空荡荡……其实，成功人士与平庸人区别不大，只是把床上的想法，在床下变成了一往无前的行动，并且很幸运地成功了。对大多数人而言，并不缺乏激情与梦想，而是缺乏脚踏实地的行动。

庄一民与妻子许云茹的离婚风波，终因庄朵朵的突患急性肺炎而烟消云散。因此，总有人说孩子是夫妻矛盾最好的调解剂。庄朵朵在儿童医院住院一周，许云茹一天到晚就守在儿童医院。庄一民一下班就往儿童医院跑，给朵朵买玩具和她喜欢吃的水果。薛亦龙和徐昕蕾也来看过他们一次。

一周后，许云茹抱着庄朵朵回到了位于前门的四合院租屋。他们的生活似乎又恢复了平静。但在两个成年人之间，却总还有一些隔阂，他们谁也不愿提起一个人——张雅娴。

庄一民开始在晚上加班写作老板钟万魁的书稿。半个月后，庄一民终于写完 22 万字的书稿，让那位姓李的朋友转交给钟万魁，希望能尽快拿到余下五分之四的稿费。然而，李姓朋友拿走书稿后却没有音讯。又过了一星期，庄一民按捺不住，打电话给姓李的朋友，问书稿怎么样？姓李的朋友却支吾半天才说："事情不太好办。钟老板看了你写的书稿，不很满意。"

庄一民心头一凉："钟老板哪里不满意？我可以按他的意思再改。"

姓李的朋友沉吟道："他已经另找人写了。"

庄一民愣在那里，仿佛兜头被浇了一瓢冷水："那他答应过的稿费？"

姓李的朋友说："一民，你莫着急，我再找他说一说。你可能不了解钟万魁，他这个人性格有点儿古怪，所以有时候做事和一般人不一样，欠考虑。"

庄一民放下电话，情绪一下坏起来。他满指望能通过这部书稿挣些外快，给女儿和妻子一个惊喜。却没料到最终只拿到 2000 元，余下的七八千元可能要成为水中月了。庄一民一根接一根地抽烟，到了傍晚，也无心去买菜做饭。

许云茹看出庄一民有事，过来询问。庄一民三言两语说了。许云茹也不高兴起来："你那位姓李的朋友，我一眼就看出他不靠谱儿。那个钟万魁，咱们更不了解，这可好，你费了三四个月时间，结果只落个竹篮打水一场空。"

这天傍晚，薛亦龙拎着一包孩子们爱吃的零食来看干女儿庄朵朵。庄一民留他一起在家吃饭，吃饭的时候，许云茹便把庄一民白白给钟万魁写书的事说了。"钟万魁明明是不想给钱，却只说写得不好，没有达到他的要求。一民的文笔你是了解的，在《人民文学》和《北京文学》都发表过作品，他怎么就说不好了？"

薛亦龙一听就来了气，问："什么叫好，什么叫不好？二十多万字辛苦钱总得给吧？这个钟万魁老板在哪里？现在做什么生意？十个生意人九个奸，我不信找不到他的问题，咱给他曝光去。"

庄一民拦道："亦龙，你别胡来！咱还是少惹是非，那 8000 元我不要了。"

"不要？你倒挺大方。不行，你辛苦写出的书稿，他白拿了去，还找这样那样的借口不想给钱，世界上哪有这样的混账王八蛋。以为咱兄弟们好欺负，是不是？"

在薛亦龙的一再追问下，庄一民才说："钟万魁是一家叫金路易家具公司的老板，专门做法国进口原装金路易家具生意。"

薛亦龙问："是不是那个在二环路上做巨幅广告，一个床头柜敢卖

8888元的金路易？”

庄一民点点头。

交朋友要交那种可以做一生朋友的人；抱着某种目的交朋友，结果常会无疾而终。即便交了朋友也不会长久，交易完毕，朋友也就鸟兽散了。

薛亦龙并非只是一时为朋友义愤，他第二天上班后第一件事就开始调查金路易家具公司。老板的确叫钟万魁，原籍是湖南郴州人。公司注册地在香港，全称是奥斯林洛金路易家具中国区代理总公司。通过几天调查，薛亦龙越来越怀疑这家金路易家具公司。他进一步想知道钟万魁究竟是从法国哪个地方进口的家具，但他的英语水平实在不敢恭维，于是喊过来宋歌，让宋歌帮他查在法国的奥斯林洛金路易家具总公司。

宋歌不解地问："查这个做什么？你想拉他们在咱们杂志做广告？"

薛亦龙说："别问那么多了，你帮我查一查这家公司在法国是一家多大规模的公司？生产的金路易家具质量如何？在法国家具行业中占据什么样的地位？"

宋歌噢了一声，转身听话地趴在电脑上查找。

过了半天，薛亦龙过去问："查到没有？"

宋歌仰起脸摇摇头："我通过几个渠道查了，法国巴黎没有这家叫奥斯林洛金路易家具总公司的企业。"

薛亦龙一愣："可能是一家小规模的公司？你查一下法国巴黎家具行业协会的网站，看上面有没有登记？"

宋歌点开法国巴黎家具行业协会网，上面有七八十家下属企业，但惟独没有奥斯林洛金路易家具总公司。薛亦龙皱起眉头："不可能！根据钟万魁这边的中文宣传说，这家公司应该是一个规模很大，甚至称得上世界一流的专业家具公司！"

薛亦龙从洗手间出来，站在走廊抽烟，脑子还在盘旋着金路易家具的事儿，忽然想起金发碧眼女记者朱莉叶，她不就是法国人吗？上次从庄一民那位翻译家朋友反馈的信息，这位朱莉叶并不是所谓情报人员，她只是一个地道的具有职业敏感性的记者，这让薛亦龙暗笑自己的多疑。

薛亦龙掐灭烟头，回办公室给朱莉叶打电话。

朱莉叶又惊又喜："亲爱的薛亦龙，你怎么会想起给我打电话了？"

薛亦龙说："好久没见你，我想请你吃饭。"

"OK，OK!"朱莉叶非常高兴："在什么地方？我随时恭候。"

两个人在三里屯一家酒吧见面，朱莉叶打扮得妖娆迷人而且性感十足，引得周围的男人女人都悄悄往这边看。薛亦龙寻了一个僻静角落，坐下后，薛亦龙先道歉："对不起，那个江西的联系电话，我还没有找着，你不生气吧？"

"NO，NO，我怎么会生你的气呢!"朱莉叶微笑着摇头。"我已经对那件事没有兴趣了。你请我吃饭一定有事，你们中国人请人吃饭总是因为有事。"

薛亦龙苦笑道："朱莉叶，你对中国人越来越了解。我们还有一句话叫无事不登三宝殿，听说过吗？"

"什么叫无事不登三宝殿？"朱莉叶一对美丽的碧眼一眨不眨地看着薛亦龙。

薛亦龙暗怪自己多嘴，想了想说："三宝殿源自佛教。'三宝'是指佛教中的佛、法、僧，'三宝殿'即是佛教寺院中佛、法、僧的三个主要活动场所。俗语说'无事不登三宝殿'，比喻没有事不会登门造访，只要登门，必是有事相求。"

朱莉叶听罢，冲他竖起大拇指："你的，是这个。"

薛亦龙很吃惊："我讲这些，你都能听懂？"

朱莉叶点点头："我不但懂，而且也记得。"

这次轮到薛亦龙目瞪口呆："你怎么对中国文化这么了解？"

朱莉叶骄傲地挺了挺胸："你不要门缝里看人——把人看扁了。言归正传，你请我吃饭是想让我做什么？"

薛亦龙把早已准备好的资料交给朱莉叶："你仔细看一看，我想让你帮我调查一下在法国巴黎有没有这家国际企业，专门生产奥斯林洛金路易家具，它的名字叫奥斯林洛金路易家具总公司。"

"奥斯林洛金路易家具总公司？在巴黎？你确定吗？"朱莉叶歪着头问。

薛亦龙肯定地点点头："没错。"

"OK，我马上就可以让他们查到。"朱莉叶说着掏出手机拨电话，叽

里咕噜说了几句。然后很干脆地挂断电话，冲薛亦龙端起酒杯："亦龙，能陪我干一杯吗？"

"当然，我很荣幸。"

朱莉叶望着薛亦龙把酒干了，又说："亦龙，你们中国人说喝交杯酒是什么意思？"

薛亦龙没想到她会突然问这个问题，清了清嗓子说："交杯酒，在中国人心中有一种非常特殊的含义。一般都是刚结婚的小夫妻，他们会喝交杯酒，表示从此以后同心合力，一心一意，两心相印。"

朱莉叶笑了笑，端起杯说："亦龙，我们喝个交杯酒，好吗？"

薛亦龙尴尬道："这个，不合适吧，我们没有结婚，也不是小夫妻。"

朱莉叶固执道："你们中国不是改革开放了吗？这个习惯也可以改革。它表示我们的友谊不是一般的友谊！"

薛亦龙被她说得哭笑不得："好，我们也改革了，咱俩喝个交杯酒。"

两个人手腕相交，都一口把杯中酒喝了。朱莉叶显得快乐，咯咯笑起来。薛亦龙望着她，不知道她的小脑袋里到底在想些什么。

这时候，朱莉叶的手机响了。她止住笑，冷静地接听电话。两分钟后，她告诉薛亦龙："在法国巴黎，根本就没有奥斯林洛金路易家具总公司，这是最权威的结论。"

薛亦龙有些吃惊："你怎么知道这么快？"

朱莉叶得意地扬了扬白皙的尖下颏说："别忘了，我也是记者。"

薛亦龙皱起眉头："这就奇怪了？"

朱莉叶漂亮的大眼睛眨了眨，冒出一句："会不会是北京的这家企业有意制造假信息，因为在法国根本就不存在这样的公司。他们只不过是在拉大旗做虎皮！"

朱莉叶无意中的这句话，却仿佛一道闪电在薛亦龙脑海划过。奥斯林洛金路易家具总公司是钟万魁杜撰出来的！金路易家具根本就不存在！薛亦龙回想自己在北京城二环路上经常看到的巨幅金路易家具广告，觉得自己发现了家具行业的一个惊天秘密。

接下来的几天，薛亦龙几乎不再干别的事情，一门心思调查钟万魁的金路易家具北京总代理公司。他还亲自去了几趟北京几家大的家具市场，扮做要买家具的客户，和钟万魁的门店伙计进行聊天接触，设法探问钟老板的家具从哪里进的货？一个小伙子无意中说出了一个地方——钟万魁金路易家具的仓库就在顺义郊区毛顺镇。

薛亦龙决定亲自去看一看。如果钟万魁真的在自产自销所谓法国进口金路易家具，他的问题就太大了，这在中国家具行业也将是一个惊爆新闻。

宋歌一直协助薛亦龙调查金路易家具问题，知道薛亦龙要去私下调查，坚持要跟着同去。宋歌说："你一个人去太危险，万一他们把你抓起来怎么办？"

敢于仗义执言的记者的生存环境之恶劣已不容忽视！考虑到自己可能遇到的危险，薛亦龙态度坚决地拒绝宋歌跟着去。

宋歌虽然口头答应，但第二天，当薛亦龙出现在毛顺镇汽车站时，忽然发现在汽车站门口站着一个穿着粉红衣服的漂亮女生。

薛亦龙无奈，只得带着宋歌一起去毛顺镇郊区。没费多大力气，他们就发现有红墙围着一个数百平方米的大院子。据薛亦龙事先了解到这里就是金路易家具加工地之一。

两个人在外面转了半天，大门紧闭，偶尔有人出入，随后门又立即关上。薛亦龙和宋歌绕到后院，发现一处墙比较低矮，便越墙而入。两个人径直往里面走，这时候有工人看到他们，却并没有太在意。

薛亦龙掏出小相机，将金路易商标、工人正在加工的现场一一拍摄下来。

薛亦龙还和一个工人随便聊了几句。

问："咱们这家具是为哪家公司生产的？"

答："金路易北京总代理。"

问："听说金路易家具不是从法国进口的吗？"

答："不，都是我们自己生产的。"

问："这个书桌成本多少钱？"

答："也就一百多元吧。"

问："卖多少？"

答："八千多。"

问："你们每月生产量多少？"

答："不清楚。每天都有货拉出去，我们的家具供不应求。"

问："这些家具一般都卖到哪里？"

答："我也不清楚，好像主要是卖给北京的有钱人，另外河北、山东、山西也都有。"

这种暗访套路薛亦龙十分熟悉，通过与当事人有意无意的攀谈，可以在极短时间内让对方说出产品、销量、销售的区域等关键问题。有录音、有照片，证据都拿到手里了。有了这些东西，足可以置这个所谓的金路易家具公司北京总代理和钟万魁于死地。

宋歌比较紧张，多次暗示薛亦龙该尽快离开。薛亦龙还想再寻找些直接证据，他们左转右转，转到了加工场的后面，这里好像是半成品库房。薛亦龙准备扒窗往里面看，忽然听到脚步声和说话声。

"这里要保密，不允许任何外人进来。"一个粗野的声音传过来。

宋歌闻听脸都变绿了。如果让这帮人识破、抓住，后果将难以想象。

"别害怕。"薛亦龙镇静地说着，一把将宋歌搂在怀里。宋歌突然明白了薛亦龙的意思，顺势也将薛亦龙紧紧搂住，两个人靠在墙角。

三个男人从拐角走出来。为首的是一个五十多岁的老头，忽然看到墙角相拥的一对男女，他猛然一愣，慢慢地走过来。

宋歌听到那渐近的脚步声，仰起脸，用嘴唇热切地迎住薛亦龙的嘴。他们像一对热恋的情人，沉浸在狂热而甜蜜忘我的吻中。

"喂，你们在这里做什么？"老头冷冷地低声问。

薛亦龙和宋歌佯作没有听到，更加热烈地亲吻。

"喂，你们哪来的？"老头猛然提高了声音，像炸雷一般。

薛亦龙和宋歌突然分开，一副惊慌失措的样子。宋歌还在慌乱中不忘整理自己稍微有些散乱的衣服，用手背抹了一把湿润鲜红的嘴唇。

薛亦龙也是一脸惊慌的表情，嘴巴张了张没有说话。

老头后面的两个汉子嬉皮笑脸道："一对小情人，跑到这里寻欢作乐来了。"

"啧啧，这小妞长得真他妈的水嫩，一掐保准一泡水儿。"

老头回头瞪了那两个汉子一眼，转回头恶狠狠地问："你们怎么进来的?"

薛亦龙退了半步,用身子挡住宋歌说:"我,我们是翻墙进来的。"

"翻墙进来的?你们胆子还不小!遇到我们的狼狗会咬死你们的!"

"我们觉得这里很僻静,以为没有人,所以就进来了。"

老头上下打量薛亦龙:"知道这里面是做什么的吗?"

"不,不知道。"

"不知道就闯进来!不怕挨揍吗?"

宋歌在薛亦龙后面露出半个脑袋,抽抽噎噎地说:"大爷,放过我们吧,是我让他进来的,我们觉得这里面清净,没有外人,只是想在这里亲热一下。我们不知道这里面是做什么的。"

老头阴沉的脸缓和了一些,挥挥手说:"快走吧,以后再不许进来。不然小心你们两个的小命儿。"

"谢谢大爷,谢谢!"

"别翻墙了,你们从大门出去。"老头说。

从秘密加工地出来,两个人头也不回,一直往前走了两三千米。一直等看到行人了方才站住脚。薛亦龙长舒一口气,感到自己出了一身冷汗。如果老头他们三个人中任何一个上前搜查,就会发现他怀里的照相机和采访机,那时恐怕他们两个都别想安然出来。

宋歌忽地转身,扑在薛亦龙怀里,咯咯笑,笑着笑着又哭起来了。

薛亦龙被弄得手足无措,只得安慰:"好了,危险都过去了。你刚才表现得很机智聪明。"

薛亦龙想把宋歌从自己怀里推开,但宋歌却固执地抱得更紧了。

路过的人扭过头看,以为他们是一对闹了小矛盾的恋人。

薛亦龙说:"宋歌,快起来,别人在看我们。"

宋歌摇头:"我就是让他们看,又怎么了?"

"我们尽快离开这个是非之地!"薛亦龙拦了一辆出租车,两个人去了顺义城区。

下了出租车,宋歌说:"我饿了。"

"好吧,我们去吃饭。你想吃什么?我请客。"

"我要吃肯德基。"宋歌对洋快餐情有独钟。

薛亦龙感到对不住宋歌，不该贸然答应让她一起出来暗访调查，如果刚才稍微露出一点儿破绽，不知道会发生什么可怕事儿。自己一个大小伙子倒不怕，最多挨一顿揍受些皮肉之苦。可是宋歌呢？一个皮肤娇嫩的刚大学毕业的女高材生，落入那帮野蛮之人手中，结果将会如何，他现在想一想就感到后怕。如果不是宋歌假扮情人，自己真不知道如何面对这突如其来的险情。

他们在顺义县城找到了一家肯德基分店。宋歌变得像一个快乐的小女生，买了一堆汉包、冰淇淋、薯条、可乐等。薛亦龙陪着她慢慢吃。相比而言，薛亦龙更喜欢吃中餐，他觉得炒菜比洋快餐更有味道，但宋歌却吃得津津有味。

吃过饭，宋歌并不想马上回去，要逛顺义城。薛亦龙只得陪着她。宋歌走进一家名品小店，惊喜连连："瞧，都是打折的名牌，还有玛丽牌，太棒了。"

宋歌很有耐心地试衣服，自己在穿衣镜前照了，又扭过头问薛亦龙怎么样。

宋歌略微有些少女肥，齐耳短发，眉毛略微有些浓，更衬着一双天真无邪的大眼睛。身材丰满，胸前鼓鼓的一片，容易让人想入非非。薛亦龙不由得回想起两人在金路易家具加工厂里激情拥吻的一幕，宋歌的嘴唇湿热而滚烫。

不知为何，薛亦龙又回想起自己在江西那座县城洗浴中心的遭遇，那个十六七岁的少女，和时尚漂亮的宋歌是截然不同的两种女孩。假如那天晚上是宋歌提出要和自己同浴，自己会拒绝吗？想到这里薛亦龙不由得吞咽了一下口水。

"瞧，我这一身怎么样？"宋歌轻轻扯了薛亦龙一把："你在想什么呢？"

薛亦龙回过神来，看到宋歌换了一身衣服，不由得眼睛一亮。漂亮的女孩穿什么都好看，眼前的宋歌更显得清纯可人。"挺漂亮，像电影明星似的。"

"真的？你别骗我，你要说好我可买了。我就穿着这一身回北京，不脱了。"看得出来，薛亦龙的话让宋歌很受用。

第二十二章　雇　凶

薛亦龙连着熬了两个通宵，一篇题为《揭开金路易家具惊天大骗》的深度报道终于完成。当一轮朝阳从东方冉冉升起，清澈如水的阳光透窗照进十六平方米的四合院租屋时，薛亦龙摁下了最后一个键，给自己的文章画上了句号。

薛亦龙取出手机正要打电话，却忽然收到一条短信：哥您好，冒昧打扰，我是丹丹，只因我老家一小妹，由于家境贫困，辍学来京打工，现因家中出事，急需钱，她愿将她的第一次献给你做交换，望哥帮她，谢谢！

这种骗子招术！薛亦龙哂笑一声，回复：发错了，我是你姐。

随后，薛亦龙拨通奥斯林洛金路易家具中国区代理总公司董事长钟万魁的手机，一个粗哑的声音在另一端响起："喂，我是钟万魁，你是哪一位？"

薛亦龙自报家门，听说是《深度报道》的记者，钟万魁不高兴地说："薛记者，我现在马上要开会，你晚一会儿打来吧。"

薛亦龙说："钟老板，我也很忙。我们不会占用多长时间，我要谈的事情对你很重要，你不应该错过这个唯一的机会。"

钟万魁愣了一下，冷淡地问："你说，什么事情？"

薛亦龙说："电话里不方便，我们最好能约个地方见面。"

"明天上午十点，你来我的办公室。"钟万魁说完，啪地挂断了。

次日，薛亦龙带着完成的稿子来到位于京华路创维大厦 24 层，在一位嘴角长着豌豆粒大小黑痣的漂亮小姐的引领下，见到了钟万魁老板。

钟万魁身材巨胖，脑袋大，脖子粗，腰围似乎比身体还长。他端坐在宽大的老板桌后面，右首是一个巨大的地球仪。"薛记者，你想和我说什么事情？"

薛亦龙镇静地把稿子递过去："你先看完这个再说吧。"

钟万魁看过稿子，大吃一惊："薛记者，你怎么知道我的货不是从法国进口的呢？"

薛亦龙说："很简单，我查过进出口海关的记录，根本没有你们的底单。也就是说你们从来没有从法国进口过任何所谓的金路易家具。"

钟万魁道："如果我们从海上走私进来的呢？"

薛亦龙浅笑："我文章中写清楚了，法国巴黎根本就没有金路易家具总公司，你的中国区代理公司只不过是空中楼阁。不是吗？"

钟万魁沉默半晌，眼眸中射出两道寒光，问："你想要多少钱？开个价吧。"

薛亦龙伸出手指："八千。"

钟万魁愣了一下，似乎不太相信自己的耳朵："是 8000 美元吗？"

"不，8000 元人民币。"

"啊？8000 人民币，你是不是要得太少了？我可以给你四万，只要你保证不把这篇文章捅出去。"

薛亦龙摇头说："我只要 8000 人民币，多一分钱，我也不要。少一分钱，我也不会答应。"

"好、好！我马上给你现金。"钟万魁打了个电话，"拿两板钱来。"

五分钟不到，一个漂亮的细腰长脖子女秘书拿着一个鼓鼓的信封走进来。钟万魁用手捏了捏，径直把信封交到薛亦龙手上，"薛记者，你亲自点一点。"

薛亦龙从信封里面抽出一叠崭新的人民币，数了数，却是整整两万元。薛亦龙笑了笑，从中抽出 80 张，把余下的 120 张交还给钟万魁，转身就走。

钟万魁不动声色地笑了笑问："薛记者，你不怕我报警吗？"

薛亦龙回身站住:"我想你不会那么傻,8000元钱,我能受到什么处罚。而你制造假冒国际名牌,又会受到多大的损失?"

钟万魁嘿嘿笑着点点头。等薛亦龙走出去,那道门缓缓自动关上,钟万魁忽地阴沉起脸,狠狠地骂了一句:"你他妈的找死!"

庄朵朵又感冒了,正在前门医院输液。许云茹坐在床头给女儿读一则寓言故事——

"一天,废井里的青蛙,同来自大海的老鳖聊天。青蛙夸耀井底的生活环境宽敞舒适,哪儿也比不上,闲来可在绵绵的沙泥上散步、休息,真是美妙极了。老鳖被打动了,想看一看青蛙的'美妙天地',谁知刚一进井栏,一只腿就被绊住了,吓得它赶紧退出。老鳖对青蛙说,'大海之大,何止千里,大海之深,何止千丈,大海可容纳天地,住在大海里,才叫快活呢,你见过大海吗?'"

薛亦龙轻轻推门进来。"朵朵,你好啊!"

庄朵朵看到薛亦龙,脸上露出灿烂的笑:"叔叔好。"

薛亦龙说:"不,叫干爸爸好。"

"干爸爸好!"庄朵朵脆生生地叫。

"嗳,干女儿好。"薛亦龙把买的苹果和香蕉放下,过去轻轻抚了抚庄朵朵的脑袋。"怎么样,烧退了吗?"

"好多了!"许云茹放下书说:"瞧你来了,还带什么水果。庄一民出去买报纸去了,该回来了。"

"怎么总是感冒啊?"薛亦龙心痛地握住庄朵朵的小手。

许云茹叹口气:"可能晚上睡觉没盖好被子。她睡觉不老实,我半夜起来,总是看到她把被子踢在一边。听大夫说了,孩子在六七岁前抵抗力低,容易生病。等七八岁以后,身上抵抗能力变强就好了。像她这样的年纪,原本从妈妈身上带来的免疫能力下降,自身的免疫能力还不健全,所以正是抵抗力差的时候。"

薛亦龙想起庄朵朵不久前的那次急性肺炎,说:"小孩子感冒得抓紧时间治,别再转成肺炎就麻烦了。"

正说话间,庄一民拿着当天的《北京青年报》走进来。庄一民又解释

说："昨天晚上没有关窗户，朵朵就着凉了。天快亮时我起床，一摸她的脑袋，跟小炭火盆似的。"

薛亦龙站着又闲话几句，从包里掏出装着 8000 元钱的信封，递给庄一民："你数一数，钟万魁的 8000 元钱。"

庄一民不相信地瞪大眼睛："你要回来的？真的吗？你是怎么要回来的？"

薛亦龙淡淡一笑说："我说我是记者，他就给我了。"

庄一民摇头："没那么简单，我也是记者，他怎么不给我？"

薛亦龙说："你长相太老实，一看就是大好人一个。现在这社会，好人容易被欺负。瞧我这模样，再稍微一瞪眼，就把我划到生猛野蛮的坏人堆里了。"

庄一民还是有些不相信："亦龙，你到底是怎么弄来的？别因为我给你惹出麻烦。那钟万魁不是一个好惹的主儿，听说他和东北的一帮黑社会还有联系呢。"

薛亦龙说："他不好惹，咱兄弟们就好惹了吗？一民，你放心吧，不会有事儿的。"

庄一民说："不行，你得告诉我，你是怎么让他掏的钱？不然我不放心。"

薛亦龙闭上眼睛想了想说："那天，我带着三个记者去找钟万魁，说是要采访他。然后说哥们儿手上缺点儿钱，想让他帮一帮忙。那几个哥们儿也答应免费给他做一次宣传，他就拿了 8000 元给我。"

庄一民定定地望着薛亦龙："真的？"

"真的！"薛亦龙肯定地点点头。

这天下午，快下班时，周正春得意洋洋地从外面回来。他径直来到薛亦龙面前，晃了晃手中的合同说："终于办成了，经过开发商老总批条，每平方米五千元。够意思了吧？我建议你也买一套，咱们做邻居。"

薛亦龙坚决地摇头："我可没钱，也不想支持那帮吸血鬼开发商。我得等到房价降下来再买。"

"你真的要等降价？你可别后悔啊！别怪当初我没提醒你。我认识一位国内属一属二的顶尖级经济学家，这位经济学家私下给我讲，房价在未来一段时间肯定还会上涨，而且还要大涨。至于理由，他神秘地不说。我正是听了这位经济学家的话才当机立断买房。这就是做记者的好处，你可以打听到别人不知道的内幕。甚至有些事情是不宜公开的。"周正春为自己的抉择很得意。

薛亦龙笑道："你相信那些专家的话？恐怕年都要过差的。现在地球人都知道，那些所谓的狗屁专家，实际上已经被某些利益集团所收买，屁股决定脑袋，他们的言论都是为那些利益集团吆喝。你看到过去地主家的看门狗了吗？它们只会为主人汪汪。"

宋歌一脸崇拜地说："薛老师，我发现你可以当一个杂文家，像当年鲁迅那样言词犀利，针砭时弊，一针见血。对于那些昧着良心，作恶多端的大坏蛋，一个都不放过。"

周正春歪着脑袋望着薛亦龙问："亦龙，如果我因为买房，想向你借点儿钱，行吗？"

宋歌也望着薛亦龙，不知道他将如何回答这个棘手问题。

薛亦龙不动声色地将自己手中茶杯的水喝完，然后站起来做出要脱衣服的样子。

周正春不解地问："喂，你这是要做什么？"

薛亦龙一本正经地说："我把衣服脱了卖了借给你钱。"

宋歌忍不住扑哧笑了。

周正春气得直翻眼珠，转身去了。

宋歌忽然想起什么，走到薛亦龙面前，说："昨天我去参加一个高层论坛会议，正遇上我们协会的一个老女人，她当着饭桌上许多媒体同行的面说我们都是招聘的人员，根本不是正规媒体的记者，气死我了。不是瞧人多，我真想上去抽她两嘴巴。还刻意当着那么多人说我，有这么损人的吗？"

薛亦龙看着宋歌笑道："生气是没有用的，你得想办法让她受到惩罚。她叫什么名字？有电话吗？"

宋歌说："我没有她的电话，倒是有协会秘书长的电话。"说着找出一张名片。

薛亦龙接过去看了看："她叫什么名字？"

宋歌想了想："一个特俗的名字，好像叫赵兰芳。"

薛亦龙掏出手机，拨通电话，细着嗓子说："喂，是东中行业协会吧？我找赵兰芳。噢，她不是这个电话，那她的电话是多少？噢，我记下了，谢谢你啊。"

挂断电话，薛亦龙又拨了一个号码，粗粗的声音问："喂，是赵兰芳吗？你就是啊，我是你的老邻居。你们家窗户不知怎么正往外冒黑烟，好像要着火的样子。你快回去看看吧，再见。"

宋歌瞪着双眼望着薛亦龙不动声色地挂断电话，扑哧笑道："薛亦龙，你真有办法。我怎么想不到？"

薛亦龙嘿嘿笑了："对好人要好，对付坏人就要比她更坏。"

"对，对付恶人就得用恶办法，这叫以牙还牙。"宋歌恨恨地握住小拳头。

薛亦龙上下打量宋歌一眼，问："想不想去喝咖啡？"

宋歌转怒为喜，高兴地说："想啊，去哪里？"

薛亦龙说："后海。"

两个人打车去后海，来到天一水咖啡厅。

宋歌："薛亦龙，讲一讲你小时候的事情，我特想知道。"

薛亦龙说："小时候有什么好玩的，我给你讲一讲我的初恋。"

宋歌歪着脸："好吧，那个女孩一定很漂亮。是不是？她叫什么名字？"

薛亦龙："她叫谢文瑛，一个很美丽很温顺的女孩。上大学的第一天，我第一眼看到她，就深深地爱上了她。我主动和她接近，我们学校有一个图书馆，她很爱看书，几乎天天晚上都去看书。我也去看书，而且就坐在她的附近，她一扭头就能看到我。为了引起她的注意，得到她的欢心，我还设计了一个英雄救美的苦肉记。那时候，我们学校没有浴室，学生们想洗澡就要到旁边一个大国有工厂里去洗澡。谢文瑛每个周六都去洗。去的路上要经过一个大菜园子。那是一个没有围墙开放的菜园子。有一天，我让朋友找两个人扮演小流氓，当谢文瑛从菜园子路过时，这两个小流氓便围上去纠缠。我佯作无意中路过撞见，立即冲上去，与两个小流氓奋力搏斗。为了演得更像，我还故意挂了点儿彩，胳膊磕在石头上，破了一层皮。正是因为这点儿彩，一下子拉近了我和谢文瑛的心理距离。她拉着我一起去医院包扎，从那以后，我们就慢慢地走到了一起。"

宋歌："哇，薛亦龙，你好狡猾。"

"当然了，要得到女孩的芳心，不是那么容易的，需要动脑筋。你和你的那位帅气酷男进展得怎么样了？"

宋歌笑了笑："还行吧，我们在网上安了一个家。"

薛亦龙没听明白："什么？网上安家？"

宋歌说："笨死，那是一个交友网站，名字就叫情人花园。我们买了幢别墅，进行了装修，然后购置了家具，两个人共同维护那个家。在家里养小狗、养金鱼、种盆花，跟现实一样。"

薛亦龙问："你见过帅气酷男？"

宋歌摇头："我只是想在网上玩一玩，真见面反倒没意思了。"

两人正说着话，从门外面进来两个壮汉，戴着墨镜，他们径直来到薛亦龙和宋歌面前，一左一右，将两个人夹在中间。宋歌感到气氛不对，警觉地问："你们，你们要做什么？"

左面的墨镜说："你是《深度报道》杂志的薛亦龙？"

薛亦龙点点头："请问你们两位是——"

右面的墨镜盯住宋歌："你叫宋歌是吗？"

宋歌很吃惊："你怎么知道？"

左面的墨镜低低的声音说："你们两位瞧这是什么？"说着，袖筒一晃，露出一把明晃晃的匕首。几乎同时，宋歌感到自己的腰眼儿上顶了一个硬硬的东西，右面的墨镜几乎贴着她的耳朵说："小妞，不许叫，叫，我就捅死你。"

宋歌脸都白了，嘴唇直哆嗦："你，你们想做什么？"

薛亦龙很镇静："两位到底什么事儿？有种就冲我来，别欺负小姑娘。"

左面的墨镜嘿嘿冷笑："大哥说了，让我们给你们传个话。关于金路易家具的事儿，希望永远烂在你们的肚子里。否则——"

薛亦龙哼了一声："否则，你们想怎么着？"

左面的墨镜道："小伙子，还有你。四肢健全，英俊的脸蛋。可是说不定什么时候，突然一辆车从后面驶过来，砰，一声闷响，把你高高地抛上天空，再砰的一声，摔到地上。那时候，别说四肢不全，就是小命也难保啊！"

薛亦龙道："卑鄙。"

左面的墨镜问："怎么样？我说的条件两位能答应吗？"

薛亦龙看宋歌，宋歌吓得直点头，话都说不出来了。

薛亦龙说："对不起，我是记者。揭露欺诈，曝光黑暗，说出真相是我的职责。"

右面的墨镜伸出戴着黑手套的手在宋歌白净的脸上轻轻捏了捏，说："多漂亮的脸蛋啊，如果不小心，被刀子划个口子，破了相可就很难看了。刀子不长眼啊，如果再不小心，插进她的漂亮的大眼睛里，狠命一搅，那世界就会永远变成漆黑一片了。"

左面的墨镜看了看宋歌，又盯着薛亦龙："你不是护花使者吗？难道你想亲眼看着她的脸蛋被利刀划成麻花？"

薛亦龙的气势顿时消减下来，他长长地叹口气："好吧，我答应你们。"

"一言为定？"

"我从来不出尔反尔。"

"这才是好同志。好了，打扰你们的美好时光了，再见。"两个墨镜汉子转身迅疾离开。

宋歌扑到薛亦龙的怀里，浑身还在颤抖。

薛亦龙轻轻拍了拍她的肩说："好了，麻烦已经过去。"

宋歌抬起头，已是泪流满面："怎么会是这样？他们怎么知道你在调查金路易家具？"

薛亦龙说："不知道。也许那天我们去顺义毛顺镇，他们就有所觉察了。"

宋歌："亦龙，别报道了，就当什么事也没有发生。"

薛亦龙说："可是，我们是记者，揭露真相是我们的职责。"

宋歌摇头："没有什么比生命更重要，我们可以再想其他办法，这篇

文章你千万不要再做了。"

薛亦龙长长地叹一口气:"好吧!"

宋歌破涕为笑:"你答应了?"

薛亦龙点头。

宋歌推开手边的茶杯说:"走吧,我想到湖边走一走,你陪我去。"

薛亦龙招手买单。两个人从咖啡厅出来,宋歌轻轻挽住了薛亦龙的胳膊。

宋歌:"你知道你是什么时候征服了我的心吗?"

"什么时候?"

"在毛顺镇那家加工厂里,你突然搂住了我。你的胸怀那么温暖结实,别说是那三个家伙,就是再来三个膀大腰圆的家伙,我也不会害怕。我去吻你并不是我多聪明,而是我的——本能。就在那一刻,我渴望得到你的嘴唇。我不喜欢毛头小子,我喜欢比我大一点儿,成熟的男人。"宋歌说。

薛亦龙愣在那里,他不知道自己竟然这样走进一位妙龄女孩的心里。

宋歌从后面抱住薛亦龙:"亦龙,我爱你。"

薛亦龙轻轻拍了拍宋歌的手说:"宋歌,你把手松开。"

"我不松开,你说你爱不爱我?"宋歌固执地问。

薛亦龙说:"我们俩在一起不合适,我比你大五六岁。"

"人家还有大十岁二十岁的呢!"

薛亦龙摇头:"是的,年龄不是根本问题。但是,我不配你。"

宋歌:"你在骗我。你爱那个金发碧眼的朱莉叶,是吗?"

薛亦龙苦笑道:"宋歌,你不要胡思乱想,难道我和她在一起几次,就是相爱了?"

薛亦龙这样说时,脑海中却闪过徐昕蕾的影子。他和徐昕蕾之间似乎从来就没有明确过恋爱,两人在一起吃茶喝咖啡,一起参加各种各样的活动,但他们从没有向对方表白,更没有说过一句:我爱你。

有时候,爱情是不需要表白的。如果说徐昕蕾不会表白,她不是那种会表白的女孩。那么自己呢? 自己怎么从来没有勇气面对徐昕蕾说一句:我爱你! 爱得越深,越不敢说吗? 自己究竟爱徐昕蕾什么呢?!

两天后，徐昕蕾打电话来："薛亦龙，告诉你一个好消息。我和市贸易局宣传部的阿伟说了。他原本有些为难，可是一个《人民日报》的记者因为要跟随总理出国采访，不能去了，所以他就同意让你去。"

薛亦龙笑道："我们这样求人家，是不是不合适？"

徐昕蕾说："有什么不合适？你又不是白去，还给他们写表扬稿呢。阿伟也听说过你。不过他说你写批评稿太多，这次别给他们捅娄子就成。"

薛亦龙道："你以为我傻呀？"

徐昕蕾说："你不傻，谁傻？"

薛亦龙嘿嘿笑了："我傻，我是傻子他哥，大傻！"接着薛亦龙话锋一转："徐昕蕾，我有件事正想找你。"

"什么事儿？好事还是坏事？"

薛亦龙想着徐昕蕾着急的模样，故意沉吟片刻才说："给你个扬名的机会。"

徐昕蕾笑道："有机会扬名你自己干吗不去？"

薛亦龙说："情况特殊，这好事儿就给你了。"

他们在西单商场附近的小公园见面。徐昕蕾寻了个僻静地方，仔细把稿子看完，惊呆了。"竟然有这样的事儿？我们前两天还参加过金路易公司组织的活动，二十多个记者去长城游玩一天，每人还给了五百元的红包。"

薛亦龙说："这件事必须把它捅出去，不然它害的人太多了。"

"你是怎么查到他的？"徐昕蕾饶有兴趣地问。

薛亦龙一五一十把整个调查过程的前因后果说了一遍，只是有意省略了他和宋歌在毛顺镇暗访的某些细节。徐昕蕾听罢，担心地问："薛亦龙，你可是与钟万魁达成交易的，你拿了他8000元钱，也答应不给他把这事捅出去。现在你出尔反尔，他不恨死你？你不怕他找你麻烦？这种人很可能是黑白两道通吃。"

薛亦龙摇摇头："徐昕蕾，亏你还是在媒体圈混的，你知道北京现在做这种调查揭黑报道的媒体有多少家？有多少记者每天在寻找线索，深入调查。为什么这么多媒体都做这一类文章，因为读者喜欢看，他们想知道

真相。而且，这一切与他们的自身生活密切相关。钟万魁就是再有能量，他不可能与所有的记者作对，对不对？我把所有的证据材料都交给你。你和他没有任何私人恩怨，你是从一位记者的职业道德、社会良心出发做报道。他又能把你怎么样？而且，我觉得这对记者来说，也是一个成名的机会，难道你想一辈子默默无闻地做下去？你不想做一名名记者吗？"

徐昕蕾食指弹了一下稿子："好，我来发。名不名的倒无所谓，对于这种伤天害理欺诈消费者的行为，我恨死了。不让这种家伙受到惩罚，对不起自己的良心。"

时间尚早，薛亦龙说："咱们去国美电器转一转，看看有没有能进我眼的笔记本电脑。"

徐昕蕾说："这话我都听你说几个月了，也没见你买。"

两个人来到附近的国美电器，上到二楼的笔记本电脑专卖区，联想、惠普、华硕等各大品牌都有。看来看去，薛亦龙看中了一款惠普，一问价钱，要八千多元。薛亦龙身上只带了两千元，口袋没那么多钱，他便借口质量不好，说："先不要了。"

徐昕蕾瞪了他一眼："款式性能，都非常适合你。为什么不要？你今天是不是就没有打算来买？"

薛亦龙说："不打算买我来国美晃悠半天做什么?!"

徐昕蕾嘴角挂出一丝笑："那就是差钱了？差多少钱？"

薛亦龙仍不愿承认自己没有钱。徐昕蕾掏出钱包数了数，只有整整三千元。徐昕蕾问售货员："能不能刷卡？"

售货员说："信用卡、银联卡都可以。"

徐昕蕾把钱和信用卡都交给售货员说："这是三千现金，余下的钱从这张卡里扣。"

买了电脑。已是晚上六七点了。薛亦龙说："走吧，我请你吃饭。"

徐昕蕾笑道："你请我？请问你还有钱吗？"

薛亦龙苦笑："我请客，你刷卡付钱。"

徐昕蕾气得拿粉拳打薛亦龙："讨厌，你是个小混蛋！"

第二十三章　　天涯海角

缘来时，爱情就像一层纸，一捅就破；缘没来时，爱情就像一堵墙，你无论如何努力也无法穿越。相信缘分，相信一见钟情，相信爱情总会来。但千万不要守株待兔，因为兔子不可能那么巧，一头撞在树上，晕在我们面前。

徐昕蕾加班一直到深夜。她亲眼看着美编小梅把薛亦龙撰写的那篇文章排好版，又反复认真校对了三遍，才离开单位。当然，此时这篇《揭开著名国际品牌金路易家具惊天黑幕》文章的署名，已换成了《京华快报》记者徐昕蕾。走出报社的办公大楼，外面刮起了风，有细雨如丝般扑面而来，徐昕蕾不由得打了个寒噤，感到一股寒气侵入到自己的汗毛孔内，她伸手拦了一辆出租汽车。

回到租屋，徐昕蕾感觉很累，皮肤发紧，还隐约有些痛。脱了衣服，戴上浴帽，胡乱冲个热水澡，就钻进了被窝。次日，徐昕蕾一觉醒来，感觉浑身酸痛，眼皮发沉。如果在平时，她会翻身再睡个回笼觉，躺在床上休息半天。但今天不行，她得随着市贸易局组织的记者采访团奔赴海南三亚。

徐昕蕾强撑着起床，简单洗漱，整理好衣服，把化妆品塞进行李箱，匆匆出门。徐昕蕾打车赶到市贸易局时，一辆去机场的中巴已停在市贸易局的大门口。徐昕蕾和几个熟识的记者打了声招呼，又到楼上和宣传部冯部长见了面，再下来时，看到站在一边的薛亦龙和老臭苏越健，两个人正交头接耳不知在谈些什么。

徐昕蕾提着包走过去："喂，你们俩偷偷摸摸做什么？"

苏越健回过头，小母狗眼睛翻了翻说："徐昕蕾，咱们说话能不能用点儿好的修辞，什么叫偷偷摸摸？明明是光明正大嘛！"

徐昕蕾无力地笑了笑："当局者迷，你们自己感觉不到罢了。"

苏越健嘿嘿笑了："我早就说过，什么事情也逃不过徐昕蕾那一双贼亮的大眼睛。徐昕蕾，我向你打听个人，不知道你认识不？就是那个站在中巴车第二个窗户外面的女孩，她是哪一家媒体的？叫什么名字？我怎么从来没有见过她？"

徐昕蕾扭头看了一眼，只见在那辆停着的中巴车第二个窗口外面，站着一个披肩长发的女孩，细腰高挑个子，穿着一件白色风衣，里面是紧身碎花毛衣，两条修长的腿，足穿一双崭新的旅游鞋，眉目中隐藏着无限风情。徐昕蕾回首笑道："对不起，我不认识。"

苏越健双手抱拳："姑奶奶，我知道你在这个圈子里认识的人比我广。看在咱们是一个记者沙龙的难兄难妹，你就帮帮忙，给我介绍一下。"

徐昕蕾说："那你得请我和薛亦龙吃饭。"

苏越健道："好，算我欠你们俩一顿饭。"

徐昕蕾说："她叫李志丽，是《购物导报》专跑消费口的记者，自己还编着一个时尚版，我还在她那里发过几篇谈时尚流行趋势的稿子。人家可是北大毕业的高材生，就怕你配不上！"

苏越健摇头晃脑："我不管她南大、北大，只要我喜欢就统统拿下。麻烦徐姑奶奶给俺牵个线，行不？"

薛亦龙正色说："老臭，你不是和王环，还有那个叫什么青珊的是朋友吗？难道还嫌不够？"

苏越健狡辩道："我和王环、周青珊也只是一般朋友。窈窕淑女，君子好逑。这一路如果没有个美女做伴，那就太没意思了。"

徐昕蕾佯怒道："莫叫我姑奶奶，人不老就让你叫老了。老臭你知道你有什么毛病吗？用着人时求爷爷告奶奶，不用人时把人家踹一边。"

"好，我改，我立即、马上改。"苏越健猴急地连连点头。

徐昕蕾笑道："走吧。"说着自己先过去了。苏越健屁颠屁颠地跟过去。

薛亦龙看着徐昕蕾带着苏越健朝李志丽走过去。徐昕蕾和李志丽两个人聊了几句，又侧身把站在一旁的苏越健介绍给李志丽。苏越健立即伸出手去，李志丽犹豫一下，也礼貌地伸出手，两个人的手轻轻握了握。

苏越健和李志丽接上话儿。薛亦龙知道老臭那张臭嘴的厉害，他就是靠着这张巧舌如簧的臭嘴泡女孩的。远远看着苏越健假装正经的模样，薛亦龙忍不住脸上挂起一缕微笑。一人一个活法，我们大可不必为别人的活法杞人忧天。

薛亦龙低头看到徐昕蕾的行李箱还在自己旁边，便过去拎了拎，不算沉也不轻，猜想里面一定是装着些换洗的衣服、化妆品及其他女孩常用的东西，心里不由升起一股柔柔的情怀。

徐昕蕾一个人走回来，薛亦龙道："中介做得不错。"

徐昕蕾眉间飘过一丝微笑："谢谢夸奖。"

薛亦龙道："老臭是个大色鬼，你把他介绍给李志丽，不是害人家?"

徐昕蕾说："你以为李志丽是傻子吗? 就老臭那副德性，李志丽能看上他? 他们俩还不知道谁玩谁呢，咱们走着瞧!"

九点，中巴载着十几名记者和市贸易局以及其他农贸局、食品卫生局等单位的领导和办公室人员，一共四十多人，开赴机场。

上了飞机，苏越健为了能和李志丽坐在一起，主动提出和李志丽旁边的一个记者交换位置，苏越健解释说："我是一个摄影爱好者，准备在飞机上拍些云彩照片。"

徐昕蕾和薛亦龙的机票位置紧挨着，徐昕蕾感到身体更加不适，话也懒得说，只把身体软软地偎在椅子上。薛亦龙发现徐昕蕾脸色不对，问："你怎么了?"

徐昕蕾说："可能有点儿感冒，没关系。"

薛亦龙伸手抚了抚徐昕蕾白皙的额，热热的有些烫手。从行李箱里取出一盒白加黑道："吃一粒，会好受一些。"

徐昕蕾笑道："想不到你还挺细心。"

薛亦龙说："总出差的人，应该有这方面的经验。我这里还有治泻肚

子的药呢。你需要我也可以免费提供。"

徐昕蕾嗔怪地瞪他一眼："滚一边去！你咒我呢！"

薛亦龙从空姐那里要了杯水，让徐昕蕾吃了一粒白加黑。

三个小时后，飞机落到三亚机场。十一月在北京已是冬天，而三亚却还过着夏天。市贸易局宣传部的阿伟早提醒过大家，准备好夏天的衣服。飞机落地，大家都脱去冬装，换上夏天的衣服。走出机舱，扑面就是一股热辣辣的风，放眼望去，椰树就在不远处迎风摇曳，果真是一派海南风光。

这是薛亦龙和徐昕蕾第一次来海南三亚。地面导游早就安排好了，中午休息，然后由专车拉着一行人来到蜈支洲岛。小市场卖的全是海边产品，海螺、五彩贝壳、泳衣等。大约是白加黑起到了作用，徐昕蕾下了飞机，精神看上去好多了。她在一个衣服小摊前看上了一身粉红色的衫衣和短裤。薛亦龙给她买了一身，自己也买了一身淡绿色印有海南椰树图案的衬衣和短裤。两个人穿在身上一起走，被老臭苏越健看见了，调笑道："你们俩穿情侣装啊。"

徐昕蕾气得拿石子要砸他。

上了蜈支洲岛，导游提醒说："这里有一个项目，可以穿上潜水服到海底看美丽的珊瑚。"徐昕蕾来了兴趣，拉着薛亦龙踊跃报名。一次一人150元，好在有市贸易局宣传部的阿伟跟着，他统计了想下海的人数，然后统一交钱。

有专人做教练，指导每个人穿潜水服。那潜水服是皮子做的，紧紧裹在身上。两只大脚丫像大白鹅的蹼。薛亦龙和徐昕蕾穿好潜水服，教练亲自检查了一遍，然后让他们沿水泥山路往里走。两个人笨重地走了大约一千多米，前面有人已潜水出来了，指给他们要去潜水的地方。

潜水台有专门修的水泥铁架，一直延伸到大海里。还有专门的陪练员，两个两个地陪同游客下海。徐昕蕾突然有些害怕，拉着薛亦龙的胳膊："薛亦龙，我不敢下去，我怕。"

薛亦龙拍了拍她的手背："别怕，就当一次平常的游泳。"

"可是这是大海，不是游泳池！"

"别怕，你就把大海当作你家的浴缸！"薛亦龙笑着安慰徐昕蕾。

下海之前，陪练员嘱咐说："戴上面罩后，要一改平常用鼻呼吸的方式，只能用嘴呼吸。"每人嘴里塞一个吸氧的管儿，那管儿前面的人用过，也没有办法用酒精消毒，只是在海水里涮一涮，就接着给下一个人使用。此时无法再有什么讲究，继续使用者也只得含在嘴里。

陪练员交代："下海之后，如果你感觉良好，还能往下潜，你的右手大拇指就向下指，我们就继续向下潜；如果你感觉不好，右手拇指向上，我们就马上上浮。记住了吗？"

薛亦龙点点头，又扭头看徐昕蕾，发现徐昕蕾正向自己望过来。薛亦龙向她做了一个胜利的 V 型手势。

陪练员带着薛亦龙潜向海底。一米，两米，四米，五米……他们在迅速往下潜移，薛亦龙第一次深入到大海如此深度，他瞪大眼睛努力想看清什么。突然，他的眼前一亮，看到了五彩缤纷的珊瑚。

真漂亮！薛亦龙一激动，忘记了潜水教练的交代——用嘴呼吸，习惯性地用鼻呼吸，立即有软塑料膜堵住了他的鼻孔。薛亦龙想改用口，但一时却无法调整了，不由得方寸大乱，急忙用右手拇指示意教练向上。

教练在旁边时刻关注着他的表情，立即带他浮出海面。薛亦龙吐出氧气管，大口喘气："我看到了，很漂亮的珊瑚。"

陪练员问："要不要再潜一次？"

"要！我得好好看一看海底珊瑚。"薛亦龙把氧气罩放到嘴上。

再次潜下去。这一次薛亦龙努力保持镇静，调整自己的呼吸。他听到自己呼呼的喘息声，再一次看到了海底世界。陪练员曾说这里距海面有十多米，对熟悉大海的人来说这点儿深度根本不算什么，但对于从小生长在中原很少见到大海的薛亦龙来说，却是惊喜连连。他努力向前滑行，用手隔着厚厚的皮套轻轻碰触珊瑚。那些活生生的珊瑚，充满了生命的彩色。

薛亦龙向前望，方圆十多米的海底一览无余。起伏无序的海底充满了某种神秘力量，他想多呆一会儿，仔细地看一看海底。但此时他的呼吸又乱了，只得再次浮上海面。

第三次下海，薛亦龙呆了更长的时间。重新浮上海面时，薛亦龙寻找徐昕蕾，岸边和海面都不见人。"和我同时下来的那个女孩呢？"

陪练说："她还在下面。她比你还厉害，在海底待的时间更长。"

薛亦龙爬到铁架上，把潜水服脱下，徐昕蕾才从海底冒出来。摘去氧气罩，徐昕蕾显得很兴奋："太棒了，我还要下去。"

她的陪练说："你已经在海下待的时间够长了，下一次吧，后面还有人等着呢。"

徐昕蕾意犹未尽，恋恋不舍地攀上铁架。"薛亦龙，拉我一把。"

薛亦龙把徐昕蕾拉坐到自己身边。徐昕蕾仍处在兴奋状态，脸色绯红，双眸含带水色："太刺激了，我都想在这海边定居了，天天可以下海看珊瑚。"

薛亦龙望着空旷的大海，略显荒凉的小岛："你在大城市生活惯了，让你生活在这里十天半个月还可以，时间再长了，保准你受不了，哭着喊着要回去。"

"去，你这个人怎么没有一点儿诗意。"徐昕蕾不乐意地白了薛亦龙一眼，回头看到老臭苏越健和李志丽两个人穿了肥大的潜水服一起走过来。

"薛亦龙、徐昕蕾，你们潜过没有？"

"我们潜过了！你们俩快去吧。"

看着他们的背影，徐昕蕾浅笑道："这苏越健还真有一套，这么快就和李志丽套上近乎了。"

"出门在外，女孩需要有个人照看，老臭这是抓准了时机。"

徐昕蕾问："我需要照顾吗？"

薛亦龙说："你不需要，我需要。"

两个人坐在铁架上看海面上苏越健和李志丽潜水。

苏越健随着陪练潜下去，一眨眼又上来了，大口喘气，还吐了几口水。再往下潜，又是一眨眼浮上来，这次更厉害，苏越健连连咳嗽。

薛亦龙大声喊："老臭，你镇静些，调整好自己的呼吸。"

徐昕蕾说："苏越健，告诉你一个秘诀，你用手捏住自己的鼻子，就不会呛水了。"

薛亦龙看了看徐昕蕾："你的经验？"

徐昕蕾点头："是啊，我第一次下水就用的这个办法，很管用的。旁边有陪练帮你游水，你只要管好自己的呼吸就没有问题了。"

薛亦龙道："你好聪明，我怎么没有想到这一招。"

徐昕蕾咯咯笑道："这只能说明一点，你这个人笨。"

这时候，苏越健已经举手投降，再也不下潜了。他笨拙地攀上铁架，跌坐在台阶上，抹了一把脸上咸咸的海水，叹道："妈妈上帝呀，我下次再不潜海了。"

薛亦龙指着苏越健说："徐昕蕾，瞧见没有，比我笨的人在那里。"

李志丽潜水很顺利，几分钟后上来，脸上挂着满意的笑。

徐昕蕾问："看到海底珊瑚了？"

李志丽说："看到了，海底的生命简直太神奇了。"

游完蜈支洲岛，旅游大巴载着他们往天涯海角赶。沿途路两边都是高大的椰子树，还有小山村。薛亦龙想象着这里的孩子，像小猴子似的爬到高高的椰树上摘椰果，悠然有种回到童年的感觉。但他的童年是没有椰子树可以爬的。

一行人住在三亚市一个叫望海楼的四星级宾馆，安顿好之后，导游带着大家乘车去天涯海角。一路上导游通过小喇叭讲天涯海角的传说。

天涯海角位于三亚市区约 23 公里的天涯镇下马岭山脚下，前海后山，风景独特。步入游览区，沙滩上那一对拔地而起的高 10 多米、长 60 多米的青灰色巨石赫然入目。两石分别刻有"天涯"和"海角"字样，意为天之边缘，海之尽头。这里融碧水、蓝天于一色，烟波浩瀚，帆影点点。椰林婆娑，奇石林立，如诗如画。那刻有"天涯"、"海角"、"南天一柱"、"海判南天"的巨石雄峙南海之滨，为海南一绝。

"南天一柱"据说是清代宣统年间崖州知州范云梯所书。相传很久以前，陵水黎族有两位仙女偷偷下凡，立身于南海中，为当地渔家指航打鱼。王母娘娘恼怒，派雷公电母抓她们回去，二人不肯，化为双峰石，被劈为两截，一截掉在黎安附近的海中，一截飞到天涯之旁，成为今天的"南天一柱"。

在古代，中国人认为世界是天圆地方的，"天涯海角"在中文里的意思是世界的尽头。所以这里被帝王当作流放地，很多犯错的官员都曾流放到这里，然而这片曾被认为是荒凉、遥远的土地，现在却是美丽、浪漫的代言词。

来到天涯海角景区，除了游览观赏到自然与人文景观外，每个人都会

触发各种各样的联想和感悟，"海上生明月，天涯共此时"的亲情，"爱你到天荒地老，陪你到天涯海角"的爱情，"海内存知己，天涯若比邻"的友情，"独上高楼，望尽天涯路"的悲哀，"同是天涯沦落人，相逢何必曾相识"的慰藉，"天涯何处无芳草"的豁达，"海角尚非尖，天涯更有天"的超然，以及"海阔天空"的心态等等。自然景观与人文情感的融合，正是天涯海角的独特魅力所在。

薛亦龙对海南三亚的风景印象很深。望着高高的椰树，薛亦龙忽然想让自己变成一只猴子，爬到树梢摘椰果。天涯海角除了有闻名遐迩、让人抚今怀古的摩崖石刻群外，现在还包括历史名人雕塑园、笆篱凝霞景区、滨海摩崖石刻和"天涯路"等几大区域，以原始、自然、古朴为主要特色。笆篱凝霞景区，婀娜摇曳的椰树在艳阳、晴空和大海的衬托下，展示着海岛特有的热带风情。海天自然景区，海浪长年累月的冲刷塑造出千姿百态的磊磊奇石，巍然屹立于海天之间，笑傲惊涛骇浪，见证着沧海桑田的变迁；拾级而上登台望远，但见沧海泛波高天流云，一派海阔天空的景象。穿行于林荫"天涯路"，观石、赏花、听溪，各种奇石异木和高山流水、百川归海等园林景观营造的生态氛围和文化意境又令人流连忘返。

在细密的沙滩上，大家纷纷合影留念。导游指着两处石头："大家仔细看一看，有没有觉得这里的风景很熟悉？好像在哪里看到过？"

有记者说："这是人民币上的风景。"

导游小姐点头微笑："老版人民币2元的背面就是天涯海角的风景图，面对实景时不妨仔细比较一下。"于是不少人过去指指点点，发表感慨。

导游小姐又提醒大家说："凡是来到天涯海角，别忘了给你的情人、家人打个电话，告诉他们你在天涯海角，也预示着你无论走到天涯海角也没有忘记他们。这将是一份厚重的令他们难忘的情感礼物。"

徐昕蕾看了看薛亦龙说："怎么不打电话？"

薛亦龙说："我给谁打电话？"

徐昕蕾说："你跟谁打我怎么知道？这得问你自己。"

薛亦龙说："我给你打吧！"

徐昕蕾说："我就在你身边，用得着打吗？"

两人正说着，薛亦龙的手机响了，却是姐姐薛亦侠打过来的。薛亦龙

看了一眼徐昕蕾，独自往海滩走了走。

"喂，什么事啊？"

"亦龙，你在哪里？我打到你们单位，单位人说你出差了。"

薛亦龙说："我在海南的天涯海角，这不正想跟你打电话的嘛。刚才导游小姐说，在天涯海角给亲人打个电话，说明你在天涯海角还想着她。"

薛亦侠："亦龙，你少跟我来这一套，我不给你打电话，你猴年马月才想起给我打电话。我问你，你对象的事谈得怎么样？究竟有没有对象啊？我们单位宋姐有一个堂侄女，前年南京师范大学毕业，照片我看过，身材高挑，也很漂亮，我看挺适合你的。你什么时候回来一趟，两个人见一见面。"

薛亦龙苦笑摇头："我现在比较忙，'事业正处在上升期'，回不去。"

薛亦侠让薛亦龙给气乐了："你事业正处在上升期？别跟我胡说八道。你如果不回来，年底就要保证带回来一个女朋友。否则，你就别回来见咱爸咱妈了。"

薛亦龙："好的，我保证完成你交给我的任务，问咱爸咱妈还有姐夫、小侄子好。"

挂断电话，薛亦龙挠了挠头发，他这个老姐总是会挑时间给他打电话。

薛亦龙刚往回走了两步，他的手机又响了。

这次是谢文瑛打来的。

薛亦龙扭头看了看徐昕蕾，问："文瑛，什么事？"

谢文瑛说："我出差路过北京，来看看谢宾。你在哪里？"

薛亦龙说："我在海南三亚。然后跟随其他记者转机去云南丽江，回北京可能要等到五六天以后了。"

谢文瑛似乎有些失望："没事儿，我只是和你打声招呼。谢宾在北京让你操心了！"

薛亦龙说："谢宾跟着郭银山工作，其实我也没操什么心。"

谢文瑛说："如果没有你，他怎么能和郭银山郭主任认识呢。当然还要谢谢你。"

薛亦龙说："文瑛，你别跟我这么客气。你最近还好么？"

谢文瑛说:"还好,你开心玩吧。有时间再聊,再见。"

薛亦龙挂断电话,扭回头却发现徐昕蕾不知何时已站在他的身后。薛亦龙有些尴尬,一时不知怎么对徐昕蕾解释。

徐昕蕾不动声色,眨了眨眼说:"聊得还挺热,声明一下,我什么也没听见!"说完转回身往沙滩岸上走,走了几步,突然身体一晃,扑通一头栽到地上。

薛亦龙大惊,飞跑过去,抱着徐昕蕾连声喊:"徐昕蕾,你怎么了?"

第二十四章　情人之家

　　谢文瑛的确是出差路过北京，她从沈阳参加完新会计法培训，返回时中途在北京下车。谢宾在单位，所以谢文瑛下了车便径直去他的单位。谢宾从楼上迎下来，他变化很大，一身名牌衣服，脚上的鞋也是意大利名牌，精神奕奕红光满面。

　　谢宾说："姐，走吧，咱们去吃海鲜，我请客。"

　　谢文瑛疼爱地望着弟弟："又想显摆不是？你挣着钱了？"

　　谢宾挺了挺胸："挣着钱了。"

　　"挣着钱也不能乱花，留着娶小媳妇吧。"

　　谢宾嘿嘿笑道："姐，干吗娶媳妇一定要花钱呢？我娶个有钱的媳妇不就得了？咱不但不花钱，还赚钱。"

　　谢文瑛又气又笑："你想得倒美，就看有没有那样的女孩看得上你。"停顿片刻又说："在内地吃海鲜，太贵划不来。你还是找个特色小吃，我们随便吃一点儿。"

　　"好吧。"谢宾说着伸手拦了辆出租车，拉着谢文瑛去西单一个很有特色的饭店。路上谢宾先打了个电话："小红吗？我是谢宾。给我预定个房间，要好一点儿的。"

　　"你们几个人？"小红问。

　　"两个人。"

"你知道的，两个人不给包间，至少得四个人。"

"那你就按四个人报吧。我姐来了，我不能让她在外面乱糟糟环境里吃饭。明白吗？"谢宾说完就挂了。

半个小时后，他们来到西单大富豪饭店。谢文瑛下了出租车，就看到饭店门口迎出来一个女孩，看样子二十多岁，略施了淡妆。

"这是小红，是饭店大堂管理员。这是我姐谢文瑛。"

"大姐你好，请跟我来吧。"

谢文瑛微笑着点头示意。两个人随着小红上到二楼，里面有一间客房。谢文瑛进去发现，这个房间虽然不大，但收拾得干净利索，别有雅趣。"这个房间是专为我们老板预留的，今天就供你们用了。"小红落落大方地说。

"谢谢你了，小红小姐。"谢文瑛觉得有些不好意思。

谢宾也不客气，把外衣脱了挂在衣架上。

小红说："大姐，你别客气。"又转头问谢宾："今晚吃什么？"

谢宾说："你们饭店不就是那几样招牌菜吗？都上来吧，其他你看着配。"

"好吧。"小红转身出去。

谢文瑛被谢宾弄得有些摸不着头脑，看着小红关上门了，她盯着谢宾小声问："谢宾，你和小红是什么关系，怎么这样和人家说话？"

谢宾掏出一根希尔顿点上："一般朋友关系。"

"你怎么会抽烟了？"

"姐，做记者应酬多，烟酒都少不了的。"

谢文瑛觉得这个弟弟有些陌生了，一把夺下他的烟说："别抽了，我闻到烟味恶心。你说实话，你真的和小红是朋友关系？你们怎么认识的？"

谢宾说："真是朋友关系，我来这里吃过几次饭。她说她老家是河南洛阳关林的，就在龙门石窟不远的地方，我们就这样认识了。"

谢文瑛还是不相信："不对，我看，她看你的眼神好像不对，你们不像是普通的朋友关系。"

谢宾倒急了："姐，你不要多想好不好？也不要拿小城市的眼光来看人好不好？你说我会看上她一个饭店服务员，可能吗？"

菜是由一个小服务员一一端上来的，小服务员报菜名："鱼海龙胆，四喜鸭宝，老北京龙翅，淮扬风味鸡，凤凰汤。"这些菜名谢文瑛听都没听说过，虽然只是四菜一汤，但也看得她眼花缭乱。谢宾说："姐，你尝尝，这都是他们店的特色菜。"

谢文瑛问："这些菜要多少钱?"

谢宾说："你只管吃，管多少钱做什么!"

谢文瑛说："我想知道。你不告诉我，我就不吃。"

谢宾道："那就告诉你，四菜一汤，1800元。"

谢文瑛吓得筷子差一点儿掉在桌子下面："谢宾，你疯了，我们两个人吃1800元?"

谢宾压了压手说："姐，小点儿声音。实话跟你说吧，名义上是我请客，实际上有人买单。"

谢文瑛觉得奇怪："有人买单? 谁呀? 人家凭什么给咱买单?"

谢宾道："这你就别管了。我不是记者吗? 记者的朋友多，对人家来讲一顿饭花几千元钱是小意思。"

谢文瑛有些担心："谢宾，你可不要胡来啊?! 你要是出了什么事，那会要了咱爸咱妈的老命呢!"

谢宾搂了搂姐姐的肩说："老姐，你就把心放到肚子里，一百个放心吧。我学过法律专业，怎么能不知道什么叫犯法?"

两个人吃完饭，谢宾让小红拿来单子，他在上面潇洒地签了个名。然后两个人离开了大富士饭店，上了一辆出租车。司机问："两位去哪儿?"

谢宾说："去复兴门，上二环。"

谢文瑛道："你要带我去哪里?"

谢宾说："姐，我带你好好看看北京的夜景。每一次坐在车里看北京的夜景，我都心潮汹涌，激发我的无限斗志。北京是一个现代大都市，是聪明者冒险者的乐园。这里机会很多，满地都是黄金，就看你敢不敢去捡了。说心里话，我越来越爱我们伟大的北京。"

谢文瑛不高兴道："我宁可看着你安安稳稳过穷的太平日子，决不愿看你冒什么险大富大贵。"

出租司机从复兴门拐上二环，正北行驶。夜晚的二环路，流光溢彩。

谢宾指给谢文瑛看，哪里是金融街，哪里是财富大厦，哪里是金光路、CBD。

谢文瑛轻轻摇下窗，让扑面的冷风使自己头脑清醒一些。

"姐，听没听说过二环十三郎?"谢宾问。

谢文瑛摇头："二环十三郎是什么意思?"

出租车司机微微地笑了，手抚在方向盘上轻轻地移动。

谢宾也笑："姐，二环十三郎是说，有这么几个富家子弟，他们在二环路上飙车，在十三分钟内绕二环路一圈。而且，他们不是在夜深人静二环路上车少人少的时候，而是在白天，二环路上有许多车，这样他们才感到刺激。"

"绕二环一圈十三分钟? 北京的二环一圈有多长?"

谢宾说："北京二环路是北京市的一条环城道路，全程 32.7 公里，建有 29 座立交桥，全线为全立交、全隔离的城市快速道路。北京三环路全长 48 公里，共建有 41 座立交桥，是北京市城区的一条环形城市快速路。北京四环路全长 65.3 公里，全线共建设大小桥梁 147 座，并设有完善的交通安全设施。主路双向八车道，全封闭、全立交。五环路全长 98.58 公里，北京六环路全长 192 公里，是一条联系北京郊区卫星城镇和疏导市际过境交通的高速公路。"

出租车司机扭头看了看谢宾："哥们儿，交通局的吧? 对环线比我开十年出租的还清楚。"

谢宾嘿嘿笑了："我是管交通局的。"

谢文瑛还陷在自己的思索中："32.7 公里，大白天还有那么多车，跑十三分钟。不怕出人命?"

"要的就是刺激。"谢宾说："我准备明年买辆车，现在房价太高，咱不买房就先买辆车，跟上北京中产阶级的生活水平。"

谢文瑛吓了一跳："你才到北京多久，就想买车? 一辆车要多少钱?"

谢宾说："一般的车七八万，好一点儿的私家车大约十三四万。我们单位的记者，都开十七八万的车。郭银山那辆车三十万呢。他们的今天就是我的明天，咱走着瞧吧。"

谢文瑛望着谢宾的背影，感到弟弟变得很陌生，甚至令她感到莫名的

害怕了。

从二环路下来，谢宾让出租车驶上辅车道。十五分钟后，车停在一个环境幽雅安静的小区里。

"这是哪里？"

"我搬家了。"谢宾轻松地说。

谢宾拎着谢文瑛的包，在前面带路，上到一幢楼的四层，开门。

这是一个大约八十平方米的两居室，屋里全精装修，铺着木地板，电视机、电冰箱、洗衣机、微波炉等家用电器一应俱全。谢文瑛不相信自己的眼睛："谢宾，这是你现在住的地方？"

谢宾得意地点点头："怎么样？还可以吧！"

谢文瑛疑惑地问："租这套房一个月多少钱？"

谢宾环顾了一圈说："在北京我现在住的这个位置，八十多平方米的面积，这样的室内配置，每个月不应该少于 2600 元。"

谢文瑛惊诧地张大嘴巴："天啊，比我工资都多。你一个月挣多少钱，能租得起这么贵的房子？"

谢宾笑道："姐，实话告诉你吧，这房子我住着一分钱不用掏。"

"怎么可能？这房子属于谁的？你和这房子的主人是什么关系？他凭什么让你一分钱不掏住这么好的房子？"谢文瑛连珠炮似的问，语气中充满了焦灼与不安。

"别这样行吗？姐！"谢宾摆了摆手说："你知道现在我的身份是什么吗？我是记者！记者还有一个名字叫什么你知道吗？无冕之王。你放一百个心，我没有触犯法律，而且这房子的主人是心甘情愿让我来住的，他还对我充满感激呢。"

"你，你究竟和这房子主人之间是什么关系？他是谁？"

"姐，你就别打听了，有些事情我就是说了，你们圈外人也不会明白。浴室和洗手间在那里，今晚你睡卧室，我睡书房。天不早了，你早点儿洗洗睡吧。"

"你呀，从小就不让家里人放心。一个人在北京，做什么事得多个心眼儿，咱不让别人欺骗自己，但也不能去欺骗别人。做人总得讲个良心，这样每天晚上睡到床上才感到心里踏实。"

"行了行了，老姐，大道理我比你懂得还多。你就放心吧。"谢宾把姐姐推进卧室，他扭身进了书房。

谢文瑛长长地叹了口气，呆呆地在床边站了一会儿，这才打开行李，拿出自己的睡衣睡裤及洗漱用品，走进浴室。

半个小时后，谢文瑛洗完澡出来，用毛巾拍打着湿漉漉的头发，发现书房里还亮着灯，便轻轻推门进去。"谢宾，你还没睡？"

谢宾嘴里叼着烟，说："没事，还早着呢！你累了就先休息吧。"

谢文瑛凑近电脑，发现谢宾正在和一个网名叫黑发小魔女的人聊天。

谢文瑛问："黑发小魔女是谁？你们见过面吗？"

谢宾说："为什么一定要见面呢？我们这样相处不是挺好吗？只要两个人生活得开心就成。你不知道，许多网络情人见光死吗？"

"可是你根本不知道对方是谁？或许和你聊天的真实的人，是一个满脸胡子的男人。"

"不可能！哪会有那么变态？我试探过她，问她用什么化妆品，喜欢什么样的衣服，喜欢看什么样的电影。她回答得都很女性，如果是个大老爷们儿，他能说出女孩内衣的品牌？"

"什么？女孩内衣？你们还聊这个？"

"这又怎么了？"谢宾不以为然。

谢文瑛说："网络是虚拟世界，小心上当受骗。现在电视上、报纸上报道这方面的案子还少吗？一个内地男人和一个广东女孩通过网络谈恋爱，那个女孩今天说她爸爸生病需要钱，明天说她想买什么什么化妆品，后天又说她做生意需要一笔周转金，结果先后骗了内地男人十几万。等男人再找女孩却找不到了，只好报案，最后公安机关查出来，那个所谓的广东女孩，是一个三十多岁的男人，他们是一个犯罪团伙，专门通过聊天网恋诈骗单身男人。"

"老姐，你放心吧，我没有那么愚蠢！"

"恋爱中的男人女人智商都是零！你小心一些，若出了事，我不知道怎么向爸爸妈妈交代。"

谢宾笑着摇头："老姐，不要把网络想象成洪水猛兽，我现在是成年人，不是三岁小孩子，求求你把我当成人看行吗？"

谢文瑛还是不放心："你实话告诉我，现在你和她究竟是什么关系?"

"好吧，我告诉你，我和她现在是网上情人，我们还领了网络婚姻证。"谢宾说着打开一个叫情人之家的网页，让谢文瑛看。上面是一座豪华的别墅房，点开进去，里面有大客厅、小客厅、餐厅、书房、健身房，还有浴室、会客厅、客房等，和真正的别墅设置没有区别。

谢宾说："老姐，别小瞧这里面的东西，很多都是需要花钱买的，现在我和她都在这上面花了六七千元。"

"啊，竟有这样的事儿?"谢文瑛的嘴张得能塞进一个核桃。

第二十五章　　集体维权

徐昕蕾被送进附近一家医院，医生量过体温："40度。"

薛亦龙暗怪自己一路上太粗心，更不该让她去潜水看海底珊瑚。"大夫，她会不会有事?"

医生说："没什么大事。就是感冒，又受了些凉，输上液就没事了。她的体质很好，原来是运动员吧?"

阿伟吓得不轻，市贸易局组织记者名义上是来采访，实际上就是带着大家出来旅游观光，如果有哪个记者出意外，这种事曝光出去，领导责怪下来，他可承担不起。薛亦龙安慰阿伟："我问过医生，徐昕蕾不会有事，医生都说她体质好。"

阿伟拭一把头上的冷汗，连念佛祖保佑。

徐昕蕾醒过来，看到薛亦龙坐在旁边，嘴角挂起一丝笑："我怎么在这里?"

薛亦龙说："你没事了。"

徐昕蕾说嗓子有些痛。薛亦龙给她端杯水，徐昕蕾润了润嗓子。

徐昕蕾问："其他人呢?"

薛亦龙说："他们去看节目了，听说这里有世界小姐评选比赛。"

徐昕蕾说："我没事了，你去吧。多拍些世界美女照片，拿回来我也养养眼。"

薛亦龙说:"有你这个美女养眼,我就知足了。"

徐昕蕾伸手打薛亦龙,却被薛亦龙抓住了。一只小手握在一只大手里。徐昕蕾慢慢闭上眼,觉得此刻自己的身心都浸泡在温馨的海洋里。

薛亦龙:"现在身体感觉怎么样?"

徐昕蕾露出恬静的微笑:"还好吧。"

第二天上午,安排大家参观当地一个水果场。徐昕蕾睡一觉起来,感觉好多了,换了一身新衣,和大家一起去水果场采摘。采摘之后,一行人坐车赶赴海口。

海口的市贸易局是对口单位,局长、副局长、书记等一帮领导早就等在那里。知道是北京来的主流媒体大报大刊的记者,海口市贸易局的领导都很重视,晚上特意在江边一个风景优美的滨江饭店请客。大家坐在临海的厅台上,吃着山珍海味,喝着清爽饮料,十分开心热闹。

七点半,一行人告辞,直奔美华机场,准备乘 24 日当晚 10 点飞往昆明的 MU5748 航班去昆明。然而一件意外又令所有人意想不到的事情发生了——

薛亦龙一行与百余名乘客准时到达海口美华机场,9 点 50 分,机场广播说飞机晚点,却没有解释是什么原因。11 点,机场又广播该航班刚刚从昆明起飞,预计晚点 2 小时。100 多名乘客抱着一线希望继续耐心在机场等待。12 点零 8 分,在大家候机长达 4 个小时之后,机场方面突然宣布:MU5748 航班取消。

薛亦龙一行 40 多人,原定于次日一早乘另一航班飞往丽江,且机票、酒店都已预订,航程的改变打乱了后面所有行程。同行的一位工行系统的女士反应更强烈:"我们携带着工行系统的业务考试题,必须在明早 8 点到达昆明,否则全系统的考试都不能进行。这个责任你们谁来担?"

上百名乘客纷纷要求机场方面就航班取消给出合理解释,美华机场地面指挥中心的有关人员却不屑地回答:"具体原因我们也不清楚。"

乘客提出一定得给个说法。地面指挥现场值班人则一直强调需要与亚航云南分公司联系。在打了几个电话后,那位地面指挥现场值班人对乘客解释说:"昆明机场正在维修跑道,凌晨 1 点钟必须关闭所有跑道,飞机即使现在起飞,到昆明也不能降落,所以只好取消。"

长期做维权报道的苏越健忍不住跳出来，他的维权经验此时发挥了极大作用："维修跑道根本就不是理由！这又不是不可抗力，凭什么因此取消航班？"

记者李志丽也上前追问："我们乘坐的晚 10 点的飞机，如果正点现在已经到达昆明，与 1 点钟关闭不关闭跑道没有任何关系，飞机究竟为什么晚点？为什么不能让我们知道真实原因？"

很快乘客中以老臭苏越健为首，组成五六个人的乘客代表小组，强烈要求美华机场领导亲自出面解释。二十分钟后，一位自称美华机场指挥中心副经理蔡雷赶到现场。蔡雷承认此次航班延误完全是航空公司的责任，并解释说由于亚航云南分公司没有在美华机场设立办事处，他们只是与亚航云南分公司签订有代理协议，根据协议他们只能为乘客安排当晚的食宿。

蔡雷再次与云南分公司的负责人通话。争执很长一段时间后，他被告知："飞机已在美华机场落地，但由于飞行员连续飞行，过于疲劳，因此只能明天早上 8 点 40 起飞。"

苏越健提出："我们要求直接与亚航云南分公司对话，我们希望听到真实、负责的解释。"同行的另一位记者刘向东也强烈要求："云南航空公司既然属于亚兴航空公司，那我们要求与亚航有关人员进行对话。"

对于乘客们的这些要求，蔡雷说："亚航根本就不管云南航空公司的事情，之前曾出过多起类似事件，亚航都一概不管。"

"既然同属一个集团公司，分公司的事情竟没有人管？"乘客们更加不满。

之后，蔡雷又多次与亚航有关人员通电话，要求亚航方面到机场对乘客做出解释，但遭到拒绝。在此情况下，以苏越健、刘向东为首的乘客代表只好到美华机场地面服务中心办公室给云南航空公司的有关负责人打电话。但没料到，对方却态度非常强硬地说："由于昆明机场维修跑道是不可抗力，尽管飞机已经到达海口，但公司只好取消航班。"

现场一位具有专业知识的乘客代表立即指出："什么是不可抗力，不可抗力是指不可预见、不可避免、不可抗拒的自然原因，维修跑道显然是可以预见、可以避免，这类人为原因怎么能说成不可抗力？"

"驾驶员疲劳和维修跑道显然都不是站得住脚的理由，随便更改取消航班也不通知消费者，这不是拿消费者开涮吗？"

在大家的一再追问下，一位被美华机场工作人员称之为刘炳坤的云南航空公司地面值班负责人突然态度大变，坚持旅客只能接受云南航空公司做出的安排，最早乘次日早上 9 点的飞机前往昆明，其他无可奉告。并称，乘客不了解航空运输的特点，有些原因不能对乘客解释。直至 25 日凌晨三点，在三位乘客代表连续交涉两个多小时后，刘炳坤不但没有任何道歉表示，反而声明："只能如此，别无选择，如不接受安排，就是侵犯了亚航云南分公司的权利。"

苏越健气得鼻子都歪了，小母狗眼瞪得溜圆。"这事儿肯定没完。咱们到昆明再说。我这次要当一回乡下秋菊，不讨个说法我苏越健他妈的从此倒着走路。"

一辆蓝白相间的机场大巴在深夜三点载着一行人，颠簸半小时，来到一家被机场工作人员称为三星级的酒店住宿。薛亦龙与苏越健住同一个房间。进入房间，薛亦龙立即感到霉味扑面，墙面上雨水渗透的斑斑点点清晰可见。苏越健进屋嘴就没闲过，他摸摸墙，看看窗户，嘟嘟囔囔："你瞧一瞧亦龙，这墙上有霉斑，窗户上有雨水的痕迹，屋里还有蚊子，他妈的他们这是打发农民工呢？你等着，明天到了昆明，我得好好和他们算算账，不然我就不叫消费者维权记者。"

薛亦龙早就感到困倦，不想再和苏越健说话，倒头便睡。

在潮湿霉味的南方空气中，一百多名乘机的旅客迷迷糊糊地休息了不到三个小时，又被叫醒，急匆匆坐上大巴再次赶往机场。然而令他们哭笑不得的是，重新回到机场后，又被告知飞机晚点 50 分钟。从昆明回凉山州的 30 多名乘客立即提出抗议，他们已经预订 11 月 25 日中午的火车票，再次晚点，火车肯定赶不上了。在此期间，准备赴丽江的旅客又获知，要去丽江只能乘坐 25 日晚上 6 点 40 分的航班。如此，40 多名乘客原定 25 日在丽江的所有安排不得不取消。

25 日上午 9 点 50 分，亚航云南分公司的 MU5748 航班离开美华机场飞往昆明。对于飞机为何取消昨晚航班，苏越健悄悄向一位空姐求证，那位脸上长着好看的小酒窝的空姐说："由于航空公司别的地方出了事，飞

机调配不过来，25 日的调配才显得非常乱。"

亚航云南分公司为何不对消费者做出负责任的解释？上百名消费者决定联合向亚航云南公司讨个说法。11 点 10 分，飞机在昆明乌家坝落地。苏越健、刘向东、薛亦龙等立即要求乘务员尽快与航空公司联系，亚航有关负责人必须对航班取消做出真实的解释，并赔偿乘客的相关损失，否则近百名旅客拒绝离开飞机。

一位飞机乘警走过来。粗暴地问："你们这些人究竟想怎么样？"

苏越健口气也很硬："你是负责的吗？"

"我，我不是。"

"不是，请你回去，找说话管事儿的来。"

乘警无奈退出机舱。过了二十分钟，进来一个身材高大声音洪亮的汉子，一进机舱门，就毫不客气地说："你们这些人想干什么？你们这样不下飞机，耽误下一班航程，造成的损失全由你们来赔，你们能承担这样重大的损失吗？"

苏越健挺胸迎上去："你嗓门儿小一些，有理不在声音的高低。你也别拿那些来吓唬我们，我们懂！你得搞清楚了，首先违约的不是我们，而是你们航空公司。如果通过法律手段来解决，输的是你们而不是我们。"

那人依然口气很硬："你们马上下飞机，否则造成的严重后果你们负责。"

苏越健不示弱："你是哪位？如果你们不能正确处理这件事，所造成的严重后果，你能承担吗？"

那个人愣了片刻："你们是什么人？"

苏越健说："我们是记者，也是普通的飞机乘客，所以记者也得维权！"

那人气势立即下去了，嘴里不知嘀咕了两句什么，转身灰溜溜地出去了。

此后，近一个小时，亚兴航空公司没有一个人前来给消费者解释。12 点 20 分，亚兴航空公司的班车将飞机上的机长和乘务员全部接走。之后昆明机场警方执勤人员来到飞机上劝说乘客离开飞机，乘客与警方沟通后，警方答应尽快与亚航云南分公司联系。

空耗一个多小时后，来自云南凉山州宁南县的三十五名乘客陆续走下飞机，他们中间有七十多岁的老太太，还有年仅五岁的孩子。宁南县一位乘客说："航空公司的人这么牛，连一句解释道歉的话都不说！我们还要赶当天的火车回凉山，已经给我们延误一次火车，不能再耽误了。"

12点28分，云南航空公司运行总值班郭立保总经理总算出现在MU5748航班上。在口头对乘客道歉之后，他要求乘客们先下飞机，但对于航班取消的原因却仍拒不做出具体的解释，只是含混地说是由于"多种原因，各种各样的原因"。郭立保做出书面承诺："云南航空公司由于自身过错造成11月24日MU5748航班延误并取消，愿意对此承担相关责任，对乘客的相关损失做出赔偿。"

中午1点，余下的全部乘客离开飞机。在机场方面提供的专门区域，乘客与郭立保又经过1小时据理力争的谈判，因本次航班取消而权益受损最大的四十余名乘客，终于等来了云南航空公司的赔礼道歉和赔偿。

苏越健、刘向东和薛亦龙分别在海口和昆明机场，对该次航班的部分乘客随机采访，大部分乘客认为，民航方面态度不积极，总在采取拖延战术，或者置之不理、含混其词，妄图糊弄乘客。处于弱势地位的乘客，只有采取"占机"这一强硬措施，才能促使民航方面对他们足够重视，并在尽快的时间内解决问题。一位乘客说："这是我们唯一有效的办法。"

经此维权事件，老臭苏越健成了这一行人中的大红人，李志丽也对他另眼相看。

薛亦龙私下里问："你为什么表现如此神勇？"

苏越健嘿嘿一笑："要想抱得美人归，就得争取一切表现的机会。"

吃过午饭，一行人去昆明湖转了转，李志丽一直亲热地和苏越健同行。两个人常一起走在后边，嘀嘀咕咕不知说些什么。

徐昕蕾笑道："想不到老臭还真有这本事。"

薛玉龙道："他是维权记者，对消费者维权这一套当然很熟悉。"

25日晚上6点40分，一行人乘坐飞机去丽江，入住丽江酒店。等待他们的将是一个充满异族风情的崭新旅程。

第二十六章 玉龙雪山

次日上午，众人参观丽江古城和丽江公园。

徐昕蕾的感冒好多了，虽然身体还有一些绵软，但精神不错。在丽江公园里，她很快活地和当地的纳西族少女合影，下午还坚持要去攀爬玉龙雪山。薛亦龙有些担心她的身体："听说玉龙雪山很高，空气稀薄，你这小身子骨儿能行吗？"

徐昕蕾微笑着望着薛亦龙："不是有你吗？"

薛亦龙苦笑点头："行，大不了我背你！"

在玉龙雪山的山脚，孤单单有一个小店，苏越健买了一条围巾送给李志丽。徐昕蕾看中了一条上面织着东巴古老文字的披肩，披在身上问薛亦龙好不好看。薛亦龙点头，女售货员操着不标准的普通话说："她披在身上很漂漂，给你妻子买一件吧！"

徐昕蕾脸一红道："莫要乱讲啊！"

蓝天白云，高耸的大山，披着披肩的徐昕蕾别有一番韵致。薛亦龙笑着付钱说："好，我买了。"然后拉着徐昕蕾到旁边的山溪上照相。山溪水清冽，据说就是从玉龙雪山上流下来汇成的河流。

一行人换上租来的厚厚的鸭绒服，等了近半个小时，才开始爬玉龙雪山。山上有千年积雪，举目望去，一片皎洁的白。徐昕蕾虽然直喊累，但看到白雪，依然很开心，摆了各种姿势让薛亦龙给她照相。

苏越健过来道："你们俩不在这里合一张？"

"好啊！"徐昕蕾说着，拉过薛亦龙，向前面跑了几步，站在一片白雪上面。

苏越健调动他们："喂，两个人再靠近一些，徐昕蕾，你脑袋向薛亦龙胸前歪一些，表现出很温柔很妩媚的样子。对了，就这样，瞧我的镜头。"

苏越健摁下按扭，徐昕蕾跑过来看了，咯咯笑道："老臭照得不错！"

薛亦龙也过来看，两个人亲密地依偎着，背后是千年高耸的玉龙山脉。徐昕蕾很开心地笑着，露出洁白的细碎的银牙，脸颊上两个好看的酒窝清晰可见。不由得心中暗暗地一动。猛一扭头，却遇到徐昕蕾的目光。

两个人都有些不自然起来。

下山时他们乘坐的是玉龙雪山大索道。大索道就在玉龙雪山的主峰扇子陡主景区，这里的风景以冰川为主，索道起点海拔高度是 3356 米，终点海拔高度是 4506 米。索道的顶部还有栈道，如果体力不错，还可以再往上走，直到能到达的最高点——海拔 4680 米处。

晚上，众人又去看名为印象丽江的晚会。

薛亦龙与徐昕蕾座位紧挨着。先听到的是纳西古乐，由《白沙细乐》、《洞经音乐》和皇经音乐组成。纳西古乐融入了道教法事音乐，儒教典礼音乐，甚至唐、宋、元朝的词、曲牌音乐，形成了它独特的灵韵，被誉为"音乐化石"。纳西古乐有着一套严格的传承方式，他们遵循以师带徒或父带子的方式，使古乐代代相传，并用工尺谱为媒介，以口传心授的方法传教。师傅口唱工尺谱，一曲曲一句句地教，徒弟一曲曲一句句地背。边背工尺谱边学习演奏一件乐器，然后逐渐实践，边学边奏，直至逐曲熟练。正是由于这种严格的传承方式，纳西古乐才得以流存至今。

纳西古乐会集古老乐曲、古老乐器和高寿艺人为一体，被誉为稀世"三宝"。古乐会演奏的乐曲历史悠久，古朴典雅，最早可追溯至唐代。而古乐会的成员中，有半数以上是年逾花甲的老艺人。

看着台上几位六七十岁的老艺人尽心演奏，薛亦龙仿佛被带回到远古时代。音乐的魅力是电影电视等其他艺术形式无可取代的。接下来，台上灯光迷离，一对俊男美女开始用肢体语言演绎着东巴人古老的走婚习俗。

摩梭人属纳西族，主要居住在金沙江东部的云南省宁蒗县以及四川盐源、木里等县，人口约四万余人。宁蒗境内摩梭人口15000多人，主要聚居在泸沽湖畔的永宁坝子。摩梭人的语言、服饰、婚姻习俗跟金沙江西部的纳西族有差异。摩梭习惯依山傍水而居，房屋全用木材垒盖而成，当地俗称"木楞房"。

阿夏是摩梭语，意为亲密的情侣。所谓阿夏异居婚，就是男不娶妻、女不嫁人，男女双方各居母家，男子只是夜晚到女阿夏家居住，清晨返回母亲家里参加生产生活，这叫"走婚"。

阿夏异居婚所生子女，属于女方家庭成员，姓氏随母，由女方家庭共同承担抚养义务，生父与子女不在一个家庭生活，男方没有法定的抚养子女的义务，但生父可去看望和关心子女的生活及教育。男女双方一生可以结交多个阿夏，但不可同时结交两个，只有跟一个终止了阿夏关系后，才能结交另一个。阿夏双方结合自愿，离异自由，一旦感情破裂，一方不再登门，或一方不再开门，甚至托人捎个口信，便可自动解除阿夏关系，另找自己的意中人，双方没有相互的怨恨和嫉妒，他人也无非议。因为男女双方建立阿夏关系，完全以情爱做基础，不受家财、地位的影响，不带政治宗教的背景，所以从未产生过情杀、自杀，更不会牵涉到家庭和社会的纷争。

27日，一行人又乘车去石林游玩。傍晚回到昆明。第二天准备回北京。

吃过晚饭，晚上没有安排什么集体活动。老臭苏越健便喊薛亦龙、刘向东同去洗澡。薛亦龙说："我困了，你们去吧。"

苏越健小母狗眼一瞪说："薛亦龙，你不能关键时候掉链子。怎么？是不是怕徐昕蕾不乐意啊？"

薛亦龙说："滚蛋，别胡扯。你要去哪里洗澡，我陪你就是。"

"这才像个纯爷们儿。"老臭拍拍薛亦龙的肩。

薛亦龙忽然想起什么，问："你和李志丽进展得怎么样？小猫吃到鱼没有？"

苏越健摇头："别说吃鱼，连个荤腥都没让我碰到。如果进展如意，我能有心情拉你们去洗澡？"

薛亦龙想起徐昕蕾的话："他们俩还不知道谁玩谁呢!"不由得呵呵笑了。

苏越健问："笑什么?"

薛亦龙说："没笑什么,你是不是给李志丽当了几天拎包的伙计呀?"

"呸!当伙计又怎么了?给美女拎包,我愿意。"苏越健硬着嘴巴说。

出了宾馆,打了一辆出租车,司机问:"三位想去哪儿?"

苏越健道:"有没有洗澡的地方,我们想洗澡。"

司机想了想说:"倒有一个,我带你们看看。"

大报记者刘向东说:"这次市贸易局阿伟他们安排得并不好。以前我们出来玩,每人发给一张卡,卡里打的有钱,你到哪里消费,刷卡就可以。"

苏越健嘿嘿笑着问:"找小姐也刷卡?"

刘向东神秘地点点头。

出租车开了二十分钟,绕了几个圈儿,来到一个洗浴房。三个人进去,里面空荡荡的一个大泳池,却没有一个人。薛亦龙说:"花钱在这种地方洗,还不如回宾馆洗澡呢。"

苏越健和刘向东也没了兴致。三个人只得回来,在电梯里,苏越健看到有一张广告,上面有足浴服务。便说:"亦龙,咱们叫个按摩足浴的,如何?"

薛亦龙还从来没有让人按摩足浴,想到人生贵在体验,他也想体验一下这种按摩服务,便点头:"你想叫就叫吧。"

苏越健记下电话号码,回到宾馆房间拨通电话。苏越健问:"多少钱一位?"

那边答:"120元。"

苏越健又问:"都有哪些服务项目?"

那边答:"中药浴足、按摩、修剪等。"

"有没有提供别的服务?"

"对不起,没有!"

苏越健冲薛亦龙吐了吐舌头说:"没有就好,你们派人来吧!"

不到一刻钟,有人敲门。苏越健跳过去开门。进来一个三十多岁女

人，模样还算周正。薛亦龙和她闲话，知道她是江浙一带人。按摩女说他们两口都在这里从事按摩，做有近十年了。薛亦龙问："为什么不在你们老家做呢？"

按摩女苦笑道："我们这种工作，是不能与人讲的，也不能让亲戚朋友知道，所以都在离家远的地方做。"

每人足浴按摩二十多分钟，各付了一百二十元。洗完足，果然感觉非常舒服。苏越健感叹："这有钱人就是会享受，天天有人给我按摩足简直是神仙过的日子。"

薛亦龙说："贵在经历。咱体验一把就行了，天天这样按摩，就你那点儿工资够舒服几回？"

第二天一早众人吃过饭，赶赴昆明机场。在机场准备登机时，徐昕蕾忽然接到一个电话。

"你好，徐昕蕾记者吗？我是中央电视台的记者……"

第二十七章 名牌倒掉

　　徐昕蕾接完电话，神色立即紧张起来，举目四下里找薛亦龙。薛亦龙正和苏越健、刘向东等几个男记者聊得热乎。苏越健显摆自己昨晚找按摩女的感受："那一双小手，轻轻按摩揉捏你的脚巴丫，啧啧，好舒服。"

　　徐昕蕾过去扯了薛亦龙到一边儿："亦龙，刚才中央电视台的记者找我，说要采访我是如何发现金路易家具这个惊天骗局的？我怎么回答？"

　　薛亦龙嘿嘿笑问："中央电视台的记者找你？"

　　徐昕蕾肯定地点点头。

　　薛亦龙想了想说："这很简单，我把我的调查经过告诉你，你照本宣科就成了。"

　　"他们问我发现这个惊天骗局的起因是什么？我能说读者举报吗？好像在这之前，没有任何一个读者发现金路易是假名牌？如果他们发现我是在撒谎，那该怎么办？"

　　薛亦龙说："这不太简单了吗？你就说你看到二环上有他们的巨幅广告，一个床头柜8888元，觉得这个价位贵得离谱，远远超过了中国普通消费者的承受能力。出于好奇，就想知道金路易家具的原生产商是什么样的情况。你的英语还不错，就去英国的相关网站做调查，结果发现在巴黎没有这么家公司。于是你开始怀疑他们是在做假，这个逻辑链很清楚吧！"

　　徐昕蕾眨了眨眼，忽然狡黠地笑道："薛亦龙，你知道吗？你是一个天才。"

薛亦龙与徐昕蕾等人从丽江回来,在家休息了一天。第二天薛亦龙精神奕奕去上班,走廊上正碰上宋歌。宋歌一把拉住他,悄声说:"坏事了,大事不好了。"

"怎么了?天没有塌下来啊!"薛亦龙觉得这位研究生毕业的女生有些大惊小怪。

"还是你自己看吧。"宋歌拉着薛亦龙走进办公室,打开自己的电脑上网,用谷歌搜索"金路易家具",竟然出现了 18887856 条相关信息。新华网、人民网、中央电视台网、中国新闻网、网易、腾讯等纷纷转载,就像有人在家具行业引爆了一个炸弹。其中绝大多数都是徐昕蕾的署名文章《揭开著名国际品牌金路易家具的惊天大骗》。

连中央电视台都关注了这条新闻,薛亦龙已经想象到网上会热炒到什么程度。但他还是佯作惊奇:"怎么有人报出来了?"

宋歌瞪着疑惑的眼睛:"我也在暗暗奇怪,这件事情只有我们俩知道,这个记者是怎么写出来的?"

薛亦龙一副见怪不怪状:"现在北京从事打假维权这方面的记者太多了。我们在关注金路易家具的同时,别的记者也关注到了。这有什么奇怪呢?"

宋歌点点头:"也许有点儿道理。你知道吗?我听说司法机关已经介入金路易家具的调查当中了,那个叫钟万魁的老板,好像已经被抓起来了。"

"有这么快吗?"薛亦龙佯作不痛不痒地问。

此时,周正春也看到了网上的转载报道,气得直骂娘:"法国金路易家具,我就是冲着它的名气和品牌才去买的。没想到中了个大骗局。真是倒了八辈子霉了!不行,我得找厂家退货。"

宋歌与薛亦龙会意一笑。周正春恐怕做梦也想不到,这个惊天骗局的揭露者与他身边的两个人关系密切。

薛亦龙坐公交车路过二环,发现原来那面无比巨大的金路易家具广告已经被撤销了。望着那空空的架子,薛亦龙脸上露出得意的一笑。善有善报,恶有恶报,不是不报,时候未到。时候到了,一定要报!

中央电视台请徐昕蕾去做记者在线节目。徐昕蕾仍然有些害怕，担心自己说不好会露出马脚。薛亦龙安慰她说："我陪你去吧。"

一路上薛亦龙又把主持人可能问到的每一个问题都详细给徐昕蕾讲了一遍。

演播室在中央电视台一个百十平方米的大厅，四周布置得很简陋，惟有节目主持人后面的背景是精心布置的。他们还请来了五六十个观众。引导员事先要调动观众现场情绪，与观众讲解如何坐姿，如何发言问话，何时该鼓掌等。

薛亦龙便混在那群观众之中。

除了徐昕蕾之外，央视还请了两位北大的专家，一位地方政府的官员。主持人先请徐昕蕾讲了采访的大概情况，然后是政府官员就此事表态。其次是两位专家从社会学、法律角度进行了阐述。之后是记者、专家、主持人、官员之间的交流互动。当然，两个专家还谈到受骗消费者如何维权的话题。

主持人问："徐昕蕾记者，究竟是什么让你决定冒险来采写这篇稿件?"

徐昕蕾想了想说："记者的职业就是还民众以真相，捍卫公众的知情权。"

台上台下响起一片热烈而长久的掌声。徐昕蕾轻轻扭回头，她似乎看到了坐在群众席上的薛亦龙冲她摆出一个胜利的手势。她知道，他才是真正的英雄!

法国女记者朱莉叶打来电话，说她看了中央电视台播出的记者在线节目。她很遗憾，为什么坐在主持人对面的不是薛亦龙而是一个她从没见过面的黑头发女记者。

薛亦龙说："中国消费维权打假的记者很多，她可能提前了一步。"

朱莉叶说："我知道，记者这一行业竞争很厉害，我在法国也是这样。"

薛亦龙庆幸朱莉叶没有在电视中看到自己，但让他没想到的是，宋歌也看到了徐昕蕾所参加的那台节目，而且还在观众席上看到了薛亦龙的身影。尽管镜头只是一晃，但宋歌肯定自己没有看错。

刹那间，聪明的宋歌忽然明白了什么。

在第二天下班后，当办公室只剩下宋歌和薛亦龙时，她叫住了正要离开的薛亦龙："喂，你站住，我有件事想问你。"

薛亦龙回过身，笑眯眯地望着宋歌："什么事儿？我今天不能请你喝咖啡了。"

宋歌说："中央电视台播出的有关金路易家具的节目我看到了。"

"是吗？节目做得不错吧？"

宋歌说："我看到你坐在观众席上。"

薛亦龙愣了一下："我是他们邀请的观众。"

"薛亦龙，你是不是还想骗我？"

薛亦龙暗吃一惊，没再说话。

"你和那个徐昕蕾是朋友，对吗？你把那篇由我们俩冒死采访的稿子给了她？你要让她出名，成为一名明星记者？是因为你爱她？是吗？"

薛亦龙摇头："不，宋歌，你听我说——"

"好，那你告诉我，你知道那篇报道的分量，却不在我们自己的杂志上发表，偏偏要给其他单位一个漂亮的女记者，是因为她很漂亮？"

"不，不是这个原因。"

"那你说是因为什么？"宋歌气得嘴唇发抖。

"我——"薛亦龙一时不知道如何向宋歌解释，他不想把自己和钟万魁所做的交易告诉宋歌。

"你不用解释了，我什么都清楚。"宋歌转身冲出房间。

薛亦龙追到走廊，大声喊："宋歌，宋歌！"但宋歌的脚步声已消失在走廊尽头。

发行部的门开了，一个中年女人探头看了看薛亦龙，诡秘地一笑，又关上门。

薛亦龙不想和那个中年女人解释，他重重地关上办公室的门，从办公桌抽屉掏出一支烟点上，深深地吸了一口。他隐约觉得，宋歌的愤而离去，对自己来说绝对不是一个好兆头。但他依然不想和这个刚走出大学校门的实习女记者说明太多。人太复杂，社会太复杂，有些事情不是几句话就能解释得清楚的。

以后的几天，宋歌再不理会薛亦龙。有两次薛亦龙主动和她打招呼，她也只装没听到。这与从前宋歌对薛亦龙的态度截然相反。

这种现象当然逃不过周正春的眼睛，他预感到在薛亦龙和宋歌之间肯定发生了什么事情。以他男人的角度，他总感到宋歌像一头小雌兽，向薛亦龙释放着某种渴望的味道。然而，并不愚笨的薛亦龙对于宋歌的那种信号，却表现得很迟钝。他从不或者说很少接招儿。而今宋歌的截然相反的态度，不能不令周正春思考，会是什么事情呢？难道宋歌追求薛亦龙遭到拒绝？或者薛亦龙做了什么对不起宋歌的事情？他们两个之间曾经那么微妙的关系，为何突然间就降到了零下十几度呢？

望着薛亦龙与宋歌的背影，周正春陷入深深的思索，他觉得这里面隐藏着对自己非常有利的机会。其实很久以来，他就像一匹隐藏在荒草深处的野狼，随时在寻找着目标，寻找时机，然后出击，将对手一招毙命。

所谓小人，就是把自己的精力与智力过多运用在阴谋上的家伙。

薛亦龙本想找机会和宋歌好好解释这件事情，但不巧的是，这时候他的那位很早就说想到北京参观参观的中学同学宋时雨突然来到北京。

此前，宋时雨几次打电话说来，但又几次因故没能成行，这次好不容易来了，薛亦龙不得不抽出时间，陪他参观了故宫、天坛，爬了长城，还到天桥的德云社听相声。

宋时雨说："郭德刚、何云伟、李菁在电视上经常看他们说相声，亲自到德云社剧场听，感受还真有些不一样。"

第三天，宋时雨要坐火车回去，薛亦龙一直送他到西客站。薛亦龙准备返回时，忽然看到几步之遥的进站队伍中出现了一个熟悉的身影——王环！

薛亦龙知道王环与老臭苏越健曾经往来密切。不知道她这次离京是出差，还是其他什么事儿？薛亦龙又发现王环神色憔悴，也就是一个月不见，她怎么变化这么大呢？因为相隔太远，薛亦龙无法和她打招呼，只能看着她的背影消失在进站口。

薛亦龙做梦也想不到，在王环身上刚刚发生了一件几乎危及她生命的凶险事件。

第二十八章　等　候

　　宋歌一连几天都因为薛亦龙而很不开心。这天下班后，她一个人到一家咖啡厅喝咖啡。咖啡厅里播放着悠扬的音乐，一个不知名的外国女歌手声音略带沙哑地在低声伤感倾诉。

　　音乐魔幻的手轻轻抚弄着宋歌的心弦。她一小口一小口地品着咖啡的滋味，隐约不知从哪里传来咚咚的舞曲。

　　时间很快过去，外面的天渐渐黑下来。夜色更增加了伤心人的情绪。这时候，从酒吧里面走出一个高大英俊帅气的小伙子，正是谢宾。他漠然从宋歌身旁走过。一缕微风从宋歌的眉梢刮过，她抬头望着谢宾的背影，忽然有一种心动的感觉。

　　缘份就这样在现实中擦肩而过。宋歌依旧喝着咖啡，但她的脑海里却闪现着那个刚刚走过的男孩的背影。冥冥中有一种感觉，难道他就是自己真正要寻找的人？宋歌疾步追出去，街上冷冷清清的，却不见一个人影。

　　他走了，他就这样与自己擦肩而过，也许今生再也见不到他了。

　　一辆又一辆出租车从宋歌的面前开过去。她抚了抚热烘烘的脑袋，也许他早已经坐出租车离开了，宋歌颓丧地回到咖啡厅重新坐下。这时，两个穿着怪异、染着黄毛的小伙子摇摇晃晃走过来，坐在宋歌的两边。

　　"喂，学生妹，在想什么呢？"

　　"我们看你有一个多小时了，一个人喝咖啡没意思。走吧，跟我们一

起玩吧。"另一个黄毛说着，指了指咖啡厅的最里面。

宋歌顺着他手指的方向，看到一张桌子旁坐着四五个年轻男女，虽然灯光模糊，但依然能看到他们打扮得时尚艳丽，一个束着高高马尾的女生冲她举了举杯子。

宋歌微微一笑，走过去。两个染着黄毛的小伙子跟在宋歌后面，左摇右晃，四肢乱舞。

马尾女生伸出手和宋歌握了握说："欢迎加入我们的团队。楼上有个迪厅，我们一起上去跳舞。如何？"

宋歌点点头："好啊！只要开心就好。"

一行七八个人从幽暗的楼梯上去，楼梯靠着的墙上，不知什么人涂着古代玛雅人疯狂舞蹈的图案。

楼上竟然是间一二百平方米的大舞厅。一个领舞的长胳膊长腿细腰的女子随着舞曲在领舞台上晃动。两个黄毛小伙子一左一右拉着宋歌往舞池里走。

宋歌脱去外衣，随着音乐渐渐起舞。马尾女生跟在宋歌后面，点头晃脑也慢慢跳起来。

舞曲越来越激烈，领舞的女子扔了自己的紧身罩衣，裸出两条瓷白的胳膊，高举在半空，像两条晃动的白蛇。丰满的臀部随着两只穿高跟鞋的脚左拧右摆，引起台下跟舞的男女发出一阵阵疯狂的啸叫。

舞曲更加激越，年轻人的情绪越来越高涨。

宋歌优美的舞姿很快吸引了许多舞者，他们围绕在宋歌周围，一边跳舞，一边发出惊诧的怪音。

马尾女生舞到宋歌面前，以眼睛和手示意她去领舞台。宋歌会意，突然像燕子似的飘到领舞台上。那个像水蛇一样的领舞女为她让开位置。宋歌沉浸在这种激越的完全灵魂开放的舞蹈中，她放肆地通过肢体挥洒着自己过盛的精力和难以压抑的欲望。她的额头上堆起细密如珠的汗，而在她的眼角，没有人注意到，混在那汗水中的，还有泪水。

舞曲结束，一个穿着华贵的四十多岁女人走向宋歌。

"您好，我是这家舞厅和咖啡厅的老板。请问您叫什么名字？"

"宋歌！"因为剧烈的运动，宋歌的胸脯还在激烈的起伏。

"宋歌，好美的名字。我有个主意，不知道你愿不愿意来我们这里做领舞兼职。我得承认，你的舞蹈很有影响力，或者叫蛊惑性。我们需要你这样的人才。费用你可以先开个价，我们好商量。"

宋歌冷冷地看了女老板一眼，抓起自己的衣服转身就走，只留给女老板一句话："对不起，我没兴趣。"

女老板望着宋歌的背影，遗憾地摇了摇头。

回到租屋，宋歌先洗了个热水澡。屋里因为有暖气，显得很温暖。洗浴后的宋歌换上一身宽松舒适的睡衣，然后坐在电脑前面。

打开电脑，QQ上线。一个熟悉的标志在不停地闪烁。

那个叫帅气酷男的网友已给她发了几个问候："您好，在吗?"

"我又给咱们的家添置了一台高档音响，你可以回家听一听。里面有你最喜爱的歌——天使的翅膀。"

"很爱你。你的老公。"

宋歌终于笑了，也许只有虚幻的网络才能安慰她那颗受伤的心。

"你好，我刚回来，你还在吗?"宋歌问。

"在，一直在等你。很担心你这么晚还没有回家。"帅气酷男立即现身。他可能根本就没有离开，只是把自己设置为在线隐身。

宋歌打上去一个灿烂的笑脸。

帅气酷男还以一束鲜红的玫瑰。"今天快乐吗?"帅气酷男问。

宋歌不想回答这个问题，她说："今晚一个人去跳舞了。"

"一个人? 跳舞???"帅气酷男一连打了三个问号。

"我在大学时，拿过全校自由舞第二名。"宋歌说。

"为什么是一个人? 心情不好吗? 如果有我在你身边就好了，我们一起跳舞。我在大学也是一个跳舞高手。"

宋歌打上一个竖起的大拇指。想了想，又问："我们这样认识多久了?"

帅气酷男："两个月零26天22小时。"

宋歌的心一动："你记得这么清楚啊!"

帅气酷男打上去一个鬼脸："我们在情人之家网上相识，然后共同建起了我们的家，你做女主人，我做男主人。我们还领养了一个可爱的小宝

宝。你坚持按时给宝宝喂奶，给他大小便。你是一个细心的女孩！我爱你。"

宋歌露出笑脸，尽管那只是网上的游戏，但她的确一直做得很认真。他们网络认养的宝宝如超过八小时不喂奶，就会饿晕，超过十六小时不喂奶，就会饿死。"我想我们的宝宝健康成长。"宋歌又打上去一个笑脸。

帅气酷男送来一个热吻："你会是一个好妻子、好妈妈！"

宋歌打上去一个陶醉的笑。

帅气酷男："我刚下载了一首歌，周杰伦的《千里之外》发给你听。"

宋歌的电脑里已经有这首歌，但她还是回道："好！"

接收到帅气酷男发来的《千里之外》，宋歌立即打开来听。

我送你离开千里之外你无声黑白
沉默年代或许不该太遥远的相爱
我送你离开天涯之外你是否还在
琴声何来生死难猜用一生去等待

一身琉璃白透明着尘埃你无瑕的爱
你从雨中来诗化了悲哀我淋湿现在
芙蓉水面采船行影犹在你却不回来
被岁月覆盖你说的花开过去成空白

梦醒来是谁在窗台把结局打开
我送你离开千里之外你无声黑白
沉默年代或许不该太遥远的相爱
我送你离开千里之外你无声黑白
沉默年代或许不该太遥远的相爱

帅气酷男："好听吗?"

宋歌："好听！"

帅气酷男："好想和你一起听这首歌，我们肩并着肩，坐在一起，彼

此感受着对方的存在。这个世界会变得很温暖。"

宋歌脸一红，她抚了抚自己的腮，犹豫着要不要回复，怎么回复。

帅气酷男："我原来没想过和你见面。可是，现在我想了。如果你愿意，我们能见个面吗？"

宋歌感到自己的心怦怦直跳，一时不知道如何回答。

帅气酷男等了两分钟："对不起，我不该这样贸然提出这种要求。就当我什么也没说好了。"

宋歌："不，我想我们可以见面。"

帅气酷男打上一个惊喜的笑脸："你说个地方吧，在哪里？一定是你方便到达的地方。"

宋歌想了想："在复兴门东北角，蓝花厅。明晚八点。"

帅气酷男："好。我准时赴约。"

宋歌又觉得时间有些太晚了，便道："能不能早一点儿，六点。"

帅气酷男打上一个尴尬的脸："对不起，我六点约了个业务，要谈件重要的事情。"

宋歌："没关系，那就八点，蓝花厅。可是，我们怎么认出对方呢？"

帅气酷男："以手握当天的《北京青年报》为信号。"

宋歌打上去一个鬼脸："我们很像特务接头。"

帅气酷男："接头暗号，我是地瓜，你是番茄吗？"

宋歌差一点儿笑翻，笼罩在她心头的阴云仿佛在刹那间烟消云散。

女孩都喜欢富有幽默感的男孩，快乐是打开女孩心灵的一把最便捷的钥匙。

关上电脑，宋歌走进浴室，站在净亮的玻璃镜前，镜子里出现一张俊秀白皙的脸，略有些粗的两道弯眉，一对明亮的大大的眼睛，丰满的脸颊，微微有些上翘的嘴唇，齐耳的短发。

薛亦龙曾说，她长着一张瓷娃娃般的脸。宋歌叹口气，难道自己真的长不大吗？

西装革履的谢宾上午到单位晃了一圈，便拎着新买的 2800 多元的黑公务包出门了。他来到一家高档商厦，悠闲地喝了一杯咖啡，望着窗外车来

车往，回想自己刚到北京找工作的种种尴尬，脱口而出："三十年河东，三十年河西，这河东河西的时间转换也太长了。"

谢宾猛然想起曾经邂逅的那个女人，他一直把她留给自己的纸条带在身上，那纸条上有她的手机号码。谢宾掏出纸条，用自己的手机打过去。

半晌，那边响起一个慵懒的女声："喂，哪位啊？"

谢宾微笑："一个陌生人，他很饿，在一个小饭店里旁若无人、贪婪地吃饭。一个漂亮的女人走过来，丢给他一张纸条，纸条上有她的手机。"

女声浅浅地笑了："是你啊？"

谢宾："还记得我？"

女声："当然记得，我不会轻易给陌生男孩留手机的。"

谢宾微笑，一时不知道要说什么。

沉吟半分钟。女声问："怎么了？有事吗？"

谢宾摇头："没事儿。"

女声又问："现在还饿吗？"

谢宾摇头："不，再不会有那种情况了。"

女声："你现在在哪里？"

谢宾抬头看了看："咖啡厅里。你呢？"

女声发出一声浅吟："我？我在床上。"

谢宾嘿嘿笑了。

女声暧昧地问："你笑什么？"

谢宾说："没事了，你继续睡觉吧。"

女声嘤了一声："拜拜！"

放下电话，谢宾掏出一盒高档香烟，服务生来给他点上，谢宾掏了20元小费给那个服务生。他又回想起那个曾经给自己付费的女人。

她是谁？她在哪里？如果再和她见面，他决定请她到高档饭店吃一次饭，或者到某种高档消费地方喝着咖啡聊天。他希望那个女人知道自己现在的状况，用一句今非昔比是不能完全概括他此时的心态的。

人，最重要的是要有一个良好的心态。

一个人心有多大，就能做出多大的事情。

谢宾为自己视野的开阔、心态的高远而沾沾自喜。

这时候，他的手机响了。谢宾脸上挂出自信的微笑："好的，我马上到。"

放下手机，谢宾并没有马上离开，中午来自河南一家企业的老板请他吃饭。他不能急着赶去，他得摆一摆记者的臭架子。

又过了半个小时，谢宾才买单，走出宽大洁净的玻璃门，然后潇洒地招手，打了一辆豪华出租车。开门的刹那，他已下定决心，准备尽快买一辆属于自己的小轿车，开着自己的车去会见来自全国各地的企业老板、实业家们，那该有多么风光！再张嘴和他们谈广告谈合作，他的价码儿至少还得翻一倍。

因为下午还有重要的事情，谢宾中午在顺峰酒店老板的宴会上并没有喝几杯酒。那位来自河南的老板直夸谢宾年少才俊，大有可为。谢宾春风得意，在与老板的周旋中，巧妙地把自己的广告意向表达出来，老板倒爽快，说这事儿没问题，他回河南后就会安排下面的人办理。

下午两点，谢宾顺便去看了他的同学。同学对谢宾的一身光鲜非常羡慕，希望他能带一带自己，好一起发财。谢宾笑着答应，但是说需要过一段时间。然后，谢宾又上网玩了两个小时游戏。

五点半时，谢宾辞别同学，打了一辆出租车向正北驶去。他在车上打了一个电话。

十五分钟后，谢宾在马加丽酒店下了车。他特意抬头打量了一下这家酒店，谈不上豪华，只能算是很普通的一个商务酒店。走进大门，立即有领班上来："先生，请问你是住宿，还是找人？"

谢宾挺了挺胸说："我到 313 房间，那里有朋友在等我。"

"好的，请跟我来这边坐电梯。"服务生很职业地以手示意。

谢宾整理了一下自己的上衣脖领儿，点点头算是感谢。

谢宾站到电梯里，服务生在外面摁下了关门键。谢宾看着电梯的门慢慢合上。似乎就在合上的瞬间，谢宾看到正对着电梯口的宾馆大门外进来了三个男人。可能是因为他们长相、穿着打扮都太普通平常了，所以并没有引起他足够的注意。

二十分钟后，谢宾从电梯里出来，他的小巧的黑色公务皮包似乎变得鼓起来。

从电梯里走出来，谢宾悄悄长舒一口气，然后准备径直往马加丽宾馆大门口走。他看到外面的天空不知为何这么快就变得阴沉沉的，好像要下雨的样子。就在这时候，那三个他曾经看到过的男人从旁边小咖啡厅的沙发上站起来，他们走过来拦在了谢宾面前……

宋歌的心似乎从早上睁开眼那一刹那，就开始异样的跳动。

今天，她特意化了淡妆。平时宋歌是不化妆的，她相信自己的肌肤。二十出头的女孩，肤色具有天然的美。不施粉黛，也比三十多岁的女人好看。但这一次她却不自信了，因为她要去见网婚了数月的他。

宋歌曾告诉过自己，网婚只不过是一种好玩的网络男女游戏，不可以当真的。然而昨天晚上，她却在片刻间否定了自己以前固守的想法。她忽然渴望那虚幻的网络，能够变成真正的现实。她越来越相信，那个网名叫帅气酷男的网友，是一位英俊高挑、潇洒机敏，而且富有爱心和细心的男生。

化完淡妆，宋歌看镜中的自己，感觉真的靓丽了不少，与此前那个瓷娃娃脸的女生相比，显得成熟甚至性感许多。女孩早晚都会由少女变成女子再变成女人、变成老太太的。宋歌当然希望这个过程不要来得太早，让她充分享受妙龄女孩的那份美妙感受。

来到单位，迎面正碰上周正春。周正春先是一愣，接着便惊喜地道："上帝，我对面走过来的是日本的那个打乒乓球的瓷娃娃福原爱吗？还是闻名全国的仙女妹妹刘亦菲？"

宋歌瞪他一眼："瞎说什么呢？刘亦菲和福原爱长得一样么？"

周正春嘿嘿笑道："宋歌，我还从来没有注意，你长得这么漂亮，瞧这脸蛋儿，让人忍不住担心，如果用手轻轻一掐，就能掐出一泡嫩水来。"

宋歌呸了一口："你是个无敌流氓。"

周正春还在乐："无敌流氓比无耻流氓要客气多了，我喜欢这个称呼。"

贺映红从办公室走出来，微笑着看了看宋歌："小宋，是不是化妆了？其实我觉得，像你这个年纪的女孩，不化妆更本色更好看。"

宋歌没有接贺映红的话，心里在想，这个女人是在嫉妒自己年轻漂

亮。

　　宋歌迈着轻快的步子走进记者部。宋歌希望薛亦龙能看到自己，她想听一听薛亦龙会怎么说。但是薛亦龙并不在办公室，他的办公桌上空荡荡的什么也没有。

　　薛亦龙一天都没有在单位出现，这让宋歌有一种怅然若失的感觉。他竟然连一丝报复的快感也不给她！

　　女孩其实是在为她心仪的男人而打扮。但许多时候，这种打扮却往往被忽视。世界上，感情的事，总是伤感的多，快乐的少。但无论男人还是女人，总爱把自己沉浸其中，不愿自拔。

　　下午五点半下班，宋歌有意在办公室呆了一会儿，上网看了看新闻和最新流行的服装服饰。六点多下楼，买了一份当天的《北京青年报》，去平常吃饭的"快乐老妈"快餐店简单吃了一碗面。她不能吃得太饱，太饱容易现出小肚子，女孩有小肚子是很难看的！

　　离约定的时间还有些余暇，宋歌去百盛转了一圈，一楼是金银首饰、珠宝玉器。金融危机了，生意并不怎么好，偌大的厅里只有三四个女子在柜台前看。宋歌挑了一根项链，在脖颈上试了试，佩着她白皙的脖颈，增色不少。看那价钱五六百元，心中就有些犹豫。

　　女售货员很精明，看出她想要的意思，微笑着细声说："小姐，这一条最适合你了，如果喜欢我可以给你打三折。"说着把镜子摆正了让宋歌看。

　　宋歌摇摇头，手却没有离开那项链。

　　女售货员说："二点五折，再不能少了。"

　　宋歌想象自己戴着这根漂亮的项链出现在帅气酷男面前，他的眼睛一定会猛然一亮。她从百盛出来时，脖项上就多了一根细细的项链。

　　街灯渐次亮起来，复兴门那两扇耸立的七彩桥，闪烁着迷人的光。宋歌想象着英俊潇洒的帅气酷男从那彩虹中间走过，向着她的方向走来。

　　复兴门的桥头并不是她们约会的地点，但宋歌还是希望有奇迹发生。宋歌很淑女地漫步桥头，暗暗地捕捉每一个可能的对象。桥头站着一个帅气的小伙，眉眼神态，都很令人着迷。宋歌的心怦怦直跳，想再走近一些看看，后面突然跑上来一个小女生，冲着小伙喊："富强，你怎么在这里?"两个人相挽着离开了桥头。

宋歌有些失望，再环顾桥的四周，有一对老夫妻相携相挽着慢慢离去。两个农民工模样的汉子扛着工具从东向西走去。一对年轻的夫妻带着一个三岁多的孩子迎面走过来。桥的中间，偶尔有一辆车疾驶过去。帅气酷男会不会开着车来，给自己一个惊喜？宋歌脑海闪过这个念头，但很快又否定了自己。

晚上八点，复兴门东北角，蓝花厅。

蓝花厅里只有一对老年夫妇。他们是沿着花径漫步到这里。看到宋歌远远地走过来，他们又站了片刻，便相携着离去。

时间在一分一秒过去。有一瞬间宋歌暗暗怪自己提前到来。时尚的小女生都要摆一摆架子，让男孩等女孩，自己这么急猴猴来了，他会怎么想？但宋歌很快又否定了自己这个呆想法。现在都什么时代了，男女平等，为什么女生不能提前来等男生呢?!

宋歌有一点点失望，第一次约会，有礼貌的男孩是不应该让女孩来等他的。也许，他的工作比较忙，下班晚了。也许路上堵车。宋歌在心里为帅气酷男辩护。为什么不趁着这个时间，看一看这一带的风景。不远处的复兴门彩灯闪闪，长安街上车来车往。长安街两侧的辅路上，有自行车匆匆骑过，也有步行的人，许多是背着行李，他们是第一次到北京，第一次走长安街吗？

长安街，在中国人心目中就是北京大街的代表。宋歌想起小学课本上的一篇课文：十里长街送总理。那是多少年前的事情了。时间真是一个神奇的魔方，仿佛一眨眼，就把自己由一个扎着羊角辫子的小女孩变成了大姑娘。妈妈在家里已经开始叫她"老姑娘"了。她不喜欢妈妈叫她"老姑娘"，撒娇说："人家不老就让你叫老了！"她当然明白，这"老姑娘"的称谓里包含着更多的是母亲对她无法言传的疼爱。

时间一晃已过去半个小时了，帅气酷男还没有出现！

也许他早已经来了，只是躲在一边和自己捉迷藏。宋歌忽然意识到自己傻，她抬眼四顾，左边不远的花廊里，并肩走着一对年轻的恋人，纤瘦漂亮的妻子挽着高大魁梧的丈夫，并把头轻轻地依偎在丈夫的胳膊外侧。肯定不会是他们！

在右边浅浅的花径旁的长条椅上，坐着一个小伙子，手中捧着一本书借着路灯在津津有味地看。难道会是他？宋歌仔细看了又看，他看书那么专注，不像在和人做游戏。

宋歌开始焦灼起来，她和帅气酷男平常的联系，仅仅是通过QQ，即便他们在情人之家上建立共同的家，买了别墅，置了高档的家具，养着可爱的孩子，但按照网络的潜规则，他们并没有其他的联系方式，比如手机、电话。他们甚而连对方的真实姓名、工作单位、地址都不清楚。

网恋，并不需要知道对方太多。知道太多，反而会很累！

然而，现在宋歌感到了这种网恋方式的不便。如果他们彼此有对方的手机号码，那么就不会这样盲目苦等了。

帅气酷男会不会在骗自己？他压根儿就没准备来？帅气酷男是否真的像他的名字一样长得又帅又酷？！如果这一切都是假的，帅气酷男的现实版是一个又老又丑的男人呢？甚至，是一个变态的老女人呢？宋歌不敢想下去。

但是，宋歌又很快否定了自己这些妄自揣测。通过这么久的网上共处，她应该了解帅气酷男。尽管有许多她不清楚，但她对他是有感觉的。通过他的言谈，通过他做的那些事情，他不可能也不应该欺骗自己！

这时候，从远处走过来一个穿着休闲服的年轻人，他身材高大，阔步而行。宋歌一阵惊喜。帅气酷男？她瞪大眼，看着那个人一步步走近。越来越清晰。他真的很英俊，浓眉大眼，鼻直口方，脸上棱角分明。宋歌感到自己的肌肉在战栗。不要激动，你要看清楚是不是他！宋歌暗暗地警告自己，并提醒自己保持淑女的形象，挺胸、收腹、提臀、侧身、屏息。

她眼睛一眨不眨地望着那个人。

那个人意识到了宋歌的存在，微微愣了愣，接着递过来一个礼貌的微笑："您好！"

"您好！"宋歌机械地回答。

但令人遗憾的是他径直从蓝花厅旁边走过去，根本没有停下来的意思。

望着他远去的背影，宋歌这才发现，他的手中没有拿《北京青年报》。

宋歌失望地叹口气，时间已指向九点半。

帅气酷男还会来吗？既然相约了，无论发生什么事情，也一定要赶来。她相信他不会失约。可是，为什么一直不见他出现呢？开放式花园里已渐渐没了人迹。空气中透着丝丝寒意，宋歌两手抱了抱自己的肩，后悔自己穿的衣服太单薄。

十一点，还不见帅气酷男出现。

一个穿得破破烂烂的老头一晃一晃走过来，猛地看到蓝花厅下站着的宋歌，倒把他吓一跳。"姑娘，天已经晚了，你还在这里做什么？不怕遇上坏人？"

宋歌的眼睛一热，想不到这样一个与自己毫不相关的人会像父亲一样关心自己。她说："谢谢你大爷，我，我在等一个人。"

破烂老头抬头看了看阴沉沉像黑锅盖的天，叹口气："痴丫头，是在等男朋友吧？别等了，回去吧。该来的人一定会来，不该来的人你就是等到天亮，他也不会来。"老头说完，摇着头蹒跚着离去。

该来的人一定会来，不该来的人你就是等到天亮，他也不会来！

老人家的这句话像警钟，在宋歌耳畔回响。自己真的是一个痴丫头吗？从八点等到十一点，整整三个小时，那个人还没有出现。也许，他现在已经躺在温暖的被窝里呼呼大睡了！宋歌眼圈一热，不争气的眼泪顺着眼角淌下来。她猛一转身，准备离开。然而走了几十步后，她的脚又渐渐慢下来。她蓦然想起一个凄婉的爱情故事——

尾生与女子期于梁（桥）下，女子不来，水至不去，抱梁柱而死。这是《庄子》中一个哀怨凄婉的爱情故事，说的是一个叫尾生的痴心汉子和心爱的姑娘约会在桥下，可心上人迟迟没来赴约，不幸的是大水却涨上来了，这个痴情汉为了信守诺言坚持不肯离去，最后竟然抱桥柱溺亡。据说，他们约定的地点叫蓝桥。尾生所抱的梁柱，也和他一道成为守信的标志。

亦存抱柱心，

洪波耐今古。

莫从桥下过，

恐忆少年侣。

宋歌缓缓地转回身，缓缓地向着他们约定的蓝花厅走过去……

她希望他下一分钟能出现！

她希望他在下一秒突然出现在她的视野内。

然而，她一次次失望了。

宋歌不知道，她的等待已经不会有结果了。

因为她等的那个帅气酷男，已经没有人身自由了。

第二十九章 失身

幸福是幸福的根，不幸是不幸的叶。品尝那梢头的果，有的苦，有的甜。并非所有的幸福，都结甜蜜的果；并非所有的不幸，都收获苦涩。

这天，薛亦龙注意到宋歌脸色不好，精神不振。他心中有愧，很想找机会和宋歌解释金路易家具的事情，但宋歌却不给他机会，她就像一个固执的小女生，对自己钟爱的男生判了"死刑"。经过几番努力，薛亦龙也就暂时放弃了，他想等过一段时间再说，时间或许可以抹去一切的不愉快。

傍晚，接到苏越健的电话。

苏越健说："亦龙，去骨头堡喝酒吧。我请客。"

薛亦龙说："你小子请客，大姑娘坐轿头一回。"他忽然想起前几天在西客站送中学同学宋时雨时曾看到过的王环，便想和苏越健提说，那边已经挂了。

下了班，薛亦龙坐公交车去北三环的骨头堡。走进二楼的游龙厅，庄一民、苏越健已经来了。薛亦龙问："怎么就咱三个？"

苏越健点头。说："坐吧，我不想人太多。"

薛亦龙感觉气氛有些不对，看庄一民，庄一民一脸的沉静。

饭菜端上来。苏越健端起酒杯说："来吧，咱喝酒。"

三个人碰杯，苏越健一口将杯中近三两酒全喝了。

薛亦龙拦住说:"老臭,你他妈的葫芦里卖的什么酒?有什么事儿说了再喝,不然这酒我不喝了。"

苏越健夹口菜嚼了,吞咽下去。这才慢慢地说:"王环出事了。"

薛亦龙一愣,连忙问:"她出什么事了?我前两天在西客站还看到过她。"

苏越健说:"那是她在北京最后的身影。我当时还不知道,后来因为有点儿别的事打电话找她,她说她已经不在北京了。出了那事之后,她就回东北老家了。我问出了什么事?她刚开始不肯说,后来我问得急了,她才哭着把一切告诉我。"

庄一民也皱起眉头:"究竟发生什么事儿,能让她放弃北京的事业,彻底离开北京?"

苏越健端起酒杯,又喝了一大口:"你们知道我曾经和王环好过。后来,我们来往少了。主要的原因,就是她太喜欢上网,喜欢网络交友,天南地北、五湖四海的网友她都乐意交往。我劝过她,不要轻易相信那些没有见过面的网友。可是她不听,结果就出大事了。"

庄一民和薛亦龙相互对望一眼,从苏越健的神态上,他们看出一定在王环身上发生了极其可怕的甚至是无可挽回的事情。接下来通过苏越健断断续续的讲述,两人才终于弄清了有关王环事件的整个过程——

王环在网上认识一个昵称叫兵马俑的西安网友,两人认识大约有一两个月。一周前他突然说要来北京看她。王环毫无防备之心,按兵马俑提供的地址,到通州一个地方。结果发现对方来的不是一个人,而是三个小伙子。王环也并没有多心,陪他们在通州玩了半天,到了傍晚,其中一个叫梭子的小伙忽然提出要在宾馆开个房间。王环虽然感觉对方有些唐突,但并没有反对。他们在附近找了一个僻静的宾馆,梭子去办开房间的手续,另一个叫大鱼的家伙则借口去网吧,离开了。

而那个叫兵马俑的家伙拿到钥匙后,揽着她上三楼进了他们开的房间。两个人一进屋,兵马俑就开始对王环动手动脚,王环开始还反抗一下,但经不住兵马俑的纠缠,后来就半推半就同意了。两个人上完床出来,刚要下楼梯,梭子和大鱼迎上来。

梭子说:"别急着走呀,再上去坐一坐!"

王环说："不想坐了，要回家。"

梭子突然抽了她一个耳光，与大鱼一边一个架起她就往房间里拉。这时候已是晚上十一点。王环想喊，却被梭子捂上了嘴。而之前她的那个网友兵马俑，则不管不问独自躲开了。

那两个畜生把王环拉回到房间，毫无人性地强奸了她，他们整整折磨了她一夜。第二天天蒙蒙亮，三个家伙架着王环离开那家宾馆，梭子和大鱼在一起嘀咕一阵，然后拦了辆出租车。

上车后，兵马俑坐前面副驾驶位置上，梭子和大鱼一边一个将王环夹在中间。此时王环意识到这可能是她最后的逃生机会。她忽然装作肚子疼，说想坐前面副驾驶的位置，梭子和大鱼不同意。这时候那个聪明的出租车司机似乎觉得哪里不对，为王环说话："我们这里一般不让男同志坐副驾驶，你们还是让女孩来坐吧。"

梭子和大鱼没有办法，只得同意让王环与兵马俑换了位置。

梭子告诉出租车司机去西客站。而此时，坐在前排的王环脑海里在急速飞转，如何让不明真相的出租车司机帮自己？三个家伙就坐在后面，她不可能明白地告诉出租司机自己已被绑架。她摸到口袋有一个记事簿，便悄悄撕了一张，在手里摆弄。没有笔，也不可能明目张胆地写什么。这时候，她的长指甲帮了她的忙，她就把那纸放在身前，用指甲在纸上划出两个字。

但，王环无法将纸交给出租司机。她便有意用胳膊去碰出租司机。一次、两次。王环的举动终于再次引起了出租司机的注意。但他做梦也想不到王环被绑架。这时候，车猛一拐弯，王环故意一个趔趄，身子差一点儿倒在出租司机的怀里。就是借着这个机会，她把那个写有字的纸条放到了出租车司机的身前。

出租车司机看到字条后，不动声色，继续开车，把车直接开到了派出所。当后面三个外地来的家伙意识到出问题时已经晚了。出租车司机跳下车大叫抓坏人。派出所里的民警一拥而上，将三个家伙抓获。

出租车司机说，王环给他的纸条上写着两个字，第二个"人"字虽然看不清，但第一个"坏"字他确实看清楚了。从口音上他知道后面三个家伙不是本地人，可能对本地的交通道路不熟悉，所以他才有机会把他们带

到派出所。

王环靠自己的聪明挽救了自己。事后，王环才知道，那三个家伙是准备把她绑架到西安然后转手卖到深山里。

"你们不要看王环是记者，其实她有时候很幼稚天真。我提醒过她，万事要小心，要处处多个心眼儿，可是她不听，结果出了这种事。"老臭说到这里停下来，举了举手中的杯："兄弟，干杯。"

此时，苏越健两眼布满红丝，说话舌头都捋不顺了。

薛亦龙拍了拍苏越健的肩："老臭，少喝点儿。"

苏越健又一口饮干杯中酒，叭地把杯子摔在地上，玻璃杯摔得粉碎。他伏在桌上痛哭，像一个伤心的孩子哇哇大哭。

这时，门帘一挑，老板赵士贤走进来，"一民、亦龙，老臭这是怎么了？"

庄一民把赵士贤拉到一边，简单说了几句："他情绪不好，没喝多少就醉了。"

赵士贤理解地点点头："没关系，你们好好劝一劝他，千万别伤着身体。"

赵士贤吩咐服务员将摔烂的杯子收拾了，又换上新的酒杯。

庄一民和薛亦龙一左一右，好言劝慰苏越健。过了半晌，苏越健才慢慢止哭，却猛抬头，叭叭抽了自己十几个嘴巴，把庄一民和薛亦龙吓一跳，急忙伸手拦住他："兄弟，有什么话好好说，别这样想不开。"

苏越健说："都怪我，怪我不该离开王环。如果有我在她身边，也不会弄出这种事来，毁了她一辈子。"

庄一民说："越健，你也不要太自责。王环是成年人，她有自己判断和行事的能力。有些事情，别人就是想管也管不了的，苦果也只能自己咽。"

薛亦龙说："老臭，王环这件事是突发事件，你就是想帮也来不及帮她。"

苏越健说："你们不要看我平时嬉皮笑脸、粗枝大叶的，其实我的心也很细呀。我知道王环喜欢上网聊天交友，就不止一次提醒过她，上网聊天交网友千万得小心。不能贸然一个人去赴网友的约会。如果要去最好约到公开场合。出去和网友喝咖啡泡吧，如果你的饮料没有喝完，去了洗手间一趟，再回来以后，那杯饮料就千万不要喝了。王环还问我，为什么呀？那么贵的饮料不喝太可惜了。我告诉她说，因为在你离开的时间，就可能有人往你的饮料里下迷药。知道吗？你喝下去，把你卖了你都不知道。可是王环不相信，她说不会吧，怎么会有这样的事！我说，怎么不会？林子大了，什么鸟都有，什么事都可能发生。结果，她还是没有听进我的劝告！"

庄一民点头："苏越健，你说得对，你做得也对。可是她听不进去，那就不是你的问题了。"

薛亦龙说："老臭你又不是她的爸爸妈妈，终日跟在她屁股后面监督她。所以，这种事不能怪你！"

苏越健说："你们不了解，王环对我还是有感情的。有一次我他妈的重感冒，上吐下泻，差点儿死过去。王环就那么眼睛不眨地守在我身边，一连守了三天。我这个人没良心，说把她甩了就甩了。我是一个大老爷们儿，一甩手就干净了，可她是个女孩，肯定是我伤了她的心她才这么干的啊。她走到今天这一步，能说我没有一点儿责任吗？"

苏越健说着，还要往杯中倒酒，但酒瓶里没有了，他便喊服务员再取一瓶酒来。庄一民与薛亦龙拦住他，说："不能再喝了，再喝我们全都得趴下。"

苏越健不听，站起来要自己去拿酒，庄一民和薛亦龙还没来得及去扶他，他就两脚绊蒜，啪地摔倒在地上，裤子上粘的全是酒水。

庄一民与薛亦龙急忙扶起他。

薛亦龙去结账，老板赵士贤说："亦龙，你别结了，记我账上吧。"

薛亦龙说："不能让你赔钱，还是我来吧。"

赵士贤态度坚决："不，记我账上。我和你们一样，也曾做过记者。知道其中的酸甜苦辣。大家都是兄弟，你要是过意不去，以后多来坐坐就成了。"

薛亦龙没再说什么，握了握赵士贤的手："多谢赵大哥。"

庄一民和薛亦龙搀着苏越健出来，在三环辅路上拦了一辆出租车，送他回家。安顿好苏越健，两个人出来沿着马路往前走。

庄一民叹口气："想不到处处拈花惹草的老臭还真是个情种。这个世界上的每一个人我们都不能小看，因为每一个人都是一部内容丰富、荡气回肠的大书。"

薛亦龙说："男人这种动物很复杂的。你最近怎么样？和嫂子没什么问题吧？"

庄一民淡淡地一笑："我们还能有什么问题，老夫老妻了。吵一架过去也就过去了，不能总放在心上。"

"那个张雅娴呢？"

庄一民道："很久没联系了。希望她能早些找到一个如意伴侣。生活愉快，万事如意。"

"你在单位工作怎么样？"

庄一民摇了摇头，叹口气说："还能怎么样？我们这些北漂的，在哪里还不是混口饭吃。"

薛亦龙便不多问，其实依他对庄一民的了解，庄一民在单位的处境也不会好到哪里去。庄一民不擅言辞，又不会拍马溜须讨领导的好，更没有心机与同事勾心斗角，踩着别人往上爬。这种老实本分、只知道靠自己努力踏实工作的人，吃亏的时候多，占不到任何便宜，是注定在单位混不开的。

薛亦龙说："如果不开心，就再寻一家单位。我知道你的情况，哪一个月没有收入，那个月就很难受。你可以一边工作，一边再找工作。等找到了好的工作，就把那家杂志给踹了吧。我是从那家杂志出来的，小人当道，一把手又没有主心骨儿，是偏听偏信的老糊涂蛋。那个主编是退休返聘的，他自己有退休工资，在这里只不过是想多混一份工资。他不会有事业心，更不可能把杂志带到更好的境地。房价这么高，早晚得跌下来，建筑行业没了钱，你们的广告收入就断了来源。所以趁早离开他们，另谋出路。"

庄一民点点头："是啊，我得抽时间另找一份工作。"

薛亦龙说："其实还有一种办法，你一边在这里工作，然后再找一份兼职。"

庄一民："这个我也想过，可是你知道我业余时间几乎全用在写作上了。每天骑自行车上下班来回得两三个小时，哪还有时间再兼职，再说也没有合适的兼职工作。"

薛亦龙："你得自己找，我这边遇到合适的，也给你介绍。"

"谢谢老弟！"庄一民握了握薛亦龙的手。他觉得在心理上薛亦龙是北漂记者沙龙里离自己最近的一个，他甚至在薛亦龙的身上看到与自己某些相似的地方，不同的是他更年轻，头脑灵活。庄一民为有这么一个贴心的好朋友而感到高兴。

庄一民轻轻拍了拍薛亦龙的肩："你个人的事情解决得怎么样了？这么长时间，你和徐昕蕾还没有进展？"

薛亦龙笑了笑，抬头看长安街上往来的车辆。

庄一民："听大哥一句话，你的年纪也不小了，该找一个媳妇安定下来。有了老婆才有了家。不然一个人在北京闯，总会有种四肢无着落的感觉。女人就是男人的家，等过几年你有了孩子，你才会真正体味到，什么是家。"

薛亦龙说："我现在还没有感觉，只是觉得一个人来去一身轻，没有那么多牵挂。"

庄一民不相信："你说的不是真心话。你是不是还对那个大学的初恋情人谢文瑛念念不忘？人家都结婚几年了，或许孩子都有了。你不要再存什么幻想，看清现实，徐昕蕾是最适合你的。"

薛亦龙点点头："谢谢庄大哥，我记下了。"

两个人肩并着肩走了两站地，又说了许多知心体己话，薛亦龙说："累了，咱打车回吧。"于是拦了辆出租车，往崇文门方向驶去。

困意袭来，薛亦龙想着回家就躺床上睡觉，然而正在这时候，他的手机突然响了。电话是谢文瑛从洛阳打来的，她焦灼地说："亦龙，怎么办？我弟弟失踪了！"

第二十九章　失身

第三十章 失 踪

谢宾失踪了！

薛亦龙睡意全无，腾地坐直身体，他不相信自己的耳朵："文瑛，你说什么？一个大活人怎么可能失踪呢？"

谢文瑛说："我已经找了他好几天，他的手机打不通。问他所在的单位，他的同事说有五六天没见他来上班了。"

"你没有问郭银山？"

"我没有他的电话。"

薛亦龙安慰说："文瑛，你先别着急，我帮你找一找，不会有事的。"

接下来好几天，薛亦龙把主要精力用在了寻找谢宾身上。然而让薛亦龙觉得诡异的是，无论他通过何种渠道，都找不到谢宾。这个人就好像消失了一般，或者这个人在北京就根本不曾存在过。

薛亦龙第一次打电话给郭银山，郭银山说："我已经辞职了，最近两个月在忙着自己的事儿。"对于谢宾的失踪，他也感到奇怪。

寻了一周，薛亦龙又一次给郭银山打电话，希望能从他那里得到点蛛丝马迹。这次郭银山给他提供了一条线索，说最近三四个月，谢宾一直在和河北一家叫天忠力业的企业联系，建议他去问一问天忠力业的公关部经理苏芳。

薛亦龙立即拨通了天忠力业公关部，并且找到了公关部经理苏芳，当

听说他是记者时，苏芳态度非常谨慎。薛亦龙问："最近谢宾是否和你们有过联系？"

苏芳说："没有。我们也不清楚他在哪里！他进去和我们没关系。"

"进去？你说'进去'是什么意思？"薛亦龙猛然一惊。

"对不起，我还有事。"苏芳急匆匆把电话挂了。

薛亦龙惊出一身冷汗。谢宾进去了？

"进去"这两个字像一枚巨型炸弹！

"进去"就意味着被公安局抓进去了，意味着犯罪和失去人身自由。

薛亦龙找到在朝阳区司法部门的一位律师朋友，那位律师朋友又经过朋友的查找，终于查到原来谢宾在几天前已经被公安机关抓了。

谢文瑛闻讯，当天就风尘仆仆从洛阳赶来北京。次日一早，薛亦龙去西客站接谢文瑛，发现她的脸色苍白，鼻翼两侧又长出几粒灰褐色的雀斑，眼圈红肿，精神疲惫，知道她肯定是一路哭过来的。薛亦龙不知道再说什么安慰的话，只说："先吃饭吧。"

谢文瑛根本没有心思吃饭，她只想早些见到弟弟。"他从小娇生惯养，我爸我妈把他当个宝贝似的，捧在手里怕掉了，含在嘴里怕化了。如今被抓进去，那种地方能好到哪里去，我怕他受不了那份罪啊！我要马上见到他，不看到他我的心就没办法放到肚里。"

薛亦龙只得安慰说："公安局不是一般的地方，你想去就能去的。你先吃饭，保重身体，我这边再想办法让你见谢宾。"

谢文瑛："亦龙，你得帮帮我，我就这么一个弟弟。"

薛亦龙说："我知道，可是我怎么帮？"

谢文瑛说："你不是记者吗？你认识那么多人，总能想到办法的。"

薛亦龙无语，在大学相恋时，他在谢文瑛眼中就是一个无所不能的人，什么困难都难不倒他。而今，她依然这样看他。薛亦龙为谢文瑛的单纯与简单暗暗叹了口气。人和人之间，是讲究缘份的。当你和他（她）相遇，因为种种的机缘巧合，你得为他（她）付出，而这种付出又常常是不会求任何回报的。

谢文瑛的眼圈又红起来，放下筷子抽泣。

薛亦龙说："媒体圈是个染水缸，染成什么色儿全在自己。做任何事

情都应该有个限度，红线那边的禁区千万不能闯，我估计谢宾肯定是闯了禁区。"

谢文瑛抽泣，抹眼泪，眼睛都有些红了。"你说我该怎么办？现在你让我为他做什么都可以，只要他能早些出来。谢宾是不是要坐牢啊？"

薛亦龙说："这个我还不太清楚，我得去问一问律师朋友。"

谢文瑛说："我还不知道该如何给父母说，我怎么会有这么一个不争气的弟弟！"

薛亦龙准备在崇文门自己租屋附近给谢文瑛找一个旅馆，但谢文瑛说她不想住外面。薛亦龙只得把她领到自己租住的地方，屋里只有一张双人床。薛亦龙放下行李说："文瑛，你晚上就睡这里吧，我到外面随便找个地方。"

谢文瑛有些过意不去："亦龙，要不你也睡这屋里。"

薛亦龙说："你别管我了，我在附近随便找个旅馆就可以。"

安排谢文瑛住下后，薛亦龙马不停蹄托关系找门路，希望能让他们姐弟早一天见面。他找新华社的记者朋友，那位记者出国采访去了。又找《人民日报》市场部的记者朋友，那个人去南方采访快半个月还没回来。最后薛亦龙通过中央电视台新闻部一位老编辑，见到了朝阳分局一位领导。

薛亦龙正在和分局领导谈谢宾的情况，手机突然响了，是徐昕蕾打来的。薛亦龙说："对不起，我接个电话。"他对徐昕蕾说："我这会儿正忙，等会儿我给你打过去，好吗？"

徐昕蕾迟疑一下说："没事，你先忙吧。"

挂断电话，薛亦龙接着和分局领导说谢宾的事儿。事后，焦头烂额的薛亦龙也忘了给徐昕蕾打电话问她有什么事儿。薛亦龙想不到，自己的这次不该有的忽略会让他失去什么。

千万不要忽视那些在我们生命中占有重要分量的人的任何信息。比如，她（他）突然间打来的一个电话。有时候这一个极平常的行动背后，也许意味着一个很重要的选择。如果你在乎她（他），那么就永远不要忽视她（他）的每一个细节！

分局领导知道薛亦龙是记者，答应帮忙。通过这位分局领导，薛亦龙

又带着谢文瑛跑了两天，终于在第三天的下午见到了谢宾。谢宾略显清瘦，可能因为焦灼不安，脸上又多了几颗青春痘，但这并不影响他的英俊与潇洒。

谢文瑛见到弟弟就哭了。谢宾反过来安慰她："姐姐，我没事儿。我是中了他们的陷阱了。我不会有什么大事。我坦白从宽，抗拒从严。我认罪态度好，他们会考虑从轻处理的。"

薛亦龙问："究竟怎么回事？"

谢宾说："薛哥，对不住您，我姐这几天给你添麻烦了。原因在我。我发现河北天忠力业在生产假冒伪劣产品，就通过线人拿到了有关的证据。之后是我的贪念害了我，我开始问天忠力业公关部的经理苏芳要了一万元，苏芳也给了。后来我想一想，现在一万元钱算什么？太便宜他们了。天忠力业制假售假赚了几百几千万元，让他们放点儿血也应该。于是，我又找苏芳要钱，我说至少得给我五万元。最后谈到三万元。我去苏芳指定的宾馆取钱刚一出来，外面就有警察拦住了我。我怀疑很可能是苏芳事先已经报了案，只等我钱拿到手，人赃俱获，我认栽了。"

谢文瑛气得抽了谢宾一个耳光："爸妈养你二十多年，你就值这三万元吗？"

谢宾一动不动，任由姐姐打他。

薛亦龙伸手阻止住谢文瑛。

过了一会儿，谢文瑛问："他们会判你几年？"

谢宾摇摇头："不知道。"

谢文瑛落下泪来："你从小就聪明，但从来都没有用到正点上，总是惹是生非。这次要吸取教训了吧？爸爸妈妈和我管不了你，法律会管你的。可是轮到法律管的时候，你后悔就晚了呀！"

谢宾点点头："这事儿，咱爸爸妈妈知道吗？"

谢文瑛摇头："我一直瞒着他们。"

谢宾眼睛也潮湿了："姐姐，春节我是肯定回不去了。你代我跟爸爸妈妈问个好，就告诉他们我出国了，可能需要几年才能回去看他们。请他们放心，保重身体。"

谢文瑛忍不住又哭出声来。

薛亦龙问："谢宾，你现在外面还有什么紧要的事，如果需要我可以帮你去办。"

谢宾摇了摇头，过了一会儿说："在被抓那天下午，我约了一位叫黑发小魔女的网友在复兴门蓝花厅见面。很可惜我不能按时赴约，我对不起她。"

谢文瑛怪道："你现在都这样了，还想着你那没见过面的女网友。"

薛亦龙安慰说："没关系，这事儿以后还有机会！"

从公安局出来，谢文瑛的心里稍微平静了一些。薛亦龙请她到全聚德烤鸭店吃烤鸭。

薛亦龙提前预定了一个僻静的角落，他希望能借此好好安慰谢文瑛，让她尽快从痛苦中走出来。然而，令薛亦龙没想到的是，谢文瑛只吃了几口烤鸭，突然站起身往卫生间跑去。

发生了什么事？薛亦龙不安地想。

十分钟后，谢文瑛才重新回到座位上。薛亦龙关切地望着她："你怎么了？"

谢文瑛脸一红，小声说："我，我可能怀孕，已经有两个多月了。"

怀孕两个多月是很难从外形看出来的。

薛亦龙惊诧地瞪起双眼。

谢文瑛低着头说："他吃了医生开的药，可能是见效了。"

薛亦龙点点头，他无法形容此刻自己的心情。"你要照顾好自己的身体，不要让情绪波动太大。"

"这个我知道。"谢文瑛说："我来时只是对爸爸妈妈说要到北京看弟弟，没敢和他们说弟弟进去了。你说如果爸爸妈妈问起来，我可怎么向他们交代？"谢文瑛说着眼圈又红了，肩膀一抽一抽的要哭。

薛亦龙轻轻拍拍谢文瑛的肩："别伤心了，事情既然已经发生了，谁也没有办法。谢宾早就是成年人了，他得为自己的行为负责。"

谢文瑛："都是那个郭银山，我早前在吃饭时见过他的，他一看就不像好人，是他把谢宾带坏的。如果不是他，谢宾可能不会走上今天这条路——"

薛亦龙说："这件事我也有责任，如果我不把他引进媒体圈，也不会

发生这事儿。"

谢文瑛说："如果追根溯源，这事儿也怪我，上次来我就发现他变了许多。还提醒他要注意，千万别做什么知法犯法的事儿，可是他当时满不在乎。如果我那时候就硬带他回洛阳，也不会有今天的事儿。当初，他要到北京来闯，我也没有刻意拦他。你说，他会被判坐牢吗？要坐多久啊？天啊，我想一想就浑身发抖。"

薛亦龙叹了口气："我正在托朋友向法院的人打听情况。"

谢文瑛说："如果需要花钱，我汇些钱来。"

薛亦龙说："不用，我们要相信法律。"

两个人吃过饭。薛亦龙又陪谢文瑛到天安门广场散心。薛亦龙一再安慰谢文瑛，不要太难过，谢宾的数额并不大，相信司法机关会公正处理这件事。

谢文瑛希望薛亦龙能帮忙："在北京谢宾没有别的亲人，只有你。"

薛亦龙心中酸酸的，说："你放心吧，你的事就是我的事，谢宾是你的亲弟弟，也就是我的弟弟，我会尽力。"

谢文瑛握住薛亦龙的手，良久无言。

已经知道了谢宾的情况，谢文瑛再待下去也没有什么事，她的越来越强烈的身体反应也不允许她再在北京待下去，便决定回去。薛亦龙为她买了一张软卧下铺。知道她喜欢吃苹果，薛亦龙又特意去超市买来上好的山东苹果。

薛亦龙扶着谢文瑛上车，一切都给她安顿好了。谢文瑛有些恋恋不舍。"亦龙，谢谢你这些天为我和谢宾奔忙，你都瘦了。"

望着自己的初恋情人，薛亦龙的心情很复杂。"别着急，现在知道了谢宾的情况，你也可以暂时放心了。你怀着孩子，以后要照顾好自己的身体。"

谢文瑛点点头，关切地望着薛亦龙："你也要照顾好自己，早些找到爱你的女孩。我心中一直觉得欠着你的。但愿能有来生，就是天塌下来，我也要嫁给你。"

薛亦龙苦笑："文瑛，别说傻话了，只要你幸福，我就放心了。"

谢文瑛："哪一天找到对象，一定要先打电话告诉我。如果你看上哪个女孩，不好意思开口，我替你和她说。你是这个世界上最有责任心、最宽容、最优秀的男人。哪个女孩能找到你，也是她的福份！"

送走谢文瑛，从西客站出来，薛亦龙站在广场上抽了两根烟，然后伸手拦了一辆出租车，迅疾消失在车水马龙的大街上。

郭银山自己开了一家海达世界文化传媒公司，和他原来的单位《大市场报》成为合作伙伴。

郭银山西装革履坐在宽大的老板桌后面。扫视着整个办公室，又看了看站在两边的青头小伙子："自己当老板感觉就是不太一样！"

旁边一个细眼小伙说："郭总，你现在还缺一个漂亮的女秘书，哪天我给你去人才市场上找一位，不但学历高，而且要美丽动人。"

郭银山笑道："你个毛头小伙子，知道什么叫美丽动人？我告诉你如何看女人吧，二十岁的女孩，看脸蛋儿，自然天成，不饰雕琢，最令人疼爱；三十岁的女人，不能看脸蛋，风吹日晒，心灵风暴已将她们的脸蛋摧残得不成样子，如果不化妆，能让你连着三天做噩梦。这个年纪要看身段儿，丰腴有韵，味道可绕梁三日不去。四十岁的女人，看的是内容。素养、文化、社会经验等等，可以做异性朋友。当然，许多四十岁的女人是不能交的，不但脸蛋、身段都不能看了，而且事故奸猾，甚至有把你诱惑上床之后，再把你卖了的危险！"

那细眼小伙一竖大拇指："郭总高，实在是高。不亲身经历，不会有这种感慨。"

郭银山摆手："声明一下，我没有亲身经历啊，都是个人臆测，免费仅供参考。"

其他三个人都跟着讨好似的笑。

这时候门突然被撞开，薛亦龙阴沉着脸走进来。

"啊，亦龙来了！怎么也不打声招呼？"郭银山站起来，要和薛亦龙握手。

薛亦龙哼了一声，并没有与他握手。

"怎么了兄弟？哪来这么大火？"

"你说怎么了？谢宾的事情，难道你一点儿也不知情？"

郭银山很无辜地摊了摊手："亦龙兄弟，你怎么明白人说糊涂话，他

的事情我怎么能知道？"

"近朱者赤，近墨者黑。当初我就应该明白，你郭银山不是什么好东西。靠着记者身份，在外面坑蒙拐骗。"

"薛亦龙，你话不能这么说。我有没有坑蒙拐骗，公安局那里最清楚。谢宾是他自作自受，和我有什么相干的？我也不是没和你说过，你那位旧情人的弟弟太聪明，聪明过头就会变得愚蠢。他刚进入记者圈，这个圈子里的许多规则他还没有弄明白，就他妈的想胡来。这能怪谁？"

薛亦龙："郭银山，你小心点儿，早晚也会栽进去的。"

"谢谢你的提醒。"郭银山的脸冷下来。"兄弟，咱们有话好好说。你别狗咬吕洞宾不识好人心。当初不是你介绍他，我怎么能接受他？再者说，做记者拉广告，本身就是刀尖上舔食的工作，需要把握好分寸。谢宾聪明过了头，是他自己找人家河北天忠力业公司，敲诈人家钱。这事儿和我有什么关系？怎么能怪我？难道是我把他推进火坑的？"

薛亦龙："我他妈的当初不该把他介绍给你。"

郭银山："前面的路是黑的，路在自己脚下，自己就该负起责任。怪他太贪，中了人家的圈套，也是活该。"

薛亦龙本来转身要走，听到郭银山这句话，猛转身突然挥拳，正击中郭银山的下颌，郭银山没有防备，身体失重，跌跌撞撞倒在地上，一缕血从他的嘴角流出来。

郭银山一个鲤鱼打挺站起来："薛亦龙，你想干什么？"

薛亦龙点着郭银山说："我不想干什么！我只是想提醒你，赚钱不要不择手段。人活着，得有点良心。"

郭银山瞪起眼："你骂我没良心？"

薛亦龙冷笑："有没有良心自己知道。"说完，转身就走。

郭银山跟过来："薛亦龙，你站住，今天你得把话说清楚。"

两个青皮小伙上前拦住薛亦龙，薛亦龙猛地把他们拨开："闪开，你们算他妈的老几？"

郭银山紧走两步："薛亦龙，你站住！"

薛亦龙忽地扭过身："说他妈的什么清楚？谢宾被抓进去，你丫的敢说没有一点儿责任？你他妈的以记者名义拉广告，做的那点儿坑蒙拐骗的

事儿别以为我不知道。小心哪天自己也进去。"薛亦龙说罢，头也不回地走了。

两个青皮小伙子跟过来："郭总，这小子太他妈狂妄，要不要我们去——"

郭银山拭去嘴角的血，摆了摆手："你们不知道，他是谢宾他姐姐的情人，现在谢宾出了事，他不好给老情人交代，所以就把火撒到我这里了。"

第三十一章 失　业

　　我们应该感谢那些在我们生命中遇到过的奸邪小人，是他们让我们更深刻地感受到了自己生命中所遇到的好人的正直与善良，让我们更加珍惜自己所遇到的好人，加倍地对他们爱护和感恩。

　　从郭银山的办公室出来，薛亦龙感到很累，他不想再去单位，沿着大街漫无目的地向前走。他早就应该和谢文瑛的感情画上句号了，可是为什么在心的深处一直对她放心不下呢？她身上究竟是什么在一直纠缠着自己？

　　失去的，才知道珍贵。但失去的，再想找回来就难了。谢文瑛对他来讲，意味着一去不复返。他又何苦恋恋不舍，难以释怀？他知道，谢文瑛从来没有拒绝过他，也从来没有把他忘记，她只是迫于父母之命，改变了自己的道路。但现实终归是残酷的，这是任何人都难以改变的。

　　是谢文瑛性格的悲剧呢？还是他和她在爱情上立场的不坚定？现在已没有答案，而找到答案又有何用呢？

　　薛亦龙又想到了徐昕蕾。在他的心目中，她和自己更像是朋友，而不是恋人。他们能走到一起吗？两个人始终不远不近，保持着某段距离，问题究竟出在自己身上，还是出在徐昕蕾身上？薛亦龙也无法说清楚，在徐昕蕾心中，自己占据着多大的地位。

　　不知不觉走到天坛公园。很久没有到过这个闻名世界的皇家景点了。

薛亦龙买了一张票，走了进去。

薛亦龙在回音壁一侧的石阶上坐下来，掏出一根烟点燃，微眯起眼睛，看那些红男绿女的游客兴趣盎然地在回音壁两端对话。恍惚中感觉自己站在了一侧殿后，徐昕蕾站到了另一侧配殿后。徐昕蕾顽皮地和自己说话："薛亦龙，你在吗？你听到我说话了吗？"

女人，有时候就是一道难解的谜！

这时候，一个熟悉的身影突然闯进薛亦龙的视野。

"庄一民！"薛亦龙忽然清醒过来，大声喊。

那个背着大挎包正漫无目的转悠的人正是庄一民。

薛亦龙问："一民，你怎么会在这里？"

庄一民苦笑了一声，说："走，咱找个清静的地方坐坐。"

两个人出了殿院，寻到一片少有游客的林子，在长椅上坐下来。

薛亦龙心中疑惑："一民，你今天怎么没上班呢？"

庄一民说："我辞职四五天了。你嫂子还不知道我辞职，我每天还像从前一样，到点儿就骑上车子装作去上班，其实是在外面闲逛。我不想让她知道。免得她心理上有太多压力。"

"为什么要辞职？"薛亦龙感到吃惊，他知道如果庄一民没有收入，他们家的压力将非常大。

庄一民说："有烟吗？给我一根。"

薛亦龙递给他烟，并为他点上。庄一民深深地吸一口，浓烈的烟呛得他咳嗽起来。过了片刻，庄一民才开口："我他妈的其实是愤而辞职。我在《建筑企业管理》杂志工作了六七年，辛辛苦苦拼死拼活地干，结果遇到单位搞人事改革，要把我当球一样踢出去。我原本是一个资深的编辑记者，却让我去作为一个广告人员专职拉广告。这不是变相地要赶我走吗？他们只不过是说不出口罢了，于是我就递交了辞职报告。"

薛亦龙叹口气，说："一民，你太固执了。也不要把咱们记者编辑看得多么崇高，咱们其实就是一个打工仔，和建筑工地上的农民工没什么区别。所以做什么工作都无所谓，只要能赚钱，拉广告又怎么了？只要能赚钱就可以。"

庄一民说："你还不了解我吗？若说写个文章，几千字，甚至几万字都没有问题。但若说到与人交流就不是我的特长了，做广告需要的是与人沟通交流，这是我的弱项，你说我能拉到广告吗？连续三个月拉不到广告，你就得自动滚蛋。我心里清楚得很，他们是在变相赶我走，我为什么还要死皮赖脸地呆在那里？"

薛亦龙咬牙道："那帮人真他妈的王八蛋。当初我离开的原因你也清楚，就是看不顺眼那个退休返聘的殷老头的固执己见，还有女办公室主任的飞扬跋扈，和他们发生冲突，他们联手整治我，结果年底涨工资的时候，全单位只有我和另一位新来的员工没有涨一分钱，其他人都涨了。我知道就是我不炒他们鱿鱼，他们也会很快炒我的鱿鱼，所以趁早拍屁股走人。"

庄一民摇头，他一般不愿轻易张嘴骂人，他张不开嘴。

沉默片刻，薛亦龙问："那你准备怎么办？"

庄一民冷静地分析道："我在北京没有买房子，虽然这些年这个家几乎都是我一个人在赚钱，但我们一家三口一直省吃俭用，住最便宜的租房，吃最普通的家常饭，所以手里也存了一些钱。我仔细想过了，即使两三年我们家一分钱不收，糊口度日也没有问题。我一直不甘心给人家打一辈子工，我想赌一把，用三年时间集中写作，希望能有所收获。你知道，我喜欢写作，很早就梦想着有一天自己可以靠写作为职业。每天在家里面静静地写作，不勾心斗角，不为那些琐碎的人事烦恼。全世界都知道，中国人内耗是最大的。全让那些错综复杂乱七八糟的人事给耗费了，根本没有多少精力真正用在事业上。我想有自己的事业，这样当我老年的时候，我才不会后悔。我需要尝试！"

薛亦龙："可是，你应该知道这种尝试是需要付出代价的。两三年不上班不工作，可能没有一分钱收入，你不是一个人，而是一家三口，要租房，要吃饭穿衣。朵朵还要上幼儿园，北京的幼儿园恐怕是全国最贵的，少则每月一二千，多则每月上万。"

"富人有富人的活法，穷人有穷人的活法，那么多农民工的子女不照样有幼儿园上吗！"庄一民说："这些我都考虑过了。我不会是一个生活的失败者，相信通过自己的努力，会成为一个生活强者，过上我想要的生活。我不愿意等我头发胡子全白的时候，有一天看到电视上其他成功的作

家畅谈他的生活经历，指着电视说，如果年轻的时候我像他那样，也会成为一名成功的作家。我不想做这样的后悔虫，不想吃这样的后悔药。在生活中我们听过太多的人说，假如我当初如何如何，那么我现在将如何如何。人生短暂，没有那么多的'假如'。我们需要勇敢地尝试。当然，你也得做好充分的心理准备，去接受最坏的情况出现。我得赌一把，即便是最坏的结果，不能出一本书，不能赚一分钱，我想我也能承受。至少让我知道，我不是一块写小说的料。这样我也就死心了。三年之后，我会死心塌地老老实实找一份工作，或者自己琢磨着做点儿小生意，平平凡凡度过这一生。你知道吗？张雅娴也说过，她说我不适合做编辑记者，更适合搞文学。"

薛亦龙一愣："你还和张雅娴有来往？"

庄一民苦笑，摇头："没有，是她以前说的，我记在心里了。"

薛亦龙又问："那么，你想好了没有？准备写什么样的小说？哪一类的？"

庄一民沉思片刻："老实说我还没有。我想我会写武侠小说，像金庸、梁羽生、古龙他们。可是金庸的武侠小说已经达到一个很高的高度了，我们很难再超越他；还是写悬疑惊悚小说吧，我看过美国大师斯蒂芬·金的小说《缅因鬼镇》、《闪灵》，对！我应该写惊悚小说，我曾经写过一部叫《石佛镇》的悬疑惊悚小说，可是因为忙于工作，只写了十多万字就搁下了，我要把它捡起来写完，出版一定会畅销。失业，对我来说也许是一次改变生活轨迹的契机，也许就从此走上了真正属于自己的道路。你知道我的性格，不适于太复杂的人际关系。我也不懂那些办公室政治，我觉得那太累，内耗巨大而毫无意义。"

在薛亦龙看来，庄一民有憨厚善良的一面，但也有固执倔强的一面，他做出的决定别人很难改变。"一民大哥，我祝您心想事成。"

庄一民笑了笑，有一种破釜沉舟的悲怆。

薛亦龙又问："你怎么和嫂子说这事儿？"

庄一民说："这几天我也在考虑，这件事早晚都得和她讲清楚。就在今天晚上吧。我在外面漂泊这两天，想了许多事，人总得搏一搏才知道自己行不行。"

薛亦龙点点头，又递给庄一民一根烟。

"不吸了，吸多了我头晕。"庄一民摇摇头，话锋一转问："徐昕蕾明天就要去深圳了，你不好好陪一陪她？"

薛亦龙一愣："她明天要去深圳？是出差还是？"

轮到庄一民感到很惊诧："怎么？你还不知道，她已经辞去北京的工作，准备到深圳跟她的堂哥徐昕光一起干。"

薛亦龙懊恼地拍了自己脑袋一下："我这些天一直跑谢宾的事情，中间好像接到过徐昕蕾的电话，她问我有没有时间，我说正在忙，她就什么也没说把电话挂了。也许，她就是想和我说她去深圳的事儿。阴差阳错，我却在无意中拒绝了。"

"你啊，让我怎么说你呢？"庄一民重重地叹口气。

薛亦龙说："以前听她说过，她的堂哥徐昕光想让她去深圳工作，还问过我的意见，没想到这次她说走就走了。"

庄一民问："你和她究竟认真谈过没有？"

薛亦龙摇了摇头："我们倒在一起很多次，可是从来没有说过那方面的事儿。我想这种事儿总得有个水到渠成的过程。再者，我也不晓得徐昕蕾心里怎么看。"

庄一民有些生气："你就给自己找借口吧，终有你后悔的那一天。"

两个人正在说话，薛亦龙手机响了。

是贺映红打来的："薛亦龙，你现在在哪里？"

薛亦龙没想到贺映红会找他，便撒了个谎："我，我在外面采访。"

贺映红以不容置疑的口气说："你马上回来吧，我在办公室等你，有事要找你谈。"说完，没等薛亦龙回话就挂了。

"妈的，这个女人更年期提前，有些神经病！"薛亦龙忍不住骂了一句。看了看表，已近中午，说："一民，走吧，咱们先吃个饭，下午我再回单位。"

两个人在一家名为"好再来"的大排档要了两碗面，各喝了两瓶啤酒，又闲坐了一会儿，薛亦龙才与庄一民分手，坐公交车回单位。

时间已是下午三点钟。薛亦龙径直奔副主编办公室。贺映红正坐在办公桌后面跷着腿看报纸，见薛亦龙推门进来，脸立即沉下来。

"你这几天都在忙什么？我一直没在记者部看到你。"

薛亦龙摸了一下自己的鼻尖说："怎么了？我在做一个调查采访。"

贺映红从抽屉拿出两个小本，一个递给薛亦龙："这是你的中级职称证，你可以带走。这一个是你刚办下来的由国家新闻出版署颁发的记者证，很遗憾你不能带走了。"

"为，为什么？"薛亦龙从贺映红的口气中听出某种不祥来。

"我现在正式通知你，经过杂志社领导的研究，你被辞退了。你不再是我们《深度报道》杂志社的记者和编辑了。"

薛亦龙脑子轰的一声，他没想到自己失去工作会如此突然。他沉默了片刻，问："贺主编，能告诉我为什么吗？"

贺映红说："金路易家具的新闻你不会没有听说过吧？"

薛亦龙点点头："当然，听说过。这和我有什么关系？"

贺映红冷笑一声："有什么关系？你心里当然清楚了。那个接受中央电视台采访的女记者徐昕蕾，你不会不认识吧？你们的关系是不是还很熟悉？据我所知，那篇稿子好像并不是她亲自调查采写的。是吗？"

薛亦龙心中惊诧，这件事情贺映红怎么会知道的呢？难道是宋歌揭发的？宋歌为什么会把小报告打到贺映红这里？

"这么大一个新闻，你却拱手交到了其他媒体的手里。不管你是出于什么样的目的，你可以不要成名的机会，但你不能让杂志错失这样一个重大新闻。这就等于说你把杂志一个很好的扬名机会拱手让给了别人，所以说你犯了个严重的不可原谅的错误，这次我也帮不了你，这是杂志社高层领导共同研究后的决定。"贺映红面无表情地说。

薛亦龙心中暗暗后悔，其实他自己早应该知道这件事一旦暴露会有什么严重后果。

贺映红沉默一会儿，又说："能告诉我，究竟是什么原因吗？我想我还可以帮你努力一下。"

"不用了。有些理由可能在我这里非常充分，而在你们那里或许微不足道，或者根本不是理由，不可理喻。"薛亦龙笑了笑："贺主编，我能不能看看那本原本应属于我的新闻出版总署颁发的记者证？"

贺映红点点头，把记者证递给薛亦龙。薛亦龙拿到手里，一个精致的绿皮本子，打开第一页，赫然写着记者证三个大字，下面写着新闻出版署颁发，并且盖着新闻出版署的钢印。

"做工真不错！这个不会是从小商贩手中买来的假证件吧？"

贺映红脸沉下来："薛亦龙，你怎么可以这样说话？"

薛亦龙嘿嘿笑了笑："我曾经对它梦寐以求。可惜等到真正见到它，却只能在我手里呆这么几秒钟了。"薛亦龙轻轻抚摸封面，眼睛望着贺映红，深深地在记者证上吻了一下。然后，郑重地交还给贺映红。

"你今天就可以到财务结账，然后和周正春交接手续了。你还有什么想说的吗？"贺映红说。

薛亦龙说："我只是想问一问，金路易家具那件事是谁告诉你们的？"

贺映红微微一笑："薛亦龙，我知道你会问这个问题。我无可奉告。你也不要心存任何报复。"

薛亦龙站起来，逼视着贺映红："贺主编，相信我是一个有素质的人。我还想问一句，真的无可奉告吗？"

贺映红垂下眼睑，沉吟片刻说："是周正春告诉我的，他从宋歌那里知道了一些线索，然后不知道从哪里调查出你和徐昕蕾的关系。顺便告诉你，现在周正春是记者部的主任了，任命昨天下午下达的。"

"谢谢！"薛亦龙转身要走，这时候门外传来轻轻的敲门声。

"进来！"

门开了，周正春出现在门口。他看到薛亦龙，微微愣了一下，连忙说："你们先谈！"说着要往后退。

"我们已经谈完了，周主任你进来吧。"贺映红大声说。

"周主任，恭喜你高升啊！"薛亦龙看着周正春。

周正春有些尴尬，嘿嘿赔笑："不敢，不敢，都是领导抬爱！"

"你这个踩着别人往上爬的王八蛋！"薛亦龙忽然变脸，同时一记右勾拳准确地击打在周正春的下颌，周正春哼都没来得及哼，一头栽倒在旁边的沙发上，一缕血顺着他的嘴角流出来。

薛亦龙一把揪起他的脖领，眼睛望着贺映红，伏在他的耳边低声说："男人就要活得像个男人，除了自己的老婆，别给其他的野女人洗臭袜子了。"说完，重重的一搡，把周正春摔在地上。

薛亦龙扭头义无反顾地走出贺映红的办公室。他首先去财务领取了自己这个月的工资，然后回到记者部，收拾属于自己的东西。其实在办公桌抽屉里也没什么他的东西，他只是把没用的纸、文件等收拾到一个箱子里，扔到楼道的垃圾桶旁边，自然就会有打扫卫生的人帮他拿走。

属于自己的东西只装了一个手提纸袋，名片夹、几本朋友寄来的书，两只笔等。薛亦龙提着纸袋往外走时，迎面碰到宋歌。

宋歌看到薛亦龙，猛然愣了一下，怯怯地喊一声："薛老师。"

薛亦龙仿佛什么事也没有发生，微笑着走到宋歌面前："有什么事吗？"

宋歌低下头，双眼望着自己的脚尖："你恨我吗？"

薛亦龙嘿嘿浅笑："怎么会呢？你这么漂亮，而且很聪明机智，我不会恨像你这样漂亮的女孩。"

宋歌疑惑地抬起头望着薛亦龙："真的吗？"然而她眼中的惊喜一闪又消失了。

薛亦龙说："办公室是个很复杂的地方，你还要多学习。他们说你有一个姨父是局长，你好像从来没告诉过我？你到这里来是马社长推荐的。马社长人不错。好好干吧，你很适合做记者，但一定要记住，危险的地方千万不要再去了！"

薛亦龙说着，抬手轻轻抚了抚宋歌耳边掉落的短发，扭身坚定地离开。他感到宋歌一直站在那里望着他的背影，但他没有回头。

走在大街上，薛亦龙感觉世界似乎变得和从前不一样，他看街两边的高楼，看大马路上来往飞驶的车辆。一个开奔驰的把一个菜贩的板车撞了，那开奔驰的人下来冲着拉板车的菜贩大喊："你怎么拉的车？你长眼睛没有？"

围着许多人看，却没有一个敢出来替拉板车的菜贩说句公道话。

薛亦龙拐到一个公园里，他想坐下来清静一会儿，好好想一想这一天发生的事儿。庄一民失业了，自己紧跟着也失业了。自己曾经有几分钟成了一名真正的持有新闻出版署颁发的记者证的记者，但现在他已经不是记者了。他的办公桌还在那个办公室里空置着，也许明天会有新的人去坐在那里。

　　薛亦龙从口袋里掏出一根香烟，却摸不到火机。他左顾右盼，看到一个穿皮夹克的人手里夹着香烟一晃一晃过来。他迎过去说："师傅借个火。"

　　点着了烟，他说："谢谢。"

　　那个皮夹克什么也没说，走开了。

　　薛亦龙寻到一条长板凳，用手拂去上面的枯叶，坐下来。他深深地吸一口香烟，看到两个时尚的女孩子走过来。一个女孩望了他一眼，另一个女孩也望了他一眼，然后两个人走过去了，她们身后留下一股淡淡的并不高级的香水味。

　　薛亦龙望着她们的背影，一个身材苗条，一个臃肿。他多看了两眼那个魔鬼身材的，再深深吸一口香烟。

　　这时候，手机响了。

　　响了许久，薛亦龙才注意到，他慢慢掏出手机，是姐姐薛亦侠打过来的。

　　薛亦侠："亦龙，响了半天怎么不接电话？我打到你的单位，一个男人说不知道你去哪儿了。你现在在哪里？"

　　薛亦龙："我在外面办事。以后有事记住直接拨手机，不要再打单位了。说吧，有什么事？"

　　薛亦侠不高兴了："你怎么了？今儿说话冷冷的。我还能有什么事儿？咱妈让我给你打电话。她说十六号楼周大妈的妹妹的老公的妹妹有一个女儿，现在在深圳工作，听说是在外企工作的高级白领，一个月拿好几千呢，快顶我一年工资了。那女孩人长得一般，但很有能力，咱妈说想让你和她谈一谈。已经要来了她的电话和名字，你拿笔记下来。"

　　薛亦龙说："好。"但却并没有动手找笔找纸。

　　薛亦侠说："那女孩名字叫白玉兰，手机号一会儿发短信给你。你可以主动和她联系一下，以后你们多聊了，现在交通、通讯这么发达，什么QQ、MSN 都能交流。你得主动一点儿，记住没有？"

　　薛亦龙说："记住了。"放下电话，薛亦龙把剩下的小半截烟顺手扔了。

　　"喂，你怎么随手扔烟头啊！我可是瞧着你有半天了。"一个戴着红袖

箍的大妈不知从哪里突然窜出来，像当年抓汉奸特务似的理直气壮站在薛亦龙面前。"小伙子，你瞧好了，人赃俱在啊！"

薛亦龙抬了抬眼皮："多少钱？"

"这里有规定，公园门口的告示牌上写得明白，乱扔烟蒂、乱吐痰，一律罚款五元，大妈我这里还有收据。"

薛亦龙从口袋掏出十元钱递给红袖箍大妈，转身就走。

"喂，别走哇，我还没找你钱呢。"

"呸！"薛亦龙吐了一口唾液："这下就不用麻烦你找了吧？"

"嘿，我说小伙子，你什么态度？你叫什么名字？你哪个单位的？"红袖箍大妈迈着小脚想追，但转念一想又站住了，她望着薛亦龙的背影，一直到他消失在竹林那边去了。"现在的年轻人，怎么一点儿教养都没有啊！"

第三十二章 夜 查

傍晚的时候，薛亦龙忽然接到一个似曾相识的电话。

"你好，薛记者，我是江西西萍乡的沈副书记。"

薛亦龙突然想起来了："沈副书记，你好。你们的村民养牛案子怎么样了？"

沈副书记："薛记者，你在哪里，我们想见一见你。我们已经到北京西客站了。我们从小地方来，一下火车就找不到东南西北了。"

薛亦龙说："你们在西客站广场别乱动，我马上就赶过去。"

薛亦龙在西客站见到了江西西萍乡的沈副书记，在他的身后，还有四五个人，都是质朴的乡下汉子。薛亦龙和他们一一握手，当握到一个络腮胡子大汉面前时，络腮胡子突然跪了下来，"薛记者，你好啊，我们是专程来谢谢你的！"

薛亦龙一下懵了，急忙俯身相挽："大哥，别这样，小弟我实在不能承受。"

此时，沈副书记眼中也饱含着晶莹的泪花："薛记者啊，他们都是你采访和没有采访过的养牛户，你的文章发表后，省里领导看到了，特别批示要尽快查办解决。现在，养牛户的官司终于赢了，他们拿到了本该属于他们的赔偿款。"

沈副书记指着络腮胡子说："他的老婆因为养牛欠债，上吊死了。他

也从那家合资企业拿到应得的赔偿款。大伙儿觉得这事儿你帮了最大的忙，所以要求我带着他们上北京来当面谢谢你。"

薛亦龙一时竟不知道说什么好："沈副书记、各位老表大哥，我是记者，采访反映事实真相是我的责任，你们真的不必这样谢我。"

沈副书记拍了拍薛亦龙的肩："薛记者，我们都是第一次来北京，对这里两眼一抹黑，你找个地方，我们大伙儿要请你吃饭，请你喝酒。"

薛亦龙说："不，沈副书记，你们是远道来的客人，应该是我请你们吃饭喝酒。"

沈副书记摇头："薛记者，我们是乡下人，不会说什么客套话，我们坐火车走这么远的路，就是为了看看你，当面向你说声谢谢，请你吃顿饭。这点儿心意你还不接受吗？"

薛亦龙见他们执意要这么做，便带他们走了三站地，来到一个价格实惠的饭店。江西农民的真挚与热情感染了薛亦龙，他与沈副书记、六位江西老表坐下来开怀畅饮。

沈副书记说："薛记者，我们都商量好了，明天第一件事，先去做一面锦旗，写上'铁肩担道义'几个大字，送到你们《深度报道》杂志社，亲手交给你们的领导。天下再没有你这样的好记者了，敢于为老百姓说话，我们永远对你感恩不尽啊！"

薛亦龙摇头："不用了，沈副书记。咱们见见面、说说话不是挺好吗？锦旗千万不能送了，我实在承受不起啊！"

沈副书记说："不行，我们一定要送的。我还要和你们的一把手说，他拥有一名中国最伟大的记者，为老百姓请命说话的好记者。"

络腮胡子等也说："对，我们书记说得对，你是天下最好的记者，我们需要像薛记者这样的好记者。"

薛亦龙苦笑一下，说："感谢沈副书记，也感谢各位农民兄弟。不过和大家说句实话，我已经离开了《深度报道》杂志。"

络腮胡子吃惊地瞪大眼睛："为什么？你这么好的记者，他们为什么不要你了？这他妈的不公平！"

薛亦龙说："沈副书记、各位大哥，这里面有些事情我一两句话说不清楚。请大家见谅。"

沈副书记关心地问："薛记者，你以后还会做记者吗?"

络腮胡子带头道："薛记者，如果你犯了错误，在北京呆不下去了，就到我们江西西萍乡下去，只要你不嫌弃我们，我们愿意永远供你吃喝，和你快快活活地在一起。"

薛亦龙眼圈一热，端起酒杯："谢谢，谢谢。沈副书记、各位农民兄弟，请大家放心，我还是一个记者，我不会离开记者这一行的。如果大家有什么事，还可以和我联系。我能为大家出一份力，就绝不会推辞!"

众人将杯中酒一饮而尽。从六点，一直喝到九点半，八个人喝干了九瓶二锅头。

临别，沈副书记说："薛记者，我们不打扰你了。我们就在附近找一个最便宜的地下旅馆住一宿，明天一早去天安门看一看升旗，我们就回去了。"

薛亦龙点头说："好吧，非常感谢你们不远千里来看我。"

沈副书记酒喝了不少，握着薛亦龙的手说："谢谢薛记者给我们农民兄弟帮了大忙，没有你的那篇文章，上级领导也不会那么重视，更不可能亲自批示要求尽快给予解决。"

薛亦龙呵呵笑着，伏在沈副书记耳边说："沈书记，你别客气了，等下次我去西萍，别忘了请我去洗澡就成。"

沈副书记也哈哈大笑："行，一定，一定。咱找个档次高一点儿的地方好好洗一回。"

临别，络腮胡子还将背着的一个蛇皮袋交给薛亦龙："薛记者，我们那地方没有什么特产给你带，这袋花生是我们的一点儿心意，你无论如何要收下。"

薛亦龙眼睛又潮湿了，接过蛇皮袋说："好，谢谢你。"

薛亦龙又帮着他们在附近找了一个最便宜的地下旅馆，看着他们进去，薛亦龙这才转身往回走。走出地下旅馆的大门，薛亦龙自觉头脑很清醒，他招手拦了辆出租车，司机问："先生你去哪儿?"

薛亦龙知道打的回去太贵，便说："去最近的地铁口。"

出租车启动，因为堵车，出租车开开停停，薛亦龙感到脑袋开始有些犯晕，他拉开窗户，一股清新的风吹进来。薛亦龙感觉很爽，深深地吸了

几口清新空气。他不知道，这几口空气会让他真的醉了。

从出租车上下来时，薛亦龙拎的那个纸袋和一蛇皮袋花生都丢在了车上。他往地铁入口走了两步，突然感到胸口堵得难受，急忙奔向一个僻静的树后，人还没有到树后面，已哇地吐出来，像喷泉一样，晚上吃的东西都吐出来了。薛亦龙知道，人一旦吐，就说明喝多了。他轻易不想吐，但现在却无法控制自己。

吐完了，薛亦龙扭头，看从自己旁边路过的人都侧目看他。心里不由暗笑，在大街上，自己也曾经这样看到过别的醉鬼当街呕吐，现在轮到别人看自己的洋相了。

人，不要嘲笑别人。因为，你也可能有成为被别人嘲笑对象的时候。

吐过之后，薛亦龙感到轻松多了。但双腿有些酸软，他寻了一个台阶坐下来。忙碌的人从他的面前走过。他突然感到很寂寞，在这繁华的都市，自己却是冷清清的一个人。如果有母亲在身边就好了，她虽然会责怪自己，但一定会把他扶到床上，然后去厨房为自己做一碗热腾腾的鸡蛋面汤，那汤是保护胃不让受酒精刺激的。

薛亦龙从上衣口袋掏出手机，拨通了一个电话。

铃，铃，铃！铃，铃，铃！

薛亦龙对自己说："再响一次，她不接，我就挂了。"

对方仍没有接，薛亦龙真的就挂了。薛亦龙长长地吐一口酒气，翻着眼睛，看到一个穿着时尚的女孩从自己面前走过去，一截白皙的脖颈很炫目。女孩走过去了，薛亦龙还在固执地盯着她的背影。

薛亦龙想站起来去坐地铁，手在台阶上抚了抚，脑袋感到一阵眩晕，他又坐下来。薛亦龙，你不能失去最后的清醒，一定要保持最后的理智。你不能像狗一样躺在大街上睡大觉！薛亦龙对自己说。

铃，铃，铃！铃，铃，铃！

手机响了。

薛亦龙坐在那里，眼睛闭上，又睁开，睁开又闭上，眼睑变成了沉重的门，他得努力让它们开着。

铃，铃，铃！铃，铃，铃！

手机在固执地响着。

薛亦龙忽然意识到是自己的手机在响，他急忙掏出手机："喂！"

"薛亦龙，有事吗？"是徐昕蕾的声音。

薛玉龙摇摇头："没事。"

"没事？真的没事？"

薛亦龙嘿嘿笑："真的没事。"

"鬼话！现在都几点了，还没休息？"

薛亦龙："睡不着觉，胡乱拨个电话。"

"胡乱拨就拨到我的手机上了？真没劲，没事我挂了。"

"再，再见！"薛亦龙说。

挂断电话，薛亦龙忽然发觉，自己眼角不知何时溢出一滴眼泪。

那是眼泪吗？从眼里流出来的，如果不是眼泪，又是什么?!

自己怎么会流眼泪呢？薛亦龙心中嘲笑自己。他低下头，像雕塑一样一动不动了。从他面前走过的乘客越来越少。

铃，铃，铃！铃，铃，铃！

手机突然再度响起来。薛亦龙猛然惊醒，他发现自己不知不觉坐在那里睡着了。他接听电话，迷迷糊糊地道："喂！"

"薛亦龙，你在哪里？我刚才在电话中听到汽车的喇叭声。你不是在家里？"

薛亦龙听出是徐昕蕾的声音，嘿嘿笑了："我，我在外面。"

"外面？外面是哪里？现在都几点了你还在外面？"

薛亦龙打了个酒嗝："我，我在——"他抬头看，不远处是地铁的标志。薛亦龙举目四望，努力想记起这是什么地方，但他的脑子却像停滞了一般。

薛亦龙站起来，跟跄了一步，差点儿撞到一个女人的身上。那个女人吓得尖叫一声，逃避瘟疫似的躲开了。

薛亦龙站稳，冲那个女人说："小姐，对，对不起啊！"

徐昕蕾忽然惊觉的声音："薛亦龙，你是不是喝酒了？你现在在哪里？"

薛亦龙答："没，没喝多少。我在，在——"

"这是西直门！"旁边一个声音说。

薛亦龙大声说:"我在西直门。"

徐昕蕾焦灼的声音:"薛亦龙,你喝酒了是不是?怎么还不回去?"

薛亦龙说:"我,我休息一下就回去。"

"休息?你在哪里休息?"徐昕蕾迟疑了一下说:"你在那里别乱动,我马上过去。听到了吗?"

薛亦龙说:"不,你不要过来了。"

"你等着,我很快过去。"这次,徐昕蕾说得非常坚定。

二十五分钟后,徐昕蕾出现在薛亦龙的面前。她穿着牛仔裤,外面披着一件风衣。"瞧你,都喝什么样了?还说没事儿!"徐昕蕾搀起薛亦龙,拦了一辆出租车。

"去哪里?"

徐昕蕾看看无力地趴在座椅背上的薛亦龙,咬咬牙说:"去崇文门。"徐昕蕾原本打算带薛亦龙回自己租住在望海小区的两居室。但因为有同居的女友在,她觉得不太方便。

随着车的颠簸,薛亦龙脑袋从椅背上歪下来,倒在徐昕蕾的怀里,他嗅到了一股淡淡的肌肤的清香。徐昕蕾很少使用香水,她的身上是那种干净清爽的香。他感到从没有过的舒适,轻轻哼了一声睡过去。

出租车停在四合院门口,徐昕蕾付过车钱,搀着薛亦龙走进他的租屋,把他安顿到床上。屋里茶冷饭凉,好像许久没有人收拾了。徐昕蕾不忍马上离开,用电茶壶烧了一壶开水,又用毛巾给薛亦龙擦脸。

徐昕蕾:"你今天在哪里喝这么多酒?"

薛亦龙笑笑道:"江西一帮老表来北京请我喝酒,一高兴就喝多了。"

"江西老表?"徐昕蕾觉得奇怪。

薛亦龙解释:"夏天的时候,我去江西西萍乡采访农民养牛被欺骗的事儿。他们的事儿解决了,特意来北京谢我。"

徐昕蕾这才明白过来。"这回你觉得做记者很光荣了?"

"当然,我原本不想做记者了,现在我又改主意了。"薛亦龙停了片刻,又说:"徐昕蕾,我问你个问题。我们真的是记者吗?"

徐昕蕾说:"怎么不是?我们做的就是记者的工作。"

薛亦龙摇头:"错,你错了。我们只是一个打工的。记得我踏入记者

行业不久，有一次曾经去四川绵阳采访过农运会，绵阳的宣传部对我们这些记者照顾得非常好，顿顿自助餐大鱼大肉供我们吃。出门到各个分会场采访，都有专车接送。还允许我们免费参观他们的景点。你知道为什么吗？就是因为我们的身份是记者。他们不是冲我们本人来的，而是冲着我们是记者这个身份来的。那些天我是真正感受到了做记者这个无冕之王的优越性。可是当我一个人走在绵阳的街头，当我把挂在胸前的记者采访证装进口袋，我忽然觉得自己和那些普通人，尤其是在那座城市打工的人一样。没有家的感觉，没有归属感，我是一个流浪汉。没有人知道我是谁，没有人关心我的成败优劣。我想，如果那时候我加入到那座城市的打工人流中，我也就真正成了他们中的一员，也是一个打工仔。我在北京的单位也不会因为我的离开而有多么大的反应。他们只不过会以为，我不辞而别了，或许找到了更好的工作。他们就会觉得我仿佛不存在似的，继续招聘新的人员进去！那时候我心里有一种莫名的感伤。我没有回去吃大鱼大肉的自助餐，而是到偏僻的街道上，在一个地摊上吃了两大碗当地的热干面，我体验着打工仔的生活和心理。加入记者这个行业已经好几年了，可是在我的心里，我一直是一个双重身份的人。一会儿我是一个无依无靠的打工仔，一会儿我又是一个神气的记者。这种感觉我一直挥之不去，我甚至怀疑自己患了人格分裂症。"

徐昕蕾："你不是参加职称考试了吗？有了出版行业的职称，就是对你所从事工作的肯定。那才是你技术能力的证明，有没有正规记者证并不重要。"

薛亦龙说："不，我觉得很重要，只有拿到新闻出版署颁发的记者证，我才觉得自己是一名真正的中华人民共和国的记者，我到哪里采访才会感到底气十足。我才真正感到自己是在履行一个记者应该承担的责任。而现在，说句实话，我总感到自己是一位假记者。虽然有单位颁发的内部认可的记者证，但这种证件一旦遇到真正懂行的人，它就是假的，只是废纸一张。那一次我们几个朋友去承德避暑山庄，我想凭着自己的记者证进去，结果守门的人一看就说，你这不是新闻出版署颁发的记者证。我们只对持有国家新闻出版署颁发的记者证的人免费。我倒并不是在乎那百十元的门票钱，而是在乎他们对我记者身份的不认可。现在北京的许多媒体，有一

种很奇怪的现象，在一线干活的人没有记者证，不干活做领导的却拿着正规的记者证。你不觉得这是对我们这些北漂记者的侮辱吗？可是我们又没有办法，吃人家饭受人家管，给你一碗饭吃已经不错了，你还想要人家的正规的记者证！哎，这就是现实！我们无法回避的现实。"

徐昕蕾从来没有听到薛亦龙说这么多发自肺腑的牢骚话。

一个男人，只有在他喝多酒的时候，才会对你说出他心底的话吗？

徐昕蕾安慰道："薛亦龙，你早一些睡吧。我也得走了。"

薛亦龙拉住徐昕蕾的手："徐昕蕾，别，别走。"

徐昕蕾为难了："我们孤男寡女同处一室，只有一张床，你这里连一个沙发也没有，我怎么睡？"

薛亦龙笑了笑说："徐昕蕾，你知道吗？我今天拿到我的记者证了，新闻出版署颁发的正规的记者证。可是，它只在我的手里呆了几分钟，就又离开我了。但就是这样，我也非常高兴，因为我毕竟曾经是一名真正的记者。"

徐昕蕾有些奇怪："为什么你刚拿到手的记者证，又被收了？"

"为什么？不为——什——么？"薛亦龙说着，头一歪睡了过去。

徐昕蕾望着沉睡的薛亦龙，长长地叹一口气，转身拿起坤包想走，但刚向门口迈了两步，又听薛亦龙喃喃道："徐昕蕾，别离开我。"

徐昕蕾吃了一惊，回身看薛亦龙，发现他双眼紧闭，只是嘴巴动了动。原来他是在做梦。徐昕蕾的心忽地软下来，她看了看表，已经快夜里十二点了。如果他半夜发生什么意外怎么办？一个喝醉了的人，是什么事都可能发生的！徐昕蕾想起自己的一个远房四叔，因为喝醉了酒，半夜在外面瞎晃荡，结果被疾驶的车撞死。她再一次望了望薛亦龙，他睡得正香。

徐昕蕾，留下来！留下来吧！一个声音在她的耳畔固执地响。

经过一番激烈的思想斗争，徐昕蕾决定留下来。她习惯于睡觉前洗个热水澡。但今天是不行了。好在薛亦龙简陋的方寸之居里有脸盆，旁边的大红桶中有水。徐昕蕾洗一把脸，用薛亦龙的毛巾拭干净了。薛亦龙的毛巾有一股淡淡的特别的味道，这种味道和他身上平素携带的味道一样。徐昕蕾忍不住深深地吸了口气，让那种特别的气息入鼻、过咽、直抵心底。

薛亦龙的书桌收拾得整洁，靠墙还放着一面镜子。徐昕蕾轻轻把镜子拿过来，借着台灯光，看到镜中一张俊俏的脸。她觉得这张脸熟悉而又陌生，平时她并不太在意自己这张脸，除了参加一些庄重的场合，或者去采访某位精英人物，为了表示尊重、重视对方，她才会给自己施以淡妆，其他时间几乎不化妆，素面朝天。而徐昕蕾的肌肤自然润洁，如熟透的七月桃子。

一双明眸，两道弯眉，眉毛有些浓密，玉挺的鼻子，红红的嘴唇，嘴唇微启，露出细白如玉的牙齿。你是谁？为什么会在这里？徐昕蕾望着镜中的自己，嘴角挂起一丝如风一般的微笑。她从来没有这样认真地端详过自己。徐昕蕾扭头，薛亦龙躺在床上沉沉睡着，他会有梦么？谁会在他的梦里？

徐昕蕾莫名地浅浅叹一口气，关掉台灯，在书桌上趴了一会儿。风从窗外吹进来，冷冷的。徐昕蕾起身关严那扇窗。她也的确有些困倦了，便犹豫了一下，还是走过去。薛亦龙仰躺着，四肢叉开，即便在沉睡中也有一种男人的力量。徐昕蕾忍不住多看了他两眼，那是一张俊朗的脸，眼睛闭着，嘴唇棱角分明，且带着几分男人特有的性感。

徐昕蕾又定定站了一会儿，这才轻轻将薛亦龙的身子向里推了推。睡梦中薛亦龙只是稍微向里移了一下。外面终于腾出些地方，徐昕蕾和衣无声地躺下。与威武之躯的薛亦龙相比，徐昕蕾则显得格外娇小。她躺在床上，两眼盯着天花板，却又无法入眠了，因为明天她就要离开这座城市，离开薛亦龙。

也许，她永远也不会再回来了。

就在徐昕蕾迷迷糊糊要睡着时，砰、砰、砰，一阵剧烈的敲门声让她魂飞胆颤。在深夜这种突然的敲门声很让人心跳加速。如果您有心脏病，那会很危险的。

"谁?"薛亦龙也惊醒了，他忽地从床上坐起来，体内的血液在刹那间增大了流速。

"开门，检查!"外面有人大声说。

刹那间，薛亦龙控制不住自己了，来北京后因受到种种不公平待遇而长期压抑在心中的火冲堤而出。就像出租车司机最怕交警一样，外地人在北京最怕的是当地派出所的管理员。外地人是他们眼中的异类、不安定因素、值得怀疑的对象。他们可以随时随地喊住你，问："你是哪儿来的？有暂住证吗？来北京干什么的？"

薛亦龙不知自己哪来的勇气，竟敢和派出所的警察较上了劲。他迅速穿好外衣，忽地拉开门。"你们是干什么的，凭什么半夜三更来打扰居民休息，你们这算不算侵犯了公民利益？"

外面站着三四名警察，一个人说："呀呵，哪来的人啊，挺厉害的，把你的证件拿出来，快点儿！"

薛亦龙说："我有证件，但是我要看你们有没有证件？你们凭什么深更半夜在别人睡觉的时候来检查？"

几个人都愣了，一时无言以对，他们没想到一向唯唯诺诺的外地人突然间挺直了腰板，会这样理直气壮地进行反击。其中一个人退了去，用手机联系说："遇到一个找麻烦的，需要再派些人来，另外把我们的证件都带过来！"

他们出来并未带证件，外地来京打工的兄弟姐妹们恐怕也很少有人有胆量敢要求看他们的证件。十几分钟后，来了几个人，竟然荷枪实弹，带着钢盔。一个大个子进来，手里拿着两个本本在薛亦龙眼前晃了晃说："你不是要看证件吗？你看看吧！"

薛亦龙看了一眼他们的证件。此时，薛亦龙那刹那间爆发的火气也过去了，他意识到后果的严重性。

薛亦龙把身份证交了出来，大个子拿在手里看了看，又问："你的暂住证呢？"

薛亦龙说："正在办，听说已经办下来了，在居委会那里，今天下午通知我去拿，我因有事回来晚了没拿来。"

"你跟我们走一趟吧。"大个子转身出门。

这时候的薛亦龙根本没有别的选择，他只得跟着出来。徐昕蕾吓坏了，一直躲在薛亦龙的身后，此时眼看着薛亦龙要被带走，徐昕蕾也顾不得许多，上前问："你们要把他带到哪里去？"

"派出所，我们得做个案底。"那个大个子扭回头看住徐昕蕾："你是他妻子？"

"不，是！"徐昕蕾一下子有些懵，说话也吞吞吐吐起来。

大个子站定了，上下打量徐昕蕾："你和他是什么关系？"

徐昕蕾看了一眼薛亦龙，低下头说："是朋友。"

"朋友？一般朋友，还是特殊朋友？"

"是，一般朋友。"

"一般朋友，你以为我会相信吗？一般朋友能这样住在一起？！把你的身份证拿出来。"

徐昕蕾打开坤包，掏出钱包，从钱包里取出身份证递过去。

大个子仔细看了看身份证，又看了看徐昕蕾本人，然后递给旁边一个人。

"不，不是你们想象的那样，他今晚喝醉了，我送他回家。天太晚了，就留下来。是我的错，我们什么也没有做。"

大个子脸上闪过一丝不易觉察的笑，挥了一下手："走吧，你也跟我们走一趟。"

徐昕蕾锁上门，两个人在七八个警察的持枪押解下往前走。

这是十一月底的光景，夜已深，胡同里冷冷清清的，路面突然间显得格外宽敞。徐昕蕾紧拉着薛亦龙的手，薛亦龙感到她在颤抖。"别怕，我们又没犯法！"薛亦龙小声安慰徐昕蕾。

很寂静，他们听到自己走路的皮鞋着地的声音，传出老远。路灯模糊，将薛亦龙与徐昕蕾的身影投在地上，与树的影子交叉重叠在一起。冷风袭来，将薛亦龙的衣服要穿透了。

他们的身后是排队而行、七八个荷枪实弹的警察。

一股恐惧悄然钻进薛亦龙的大脑，一些电影电视上的画面闪现在他的脑海，他们会不会像对付犯人一样，先将自己和徐昕蕾暴打一顿？这可是薛亦龙平生第一次与警察这样打交道。然而，薛亦龙又很快否定了这种想法，这里是首都，警察不应该那样蛮不讲理，他们也要为他们的行为负责。再者，首都的警察应该比地方上的警察素质要高吧？

到了派出所，大个子警察把薛亦龙和徐昕蕾分开，薛亦龙被带到了二楼。徐昕蕾留在了一楼。薛亦龙猜测他们这是要分开录口供，然后再核对他们的口供，看是否有人说了谎。如果即使其中一人撒谎，也是很容易看出破绽的。薛亦龙脑子急速转动，回忆自己和徐昕蕾是不是做过什么违法的事情。

薛亦龙被带进一间四壁落白的房间，在里面坐有十分钟左右，刚才那个大个子才走进来，他似乎是个头儿。左手拿着纸和笔，右手端着一个大水杯。他坐下来，点根烟悠闲地吸着。一根烟吸完了，又拿起电话，好像是和他妻子通电话说："今晚回不去了，遇到一个闹事的家伙，要在这里做笔录。"

大个子一边说，一边拿眼瞟了瞟薛亦龙。

薛亦龙想不到，自己现在竟然成了一个想闹事的家伙、一个可疑的坏分子！

大个子终于和妻子说了一句"拜拜"，挂上电话，然后又喝了几口水才开始问话。

大个子："哪的人？叫什么名字？来北京多长时间了？来北京干什么的？那女的究竟是不是你妻子？她叫什么名字？是干什么的？……"

薛亦龙只能如实一一回答。

时间在一分一秒往前走。薛亦龙回答完，大个子让他摁上手印。然后说："你知道你犯了什么错吗？你来这么久没办暂住证，按规定是要罚款的，你知道吗？"

接着大个子给薛亦龙详细地算了一笔账，薛亦龙不知道他是依据什么、怎样计算的，反正最后薛亦龙大概要交 1500 多元。

薛亦龙如遇棒喝，1500 元对于薛亦龙来说也不是一个小数字。

薛亦龙再次申辩说暂住证已经办了，只是不在他手上，但这并不等于他没办暂住证！实际上最终还是薛亦龙自己救了自己，因为无论从哪方面看，从长相上，薛亦龙虽谈不上慈眉善目，但看上去还算正派。从言谈举止上，薛亦龙的文化人禀性无论如何也不可能把他划归到流氓、暴徒之列。

大个子实在从薛亦龙身上找不到一点儿可治罪的理由。这时候，一楼对徐昕蕾的记录也做完了。有人拿来交给大个子，他仔细核对了一下。最后做出决定，罚薛亦龙和徐昕蕾各 50 元。

薛亦龙觉得，大个子开始说的罚款 1500 元，是在和他开的一个并无恶

意的玩笑。

离开派出所的大门，已是早上五点，天蒙蒙亮了。

薛亦龙见到徐昕蕾第一句话是说："徐昕蕾，对不起，让你跟着受累了。"

徐昕蕾苦笑道："没关系，谁让我赶上了呢。"

两个人往回走，快走到租屋门口了，不知为何薛亦龙突然想到去看升国旗。他问徐昕蕾："你看过升国旗吗?"

徐昕蕾摇头。

薛亦龙说："到北京这么久，我也从来没看过一次升国旗，我们一起去看升国旗吧，正好能赶得上看。"

徐昕蕾点头同意。

那是一个阳光明媚的早晨，许多来自五湖四海的人围聚在天安门广场上看升国旗。国旗护卫队的军人准时从天安门城楼下踏着整齐的步伐走出来，来到旗杆前，雄壮的国歌响起，红旗一点点升起。有风吹来，国旗在风中扑拉拉地响着、舒展着!

薛亦龙身体笔直，随着军乐大声地唱："起来，不愿做奴隶的人们，把我们的血肉，筑成我们新的长城，我们万众一心，冒着敌人的炮火，前进，前进，前进——进……"

徐昕蕾挽着薛亦龙的手笑着说："别唱了，你没看到有人在看你吗?"

薛亦龙似乎没有听到，依然挺着胸昂着头伸着脖子大声唱："冒着敌人的炮火前进、前进、前进进……"

徐昕蕾笑着笑着忽然发现，有一行晶莹的泪从薛亦龙的眼角滑落。

第三十三章 送 别

两个人的爱情，更像一场战争。只是这场战争的结局，很难说哪一方是赢家，哪一方是输家。只有咒语可以解除咒语，只有秘密可以交换秘密，只有谜可以到达另一个谜，只有一颗心才能煎熬另一颗心！

看完升旗，薛亦龙和徐昕蕾默默离开天安门广场。对于在这座城市生活很久的他们来讲，并没有外地人初进京时看到天安门广场升旗的那种激动与惊喜。

徐昕蕾问："你要不要回去休息，昨天晚上你喝醉了，今天身体会不舒服。"

薛亦龙挺胸说："别担心，我现在已经完全恢复了。走吧，咱们去王府井吃早点。"

两个人沿长安大街往东行不远，来到王府井，在新东安楼群里的肯德基坐下，薛亦龙为徐昕蕾点了杯热牛奶、一个汉堡。自己则要了一杯可乐、一个老北京鸡肉卷。徐昕蕾又去要了一杯热米粥放到薛亦龙面前："喝醉了酒，要用米粥来保护胃，不然时间长了会伤胃的。"

薛亦龙吮着可乐，问："几点的飞机?"

徐昕蕾说："你是怎么知道的?"

薛亦龙说："昨天上午在天坛遇到庄一民，他告诉我的。"

徐昕蕾说："上午十点。"沉吟片刻，徐昕蕾似乎在做解释："我给你

打过两次电话，可是，你都是正在忙，所以——"

薛亦龙苦涩一笑："谢宾出事了，我一直在跑他的事情。这些天发生了很多事情，弄得我焦头烂额！"

徐昕蕾点点头："我也听说一些。你要注意身体，朋友的事，能帮忙当然得帮的。"

薛亦龙看了看手机："吃完饭，我送你去机场。"

徐昕蕾说："你今天不上班了？"

薛亦龙说："没关系，送你比上班重要。"

吃过早饭，两个人打车先去徐昕蕾的住处拿行李。徐昕蕾已经把要带的行李打包好了。那些带不走的生活用品全送给和她同租屋的姐妹余嫣然。余嫣然今天要去参加一个招聘考试，所以不能送徐昕蕾。

薛亦龙帮着徐昕蕾拿了行李，两个人直奔首都机场。

真正要分别了，他们却一时不知道说什么好。薛亦龙望着窗外的人流，说："徐昕蕾，你相信命吗？有的人一生下来就是城里人，并且是祖国首都——北京城里的人，而有的人生下来只能是乡下人，并且是偏远的乡下人。乡下人为了求得更好的生存，享受到更好的生活环境，不得不离开故乡，离开父母兄弟到城里来打工。可是，等待他们的又是些什么呢？没有房子住，没有工作干！得办暂住证，得交这样那样的管理费，还被某些用心不良的人称为盲流，称为一个不安定分子、想闹事的家伙。而他们还得向所有的城里人赔笑脸……你说这公平吗？难道乡下人就永远注定生活在乡下，他们为什么没有在城市生活的权利呢？那些已经居住在城里的人会有各种各样的借口，比如城市容不下那么多人，比如水电供应不足，所以拒绝外地人。这是不是一种歧视？我们和北京人不在一个起跑线上，他们至少不会为住房发愁，相反他们可以靠收房租来度日。许多北京人在自己住房的旁边搭一个五六平方米的小棚儿，每月也能收房租三四百元。偌大的京城，竟无我们这些外地人的立足之地。"

徐昕蕾静静地听罢薛亦龙的话，道："你现在还对昨晚的突发事件耿耿于怀。要宽容乐观一些，相信面包会有的，我们的好日子也会有的！你也知道近两年北京对外地人宽容多了，越来越多的北京人开始接纳外地人。而且政府也做出了许多努力，我们应该看到好的一面，而不应该只看

到不好的一面。"

薛亦龙嘿嘿笑道："你像我高中时的一位政治老师！"

徐昕蕾也笑了，转换话题："我好像还从来没有问过你，你为什么要到北京来？"

"我在洛阳读的大学，毕业后分配到一个小城的一家企业的宣传部工作，那时候我也是一个文学青年，除了为企业写一些新闻稿之外，有时还写一点儿散文随笔类的小豆腐块儿，竟然也发表了，还收到了稿费。可是，你知道我的领导怎么说吗？"

"怎么说？"

"他知道我因为发表散文而拿了稿费，专门找我谈话，说因为我有可能是在上班时间写的文章，即便不是在上班时间写的，但谁能保证我没有在上班时间打腹稿？所以要上交一半稿费作为共用。你或许不相信，天下竟然还有这种事情！我一气之下离开了那家工厂北上到北京，就这么简单！"

到了机场，时间还早，薛亦龙和徐昕蕾来到机场候机厅。

薛亦龙说："你发现没有？凡是来坐飞机的人，他们的穿着打扮，他们的言谈举止，他们所呈现出的精神心态，和外面许多人都不一样。你知道为什么吗？因为能坐得起飞机的人，不是官员、领导，就是老板或者有钱人。"

徐昕蕾笑道："我可不是有钱人。"

薛亦龙点点头："你并不经常坐飞机，而且通常记者坐飞机是不需要自己掏腰包的。今天的你是特殊情况。我的父母，我的许多老乡朋友，他们或许一生都不曾有机会坐一次飞机。每个人的人生真的很不一样啊。我曾经依据交通工具把人分为几类，一类是那些有私家车，或者公家配有车的人，他们驾车走马路中间最宽阔平坦的地方；一类是那些骑自行车、电瓶车的人，他们只能走狭隘的辅路；还有一类是步行的人。当然如今步行的人并不意味着他们穷得连自行车也买不起。有人出行要坐飞机，坐飞机还有经济舱和贵宾舱；有人出行坐火车，火车分为软卧、硬卧和硬座，有人连硬座都买不到，只能买站票。无论你是否承认，人是分三六九等的。就像古时候，有人坐轿，就得有人抬轿。"

徐昕蕾觉得薛亦龙今天有点儿怪，他的感叹这么多，而在平时很少能听到他发表长篇大论。徐昕蕾决定做一个认真的听众，听薛亦龙的高谈阔论。但这时候，薛亦龙却不说了。两个人之间便出现了沉闷的场面。徐昕蕾故作轻松，说："薛亦龙，我手机里有两首好听的歌，转发给你吧。"

薛亦龙说："我除了接听手机，对上面的其他功能都不熟悉。"说着把手机递给徐昕蕾。

徐昕蕾打开薛亦龙手机的功能键，把自己手机上的两首歌转存到里面。

这时候，薛亦龙起身走向洗手间。

徐昕蕾打开薛亦龙手机的通讯录，发现自己的名字排在第二个。第一个是薛亦龙的姐姐薛亦侠，一股温暖的细流悄然涌进她的心底。也许，自己这时候选择离开，真的是一个不明智的选择。

徐昕蕾正胡思乱想，薛亦龙的手机响了。

徐昕蕾看那号码，知道是北京本地的，犹豫了一下，还是摁下接听键。

"喂，亦龙，我想说对不起。我不该把金路易家具的事情告诉周正春，我中了他预设的圈套，没想到他会那么卑鄙，到贺映红那里告你的黑状，让你最终丢掉了工作。原谅我！"

徐昕蕾一愣："你好，我不是亦龙，他去洗手间了。请问你是——"

那边一阵沉默后说："我是宋歌，你是徐昕蕾吗？"

"我是徐昕蕾！你是说薛亦龙因为金路易家具的新闻稿而丢掉了工作？"

"是的，全怪我。我，我祝你们幸福快乐！"

徐昕蕾握着手机的手在颤抖，也许她真的并不完全了解薛亦龙，甚至一次也不曾走进他的心里，一种无法言说的情绪在她的脑海蔓延开来。

薛亦龙从洗手间出来，又去机场小商店买了一盒口香糖。回到座位上交给徐昕蕾："坐飞机起升和降落时耳朵会有点儿难受，嚼点儿口香糖感觉会好一些。"

徐昕蕾把手机交给薛亦龙："谢谢你这么细心，刚才我接到宋歌打来的电话。她向你道歉。"

薛亦龙淡淡地说："我知道了。"

"她好像很在意你！"

"一个小同事，大学研究生刚毕业的小妹妹，她能在意我什么？"

徐昕蕾眼眸转动："你下一步准备怎么办？"

薛亦龙说："在北京失去一份工作很平常，并不是什么大问题。我准备再找一份工作，还做记者。说实话在这一行做得久了，就不想转行了。我可能比较适合吃这碗饭。你让我去公司，搞建筑或者 IT，我就懵了，不知道如何下手。"

徐昕蕾关心地问："现在不是年底年初，也不是各报刊、杂志社招人的时候，你觉得工作好找吗？"

薛亦龙说："咱们记者沙龙那么多朋友，让大家帮我打听打听。我也会在招聘网或猎头网上发个求职函。我可能不会应聘记者了，我要应聘编辑部或记者部主任。"

徐昕蕾说："依你的能力和水平是没问题，只是不要遇上武大郎开店那种类型的领导。"

自从走进机场后，两人的谈话就变得不是很顺畅。他们都想表达些什么，但又找不到合适的语言。徐昕蕾扭过脸去，看向窗外。从那里可以看到远远的停机坪上停着一排洁净、庞大的飞机。

薛亦龙无意玩弄着他的手机，他的视线从徐昕蕾的脸颊滑过，优美的脖颈，白皙圆润的耳垂，薛亦龙仿佛第一次注意到，徐昕蕾其实是那种很耐看很有味道的女孩。

徐昕蕾扭过脸来，两个人的视线碰撞在一起。

薛亦龙干咳一声说："想不想听一个发生在我身上的真实故事？"

徐昕蕾阳光地一笑："好啊，你讲！"

薛亦龙说："夏天的时候，我去江西采访。一位姓沈的副书记请我去洗澡。那是一个小城的洗澡一条街。我一个人在一个房间准备洗浴时，一位看起来像是来自乡下的十六七岁的女孩敲门进来，说要陪我洗澡。那一刻我犹豫过，但忽然想起来一位老人，他曾很严肃地提醒过我，在外面要洁身自好，黄、赌、毒千万不能沾。同时我还想到了你。我坚定地拒绝了那个女孩，开始一个人洗澡，过了不到 20 分钟，警察突然来敲门检查，那天晚上是那个江西省统一扫黄打非检查。我躲过了一劫。"

徐昕蕾专注地听，一双明亮的大眼望着薛亦龙："没了?"

"没了!"

"那时候你怎么会想到我?"

"不知道，我，我觉得不能做对不起你的事。"

"怎么从来没听你讲过?"

"我答应过那个沈副书记，不对外人讲的。因为那天他也出了点儿小麻烦，但不是嫖娼啊。"

徐昕蕾笑了："怎么现在要给我讲了?"

薛亦龙微笑："我，我也不知道为什么。"

两个人相视一笑，又各自把视线转向别处。

"各位乘客，1178 次飞往深圳的航班就要起飞了，没有登机的乘客请速办理登机手续。"

徐昕蕾转过身，拉起行李箱。

薛亦龙站起来，微笑着望着徐昕蕾："我，我能抱一抱你吗?"

徐昕蕾微笑着点点头，两个人轻轻拥抱在一起。薛亦龙伏下头，嗅到徐昕蕾发丝的清香。

"那篇报道影响很大，你现在在圈子里已经是名记者了。这时候突然放弃有些可惜。我只是提一个建议，依你的性格和能力，不应该放弃记者这一行。它充满了挑战性，也更适合你。"薛亦龙声音不大，似乎是在耳语。

徐昕蕾低下头："你知道的，堂哥徐昕光催了我很长时间，上次回老家为伯父打官司，堂哥还和我说这事儿。我也一直在犹豫。我想，也许那边对我来说会有更多机会。我也想尝试一下除了做记者之外，自己能不能做一个很好的管理人员。"

两个人都想寻找合适的话题，但万语千言此刻却变得那么无力，那么无关痛痒。

"我，我该走了，再见!"徐昕蕾说。

"再见，多保重。"薛亦龙说。他忽然有一种不祥的预感，从此离开后就再也见不到徐昕蕾了。人生如梦，相爱如梦。徐昕蕾是自己寻找的那个

美丽的梦吗？待到梦醒来，才发现她已随梦而去。

徐昕蕾转身走向登机口。

薛亦龙望着她的背影，一种从没有过难割难舍的情绪涌上来，他想大声喊："不，徐昕蕾，你别走！"但他张了张嘴，却没有发出任何声音。

在登机口，徐昕蕾最后一次转身，冲着薛亦龙挥了挥手。

薛亦龙也抬起手挥了挥。他感到自己的胳膊变得很沉、很沉。

徐昕蕾的背影消失了，薛亦龙长长地叹一口气，他错过了谢文瑛，现在又错过了徐昕蕾。对于一个男人来说，在一生中能遇到几个令他怦然心动的女人呢？薛亦龙突然感到心中空落落的，世界也变得暗淡无光了。

北京很大，漂亮聪明的女孩很多，但有几个像徐昕蕾那样的女子呢！

薛亦龙准备转身离开，他想回到租屋里，好好地睡上三天三夜，把身上的痛与疲惫都甩掉。人们总会在失去的时候，才知道弥足珍贵。徐昕蕾对自己来说，不也是这样吗？他们一起去采访参加研讨会，一起回她远在西安的家，一起去北戴河在一望无际的大海里游泳，徐昕蕾穿着湛蓝的泳衣走下大海的刹那间的迷人与妩媚，他们在火车上做纸牌游戏……

往日的一幕幕在薛亦龙脑海迅疾闪过。他们同去香山，去卧佛寺，去爬八达岭长城和慕田峪长城，去顺义的果园采摘。徐昕蕾最喜欢吃水果，新鲜的桃子她总也吃不够，以至于吃得肚子鼓鼓的直叫痛……

世界上可爱的女孩很多，但与自己有缘的可爱女孩能有几个？

飞机起飞了，巨大的轰鸣声震颤着人的耳膜。

薛亦龙望着那架巨型的飞机飞上蓝天，一点点变小。他想，此时徐昕蕾已经在半空中了，也许她在俯瞰着机场，她是不可能看到自己了。

什么时候能和她再见面呢？人生仿佛一个奇异的旅行，有的人你只能和她错肩而过，有的人你只能和她共走一段路程。而能和自己一路同行，相携相挽走到尽头的，会是谁呢？

候机厅里空落落的。一片寂静。

薛亦龙缓缓地转身，准备离开。突然他听到了清脆的脚步声，和行李箱滑过水泥地板的声音。他猛然站住，不相信自己地回过头。

那脚步声他太熟悉了！不会是徐昕蕾吧？怎么可能呢？她一定已经在天上，在白云之上了。但薛亦龙还是宁可相信自己的直觉。

是徐昕蕾！他急步跑向飞机的入口，他看到，徐昕蕾走了出来。

整个世界为之一亮！

不会是梦吧？薛亦龙咬了咬自己的舌尖，很疼！

"徐昕蕾！"薛亦龙又惊又喜，飞跑过去。

徐昕蕾站在那里，眼含泪水微笑着望着薛亦龙敞开怀抱扑向自己。她忘情地闭上眼，投入到那个宽阔温暖的怀抱，他们紧紧地抱在一起。

薛亦龙抱着她转了一圈。

"我和自己打赌，如果我走出登机口看不到你，我就坐下一趟飞机去深圳，再也不回北京了。"徐昕蕾俯在薛亦龙耳边喃喃而语。

"我知道！"薛亦龙说。

"我不能违背自己的感情，所以我得最后赌一把。"

薛亦龙说："知道吗？你走进登机口的一瞬间，我已经后悔了。我后悔不应该让你走。"

徐昕蕾说："所以，我回来了！"

薛亦龙深情地说："昕蕾，我爱你。"

徐昕蕾身体僵在那里，肩膀在忍不住地耸动。"你说什么？"

"我爱你！徐昕蕾！"

薛亦龙轻轻搂住她的腰，把嘴轻触在她那白皙的脖颈。

徐昕蕾身体一软，扑倒在薛亦龙的怀里。

薛亦龙轻轻地捧起徐昕蕾的脸，发现她的眼角一片湿润。"你，你怎么哭了？"

徐昕蕾说："薛亦龙，知道吗？我一直在等你说这三个字，可是在这之前，你从来没有和我说过。"

"我爱你！对不起，都怪我。"

"我知道，你心里一直放不下谢文瑛。"

"那都是过去的事情了。现在她生活得很好，她有了自己的孩子、自己的生活。我祝他们幸福。"

"也祝我们幸福吧！"